イ ヒョン Yi Hyeon［著］
梁《ヤン》玉《オク》順《スン》［訳］

1945, 鉄原《チョロン》

影書房

1945, Cheolwon

◉目次

〈主な登場人物〉

姜敬愛《カンキョンエ》…小作農の娘《むすめ》。黄基秀《ファンキス》の幼なじみ。父を小作争議で失い、母もまもなく事故で亡くす。姉たち（美愛《ミエ》、承愛《スンエ》）ともはなればなれになり、徐華瑛《ソファヨン》の住む百日紅屋敷《さるすべりやしき》の小間使いとなる。

黄基秀《ファンキス》…鉄原《チョロン》中学校学生。黄寅甫《ファンインボ》の末っ子。

黄寅甫《ファンインボ》…基秀の父。千歳邸《チョンセてい》の主《あるじ》。両班《ヤンバン》で大地主、親日派。

徐華瑛《ソファヨン》…黄寅甫の妾《めかけ》。百日紅屋敷に住む。

姜美愛《カンミエ》…姜敬愛の上の姉。両親の死後、春川《チュンチョン》警察署に勤務する親日派の朝鮮人刑事《けいじ》に嫁《とつ》ぐ。

姜承愛《カンスンエ》…姜敬愛の下の姉。両親の死後、働き口をもとめて元山《ウォンサン》へいくが、消息不明に。

車氏《チャ》…黄寅甫の妻。基秀の母。

黄基澤《ファンキテク》…黄寅甫の長男。基秀の兄。判事。親日派。

黄殷国《ファンウングク》…黄基澤の長男。基秀の二歳下の甥《おい》。

黄基玉《ファンキオク》…黄寅甫の娘。基秀の姉。日本人将校と結婚《けっこん》。

郭恩恵《カクウネ》…ほこり高き両班の娘。郭治英《カクチヨン》の孫で郭泰成《カクテソン》の長女。

郭治英《カクチヨン》…名家郭一門の総帥《そうすい》。恩恵の祖父。

郭恩峯《カクウンボン》…恩恵《ウネ》の異母兄。

郭泰成《カクテソン》…恩恵、恩峯の父。

洪正斗《ホンジョンドゥ》…千歳邸《チョンセてい》の作男。ろうあ者を装う。解放後、鉄原《チョロン》地区共産党の副委員長に。

漣川《ヨンチョン》おばさん…百日紅屋敷《さるすべりやしき》の女中。敬愛《キョンエ》とともに徐華瑛《ソファヨン》に仕える。

奇英博《キヨンバク》…解放（日本の敗戦）後、鉄原へ帰郷し、鉄原地区民青委員長に。

張徳九《チャントック》…玉つき場の店員。解放後は鉄原保安隊員に。

李炳浩《イビョンホ》…基秀《キス》の親友。

高鳳児《コボンア》…父高石宙《コソクチュ》は中国革命軍とともに戦い戦死。母梁銀子《ヤンウンジャ》は夫の死後朝鮮にもどり、獄中《ごくちゅう》で鳳児を出産。

呉斎英《オチェヨン》…鳳児を京城《キョンソン》から鉄原へつれてきた越境《えっきょう》屋。そのまま鉄原に居つく。

元錫《ウォンソク》…基秀のクラスメイト。

物語当時(1945年8月～47年1月ごろ)の
朝鮮半島地図

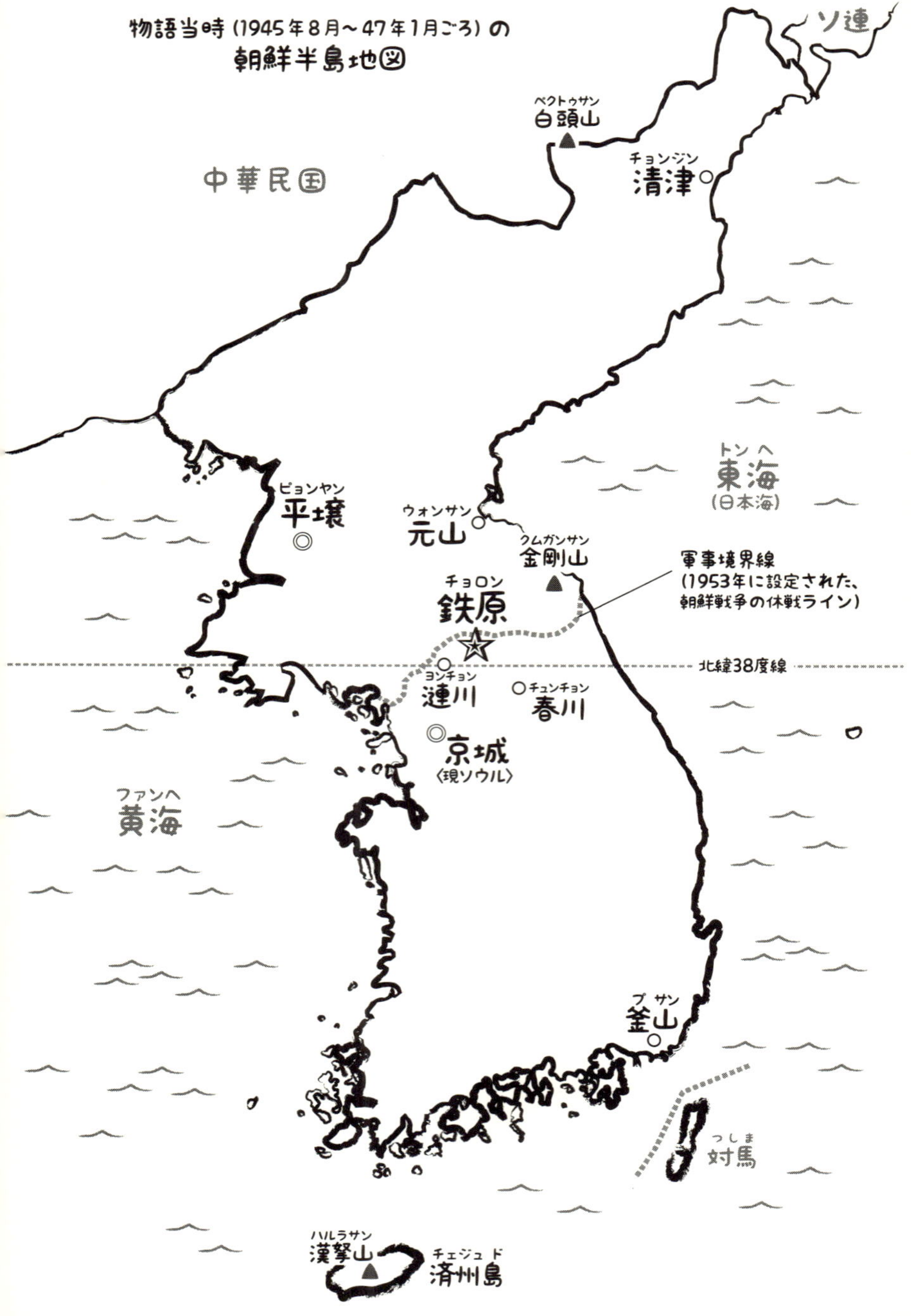

凡例

1、本書は、イ ヒョン著『1945，鉄原《チョロン》』（原題『1945, 철원』二〇一二年、韓国・チャンビ社刊）の完訳です。

2、原著者による本文中の補註《ほちゅう》は（ ）内に、訳者による補註（訳註《やくちゅう》）は〔 〕内に、本文より小さな文字で示しました。長めの訳註は、本文中に＊印と番号を付し、本文末尾（342〜345ページ）に示しました。

3、登場人物の名前は、原書ではすべて音読み表記ですが、日本の読者のために読みやすさを考《こう》慮《りょ》し、原著者と協議のうえで、適当な漢字を当てました。

4、原則として、本文中の漢字につけたカタカナのルビは韓国語の読み、ひらがなのルビは日本語の読みを表わします。

5、この物語は、朝鮮半島のほぼ中央に位置する鉄原という町が主な舞台《ぶたい》であり、時代は一九四五年八月から一九四七年一月までにあたります。当時は朝鮮が日本の植民地支配から解放された直後であり、朝鮮半島の南・北のどちらにも、国際的に承認された独立国家が存在しない時期にあたります。そのため、本文中の「北朝鮮」・「南朝鮮」は、それぞれ現在の「朝鮮民主主義人民共和国」・「大韓民国」を指すものではなく、北緯《ほくい》三八度線付近の軍事境界線をはさんだ朝鮮半島の北側・南側の地域を指します。

1945

1

――やっぱりヘンだ。

敬愛《キョンエ》はそう思った。

洪《ホン》さんが百日紅屋敷《さるすべりやしき》に出入りするのはいつものことだ。あるときは薪《まき》や米のかますを背おってきたし、またあるときは便所のくみとりをしたり、水道栓《せん》を修理したりした。梅雨をひかえて屋根をなおしたり、冬にそなえて障子紙《しょうじ》をはりかえるのも洪さんの役目だ。洪さんは手早くてきちんと仕事をする人だが、口がきけないうえに、いつも表情がなかった。たまに、洪さんが百日紅屋敷で一日じゅう仕事をするときでも、敬愛は洪さんがきていることさえ忘れていたりした。もう三年ものあいだ、こうして洪さんは、夜の影《かげ》のように百日紅屋敷に出入りしている。

ところが、今夜の訪問はどう考えても普通ではなかった。洪さんは夜中に、ひとりでだしぬけに、まるでお客にでもきたかのように門前にあらわれた。なにか背おってきたわけでもないし、用事があってこちらからよんだのでもなかった。それなのに、ふだんとかわりないとばかりに、あごで母屋《おもや》をさした。

敬愛《キョンエ》はあっけにとられたまま、母屋《おもや》に近づいた。

「若奥さま、洪《ホン》さんが訪ねてきてますが」

しばらくして、青い縞《しま》がらのワンピース姿で徐華瑛《ソファヨン》が板間にでてきた。徐華瑛は洪さんをまじまじと見つめてかすかなため息をついた。

「もうさがって休みなさい」

徐華瑛は敬愛にこういって、むかいの部屋に入った。なにかいったわけではなかったが、洪さんも、まるでわが家のように堂々とした足どりであとにつづいた。

むかいの部屋にはタタミ二畳《じょう》ほどの大きな机があり、本棚《ほんだな》には日本語や朝鮮語のものはもちろん、英語やフランス語の本までぎっしりつまっていた。蓄音器《ちくおん》もある。よく整理された書斎《しょさい》の主《あるじ》は、この屋敷《やしき》の主人である黄寅甫《ファンインボ》ではなくて徐華瑛だった。

ボッ、ボゥーー。

遠くで汽笛の音がかすかに聞こえる。京元線《キョンウォン》*1で京城《けいじょう》〔現在のソウル〕から走ってきた汽車は、鉄原《チョロン》駅に着くと、客車何輛《りょう》かを残して元山《ウォンサン》にむかった。残された客車は金剛山《クムガンサン》にいく電気鉄道線*2となって、東海《トンヘ》〔日本海〕の朝へと走りだす。

――京城からの汽車が到着《とうちゃく》して汽笛が鳴ったから、もうすぐ夜中の一二時だわ。

敬愛は足音をしのばせて使用人部屋にもどった。戸をあけると、漣川《ヨンチョン》おばさんのいびきが雷のようにひびいてきた。普通の人なら耳をふさぐだろうが、敬愛は平気な顔で寝床《ねどこ》にもぐった。小さな窓の障子《しょうじ》に、こんもりした百日紅《さるすべり》の枝が映っていた。

塀《へい》のわきに百日紅《さるすべり》があるというので、「百日紅屋敷《さるすべりやしき》」とよばれた。北方ではめずらしい木だが、この木がどうしてこの庭に植わっているのか、だれも知らなかった。徐華瑛《ソファヨン》がこの屋敷の女主人になったときには、百日紅はすでに塀の外までみごとな花房を広げていた。

百日紅屋敷はそれほど広い屋敷ではなかったが、瓦《かわら》をのせた塀をめぐらす端正《たんせい》なたたずまいで、街のまんなかにあって鉄原《チョロン》駅にも近かった。屋敷をでて路地をぬけると鉄原劇場があり、劇場をはさんで右は鉄原郡役場、それをすぎると鐘淵紡績《チョンヨンぼうせき》*3工場と電気会社、南国民学校、それに氷倉庫と金融《きんゆう》組合（現在の農業協同組合）、その次が鉄原駅だった。道立病院の角をまがって左手にいくと、鉄原警察署と牛市場、郵便局と神社、それに監理《カムニ》教会と銭湯があった。そんな大きな建物のあいだには、料理店、旅館、散髪《さんぱつ》屋、うどん屋など……。京城《けいじょう》にある和信《ファシン》百貨店や三越《みつこし》百貨店*4ほどではないが、たいていの品物をとりそろえた鉄原百貨店もあった。建物はたいてい平屋か二階建ての日本式木造建築で、雄壮《ゆうそう》な外観をほこる洋館の石造建築もかなりあった。この繁華《はんか》な通りの心臓部に位置した鉄原駅は、南北を行き来する鉄路をまるで翼《つばさ》のように両側に広げていた。国名を失った朝鮮を去って、ロシアや中国にむけて発《た》つ多くの人びとが鉄原駅を通過していった。なにかに追われるように去っていく人びと、あるいはなにかを夢見て去っていく人びとだった。

敬愛《キョンエ》はその通りを一日に何度も行き来した。台所仕事をひきうけている漣川《ヨンチョン》おばさんは、ものわすれがひどかったし、徐華瑛はなにごとにも急がないおっとりとした人だ。神戸製菓《せいか》店でカステラを買ってもどると、今度はまた、「五方《オバン》商会で牛乳を買ってきなさい」とつかいにだされるという調子だ。

敬愛はそのたびに、ウキウキして通りにとびだした。急ぎの用事でないときは、街であちこち寄り道をするのが常だった。そんなことをして、もし漣川《ヨンチョン》おばさんにバレたら、晩ごはんぬきか、夜中まで水道ばたにすわって洗たくをしなければならなかったが、街なかを歩きまわる楽しさを思えば、それくらいはなんでもなかった。

鉄原《チョロン》劇場で大きな公演があるときは、劇場のまえにしゃがんで、なかの情景を想像したし、市《いち》の立つ日には、指をなめながら市場をほっつき歩いた。ときどきおつかいの金をくすねて買い食いをしたりもした。本のおつかいのときには、ユートピア書店の主《あるじ》のツカダさん*5としばらくおしゃべりをしてから帰ってきたものだ。とくにコーヒー豆のおつかいが好きだった。コーヒーの入った紙袋《ぶくろ》を胸にかかえて歩いていると、見知らぬ異国のあまい香りに両足までうきたちそうだった。そんな日には四要《サヨ》駅にいって、金剛山《クムガンサン》電気鉄道をぼんやりとながめた。たまに、列車は修学旅行の生徒たちで満員だった。徐華瑛《ソファヨン》も、冬には金剛山電気鉄道にのって、三防峡《サムバンヒョプ》までスキーにいくことはあった。しかし敬愛《キョンエ》を鉄原の外につれだしてくれることはなかった。

敬愛がそうやってほっつき歩くのを見て、皮肉《ひにく》る人もいた。女ひとりが暮らすだけなのに、なんで女中をおいたうえに役にもたたない女の子までおいているのか、というものだった。聞きようによっては、敬愛のサボリのために主人が悪口をいわれているのだ。しかし、人びとが「百日紅屋敷《さるすべりやしき》」をうとましく思う理由は、もっとほかにあった。

徐華瑛は黄寅甫《ファンインボ》の妾《めかけ》だった。

金鶴山《クマッサン》と漢灘江《ハンタンガン》のあいだに広がる大野盞坪《テヤチャンピョン》の大地、その広大な平原の主《あるじ》がまさにこの黄寅甫だった。大野盞坪の地主が黄寅甫ひとりというわけではなかったが、ほかの地主などは、黄寅甫にくらべれば地主というにはほど遠かった。街の商店の目ぼしいものもほとんどが、黄寅甫《ファンインボ》の所有だった。黄寅甫ははじめからそんな財力を持っていたわけではない。彼はもともと貧しい両班《ヤンバン》〔高麗《こうらい》・朝鮮王朝時代の特権階級〕の末裔《まつえい》で無一文の男だった。しかし、銀鉱脈を掘《ほ》りあてて、鉄原《チョロン》一の大金持ちになった常民《サンミン》〔両班、中人《チュンイン》に次ぐ身分〕出身の車《チャ》氏のひとり娘《むすめ》と結婚《けっこん》した。いわば、家がらにくわえて財力まで兼ねそなえたわけだが、悪くいえば、金に目がくらんで両班の体面まで売りはらってしまったということだ。

　人がなんといおうと、黄寅甫はそのていどでは満足しなかった。中枢《ちゅうすう》院〔朝鮮総督《そうとく》の諮問《しもん》機関〕の官職をねらって、総督《そうとく》府*6に金の入ったカバンを運ぶのにいそがしく、鉄原に赴任《ふにん》してきた憲兵隊長や郡守に私邸《してい》を建ててやるのはもちろん、妓生《キセン》〔朝鮮の伝統的芸妓《げいぎ》〕を妾《めかけ》にあてがったりした。彼の本妻の車氏*7は、夫にその軍資金をだしてやりながらも、日々財産を増やした。凶作《きょうさく》で小作人が飢《う》え死にしようとも、小作料はもちろん、種籾《もみ》の五割の利子をひと粒《つぶ》たがわずとりたてた。米がなければ人間でもださなければならなかったし、生きた人間がいなければその亡骸《なきがら》でもさしださなければならなかった。そんな非道に文句《もんく》をつけると、相手がだれであれ、すぐに警察や憲兵隊をよびいれた。

　とにかく黄寅甫は、人もうらやむ財力をそなえているうえに、なかなかの男前だった。五〇歳をこえていたので、徐華瑛《ソファヨン》とは二〇歳以上の年の差があったが、風貌《ふうぼう》からいえば、とくにひげをとらなかった。若く見えたし、品格もそなわっていた。中折れ帽《ぼう》に洋服をぱりっと着こなして街を歩けば、だれもが街が明るくなるといった。

　彼とくらべれば、洪《ホン》さんは根っからの作男だ。まっ黒な顔は角《かく》ばり、小さな目と、だんごっ鼻の下のぶあついくちびるは、ひとこともしゃべれない。背は高くも低くもなく、短い首に肩《かた》ばかり広くて、まぎれもない肉体労働者の体型だった。三〇歳だというから、年は徐華瑛《ソファヨン》と同じくらいだが、若いといったところで、卑《いや》しい作男の身の上であるばかりか、ろうあ者だった。

敬愛《キョンエ》はむかいの部屋で男女間の妙《みょう》なことがおきているとは思っていなかった。しかし、ふたりが親せきのようにも思えなかった。

考えれば考えるほどわからなかった。そういえば、洪《ホン》さんを鉄原《チョロン》につれてきたのも徐華瑛だ。三年まえのある日、徐華瑛が京城《けいじょう》にでかけたおりに、洪さんをつれてきた。そして本家の執事《しつじ》の河《ハ》さんをよんで、こういった。

「私の実家で作男をしていた人の息子なの。バカでおまけに口もきけないけど、腕《うで》っぷしはあるのでつかうにはもってこいよ。本家の奥さまには、私の紹介《しょうかい》だというのはないしょにしておいて」

——仲がいいというわけでもないし、親せきというわけでもないし……。洪さんは、どうしてこんな夜中に若奥さまを訪ねてきたんだろう。若奥さまは、どうしてわけも聞かないで、洪さんをむかいの部屋に通したんだろう。

敬愛がひとしきり考えあぐねていると、使用人部屋の戸をたたく音がした。戸をあけると、洪さんが笑顔で母屋《おもや》を指でさしてから、静かに門をあけて帰っていった。

「敬愛!」

母屋から徐華瑛の声が聞こえた。敬愛は門の戸じまりをして母屋にむかった。

「冷えたビールを持ってきて」

——やっぱりヘンだ。

ビールは黄寅甫《ファンインボ》のために用意してあるのだが、徐華瑛《ソファヨン》が自分からビールをのみたがることは、これまでなかった。敬愛《キョンエ》は何度も首をかしげながら台所にいき、氷につけておいたサッポロビール一本とコップ、干し柿《がき》を小皿にのせて、むかい側の部屋に入った。

「ちょっとかけなさい」

徐華瑛がいった。

敬愛がこの百日紅屋敷《さるすべりやしき》にきてもう五年になる。一〇歳のときにきて一五歳になるこの日まで、徐華瑛はただの一度も、敬愛をむかいあわせにすわらせたことはなかった。

敬愛は緊張《きんちょう》しきって盆《ぼん》をテーブルにおき、金色の絹の座布団《ざぶとん》をおいたいすのはしにお尻《しり》をちょこんとのせた。

「お酒って、だれかがついでくれてこそおいしいというけど、きょうはやっとその意味がわかりそうね。さあ、一ぱいついでみて」

徐華瑛は敬愛にカラのコップをつきだした。敬愛は生つばをごくりとのみこんで、そろそろとビールをそそいだ。

酒膳《ぜん》のあとの片付けをしながら、残ったビールをこっそりのんだことはあったが、冷えたビールをコップにそそぐのははじめてだった。気をつけたけれど、白くきれいな泡《あわ》があふれでた。

「すみません、若奥さま」

徐華瑛は、敬愛の言葉など気にもかけないようすで、泡のあふれているコップを一気にのみほした。それからコップをテーブルにガンとおくと、こういった。

「日本が敗《ま》けたそうよ」

「はいっ？」

「日本が戦争に敗けたっていうことよ。天皇が、あしたラジオで降伏《こうふく》演説をするそうよ。昭和二〇年八月一五日……ちがうわ、朝鮮の暦《こよみ》では乙酉《ウルリュ》年じゃない？　日にちはどうなるのかしら？」

漣川《ヨンチョン》おばさんならちょっと指折りしただけで、「七月八日」だとすぐにこたえてくれるはずだが、敬愛《キョンエ》はただ目をパチクリさせるだけだ。日にちの計算よりもっと困ったのは、徐華瑛《ソファヨン》のわけのわからない話の中身だった。ニホン、コウフク、センソウ、テンノウ、ラジオ、エンゼツ。言葉ひとつひとつを切りはなしてみれば、わからないこともないのだが、その言葉を組みあわせて総合すると、遠い汽笛の音のようにおぼつかなかった。敬愛はうなだれて、黒の木綿のチマばかりをいじくりまわした。

徐華瑛は、残りのビールを手酌《てじゃく》でコップについで、一気にのみほした。そして、とても疲れた顔つきで手ぶりしながらいった。

「もう、おさがり」

敬愛は、テーブルの上を片づけることも忘れて、あわてふためいて部屋をでた。ふだんとちがう若奥さまのお相手をするのも、信じがたい話を聞くのも、手にあまっていたところだ。

徐華瑛が蓄音器《ちくおん》をかけたようだ。歌が板間まで聞こえてきた。

　この風塵《ふうじん》の世に　おまえの希望はなんなのか
　富貴《ふうき》と栄華《えいが》さえあれば　希望は満たされるのか

蒼《あお》い空明るい月下に　よくよく考えてみると
世上万事《せじょうばんじ》が　春の夜の夢のまた夢なり*8

敬愛《キョンエ》が部屋にもどってみると、漣川《ヨンチョン》おばさんはあいかわらず雷鳴《かみなり》のようないびきをかいていた。敬愛は急に怖《こわ》くなった。おばさんが夢を見ているのか、自分が夢を見ているのかわからなかった。思わずへたりこんで、おばさんをゆりおこした。

「おばさん、おばさん、おきてください。ねえ、早くったら」

おばさんがねむそうに眼をあけた。そして眼をパチクリさせていたが、とつぜんびっくりした顔で、ぱっとおきあがってすわった。

「若奥さまがおよびなのかい？」

敬愛は言葉がつまった。――日本が敗《ま》けたそうです――まさかそんなことはいえなかった。口にするのも恐《おそ》ろしく、そんな話を聞いたことさえ信じられなかった。

「いいえ、そうじゃなくて……　ただ怖い夢を見たもんだから……」

「なんだねぇ、この子は。気はたしかかい？」

おばさんは敬愛の頭をこづいてばたんと横になると、ふとんをひっかぶった。すぐにいびきが部屋全体をゆるがした。

敬愛はやっと安心して長いため息をついた。おばさんにきつく頭をこづかれて、うなされた夢から目ざめたように心がおちついた。緊張《きんちょう》がほぐれて、そのままさっと布団《ふとん》にもぐりこんだ。

——もし五年まえに解放になっていたら、そしたら、父さんや母さんはいまでも生きていたかしら？*9
敬愛《キョンエ》は闇《やみ》のなかで目をパチクリさせた。そんなことを思ってみても、すでにすぎ去ったことだ。天涯《てんがい》孤独《こどく》とかわりない身の上になって、百日紅屋敷《さるすべりやしき》の小間使いとして暮らしているのだ。解放なんて、私となんの関係があるというのよ。敬愛は横むきに寝《ね》て、目をぎゅっとつぶった。けどいつのまにか、板間の時計の音に耳をかたむけていた。
ボーン、ボーン、ボーン、ボーン、ボーン……。
たしかに一二回鳴った。正午までちょうど一二時間だ。

ポタ、ポタ、ポタ、ポタ。

天井からおちるしずくは規則的な音をたてて、洞窟《どうくつ》に朝を知らせた。

基秀《キス》がけだるいからだをむりやりにおこしてすわった。炳浩《ピョンホ》はまだすやすやと寝息をたててねむっている。はじめは不自由な寝場所にふたりとも寝返りばかりうっていたが、いまではけっこうぐっすりねむれるようになった。

——きょうは何日だ？

基秀は朝日のさしこむ入口のほうにでて、壁《かべ》を見た。炳浩が日にちを数えるといって、先のとがった石で毎日壁に印をつけていた。ひとつ、ふたつ、三つ、四つ、……半月たっていた。

——すると、きょうは八月一五日か。

茂《しげ》みが入口をふさいでいたが、そのすきまから山のふもとの広々とした平野が見えた。太陽の動きのように、いつも自然たっぷりの豊かな土地がらだった。土壌《どじょう》が肥沃《ひよく》なうえに、干ばつや洪水《こうずい》にもあわない漢灘江《ハンタンガン》が満々と水をたたえていた。ときに天は腹だちまぎれに気まぐれもおこすが、この土地を耕す者は決してなまけることはなかった。

「おい、ブルジョア（ブルジョアジー、資本家階級）、なにをそんなにぼんやり考えこんでるんだ？」

炳浩《ピョンホ》の声が洞窟《どうくつ》内に長くこだました。炳浩は、そのこだまよりもっと長いあくびをしながら洞窟の外にでてきた。

「どうせすることもないのに、睡眠《すいみん》くらいたっぷりとったらどうだ？　なんで朝っぱらからこの兄上にそんなにつっかかるんだ？」

「たしかに千歳邸《チョンセてい》の末の若さまに生意気な口をきいたなあ。徴用《ちょうよう》もされず、日本人野郎の弾除《たまよ》けにもならず、三食うまいもん腹いっぱい食えるのもだれのおかげか。おい、ブルジョアの弟よ、おれが悪かった」

炳浩はふざけて両手をこすりあわせるふりまでした。

「はじめからそういえばいいんだ。兄上のありがたみをわかれば、まともな人間になれるってもんよ」

基秀《キス》もふざけていいかえした。

基秀と炳浩は、国民学校（小学校）のときからの親友だ。鉄原《チョロン》中学校赤色読書会で、共産主義をいっしょに勉強して、日本の警察に逮捕《たいほ》された。そして、徴兵《ちょうへい》をのがれてオドニ谷の深い洞窟に身をかくしているきょうまで、ずっといっしょだった。〈ブルジョア〉とか、〈おかげ〉とかいうのはそれこそ冗談《じょうだん》で、そのていどの冗談はいいあえる気のおけない仲だ。

しかし、基秀の心の底までがそうとはいえなかった。「千歳邸の末の若さま」という言葉は、背中にできた腫《は》れもののようなものだ。ときには重苦しい痛みを感じるが、手の届かないところなので、どうすることもできなかった。

茂《しげ》ったやぶのあいだから見おろす、ふもとの小さな村。三〇戸ばかりの草ぶき屋根の仲よくあつまった村は、万家台《マンガデ》といった。後高句麗《こうくり》時代の弓裔《クンイェ》〔新羅《しらぎ》末の群雄《ぐんゆう》の一人で後高句麗の創始者〕に由来した名前だ。万の家をなす明堂《ミョンダン》〔風水説で非常によいとされる地〕だといった道詵《トソン》国師〔新羅末の僧で風水説に通じる〕の進言にしたがって、弓裔が都をおいたといわれている。弓裔は最期には悲惨《ひさん》な死をとげたが、その地は果たして明堂の地だった。万家台はその名に恥《は》じず、金鶴山《クマッサン》を屏風《びょうぶ》のように立てて、大野蓋坪《テヤチャンピョン》の広びろとした肥沃《ひよく》な田畑を支配していた。

その沃田《よくでん》の主人の住む九九間もある瓦《かわら》屋根の屋敷《やしき》を、みなが千歳邸《チョンセてい》とよんだ。千歳邸は、伝統的な瓦屋根の屋敷を新しく造ろうとする人たちが、全国から見学にくるほどよくできた屋敷だった。興宣大院《フンソンデウォン》君《グン》〔朝鮮王朝第二六代国王高宗《コジョン》の実父。摂政《せっしょう》として実権をふるった〕の時代に景福宮《キョンボックン》〔京城〔現ソウル〕にある朝鮮王朝の王宮〕の増築をまかされた名棟梁《とうりょう》の愛《まな》弟子が建てたという。大きな客間には「千歳堂《チョンセダン》」と書かれた扁額《へんがく》がかかっているが、先の朝鮮総督《そうとく》・長谷川〔好道〕が好んだ日本人書道家の筆になるもので、その文句《もんく》は「君が代」の二節《ふたふし》目からとったものだ。「君が代は千代に」つまり「天皇の御世《みよ》が千年もつづくように」という一節の「千歳」を意味した。

——でも、もし解放されたら。

基秀《キス》は、このごろよくそんなことを考えていた。日本が太平洋戦争で苦戦を強いられていることは、もはや秘密でもなんでもなかった。米軍の空襲《くうしゅう》に日本列島はハチの巣状態になり、ソ連の参戦も遠くないといわれている。枢軸《すうじく》同盟で日本とともに戦争を主導したドイツとイタリアも、すでに降伏《こうふく》していた。

千歳邸《チョンセてい》の主《あるじ》は、どう考えても日本と運命をともにするほかない。基秀《キス》の父親である黄寅甫《ファンインボ》の親日もそうだが、兄の黄基澤《ファンキテク》も高等文官試験に合格して判事をしていた。共産主義者は裁判もなく処刑《しょけい》して、市場にさらし首にすべきだと信じる人間だったし、その信念どおり、多くの独立闘士《とうし》たちを監獄《かんごく》にぶちこみ、処刑場へと追いたてた。東京で声楽を勉強した姉の黄基玉《ファンキオク》は、日本人将校と結婚《けっこん》したあと、挺身《ていしん》隊*10への献身《けんしん》をすすめるために朝鮮じゅうの女学校を巡回《じゅんかい》していた。

「おい、コミュニスト（共産主義者）の弟、なにをそんなに考えこんでるんだ？」

炳浩《ピョンホ》がひじで基秀のわき腹をつっついた。「病気もやり薬もやる」ということわざもあるが、千歳邸の末っ子若さまとからかっておいて、コミュニストとおだてるのが彼のクセになっている。

基秀は苦笑いをして、遠くの空を見あげた。

「もし解放されたら、この世の中はどんなふうになるんだろうか？」

炳浩も空を見あげた。日本の敗北が遠くないというけれど、解放という言葉は、あの空のようにはるかかなただった。

「解放された世の中だって？　そんなの一回も見たことないもんな。そうだな……とりあえず日本人どもを追いだして、親日派*11をぜんぶとっつかまえて、悪辣《あくらつ》な地主や資本家の悪行を根こそぎあばいて……」

炳浩がふと口をとじて、基秀の顔をうかがった。

「炳浩、おれな」

基秀は山すその村に目をやると、言葉をつづけた。

「おれは自分の親を信じてる。おまえは笑わせるなというだろうけど、ほんとうだ。おれがよく話をしてみるさ。説得するんだ。両親は知らないからなんだ。日本の勢いが千年も万年もつづくと思ってるんだよ。だから解放になれば、おれが精いっぱい説得する。そうしたらかわるんじゃないか。あの土地をすべて人民にさしだして、許しを乞《こ》わなきゃならないだろう。うん、そうしなければならないんだよ。きっと、そうできるとも」

「そりゃ、できるだろう。おまえのお母さんはおまえのためならなんでもできる人だ。このまえも、おまえを留置場からだすために、どれほどの大金をつかったことか。おまえが強情をはったおかげで、おれまででられたしな。そうだよ、おまえの説得なら聞いてくれるさ」

基秀《キス》が、炳浩《ピョンホ》をいたずらっぽく見やった。

「うそつけ」

炳浩は、フンといって空咳《からせき》をしてとぼけた。

「まあ正直いって、そりゃあ、言葉では簡単だが……、手の中のものなら豆のひと粒《つぶ》でも手ばなすのは惜《お》しいもんだ。あの何万石もの財産を人民にさしだすっていうのはなあ。それも千歳邸《チョンセてい》がな？　悪いけど、正直いっておれは……」

「しっ！」

基秀が炳浩の口を手でふさいだ。炳浩もびっくりして目をむき口をとじた。

なにかが近づいていた。風が木の葉をゆらす音と、獣《けもの》たちが林をかきわけて歩く音と、人間が歩いてくる音は、はっきりちがう。洞窟《どうくつ》生活が半月にもなると、基秀も炳浩もそれらを聞きわけられるようになっていた。いま、サクサクと近づいてくるのは、明らかに人のたてる音だ。人の足音がだんだんと近づいている。

基秀《キス》と炳浩《ピョンホ》はすばやく洞窟《どうくつ》の入口に身をかくした。やぶの蔭《かげ》から人がひょいと姿をあらわした。ろうあ者の洪《ホン》さんだった。

「洪さん、びっくりするじゃないか」

炳浩がおどけて進みでた。基秀も胸をなでおろしながら、洞窟の外についてでた。

基秀と炳浩が洞窟に身をひそめてからというもの、洪さんが毎晩食料を運んでくれていた。ところが昨夜はこなかったのに、なぜか今朝は早くにいきなりあらわれた。だが、食料を持ってきたふうでもない。

洪さんは手ぶらのまま、ふたりをまじまじと見つめた。そしていきなり、大きなぶあつい手でふたりの肩《かた》をだいた。基秀と炳浩はいぶかしそうにたがいを見た。基秀の思想がどうであれ、作男が主人に対してこんなふうに接することはできないはずだった。しかし洪さんは、ゆとりのあるほほ笑みさえうかべたままふたりをながめて、口を開いた。

「黄基秀《ファンキス》君、李炳浩《イピョンホ》君。私は洪正斗《ホンジョンドゥ》という」

やわらかくて力強い声だった。ろうあ者の洪さんがこういったのだ。

「もうすべてが終わった。洞窟生活などはやめて、早く山をおりよう。日本は敗《ま》けたよ。わが国は解放された！」

基秀と炳浩は、望夫石《マンブソク》[*12]のようにかたまってしまった。解放だって？　口のきけない作男の洪さんがこんな知らせをもってくるとは！　これが現実であるわけがない。

「きょうの正午に日王のヒロヒト〔裕仁《ひろひと》・昭和天皇のこと〕が降伏《こうふく》演説〔玉音放送〕をする予定だ。さあ、急いでおりないと。やつの哀《あわ》れな声を直接この耳で聞かないと、な」

洪正斗《ホンジョンドゥ》が豪快《ごうかい》に笑いとばした。その笑い声はオドニ谷にこだまして、野づらをわたっていった。

恩恵《ウネ》は、コツコツとくつ音をたてて階段をおりた。ちょうど礼拝の終わったところだが、礼拝堂のまえは閑散《かんさん》としていた。もっとも、こんな礼拝に人が集まるわけもなかった。礼拝をはじめるまえに「皇《こう》国臣民《こくしんみん》の誓《ちか》い」[*13]を唱えなければならなかったし、高等係の刑事《けいじ》がでんとすわって礼拝を監視《かんし》していた。長らく担当している朴鎮瑞《パクチンソ》牧師が信仰《しんこう》団に加入して、積極的に日本に協力するようになってからというもの、教会はひどいありさまになった。「協力などできません」と声をあげていた副牧師は、上海かどこかにいってしまった。恩恵も教会のそんな雰囲気《ふんいき》が気に入らなかったが、母親のおなかにいたときから通ってきた教会だった。

恩恵が階段の下におり立つと人力車が近づいてきた。いつも礼拝の終わる時間まで待っていて、家まで送り届けてくれるのだった。

「お宅までおもどりやすか?」

車夫がたずねた。

「鉄原《チョロン》駅に」

恩恵は手短かにこたえて人力車にのった。

人力車が街なかにでると、往来の人びとが恩恵を好奇の眼で盗《ぬす》み見た。もともと人目をひく娘《むすめ》だったし、服装も派手だった。濃い緑の洋風の装いに、白いレースが額をおおう帽子《ぼうし》までかぶり、制服を着るときのお下げ髪《がみ》でなくて、つややかな長い髪《かみ》をふわりとたらしているので、一五歳の高等女学校の生徒にはとても見えなかった。祖父の郭治英《カクチヨン》は目だちすぎるかっこうだときらったが、そんな視線などは気にもとめなかった。恩恵《ウネ》は人力車の日よけもうしろにたたんで、街をながめた。

夏休みを鉄原《チョロン》ですごして京城《けいじょう》へもどる日だった。もどるといっても京城から鉄原までは、汽車で三時間もかからなかったし、ふだんもひと月に二回くらいは鉄原にもどっていた。それでも夏休みが終わって帰る日は、いつも新鮮な気持ちになった。

けれど、きょうの街はどこかいつもとちがっていた。のけもののように気おくれする気分だった。軍需《ぐんじゅ》物資がたりなくて、いろんな物資が徴発《ちょうはつ》されていったので、市場はひっそりとしている。若者たちが軍隊や徴用《ちょうよう》や監獄《かんごく》にいったあと[*14]の街は荒《あ》れはてて、鉄原劇場にかかった看板にも、戦争の緊張《きんちょう》感がただよっていた。「神風《かみかぜ》の御召《おめし》」[*15]という映画の看板には、皇軍《こうぐん》の軍服をきた青年が戦闘機《せんとうき》にのって、米軍の軍艦に体当たりする姿が描《えが》かれていた。青年の血走った両眼はもちろんのこと、赤い夕陽まで血の色を連想させた。

恩恵は眉《まゆ》をひそめ目をそらした。戦争というものは浅薄《せんぱく》で、汚《きたな》くて、不快ななにものかだった。なんのための戦争かは重要ではなかった。朝鮮という国名も、恩恵にはそれほど大きなひびきではなかった。その名前が消えてしまったあとに生まれたし、その名前がなくてもこれまでちゃんと暮らしてきた。つまらない日本人がいばっているのは目ざわりだが、無視したらすむことだ。郭一族こそが、鉄原でも最高の地主であり、由緒《ゆいしょ》正しい両班《ヤンバン》家だ。日本人たちもめったなことでは手だしができなかった。

やがて人力車は鉄原駅《チョロン》まえに到着《とうちゃく》した。恩恵《ウネ》は車夫の手のひらに金をおとして、人力車からおりた。鉄原駅の広場には、朝もやのように悪臭《あくしゅう》がただよっていた。線路のむこうにひしめく掘《ほ》っ立て小屋にしみついた貧しさと、京元《キョンウォン》線を往来するあらゆる人生の深い疲労がないまぜになって、ひどい臭気《しゅうき》をはなっているのだ。恩恵は人さし指をまげて鼻にあてて、険《けん》のある目つきであたりをうかがった。

コッチネはやっぱり駅舎の出入口近くで、人ごみのなかにまざっていた。出入口の横の貼《は》り紙をとりまく人びとのあいだで、うわさのひとかけらも聞き逃《のが》すまいと、聞き耳をたてているのだった。だが、恩恵がじっとにらみつけると、その見幕《けんまく》にわれにかえったのか、コッチネはびっくり仰天《ぎょうてん》してこちらにかけよってきた。

「お、お嬢《じょう》さま、こられたのに気がつきませんで……すまんことです」

「カバンは?」

恩恵は、コッチネがいまきたうしろのほうをにらみつけた。荷物のカバン二個が蹴《け》っとばされてころがっていた。

「あれまあ、なんてことで」

コッチネがあわてて走りより、カバンを持ってもどってきた。

「す、すまんことです」

恩恵はくちびるをかんで怒《いか》りをしずめた。ほかの女中ならともかく、コッチネにはどうしても寛大《かんだい》になってしまう。生まれたときからずっといっしょの乳母《うば》だったからだ。

「さあ、早く」

恩恵《ウネ》がなにもいわないでやりすごそうとしているのに、コッチネはまだぐずぐずしている。

「お嬢《じょう》さま、あれはいったいなんですかね？　みんなは重大発表かなにかだって……」

恩恵はそっちには目もくれないで、冷たくいいはなった。

「そんなに気になるなら、思うぞんぶん見物してから京城《けいじょう》まで歩いてくることね」

恩恵がさっさと駅舎に入ってしまうと、おじけづいた表情でコッチネもあわててあとを追って走った。

ところが、駅舎内はどういうわけかひっそりとしている。改札口にもキップ売場にもだれひとりいなかった。キップ売場の事務所の戸がちょっとあいていた。駅員たちはみなそこにいるらしかった。

ウーーウーーウーー。

サイレンが大きく鳴りひびいた。駅舎の屋根にとりつけたスピーカーからの音だ。待合室にいた人たちが、わっと外にとびだした。コッチネも恩恵の顔色をうかがいながら、のそのそと出口にむかってカニのように横歩きをした。結局、恩恵もまた広場へでた。なにか重大なことがあるようだ。

スピーカーからジイジイ、ジイジイという雑音とともに、ラジオ放送が流れてきた。

「フカク　セカイノ　タイセイト　テイコクノ　ゲンジョウトニ　カンガミ　ヒジョウノ　ソチヲモッテ　ジキョクヲ　シュウシュウセント　ホッシ　ココニ　チュウリョウナル　ナンジシンミンニ　ツグ……（深く世界の大勢と帝国《ていこく》の現状とに鑑《かんが》み、非常の措置《そち》を以て時局を収拾せむと欲し、茲《ここ》に忠良なる汝《なんじ》臣民に告ぐ……）」

老人のように力のない声の主《ぬし》は、まさに天皇だった。だが、発音ははっきりしないし、雑音もひどくて、スピーカーの音はワンワンひびくだけだった。戦争に関する深刻な演説だということは想像がついたが、なにをいっているのやら、さっぱりわからなかった。

つづいて、アナウンサーが朗々たる声で天皇の演説文を代読した。その次に、朝鮮人アナウンサーが朝鮮語に翻訳《ほんやく》したものを読みあげた。

「朕《ちん》は、日本国政府に米・英・中・ソの四国の共同宣言を受諾《じゅだく》するよう命じた。本来、日本国臣民《しんみん》の康《こう》寧《ねい》を図《はか》って、世界共栄のよろこびを共有することは、皇祖皇宗《こうそこうそう》の遺範《いはん》にして、朕の拳々《けんけん》措《お》かざる所《ところ》。曩《さき》に米英二国に宣戦せる所以《ゆえん》も亦《また》実に帝国の自存と東亜《とうあ》の安定とを庶幾《しょき》するに、他国の主権を排《はい》し領土を侵《おか》すが如《ごと》きは固《もと》より朕が志《こころざし》にあらず……」

米国、英国、ソ連、中国。これら連合国の共同宣言を日本が受諾したということは、つまり降伏《こうふく》を意味した。天皇が連合国に降伏すると宣言したのだった。

「お嬢《じょう》さま、これはいったいどういうことなんでしょう?」

コッチネは、周囲を気にしながら小声で聞いた。

「日本が敗《ま》けたのよ」

恩恵《ウネ》が空をにらんでつぶやいた。

「えっ、日本がだれに……? まさか、朝鮮に敗けたんですかい?」

コッチネは運んでいたカバンをドンと落として、ひしゃくぐらいもある大きな口を両手でふさいだ。

「朝鮮に降伏する理由なんてないでしょう。連合国に降伏したってことよ。とにかく日本は敗けたのだから、朝鮮で主人づらするのも終わりよね」

恩恵《ウネ》は、いつにもなくゆっくりと説明した。それは自分自身にいいきかせているのかもしれなかった。京城《けいじょう》は、街の規模が大きいだけにいろんなうわさのとびかう街だ。アメリカがどうの、ソ連がどうの、満州がどうの、サイパンがどうの……。これまでの恩恵は、ただそのままを聞き流していた。世の中がどう動いていようが、自分とは関係のないことだと考えていた。朝鮮が独立する。そんなことは考えてみたこともなかった。独立できないだろうというのではない。独立という言葉じたいについて考えたことがなかった。

駅まえ広場に集まった人びとも、とても緊張《きんちょう》した顔でようすを探りあっていた。期待に満ちた顔でささやきあう人たちもいれば、へたりこんでわっと泣きだす日本人もいたが、解放というにはまだ実感がわかなかった。

「家にやって」

とにかくいまは家をあけるときではない。恩恵は急ぎ足で広場を横切り、さっきの人力車にまたのった。

車輪に背中をあずけてすわり、足をのばしていねむりをしていた車夫は、驚《おどろ》いてがばっと立ちあがった。広場でのことはなにも知らないでいた。

「あっ、そうだわ。街を見なくちゃ。郡庁へやってちょうだい。急いで」

恩恵がせかすと、車夫はねむそうな目つきのまま、梶棒《かじぼう》をつかんで走りだした。コッチネは、車を追いかけながら泣きっつらになった。

「あれまあ、この荷物を持ってまた家にもどるなんて！」

ボォーーー。

元山《ウォンサン》から走ってきた汽車が、とくべつ長い汽笛を鳴らして、昼下がりのときを力強くつげた。

2

昨夜のことは夢ではなかった。

敬愛《キョンエ》は漣川《ヨンチョン》おばさんと板間のまえに並んで立って、書斎《しょさい》から流れてくるラジオ放送を聞いた。黄寅甫《ファンインボ》が悪態をついて、なにかをほうり投げて割る音も聞いた。それからは、黄寅甫も徐華瑛《ソファヨン》も、昼食もぬいたまま部屋から一歩もでてこなかった。主人たちがそうしているので、漣川おばさんも敬愛も、手もちぶさたにして台所でしゃがみこむしかなかった。

敬愛はなんだかじれったくっていたたまれなかった。それで、漣川おばさんが便所にいったすきに、こっそり屋敷《やしき》からぬけだした。

街はひときわむしむししていた。それは天気のせいばかりでもなかった。不思議な秘密めいた熱気が、かげろうのように立ちのぼっていた。

「解放」という言葉がのどからとびだしたりひっこんだりした。かと思うと、悲しみとよろこびのないまぜになった泣き声が、盗人《ぬすっと》のしのび足のようにもれでてくることもあった。日本人の店が早ばやと戸を閉めているのも、いつもとちがっていた。

けれども、ユートピア書店はいつもどおりにあいていた。店主のツカダも、いつもとかわらないかっこうで勘定台《かんじょう》のまえにすわっていた。だが、その姿は魂《たましい》がぬけたようにぼんやりとしていた。敬愛《キョンエ》は、徐華瑛《ソファヨン》のつかいでこの店にはよくきていて、ツカダとはかなり親しくなっていた。父親ぐらいの年齢《ねんれい》で、日本人だったが、いい人だと思った。知らんぷりをしてまえを通りすぎることはできなかった。

「ツカダさん」

敬愛がガラスのひき戸をガラガラッとあけて店に入った。

「あっ、敬愛さん」

ツカダの表情は、家をなくした子どものように心もとなげだ。敬愛はどんな言葉をかけたらいいのかためらったが、だしぬけに聞いた。

「あのう……、だいじょうぶですか?」

ツカダのメガネが白く曇《くも》った。彼は指をメガネの下に入れて、すばやく涙《なみだ》をふいた。

「すまない、泣いたりして。みっともないところを見せてしまって」

ツカダは涙がこぼれそうな目でむりやり笑ってみせた。

「戦争が終わったと聞いて、うちのカンタのことが思われてね。もうちょっと早く……、一年でも早く終わっていたら、カンタはまだ生きてただろうに……」

カンタは父親に似ない子だった。日本の少年らのリーダー格で、鉄原《チョロン》中学柔道《じゅうどう》部の主将をつとめたが、志願兵として出征《しゅっせい》した。骨になってもどってきたのは一年まえのことだった。

「おい、敬愛」

徳九《トック》がガラス戸をガラッとあけて入ってきた。徳九はユートピア書店の二階にある「イチバン」という玉つき店の店員だ。名前こそ店員だが、実際は街のやくざの子分にすぎない。同じ村の出身だったので、敬愛《キョンエ》にはけっこうやさしかったが、敬愛はそんな親切が迷惑《めいわく》だったし、ときにははずかしかった。

「徳九兄さん、戸は静かにあけてくださいよ。もう、びっくりしたわ」

「おれらがびっくりすることがあるもんか。日本人や親日派の連中こそ、いまごろ肝《きも》をつぶしてるんじゃないか」

敬愛はすばやくツカダの顔色をうかがった。ツカダは聞こえないふりをして、勘定台《かんじょう》の上を片づけていた。敬愛が目くばせをすると、徳九もぎくりとした。

「おじさん、またきますから」

徳九がツカダにあいさつして、敬愛を外につれだした。

「いったいどうしたっていうの?」

敬愛は手をぱっとふりはらってにらみつけた。徳九は悪びれるようすもなく、両手を腰《こし》にあてて、目までむいてすごんだ。

「黄《ファン》のやつ、どこにいる? 百日紅屋敷《さるすべりやしき》にいるのか?」

「それが徳九兄さんとなんの関係があるの?」

「関係あるさ」

徳九はそういって、首を左右にまげた。ポキポキポキッと首の骨の鳴る大きな音がした。

「おまえのおやじさんはそれでも家で死んだろう。おれのおやじなんか、刑務所《けいむしょ》で死んだんだ。黄のやつ、このままでおくもんか！　みんなねらってるぞ。解放なんだ！　まだ日本人野郎が刀をさしてぴんぴんしてやがるからがまんしてるけど、いまに見てろ！　黄《ファン》のやつは、おれさまがこの手でぶっ殺してやる」

チンピラだとすごんでみせても、人のよさをどうにもかくしきれない徳九《トック》だったが、いまの彼の顔には殺気がみなぎっていた。

敬愛《キョンエ》はぶるっと寒気を感じて、逃《に》げだすようにその場をはなれた。徳九が怖《こわ》いのではなかった。徳九の殺気をおびたその顔が、まるで自分の心を映しているように思えたからだ。敬愛もわかっていた。知らなくて胸に埋《うず》めてきたわけではなかった。いつのまにか忘れたのでもなかった。死というものがありふれた時代だったが、自分の両親の死をありふれたこととは思えなかった。

敬愛が九歳になった年のこと、干ばつに台風と天災が相ついで、その年は凶作《きょうさく》となった。これまで見たことも聞いたこともないような凶作だと、人びとは身ぶるいした。凶作だからといって千歳邸《チョンセてい》が小作料をまけてくれるはずもなかった。とはいえそのまま飢《う》え死にするわけにはいかなかった。小作人たちはいっしょになって千歳邸におしかけてたのみこんだが、しだいに雰囲気《ふんいき》が険悪になった。そのときすでに、車《チャ》氏は憲兵隊に電話をかけていたのだ。小作人たちが倉からひと粒《つぶ》の米も持ちだせないうちに、憲兵たちがおしよせてきた。その場にいた小作人たちは憲兵隊に連行され、犬のように鞭《むち》打たれた。結局、半殺しの目にあって、主《おも》だった人たちは拘束《こうそく》された。敬愛の父親は訓戒放免《くんかいほうめん》でてきたが、鞭打ちの傷のせいで亡くなった。

翌年の春から、働き手の死んだ敬愛の家は小作の田んぼもとりあげられた。敬愛の母親は、日本人の経営する三井農場に日雇《ひやと》いにでた。ところが、ひと月もたたないうちに、朝鮮人の監督《かんとく》官のクマダのトラックにひかれて即死《そくし》した。クマダは敬愛《キョンエ》の母親の亡骸《なきがら》をゴザにくるんで、藁《わら》屋根の家の縁側《えんがわ》に、投げ捨てるようにおいた。

「ぼやぼや歩いとるから、こんなことになったんだ！」

両親が死んだあと、一五歳だった長女の美愛《ミエ》は鐘淵紡績《チョンヨンぼうせき》工場に就職して寄宿舎に入り、一三歳だった下の姉承愛《スンエ》は、姉といっしょには就職できず、元山《ウォンサン》へ旅立った。同じ村のお姉さんが元山のゴム工場で働いていて、働き口を探してくれるといったからだ。

そして敬愛は、一〇歳で百日紅屋敷《さるすべりやしき》に小間使いとして入った。千歳邸《チョンセてい》の河執事《ハしつじ》の妻の金化《クマ》おばさんは、街まで歩きながらこういった。

「あんたの母さんとあたしの仲だから、おまえをあのお宅に入れるんだけどね……。敬愛や、おまえが万家台《マンガデ》の姜《カン》の娘《むすめ》だということは、どんなことがあってもいうんじゃないよ。おまえもみんなきれいさっぱり忘れておしまい。すんだことをあれこれ思いだすのは、腹のふくれた両班《ヤンバン》たちのする贅沢《ぜいたく》だよ。貧《びん》乏《ぼう》ったれがなにか考えるようになった日には、命を縮めるだけだよ。わかったね？　だれかに生まれ故郷を聞かれたら、金化からきたとこたえるんだよ。あたしもそう申しあげておくからね」

ところが、「解放」が記憶《きおく》の扉《とびら》をあけてしまった。嵐のあとに殺人の痕跡《こんせき》があらわになったように、残酷《ざんこく》だった時間がよみがえってきた。

敬愛は路地の入口からその先に一歩も入れず、鉄原《チョロン》劇場の建物にもたれてしゃがみこんだ。まるで、姉たちが荷づくりする音を聞きながら、土壁《つちかべ》の下にしゃがみこんでいた、一〇歳のときのあの春の日のように。いつしかぽろぽろと涙《なみだ》があふれていた。敬愛はおでこをひざ小僧《こぞう》におしつけて、声を殺して泣いた。鉄原劇場《チョロンげきじょう》のつくる影《かげ》がしだいに東にのびて、夕陽が暖かくさしてきた。時間がそんなにたったのにも気づかず、敬愛《キョンエ》はぽつねんと、ただすわっていた。

そこへ人影が近づいてきた。

「敬愛」

徐華瑛《ソファヨン》だった。

「若奥さま……」

敬愛は手のひらで涙《なみだ》をふいて立ちあがった。涙はいつのまにか消えていて、乾いたほほがぱさついた。

「どうしてこんなところにしゃがんでいるの？」

「なんでもありません、若奥さま。あの、どこか……おでかけですか？」

むらさき色の洋服で美しく装った姿は遠出でもするようだった。はたして黄寅甫《ファンインボ》の黒塗《ぬ》りの自家用車が鉄原劇場の裏通りにむいてとまっていた。うしろの座席にすわった中折れ帽《ぼう》の男は黄寅甫らしかった。

――逃《に》げるんだわ。

敬愛は思わず鳥はだが立った。黄のやつをただでおかない、みんながねらっている、といった徳九《トック》の殺気だった顔がうかんだ。

「おまえにあえないままいくのかと思ったけど、よかったわ」

徐華瑛がそっと敬愛の手をにぎった。敬愛が思っていたより小さくて温かい手だった。敬愛は徐華瑛に視線をもどした。

徐華瑛は、やさしい言葉のひとつもかけない人だった。ただ、たまに気まぐれに気まえよくふるまうこともあった。

敬愛《キョンエ》が百日紅屋敷《さるすべりやしき》にきて、いくらもたたないころのことだ。

「文字が読めなくては、つかいにやることもできないわ。ハングルでも習っておきなさい」

徐華瑛《ソファヨン》はこういって、本家の執事《しつじ》、河《ハ》さんの娘《むすめ》のオクプニをよんで、敬愛に文字を教えさせた。それから一〇日たって敬愛を書斎《しょさい》によんで、本を一冊わたした。沈薫《シムフン》の『常緑樹』という小説だったが、敬愛はたどたどしくはあったけれど、大きなまちがいもなく読んだ。

「なかなかかしこいところがあるわね」

徐華瑛はこういってから、

「ひまなときは書斎の本を読んでもいいわよ」

とつけくわえた。ユートピア書店に本のつかいにもいかされた。小間使いの身で本を読む時間をつくるのはたやすくはなかったが、ときどき敬愛は書斎に入って、本や雑誌をめくった。書店にでかけてツカダに聞いたりして、日本語の読み書きもだいたいできるようになった。漣川《ヨンチョン》おばさんが徴用《ちょうよう》にとられた息子の生死がわからなくて気をもんでいたとき、その消息を調べてくれたのも徐華瑛だった。

「もうもどられないんですか?」

敬愛はのどがつまった。徐華瑛と別れるという事実のためか、黄寅甫《ファンインボ》の端正《たんせい》なうしろ姿のためか、よくはわからなかった。ひょっとしたら、ふたつともなのかもしれなかった。

「そう、そうしないとね。それがみんなのためにもなるし。敬愛、これまでご苦労だったわね。ほんとにありがとう」

「急いでください」

河執事《ハしつじ》が運転席の窓から顔をつきだした。徐華瑛《ソファヨン》は河執事にうなずいて、また敬愛《キョンエ》のほうをむいた。

「これからはよい日がくるだろうけど、当分はまだ大変だと思うわ。漣川《ヨンチョン》おばさんに預けておいたものがあるから、ちょっとは助けになると思うわ。じゃあ、……そう、元気で幸せになるのよ。わかったわね。それと……」

徐華瑛はちょっとためらったが、また口を開いた。

「洪正斗《ホンジョンドゥ》さんに伝えてもらえるかしら」

――洪正斗。

敬愛は聞きなれない名前に、いぶかしげな表情をした。徐華瑛が不思議なほほ笑みをうかべた。

「あの方が夢みる世の中にお祝いすると。そして、ときにその理想に心がときめいたと」

徐華瑛はまた敬愛の手をぎゅっとにぎったが、その手をはなして車にのりこんだ。黄寅甫《ファンインボ》の黒塗《ぬ》りの自家用車は、鉄原《チョロン》劇場の裏通りにそってゆっくりと遠ざかっていった。

夕食の膳《ぜん》を下げさせたあと、恩恵《ウネ》は書斎《しょさい》にもどって、またラジオのスイッチを入れた。恩峯《ウンボン》もだまってついてきて、すみにすわった。京城《キョンソン》中央放送局の第一放送から堂々と朝鮮語が流れてきた。〔解放まえは、第一放送は日本語、第二放送は朝鮮語放送だった。〕

解放当日のきょう、呂運亨《ヨウニョン》が朝鮮総督《そうとく》府の政務総監《そうかん》〔総督に次ぐ第二の地位〕である遠藤〔柳作〕から行政権を委譲《いじょう》されました。遠藤は日本人の身辺の安全と財産保護を要請《ようせい》しました。しかし呂運亨《ヨウニョン》は、そのまえに収奪《しゅうだつ》していった米を返還し、政治犯をただちに釈放《しゃくほう》すること、朝鮮人の自治組織の結成と活動を妨害《ぼうがい》しないことを要求しました。

さらに、きょうの正午から刑務所《けいむしょ》が開放され独立闘士《とうし》たちが釈放されており、呂運亨は秘密裏に結成してあった朝鮮建国同盟を基盤《きばん》に朝鮮建国準備委員会を発足させました。

——呂運亨というと……。

恩恵《ウネ》も、その名前は何回か聞いていて知っていた。彼はめずらしいことに、変節しない独立運動家だったし、共産主義者でもあった。かつて、マルクスの『共産党宣言』を朝鮮語に訳し、人びとはみな平等だといって、自分の家の奴婢《ぬひ》を解放したという。

「イジョウってなんのことだ?」

恩峯《ウンボン》が聞いた。

「総督府《そうとく》がすべての権限を呂運亨にゆずって、呂運亨は朝鮮建国準備委員会をつくった。だから結局、朝鮮建国準備委員会が総督府の代わりをするってことよ」

恩恵は冷たくいった。祖父の郭治英《カクチヨン》のまえでなければ、恩恵は恩峯に敬語をつかわなかった。お兄さんとよばないのは当然だった。歳をくらべてみても、たった六カ月しかちがわない。まして、妾腹《めかけばら》の兄に敬語をつかう気持ちなど、さらさらなかった。

「いや、それはおれもわかったよ。イジョウというのがどんな意味か気になっただけだ」

恩峯《ウンボン》は、言い訳するようにいってから、遠慮《えんりょ》がちにまた聞いた。

「呂運亭《ヨウニョン》っていうやつ、いったいだれなんだ？　けっこうえらそうじゃないか。日本が敗《ま》けたらすぐ主人づらするなんてなぁ」

恩峯は、呂運亭という名前も初耳のようだった。

――無知な田舎者でもないでしょうに。かりにも鉄原《チョロン》中学の生徒じゃない、まったく……。

恩恵《ウネ》は恩峯にあからさまに軽べつの視線をなげつけた。

「メグミ、[*16]書斎《しょさい》にいるのかい？」

麻《あさ》のチマチョゴリを優雅《ゆうが》に着こなした母親の尹《ユン》氏が書斎に入ってきた。恩恵と恩峯はぱっと立ちあがってあいさつをした。母親は、恩峯をまるで無視して恩恵の手をいきなりにぎった。

「よかった。世間がこんなにさわがしいのに、おまえが京城《けいじょう》にいったもんだと思って、どんなに心配したかしれないよ。駅から帰ってきたんだって？　まあ、ひと安心だわ。これも神さまのおかげだね」

それは神さまではなくて自分の判断だと思ったが、恩恵はなにもいわなかった。母親の病的なまでの信仰《しんこう》のまえに、そんな指摘《してき》はむだだった。

平壌《ピョンヤン》の名家のひとり娘《むすめ》である母は、結婚《けっこん》して一週間で夫からきらわれる妻になってしまった。恩恵の父親の郭泰成《カクテソン》は京城にもどってしまい、それから六カ月たってほかの女に産ませた赤んぼうをだいてもどってきた。赤んぼうの母親は、巫女《みこ》の娘で舞踏《ぶとう》家だといった。男の子だった。それから三カ月後に尹氏も赤んぼうを生んだが、女の子だった。妻でなく、妾《めかけ》の腹から生まれた子の恩峯が、家門を重んずる郭家の一族の跡《あと》とりとなった。

「ソ連軍がもう清津《チョンジン》港までできてるっていうじゃないか。牧師さまにその話を聞いて、どれほどからだがふるえたことか……」

母親は、両手で自分の顔をおおい、目までぎゅっととじた。

恩恵《ウネ》も、ソ連から聞こえてくるいまわしいうわさをとっくに聞いていた。共産主義者たちが両班《ヤンバン》の土地をうばい、ひどい場合は両班を殺したりしているというのだ。

母親は、ブルブルと身ぶるいをしながら話をつづけた。

「日本人どもが逃《に》げたあとに共産主義者たちがくるだなんて、キツネから逃げようとして虎に咬《か》まれるということわざを思いだすよ。けれども牧師さまは、安心しなさいとおっしゃたのよ。主《しゅ》がこの地を守ってくださっているから、無法な共産主義者たちの思いどおりにはならないって。これまで日本と戦争をするために、アメリカがどれほど多くの血を流したことか、この地を共産主義者たちにわたしはしないだろうといわれたよ。そう、なんていったかしら、アメリカが日本に恐《おそ》ろしい爆弾《ばくだん》を落としたとおっしゃってたけれど……」

「原子爆弾でしょう?」

恩恵が聞きかえした。数十万の命を一瞬《いっしゅん》にうばい去ったという、その爆弾のことはラジオで聞いた。

「そう、それだよ。アメリカはそれほど恐ろしい爆弾を持っているそうだよ。だから、いくらソ連がのさばってもアメリカにはかなわないということだよ。とにかくメグミ、いまは世間がさわがしい」

「お母さま、メグミってよばないで」

——もう創氏改名[*17]の名はつかわないほうがいい。それと、ほかになにがあったっけ……。

千歳邸《チョンセてい》のように、あからさまに親日的ではなかったものの、郭《カク》家でも、あれこれの金を拠出《きょしゅつ》して日本に協力してきた。そんなことが問題になるのだろうか。恩恵《ウネ》は素早く頭をめぐらした。母親も恩恵の気持ちがわかった。

「そうね。恩恵、当分は外出をひかえるのがよさそうね。みんなで月井里《ウォルジョンニ》の本家にもどって暮らしてはどうかね。おじいさまにうかがってみましょう」

母親は、いますぐにでも郭治英《カクチヨン》のところにいこうとばかりにからだを動かした。恩恵が母の腕《うで》をとった。

「二、三日ようすを見てから考えましょうよ、お母さま」

わたり鳥のたくさん飛来する月井里の本家は、築後二百年はたつ風格ある屋敷《やしき》だった。ところが、郭治英が脳卒中でたおれたあとは道立病院の近くに住むために、本家をあけて街なかの日本式邸宅《ていたく》ですごしていた。恩恵はこの家のほうが好きだった。世間がさわがしいからといっておとなしくする気はなかった。いま、わが家で世間の動きをまともに把握《はあく》できる人間は、自分しかいないと思った。祖父にその事実をしっかりみせつけたかった。こんな時代こそ、かっこうの機会なのかもしれない。

恩恵が恩峯《ウンボン》に声をかけた。

「黄基秀《ファンキス》のうわさ聞かない？　赤色読書会でつかまったって聞いたけど」

「おふくろさんが金をつかったので釈放《しゃくほう》されたって。そのあとのことは知らないけど。学徒兵に志願するという話もあったけど、いかなかったようだし……。どこかにかくれてるんじゃないか」

恩恵と恩峯と基秀は、幼稚《ようち》園と国民学校〔小学校〕にいっしょに通った。その後、恩恵は京城《けいじょう》の女学校に進んだが、恩峯と基秀は鉄原《チョロン》中学に通っていた。

「基秀《キス》がどうしたんだ?」

恩峯《ウンボン》が聞きかえした。

恩恵《ウネ》はだまってもの思いにふけった。

——基秀なら、いま鉄原《チョロン》がどう動いているか知っているはずよ。学徒兵にでたのでなければ、あしたの郡民大会で基秀にあえるにちがいないわ。


千歳邸《チョンセてい》は、さすがにうわさどおり素晴らしい屋敷《やしき》だった。

表門をくぐると、右に行廊棟《ヘンナンチェ》〔伝統的様式の屋敷で表門の両側にある部屋。使用人などが居住〕、左には倉が回廊《かいろう》のように長くつづいていた。むかいの中門をくぐると、蓮《はす》池や楼閣《ろうかく》まである大舎廊棟《サランチェ》〔主人の書斎《しょさい》兼接客室〕があり、その裏に竹林にかこまれた小さな舎廊棟があった。中門の左側にある門をぬけると母屋《おもや》だが、その大きさたるや、普通にひと家族が暮らせる一軒家《いっけんや》よりも大きかった。母屋の裏には別棟《べつむね》の離《はな》れや祠堂《サダン》〔先祖をまつる社〕もあった。

基秀は大きな舎廊棟の楼閣に立った。千歳堂《チョンセダン》と書かれた扁額《へんがく》の下からながめる風景は、きのうまでとかわりなかった。広びろと広がった野づらのはてまでおだやかな闇《やみ》がつつみ、夜はふけつつあった。

リリーーン
大きな舎廊棟の部屋で電話の音が鳴りひびいた。今夜はいつもの夜とはちがうぞ、と警告するかのような断固たる音だった。

基秀はバタバタとかけよって受話器をとった。

「おい、なにしてるんだ？　早くでてこい」

炳浩《ピョンホ》の興奮した声が受話器をつんざいた。

「どうなってる？」

基秀《キス》も、受話器のむこうの世界に一気にとびこみそうな勢いであわただしく聞いた。

「大ごとだぞ！　みんなようす見していたんだが、日が暮れて火がついたんだ。日本人の住んでいるコブソ里を焼きはらってやるっておしかけたけど、日本の憲兵隊の銃口《じゅうこう》で脅《おど》されて、そのままひきさがってきたそうだ。だからってこのままじゃだめだろうが。みんな親日派のやつらからぶったぎるって大さわぎだ。この非常事態に、日本人どもが親日派まで面倒《めんどう》を見るわけないだろう。いまとなっては役たたずの猟犬《りょうけん》だよ！　ちょっとまえになにがあったと思う？　あの朝鮮人監督《かんとく》官のクマダの野郎が、神社のまえにひきずりだされてなぐり殺されたよ」

クマダ！　基秀もその名前をよく知っていた。敬愛《キョンエ》の母親をトラックでひき殺したあの監督官。やつは三井農場で働く朝鮮の娘《むすめ》たちを次から次に強かんしたという。ついに、くるべきときがきたということだ。

だから、こうやって身動きできずに家にいる。解放の日、それは父や母が罪人になる日でもあった。母を残して家をでるわけにはいかない。

「あの……、おれがちょっと興奮しすぎたようだな」

炳浩は基秀の気持ちをくんだのか、口調をおちつかせた。基秀はだまって炳浩の話を聞いた。

「あしたからは絶対こんなふうにならないぞ。洪正斗《ホンジョンドゥ》先生がそういわれた。早く状況《じょうきょう》をおちつかせなきゃならんとな。親日派も悪徳地主も、みんな罪を償《つぐな》わなきゃならんが、法のもとでやらないとだめだって。冷静に罪を問い、許せるものは許さなきゃならんと。だから、急いで自治委員会をつくっている最中だそうだ。そこでだ……、おい、聞いてるか？　コミュニストの弟！　元気だせ！　おまえ、今朝、山で自信たっぷりに話したことを忘れたのか。解放になったら……。なあ基秀《キス》、本当にそんな日がきちまったな。それもまさにきょう……。本当に夢みたいじゃないか」

炳浩《ピョンホ》の声がふるえた。

基秀も目頭《めがしら》が熱くなった。クマダは死んだが、自分の父親はまだ無事だ。その事実に少し心がおちついた。罪をただし、許せるものは許す。基秀は舎廊棟《サランチェ》の塀《へい》ごしに行廊棟《ヘンナンチェ》を見た。黄色い燈火《とうか》のもれるはしの部屋、そこは洪正斗《ホンジョンドゥ》がほかの作男たちと寝《ね》おきする部屋だった。その洪正斗が解放の日を指導していた。彼こそ、基秀の夢見た解放そのものだ。

——そうだ、解放の日だ。

心配ごとばかりだが、いまはそれよりも、あまりにも胸が熱かった。歴史が大ゆれする夜。だれよりも先んじて、その海路を切りひらく人間になりたかった。

「いま、どこだ？」

基秀の語調がせわしなくなった。

「いったん、うちのおふくろの一膳《ぜん》飯屋にこいよ。いま、農学校の学生たちを中心に治安隊をつくりはじめたところだ。こんなことにわが鉄原《チョロン》中学が入らんわけにいかんだろうが。みんなここに集まることにしたんだ。洪先生もこられると思う」

基秀《キス》は電話を切ってすぐに楼閣《ろうかく》をおりた。母親の目を避《さ》けて、門にはむかわずに、舎廊棟《サランチェ》の裏塀《うらべい》をぱっとのりこえた。そして村をぬけて広い道路にでると、ちょうどバスが走ってきた。基秀がさっと手をあげるとバスはとまった。

「あっ、運転してるんですか？」

基秀がバスにのりながらびっくりして聞いた。

「はい、ぼっちゃん。日本人どもが家にすっこんでるもんで、しょうことなしに……」

運転席にすわっている朴珍三《パクチンサム》は万家台《マンガデ》の人間で、郡内バス会社の整備工だった。

バスはまっ暗な道をひた走って、鉄原《チョロン》警察署のまえに着いた。炳浩《ピョンホ》の母親の店は駅の近くにあるが、基秀はここでおりた。街路をちょっと歩いてみたかった。

鉄原警察署は、灯りをこうこうとつけたまま入口を固く閉ざしていた。ふだんより多くの歩哨《ほしょう》が立っていたが、まるで石像のように動きがなかった。彼らはいまや、警察署の外ではなくてなかを守る存在にすぎなかった。警察署を通りすぎて、鉄原劇場のまえにきてみると、「神風《かみかぜ》の御召《おめし》」という看板がまっぷたつになって下に落ちていた。基秀は足元で看板の一部がこわれる音を聞きながら、劇場のまえで立ちどまった。

きょうのような日、父はどうして母をひとりにしておくのだろうか。百日紅屋敷《さるすべりやしき》につづく暗い路地を、基秀は恨《うら》めしそうににらんだ。

赤色読書会事件で憲兵隊につかまって釈放《しゃくほう》されたあの日、基秀は父親の妾《めかけ》だというあの女にあった。あれほどまぢかであったのははじめてだった。女は思ったよりもきれいで、かしこそうな目もとをしていた。

「一五歳のぼうず頭の生徒を共産主義者とよぶのはあんまりですけど、あなたのもとで共産主義者が育っているんですから、本当におもしろい時代です」

徐華瑛《ソファヨン》はいたずらっ子のような目つきでいった。黄寅甫《ファンインボ》はギクッとして、あたりをうかがってからしかりつけた。

「ふん、共産主義者だと！　まだ分別《ふんべつ》のない子どもが好奇心で本をかじったくらいで、なにをいうか！」

「あなた、天が地になり地が天になる時代です。のちのち共産主義者の息子のおかげで命びろいするときがくるかもしれませんよ」

徐華瑛は、茶目っ気たっぷりの笑みをうかべたまま、その場をはなれた。敬愛《キョンエ》がカバンをもってその女のあとを追った。その日も、敬愛と基秀《キス》はおたがいに知らんふりをした。

けれど、敬愛が万家台《マンガデ》の子どもだった時分、基秀は敬愛の姉妹たちといっしょに遊んだ。千歳邸《チョンセてい》の尊い末っ子のおぼっちゃまは、どうしたわけか宮殿《きゅうでん》のような自分の家よりも、村の道のほうが好きだった。東京で買ってきためずらしいおもちゃよりも、村の子どもたちの遊びのほうが好きだった。そのたびに母親にしかられながらも、すきさえあれば家をぬけだし、そのたびにまず敬愛を探した。そのころ敬愛は男の子顔負けのおてんばで、塀《へい》をのりこえてきたおぼっちゃまのあこがれになるだけのことはあった。そうやっていっしょに遊んでいるのがみつかれば、村の子どもたちは千歳邸の作男たちに、尻《しり》がはれあがるほどたたかれた。子どもたちは二度といっしょに遊びませんと謝りながらも、基秀の持ってくるおやつの魅力《みりょく》に勝てる子はいなかった。基秀の信じる共産主義というのは、どうかするとあの時代に対する追憶《ついおく》なのかもしれない。

そんな日が、そんな新しい日が近づいていた。いままでとはまったくちがう世の中、金鶴山《クマッサン》のふもとの幼いころのような時代。基秀《キス》は街路を全速力でかけだした。

3

敬愛《キョンエ》はガサガサッという音で目がさめた。夜明けのうす明かりのなかで、漣川《ヨンチョン》おばさんがこっちに背中をむけてすわりこみ、なにかやっていた。敬愛は、ねむい目をこすりながらからだをおこした。

「おや、目がさめたかい?」

おばさんがふりかえって敬愛をうれしそうに見た。かつてないやさしい口ぶりだ。

「それ、なんなの?」

敬愛がおばさんのまえにおかれた風呂敷《ふろしき》包みを指さした。

「あのな、敬愛や」

おばさんが敬愛ににじりよった。

「そうでなくてもな、おまえがおきるのを待ってたんだよ。わしゃひと晩じゅう一睡《いっすい》もできなかったよ」

おばさんがひと晩じゅうねむれなかったというので、敬愛はふきだした。だが、おばさんの顔つきは真剣そのものだ。

「敬愛《キョンエ》、おまえ、これからどうするつもりだい？」

「なんのこと？」

敬愛もなぜかねむけがふっ飛んだ。

「やれやれ、しっかりしているようでも、子どもは子どもだねえ。あのな、ご主人さまがでてったから、わしらももう、このお屋敷《やしき》には住めないってことさ。ご主人さまは、本宅の奥さまを残してこっちの若奥さまといっしょにいってしまわれたみたいだけど、本宅の奥さまが、このお屋敷をほうっておくと思うかね。まかりまちがえば、あたしらもとんでもないとばっちりを受けるかもしれん。あの奥さまならムシロ巻きぐらいはやりかねんよ。解放とかなんとかいうけど、わしらの命はご主人さまの手の内にあるんだよ。だから、早いとここのお屋敷からでていくにかぎるよ。わしはすぐに漣川《ヨンチョン》に帰ろうと思うよ。解放になったからって、うちのトリがきょうあすにもどってくるわけでもないんだけどね、もう気が急《せ》いてな。きのうから、もう鉄原《チョロン》駅のまえでゴザをしいて寝《ね》ている人が多いそうな。軍隊にとられた息子、挺身隊《ていしんたい》にひっぱられた娘《むすめ》、徴用《ちょうよう》された亭主《ていしゅ》、刑務所《けいむしょ》に入れられた息子……だれだってみんな首を長くして待ってる人がいるんだよ」

敬愛は、漣川おばさんの話を聞きながら姉たちのことを思った。鐘淵紡績《チョンヨンぼうせき》につとめていた上の姉の美愛《ミエ》は、春川《チュンチョン》に嫁《よめ》にいった。相手は中学校（旧制中学校。一二歳からの五年制）まででた男だというから、玉の輿《こし》だといえた。だが、美愛の夫は、貧しい妻の実家を支えてくれるほど度量のある男ではなかった。美愛は敬愛ひとりをおいていくのがつらくて、泣き泣き春川に嫁《とつ》いでいった。二年まえ、鉄原に帰省した美愛は、キモノ姿にゾウリをはき、髪《かみ》はマルマゲに結っていた。美愛の夫の南一洙《ナムイルス》は、春川警察署高等係に勤務する朝鮮人刑事《けいじ》だった。結婚《けっこん》式も神社であげたし、家庭でも朝鮮語をつかわないそうだ。「イチロウさん〔美愛《ミエ》の夫の日本名〕は天皇陛下のためにすごい手がらをたてて、きっと貴族になってみせるって」

美愛は期待に満ちた顔でいった。

「その日までもう少しだけ待っててちょうだい」

と、敬愛《キョンエ》をだきしめて、ひとしきり泣いた。

元山《ウォンサン》にいった下の姉の承愛《スンエ》は、三年まえからぷっつり消息がとだえていた。生きているのか死んだのか、挺身《ていしん》隊にでもひっぱられていったのか、まるでゆくえが知れなかった。

「敬愛、わしといっしょに漣川《ヨンチョン》にいかないかい?」

高等係の刑事だというから、義兄は無事ではすまないだろう。三年ものあいだ、一通の便りもよこさない下の姉も、もうこの世の人ではないかもしれなかった。それでも敬愛は首をふった。

「そういうと思ったよ。だけど敬愛、もしかして気がかわったらいつでも漣川においで。漣川といえば、目と鼻の先じゃないか。若奥さまがくださったお金があるから、当座はそれで暮らしながら身のふり方を考えてみるんだね。それでもダメなら、いつでもわしのところにくるんだよ。わかったね」

おばさんは、小さな風呂敷《ふろしき》包みひとつを胸にかかえて、百日紅屋敷《さるすべりやしき》をでた。敬愛は牛市場のまえまで見送った。おばさんは敬愛を一度ぎゅっとだきしめてから、風呂敷包みを頭にのせて南へと歩きだした。

日が高くなるにつれて、街なかにおしよせる人たちがどんどん増えてきた。金鶴山《クマッサン》のふもとをぐるっとまわって走ってきた人たち、金剛山《クムガンサン》電気鉄道の線路を歩いてきた人たち、漢灘江《ハンタンガン》ぞいにやってきた人たち、サンミョン湖のむこうからかけつけてきた人たち……、敬愛《キョンエ》も人波にのまれ、おされるように歩いた。大通りが手ぜまになって、路地裏にまで人びとが入りこんでいた。殖産《しょくさん》銀行の屋上や鐘淵紡績《チョンヨンぼうせき》の塀《へい》の上や農産物検査所に駐車しているトラックの上など、真夏のぶどうの房のように人間がびっしりつらなっていた。

郡役場と裁判所と警察署は歩哨《ほしょう》兵を立てたまま、扉《とびら》をしめ切って身をすくめていた。戸を壊された氷屋の倉庫から氷がとけだして、舗装《ほそう》されていない黄土《ファント》の道がべちゃべちゃにぬれていた。街なかの店はほとんど閉められていて、あけている店にしても商売する気はなかった。主人も店員も、大通りのようすにばかり気をとられて、手クセの悪いやつが商品を盗《ぬす》んでいくのにも気づかなかった。すっかり威光《いこう》をなくした日本人の商店は、もうめちゃめちゃに壊されていた。とくに神戸製菓《せいか》店はひどくて、まるで廃墟《はいきょ》のようだった。いつだったか、パンを盗もうとしてみつかった朝鮮人の少女の手首をへし折ってしまうほどに悪辣《あくらつ》だったからだ。

大判饅頭《まんじゅう》（ドラ焼き）や納豆汁《なっとうじる》など、食べ物を売る店だけが、ときならぬ盛況でごったがえしていた。人びとは、日の丸の赤い丸半分を青くぬって太極旗《テグッキ》*18にしたててふりまくった。ほかにも、布をつぎあわせてつくった横断幕に、「朝鮮独立万歳《ばんざい》！」と書いて持ってきた人たちもいた。

郡役場のまえの中華《ちゅうか》饅頭店の夫婦も、チーパオ〔ワンピースの中国服〕をきてブリキの看板をしゃもじでたたいてよろこんだ。

南国民学校からマイクのテストの声が流れてきた。その声に導かれた人たちが、南国民学校になだれこんだ。運動場に入りきれない人びとは、塀の外でつま先立ちをした。

敬愛《キョンエ》も、人波にあちこちへと押し流されながら、南国民学校の正門正面のカフェのまえまでやってきた。ただ、くるにはきたが、立ちすくむばかりだった。いくところもなく、こいという者もいなかった。敬愛には待つ人もいなければ待ってくれる人もいなかった。しかし、ここは両親の骨を埋《う》めた土地だった。姉さんたちと自分のへその緒《お》を埋めた土地だった。鉄原《チョロン》のほかにはどこも知らなかったし、ここが、敬愛の知っている唯一の世界だった。

その世界が、恐《おそ》ろしいぐらい激しくゆれ動いていた。敬愛のよく知らないどこかにむかって、休みなくひた走っていた。

「鉄原郡民のみなさん！」

鉄原農学校の制服をきた学生が、運動場の壇《だん》上にあがって、マイクにむかって声をはりあげた。運動場に集まった人びとは、しだいに静かになったが、外の通りはあいかわらずうるさかった。

「ただいまから鉄原郡自治委員会発足式をとりおこないます。まずいっしょに愛国歌を歌いましょう」

――♪東海《トンヘ》の海がかわいて　白頭山《ペクトゥサン》とつながるまで～

たいていの人は、西洋風の曲調が耳なれなかったし、歌詞にもなじみがなかった〔当時は「ほたるの光」の曲で歌った〕。それなのに、まるでその歌を知っているかのようにくちびるを動かした。敬愛も小さな声でついて歌った。歌詞はちがっていたが、徐華瑛《ソファヨン》も同じような曲調の西洋の歌を、蓄音《ちくおん》器でときどき聞いていたことがあった。

「まさに、きのう」

歌が終わると、司会の若者がまた口をきった。

「日本の天皇ヒロヒトが、ラジオの演説で降伏《こうふく》を宣言しました。われわれの朝鮮は、感動的な解放をむかえることになりました。呂運亨《ヨウニョン》先生の率いる朝鮮建国準備委員会が発足し、平壌《ピョンヤン》でも、曺晩植《チョマンシク》先生が朝鮮建国準備委員会平南委員会を発足させました。民族の解放のために戦ってきた闘士《とうし》たちが、帰国を急いでいます。金九《キムグ》先生をはじめとする臨時政府の要人たちが帰国の準備をしており、朴憲永《パッコニョン》先生をはじめとする革命家たちも、解放の前面に立っています。東北抗日連軍〔「満州」に展開した日本への抵抗組織〕の金日成《キムイルソン》将軍、そして中国革命軍とともに日帝《にってい》〔日本のこと。大日本帝国または日本帝国主義の略〕と戦ってきた武亭《ムジョン》将軍など、武装闘争《とうそう》の英雄たちも帰国しつつあります。監獄《かんごく》から釈放《しゃくほう》された同志たちは、すでにこの場に同席しています。

鉄原《チョロン》郡民のみなさん！　いままさにこの場で、独立運動家李鳳夏《イボンハ》先生を委員長として、鉄原郡自治委員会を発足させることを宣言します！」

マイクの性能もよくなく、群衆の騒音《そうおん》が若者の声をかき消した。演壇《えんだん》のすぐ近くにいる人たちをのぞいては、なにをいっているのかよくわからなかった。通りにあふれている人たちには、なおさらわからなかった。遠くで人の声がわんわん鳴りひびくだけだった。けれども、だれもが感じることができた。ありえないことがおこっていた。上から下に流れていた川の流れが、逆流してほとばしりはじめたのだ。

つづいて自治委員会の李鳳夏委員長とほかの委員たちが、順番にマイクをにぎった。そのうちのふたりは、きのう西大門刑務所《ソデムンけいむしょ》から釈放《しゃくほう》されたばかりだ。

そして最後に、臨時治安隊長が演壇《えんだん》にあがった。

「次は民族反逆者たちを審判《しんぱん》することにします。鉄原《チョロン》郡民の名前で、彼らを人民裁判にかけなければなりません。自治委員会傘下《さんか》の治安隊が、民族反逆者どもを追跡《ついせき》し、逮捕《たいほ》し、断罪します。ですから、個人的な報復は自制していただきたいと思います。人民裁判を待ってください。次に、彼らの財産はやはり、自治委員会が没収《ぼっしゅう》します。つまり、そのすべての財産が鉄原郡民のものだということです。まずあした、穀物倉庫をあけて米をわける予定です。日帝《にってい》と地主、資本家に収奪《しゅうだつ》されたわれわれのものをとりもどす最初の仕事です！」

拍手《はくしゅ》の音がいっそう大きく鳴りひびいた。ひもじさから救われるという知らせは、朝鮮という国をとりもどした感激を圧倒《あっとう》してあまりあった。運動場の外にはスピーカーのわんわんうなる音がひびいただけだったが、話の中身は石橋の飛び石のようにつたわった。

――お米をわけてくれるのね！

敬愛《キョンエ》は、通りの外まで広がった歓呼《かんこ》の声を聞きながら、人ごみからはなれた。若奥さまがくれたお給金に配給の米まであれば、飢《う》え死ぬことはなさそうだ、と思った。さしあたって寝《ね》るところがなくて心配だが、きょうは大奥さまでなくてあの世の使者〔死神〕がきても、一歩も動けそうになかった。ひどい風邪《かぜ》をひいたように全身がだるくて気力がなかった。まずはまるくなってぐっすりねむる必要があった。

ところが、敬愛が疲れた足どりで屋敷《やしき》まで帰ってみると、意外な客が門のあたりを行き来していた。基秀《キス》だった。

——旦那《だんな》さまを探しにきたんだわ。

そう考えると、敬愛《キョンエ》は基秀《キス》の顔をまともに見られなかった。何歩かはなれて立ちどまり、ようすをうかがった。ところが、となりの犬がおかまいなしにほえだした。基秀が敬愛のほうをふりむいた。

「ぼっちゃま」

敬愛がぺこりと頭を下げて近づいた。

基秀は顔を赤らめて背をむけた。白い学生シャツの腕《うで》にまいた赤い腕章《わんしょう》みたいに、赤くほてった顔だった。敬愛はかわいそうになって、視線を落としてやっと口をきいた。

「あのう、ぼっちゃま、実は旦那さまは……」

「わかってる、わかってるんだ。わかってるけど……きてみたんだ」

ふたりはぎごちなく視線をそむけたまま、しばらくだまったままでいた。敬愛が、おずおずと基秀のわきをぬけて門をあけた。ギギーときしむ音がとりわけ大きく聞こえた。主人が立ち去っていくらもたたないというのに、もう屋敷《やしき》は死んだような沈黙《ちんもく》に支配されていた。

敬愛がわきにさがると、基秀が屋敷に入った。庭のまんなかにぼんやりと立って、建物をゆっくりながめた。大切ななにかをなくしたような顔つきだった。そうして、基秀は重い口を開いた。

「すまない、いくよ」

基秀は弱々しくきびすをかえした。そして、門のところでまた敬愛のほうをふりかえった。

「敬愛！」

敬愛はそっと目線をあげた。

「もうぼっちゃまなんてよばないでくれ。よばなくていいんだ」

基秀《キス》は子どものころも、ときどきそんなことをいった。そのやさしい言葉につい、「基秀、基秀」とよんで、遊んだこともあった。そんなある日、敬愛《キョンエ》と承愛《スンエ》は自分の母親にみつかって、血がでるほどふくらはぎをうたれた。激しく鞭《むち》打ちながら、母親はいった。

「ぼっちゃまをぼっちゃまと思わなければ、結局はなぶり殺されることになるんだよ！」

敬愛は、ふところみあげてくる熱いなにかを、ごくりとのみこんだ。

「ぼっちゃまには、それがそれほど大切ですか？」

基秀は、ためらうことなくうなずいた。

「うん。おれには大切だ。だからぼっちゃまとよばないでくれ。これから世の中はかわるんだ」

敬愛は思わず笑みをこぼした。

「なんで笑うんだ？」

「いいえ」

「……それと、まるで若さまにいうような敬語をつかうのもやめてくれ。おれたちは同い年だ。小さいころから友だちだったのに」

敬愛はうなずいた。ぼっちゃまであれ基秀であれ、心に負担がかかるのは同じことだった。どっちでもよかった。いまも昔も敬愛に大切なことは、生きぬくことだ。

「あのう、ぼっ……。このお屋敷《やしき》は、これからどうなるんですか……」

「自治委員会で没収《ぼっしゅう》することになる。親日派の財産だからね」

基秀《キス》は苦にがしい笑いをうかべかけたが、敬愛《キョンエ》にたずねた。

「なんでそんなこと聞くんだ?」

「いえ、なんでもないんです」

敬愛はすぐに首をふった。

「じゃあ、また」

敬愛はじっと立ちつくして、基秀のうしろ姿を見送った。

――幼いころは小さいほうだったけど、ずいぶん背がのびられたわ。

解放という言葉のせいか、基秀にであったせいか、忘れていた昔の日々が次々と思いだされた。敬愛はとりとめのない思い出をはらいのけながら使用人部屋にもどった。ぼっちゃんか基秀かというよりも、重要なことがあった。自治委員会が没収《ぼっしゅう》するというのがどういう意味なのか、正確にはわからなかったが、なんにしても、大奥さまが屋敷《やしき》におしかけてくることだけはないと思われた。もちろん、だからといってこの屋敷で大の字になってゆったりと寝《ね》ることもできなかったが、いまは身動きする気力もわかなかった。敬愛は、布団《ふとん》もかけずに風呂敷《ふろしき》包みをだいたままうずくまって横になると、たちまちねむりに落ちた。

恩恵《ウネ》は家にもどるとすぐ、祖父の郭治英《カクチヨン》の部屋にむかった。母親にも恩峯《ウンボン》にもいっしょにくるよう伝えた。

「京城《キョンソン》にいかなければなりません」

恩恵がいった。

郭治英は、面倒《めんどう》くさそうな顔つきでからだをおこし、すわった。短く刈《か》りこんだ白髪《はくはつ》に、麻《あさ》でつくった寝間着《ねまき》を着た郭治英《カクチヨン》は、日をおって衰弱《すいじゃく》している。脳卒中の後遺症《こういしょう》でかすかに頭がふるえていたので、なおさら弱っているように見えた。

恩恵《ウネ》はあせっていた。

「千歳邸《チョンセてい》の黄寅甫《ファンインボ》さんも、きょう鉄原《チョロン》から姿をくらましました。京城《キョンソン》にいったにちがいありません。三八度線を境にして、南側には米軍、北側にはソ連軍が入ってくるそうです。ソ連軍が雄基《ウンギ》、羅津《ラジン》、清津《チョンジン》港から上陸し、日本軍の武装解除をしているそうです。鉄原にもすぐにソ連軍がおしよせるでしょう」

「三八度線ってなんのことだ？　ソ連軍がきたらどうなるんだ？　おれたち、みな殺しにされるのか？」

恩峯《ウンボン》はおびえて、いまにも泣きだしそうになった。郭治英が、情けないというふうに恩峯をにらみつけた。かしこすぎる孫娘《むすめ》も、たりなさすぎる孫も、どちらも気に入らなかった。郭治英は、恩峯から目を移して恩恵をどなりつけた。

「うるさい！　女がちょっとかしこいからと大目にみてやったら、つけあがるのもいいかげんにしろ。両班《ヤンバン》の令嬢《れいじょう》が、なんで外の世界のことにああだこうだというのか？　娘がなんで家を勝手に仕切ろうとするんだ？　おまえは家を台無しにする女にちがいない！」

「おじいさま、わたくしのいうことを聞いてください。早く京城にいかなければなりません。きょう、郡民大会で土地改革の話がでました。地主の土地をうばって小作農たちにわけてやるというんです。ここにいては、どんな目にあうかわかりません。南は状況《じょうきょう》がちがいます。いくら呂運亭《ヨウニョン》や朴憲永《パッコニョン》がのさばっても、米国は共産主義の大きらいな国ですから。まずは京城にいって……」

「つつしめといっただろう！」

「お父さまもきっと京城《キョンソン》にこられると思います。米国にいると聞きましたから、いまに米軍といっしょに堂々ともどってこられるでしょう。ですから、わたくしたちも……」

「ふん！」

郭治英《カクチヨン》が文机を強くうちおろした。

「おまえはわしをなんだと思っておるのか！　病床《びょうしょう》にあるから隠居の年寄りとでも思っているのか。共産主義者がのさばるだと?!　そんなことがはじめてのことだと思うのか。世の中がおかしくなれば、下の者どもが身のほどもわきまえずにのさばるもんだ！　上の者が体面もなく怖《こわ》がっていては、威厳《いげん》が保てるわけがなかろう。やつらがのさばったからといって、天が地に、地が天になるわけでもない。両《ヤン》班《バン》と常民《サンミン》とに区別が厳然とあり、男女で役割がちがうのは、天の道理なのだ！」

「おじいさま、時代はかわりました。両班と常民の区別など、気にもかけない人が増えました。男女の役割がちがうというのは昔話です。京城には、男よりよくできる女たち、男より大仕事をする女たちは多いのです。わたくしもまた、女ですけれど……」

「やめろといったではないか！」

郭治英が額に青筋をたててさけび、自分のえり首をぐっとおさえた。

「おじいさま！」

恩峯《ウンボン》が泣きそうな顔で、さっとかけよった。郭治英は、うるさそうに手ではらいのけた。

「母さん、よく聞きなさい。今後は、恩恵《ウネ》が屋敷《やしき》から外にでないように監督《かんとく》しなさい」

「おじいさま！」

「まだいうのか！」

郭治英《カクチヨン》は厳しい目つきになって、恩恵《ウネ》をにらみつけた。

「もう一度、おまえたち母子ふたりにはっきりといっておくぞ。恩峯《ウンボン》が郭一族の跡《あと》とり息子だ。わかったか！」

跡とり息子？　恩恵は、祖父の視線をまっすぐに受けとめつつ、くちびるをかんだ。妾《めかけ》の身から生まれた愚《おろ》かな子。ただ男だという理由だけで、恩峯が一族の長になるというのは、あまりにも不公平なことだった。

——おまえが男の子に生まれていたらどれほどよかったか。立身出世して名をあげ、一族を輝《かがや》かしただろうにのう……。

祖父は、幼い恩恵をひざにのせて、こう嘆《なげ》いた。いつのころからかそんなことはいわなくなったが、恩恵はよくわかっていた。祖父の目の輝きは、そのころとかわりなかった。祖父に、その判断がまちがっていなかったことを見せてあげなければ、と思った。男に生まれはしなかったが、立身出世して名をあげ、一族を輝かせたい。

しかし、郭治英の口からは、恩恵の望みとはまるで異なる話がつづいた。

「三従の道というが、わしは病気だし、父親は他地にいる現在、恩峯が郭一族の当主なのだ！　恩恵はもちろん、母親も恩峯に礼儀《れいぎ》をつくし、その意志にしたがうようにしなさい。今後、道理にもとるようなおこないは、いっさい見逃《のが》さないからそう思え！」

「はい、お父さま」

母親はすぐに頭をさげた。

恩恵《ウネ》は、最後まで返事をしないで、祖父を凝視《ぎょうし》しつづけた。

基秀《キス》が家にもどってみると、高くそびえた表門があけはなたれていた。米倉や行廊棟《ヘンナンチェ》や屋敷《やしき》のなかは、あばかれた墓のようにひっくりかえされて、がらんどうだった。母屋《おもや》も暗く静まりかえっていた。灯りはどこにもついていない。人のぬくもりはみじんも感じられなかった。

――まさか、お母さんも出ていかれたんだろうか？

基秀は、心臓が縮む思いで、いつもは女たちの暮らしている母屋の奥へと近づいていった。まっ暗な部屋のむこうは深い静寂《せいじゃく》につつまれていたが、はりつめた緊張《きんちょう》感もただよっていた。

――出ていかれたのではないな。

基秀はほっと胸をなでおろして、奥の間の戸をあけた。

母は、両目をとじて、大座布団《ざぶとん》に銅像のように居ずまいを正してすわっていた。暗闇《くらやみ》のなかに、かたくなに鎮座《ちんざ》したその小さなからだに、基秀はただただ目頭《めがしら》が熱くなった。母がかわいそうだった。母は、富豪《ふごう》の家の経済を一手ににぎっていたが、父は、常民《サンミン》出身の母を軽《かろ》んじつづけ、いつも外でほかの女と暮らした。そして結局、解放の渦中《かちゅう》にあっても、母ではなく妾《めかけ》をつれて逃《に》げてしまった。

母が静かに目をあけた。

「で、黄寅甫《ファンインボ》はどこへいったんだい？」

凜《りん》とした声は、あいかわらず千歳邸《チョンセてい》の女主人らしかった。

「いったん京城《キョンソン》にいったのではないかと思います」

「あの人は、殖産《しょくさん》銀行と朝鮮銀行の預金までぜんぶひきだして逃《に》げたんだよ」

文箱の上におかれた写真立てのなかの父は、いつもどおり基秀《キス》にむかって明るいほほ笑みをつくっていた。中折れ帽《ぼう》をかぶったロマンスグレーのしゃれた紳士《しんし》。友だちの父親などとちがって、茶目っ気があってやさしかった父。そんな父が、母と基秀を残したまま去ってしまった。財産を持てるだけ持って、妾《めかけ》だけをつれて、あとをふりかえりもしないで、一目散に。基秀は泣かないように力をこめて、しっかりと目をあけた。

「執事《しつじ》の河《ハ》に命じて土地の権利書もなにもかも、一切がっさい持っていってしまったよ。黄寅甫《ファンインボ》……、あの人はとうとう、私のお父さまのすべてを盗《ぬす》んでしまった。ぬけがらのようなこの屋敷《やしき》だけを残して……」

母の言葉尻《じり》がだんだんとおぼろになっていった。

「お母さん！」

基秀は、母のまえにひざをそろえてすわった。

——いまはお母さんのことだけを考えないと。ぼくのまえに残ってくれたお母さん。ぼくが守り通さないと。

「あの人は……あの人はもう、父ではありません。ですから、お母さんもあの人を忘れてください」

母の虚《うつ》ろな視線が、やっと基秀をみつめた。

「私のおりこうな末っ子も、よほど腹が立ったようだね。そんなひどい言葉を口にできるとは」

母親の口元に、さびしそうな笑みがうかんだ。

「口先だけじゃありません。もうあの人は、ぼくの父親ではありません。ですから、お母さんにも、なんの関係もない人です」

「京城《キョンソン》だって……基澤《キテク》も基玉《キオク》も、京城からもどってこないだろうね。私がおなかを痛めて生んだ、私の子どもたちまでみんな、黄寅甫《ファンインボ》のものになった。私の孫の殷国《ウングク》……。あのいい子が、このおばをどれほど心配していることか……」

殷国の名前を口にする母の声がしめった。

今年、京畿《キョンギ》中学校に入学した殷国は、千歳邸《チョンセてい》の初孫でとりわけ多感な子だった。たった二歳ちがいだったが、甥《おい》だからか、基秀《キス》は殷国がずいぶん年下のように思えた。殷国も基秀を、叔父《おじ》さん、叔父さんと慕っていた。殷国のことを思えば、基秀も胸がしめつけられた。

しかし母は、いつのまにか冷徹《れいてつ》な顔つきにもどっていた。

「なら、私も逃《に》げださなきゃならないのかねえ?」

孫にあいたがる祖母の顔は、どこかに消えていた。その顔は、鉄原《チョロン》のだれもがひどい目にあわされたことのある、顔もそむける千歳邸の女主人の顔だった。

基秀は胸がつまったが、気をとりなおして言葉をつづけた。

「逃げたところで、京城にいってみたところで、なにもかわりません。朝鮮のどこにいっても、同じことです。解放された朝鮮で……」

「いってごらん」

母が基秀の言葉をさえぎった。基秀は、じっと母の言葉を待った。

「いったい全体、私になんの罪があるというのだね？　どんな罪を犯したからといって、おまえの父親はそんなにあわてて逃《に》げだしたんだい？　なんで下の者たちが、好き勝手に私の米倉を空《から》っぽにし、私に呪《のろ》いの言葉を投げつけるんだね？　こんな法外な世の中になるのが、解放ということかね？」

「お母さん！」

基秀《キス》は母ににじりよりながら、言葉をつないだ。

「お母さん、いや、ぼくたちは、これまであまりにたくさんの物を持ちすぎたんです。もう、すべてかえさなければなりません。すぎた過去を謝罪しなければなりません。そして、再起すればいいのです。ちゃんとできます。お母さん、これからはぼくだけを見てください。ぼくが面倒《めんどう》をみますから。中学校を卒業したら、すぐに働きにでます。しっかり働いて面倒をみますから。自慢《じまん》に思ってもらえる息子になります。ぼくたち、母子ふたり、そうやって暮らしたらいいじゃないですか。それ以上のなにが必要ですか？」

「おまえはおじいさん似だね。気づいてたかい？」

基秀がうなずいた。母方の祖父は、千歳邸《チョンセてい》の実質的な主《あるじ》だったが、一日じゅう仕事の手を休めない人だった。電気はつかわずに、ランプの灯りのともった別棟《べつむね》で縄《なわ》をないながら、基秀が本を読む声を聞くのがなによりの楽しみという人だった。

「私の父は、モグラのように鉱山を掘《ほ》って財産をつくったんだよ。でも、銀鉱にころがっている石ころより賤《いや》しい身分の鉱夫の息子は、大金持ちになったところでどうしようもなかった。お金のつかい道も知らなかったし、お金にものをいわせていばることも知らなかった。それで両班《ヤンバン》の婿《むこ》をほしがった。でも、そうやって両班《ヤンバン》の婿《むこ》をもらってからも、婿のまえで空咳《からせき》ひとつたてなかった。自分では一〇銭紙幣《しへい》一枚むだにつかったことのない人が、黄寅甫《ファンインボ》の望むままにこんなに立派な屋敷《やしき》を建てた。そして、別棟《べつむね》で亡くなるその日まで、いつもこの屋敷に気がねしていた。舎廊棟《サランチェ》に近づくのも畏《おそ》れ多いというふうに……。ところが、黄寅甫という婿は、この屋敷をぼろ草履《ぞうり》のように捨てたうえに、この私を両班に足蹴《あしげ》にされる女中のように捨ててしまった」

「そうですよ、お母さん、おじいさんは財産をこんなにつくられたけど、幸せではなかったでしょう。鉄原《チョロン》の地を仕切る大金持ちでも、お母さんも幸せではなかったでしょう。財産というものは、われわれを幸せにしてくれるものではないんです。だから、これからはぼくを信じてください。ぼくが夢見る世の中を信じてください。過去はぜんぶ忘れて……」

「そう。年老いて産んだ末っ子だからと、大事に大事に育てた私の息子は、共産主義者たちとグルになって、私をこの屋敷から追いだし、私の土地をうばっていくというんだねえ」

いったい、どこからどう説明をしたらいいものか、まったくわからなかった。しかし、まごころをこめてひとことひとことをついで、そうやって必ず母の心に近づきたかった。いまははじまりにすぎなかった。また、基秀《キス》がおちついた声で口を開いた。

「お母さん、うばわれるのではないんです。追いだされるのでもないんです。もともと土地というのはそういうものなんです。だれのものでもないんです。だれも土地の主人にはなれません。その土地を耕す人たち、その土地で命をつないでいく人たちがいるだけです。それが正しいんです。おじいさんは運よく財産をつくりましたが、曾祖父《ひいおじい》さんはどうでしたか？　さらに、そのお父さんはどうでしたか？

おじいさんが鉱脈を掘りあてなかったら、お母さんはどう生きたでしょうか？　そんなことをおしまいにしようっていうんです。両班《ヤンバン》たちに、ひとにぎりの金持ちに、みんなが搾取《さくしゅ》される世の中、そんな世の中をおしまいにしようっていうんです。お母さん、ぼくはね、信じています。おじいさんが生きていたらきっと、おまえの考えが正しいとおっしゃってくれるでしょう」

「そうね、そうかもしれないねえ」

母は、あっさりとうなずいた。

「おまえたち共産主義の世の中になるように祈っているよ。そうしたら、黄寅甫《ファンインボ》はおまえたちの手で殺されるんじゃないかね？」

うす笑いをうかべた母の口元が、ブルブルっとふるえた。基秀《キス》は、母をぎゅっとだきしめたかった。そうやってひと晩じゅう泣き通したかった。しかし、母の冷たいまなざしが基秀をとどまらせた。基秀は、こみあげる悲しみをのみこんで、おだやかに口を開いた。

「お母さん、共産主義は虐殺《ぎゃくさつ》しようというのではないんです。復讐《ふくしゅう》しようというのでもないんです。だから、ぼくがお母さんにこうして話ができるんです。もう一度はじめようということです。お母さんとぼくとで、新しい世の中で、またはじめられるんです」

「それならば、おまえたちの共産主義はいったいなにをしようというんだね？　黄寅甫も殺さない、私も殺さないで、なにができると思っているの？　殺さなければならないんだよ。さもなければ、おまえたちみんなが死ぬことになるんだよ」

「お母さん！」

母は視線をそむけた。

「忘れるんじゃないよ。私のためにも、おまえたちの共産主義のためにも、黄寅甫《ファンインボ》の息の根はとめなければならないのだよ。……さあ、もうさがりなさい。とても疲れたよ」

いま、はじめてむかいあったのだ。今晩徹夜《てつや》したとしても、すぐにたがいを理解できないのは当然だ。時間がもっと必要だった。

「じゃあ、お休みなさい」

基秀《キス》は小さな舎廊棟《サランチェ》にいき、寝床《ねどこ》に入った。

——どうしたら……

暗い部屋で横になったが、気持ちはむしろ高ぶってきた。つかっていた使用人たちがみなやめてしまったので、明朝は早おきして、母のために食事を用意しなければならないと思った。ごはんを炊《た》いたこともないのに、どうしたものか……。米倉をあけて、米からまずわけようと思っていたが、それはすでに人びとが勝手に持っていった。ならば、次は土地を人民にかえす番だ。それが母を生かす道だ。夜が明けたらまず洪正斗《ホンジョンドウ》にあわなければ、と思った。基秀は、そうしていつまでもあれこれ、思いめぐらし、障子《しょうじ》がうっすらと白むころ、やっとねむりについた。

ちょうどそのころ、基秀の母親は、別棟《べつむね》の裏にある祠堂《サダン》で首を吊《つ》った。

障子のむこうの世界は、もう白々と明けていた。宵の口に寝入ったのに、敬愛《キョンエ》は寝すごしてしまった。夕食を食べずに寝たので、おなかがすいて腰《こし》が折れそうだった。はだしのまま庭におりて蛇口《じゃぐち》に口をあて、片手でポンプを動かして水をがぶのみした。頭がやっとねむりからさめた。そのままそこにへたりこんで顔をあげてみると、秋を思わせる空が見えた。

――さて、どこにいこうかしら。

敬愛《キョンエ》は重いからだをおこして台所にいった。ごはんがちょっと残っていたので、半分はにぎり飯にし、残り半分はお盆《ぼん》にキムチとのせて、ぬれ縁《えん》にすわった。

――鍾淵紡績《チョンヨンぼうせき》にいってみようか。寄宿舎があるから女工として入れば、食べることと寝《ね》ることはぜんぶ解決できるはず。だけど、鍾淵紡績に入るのは、天の星をとるよりむずかしいっていうし、つてもないからすぐに入れるわけでもないし。市場に汁飯屋《クッパプ》の雑用の口でもないかな？　とりあえず旅館街にいって、一夜の宿でもみつけなければ……。

考えれば考えるほど切なく、とほうにくれた。のどがつまって、ごはんもなかなかのみこめなかった。

そのとき、だれかが表門を激しくたたいた。敬愛はびっくりしてさじを落としたが、表門に急いだ。

「どなたですか？」

返事はかえってこなかったが、人の気配が感じられた。敬愛は緊張《きんちょう》しながらかんぬきを横にぬいた。鞭《むち》も最初にうたれたほうがましだというから、覚悟《かくご》を決めて門を開いた。

そこにいたのは、洪《ホン》さんだった。

「おじさん！」

敬愛はうれしくて大声をあげた。あの世のつかいでもきたかとビクビクしていたところに、あらわれたのが洪さんだったので、本当にうれしかった。

洪《ホン》さんは、いつものようにだまったまま静かに笑った。そして、門のなかにさっと入ってきて、敬愛《キョンエ》の肩《かた》に片手をおいてこういった。

「よかった」

敬愛の笑顔が一瞬《いっしゅん》で凍《こお》りついた。

「びっくりしたか？　うん、すまない。じゃあ、わしら、正式にあいさつをしよう。わしは洪正斗《ホンジョンドゥ》というんだ」

――洪正斗！

〈洪正斗さんに伝えてちょうだい。あの方が夢みた世の中にお祝いすると。そしてその理想に心がときめいたと〉

「若奥さまが……」

敬愛は思わず口を開いたが、言葉をつづけられなかった。洪正斗は、敬愛がいいかけた言葉を聞きかえしもしないで、さびしげなまなざしで、屋敷《やしき》のなかをみまわした。

「うん。徐華瑛《ソファヨン》さんはもういったと聞いた。判断の早い人だからね……。徐華瑛さんとは、東京でいっしょに勉強した仲間だ。私が、朝鮮共産党事件で日本の警察に追われていたころ、偶然、またあった。そのとき、徐華瑛さんがここに私をかくまってくれた、ありがたい人だよ。おかげで、大変な時期をなんとかのり切ることができた。ところが、私はうそがへたくそなもんで、口を開けばバレてしまいそうだから、残念ながら、しゃべれないということにしたんだ。敬愛、すまない。あっ、そうだ。漣川《ヨンチョン》おばさんはどこだい？　まんまとだまされたといって、ほうきでたたかれそうだなあ」

洪正斗《ホンジョンドゥ》がいたずらっぽく笑った。敬愛《キョンエ》のこわばった口がやっと動いた。

「漣川《ヨンチョン》に……息子を……待つって……」

洪正斗は、わかったというふうにうなずくと、敬愛にいった。

「そうだ。おまえも家にもどらなきゃあ」

——家⁉

敬愛はその聞きなれない言葉に、また口がこわばった。

「家だよ、おまえの家。二坪里《イピョンニ》の万家台《マンガデ》にある家」

敬愛の目のまえに、あの小さな藁《わら》ぶき家がうかんだ。父が自分で建て、母がいつもきれいにそうじして、大切にした家。姉たちと自分の生まれた家。夕方には、金鶴山《クマッサン》の山影《かげ》が垣根《かきね》にちょうどかかって、それが不思議に思えた。

「おまえの姉さんは姜承愛《カンスンエ》だろう?」

洪正斗の口からナゾのような言葉がつづいた。

「実は、姜承愛同志とは、元山《ウォンサン》でいっしょに活動した。姜承愛同志が鉄原《チョロン》出身だということは知ってたが、万家台出身だということはちょっとまえに知ったよ。それに、おまえが妹だということも。おまえに姉さんのことを知らせたもんかどうか迷っていたところに、ソ連が参戦しそうだという知らせが届いてね。どうせすぐに解放になるだろうと思って、おまえにはなにも話さなかった。

姜承愛同志は、労働運動をして三年まえにつかまって収監《しゅうかん》されていた。きのう、平壌刑務所《ピョンヤンけいむしょ》で政治犯たちを釈放《しゃくほう》したから、姜承愛同志もでてきたはずだ。大変な苦労をしたが、健康状態はいいと聞いた。

何日か待てば、姉さんが帰ってくるはずだよ」

敬愛《キョンエ》はぬれ縁《えん》にへたりこんだ。下の姉の顔は、もうおぼろげだった。でも、姉のあのはきはきした声は、いまも記憶《きおく》に鮮明だった。

——おチビちゃん、かならず生きてるんだよ。姉ちゃんがお金をたくさんかせいで帰ってくるからね！

「家は住まなくなって長いから、屋根や壁《かべ》も落ちてひどい状態だったよ。だが、私が人目を避《さ》けながら修理しておいた。十分じゃないが、当分は住めるだろう。まあちょっとずつ、ちゃんと直すことにしよう」

敬愛が顔をあげた。うそのような洪正斗《ホンジョンドゥ》の話に、顔が涙《なみだ》でくもった。敬愛は素早く涙をふいた。

「それとね、クマダはみんなになぐり殺された。人民裁判にかけて、正式に死刑《しけい》宣告をしなければならなかったが……。手つづきにはちょっと問題があったが、罪の代価はしはらったということだろう。敬愛や、もうなにもかも、すっかり終わった。いや、すべてのことをこれからはじめるんだ。さあ、帰ろう、家に帰ろう！」

ボーン、ボーン、ボーン、ボーン、ボーン、ボーン、ボーン、ボーン、ボーン、ボーン、ボーン、ボーン。

解放の瞬間《しゅんかん》をつげる一二回の柱時計の音。いまやっと、すべてが信じられるという気持ちになった。敬愛は、わっと大声をあげて泣きだした。

1946

1

土地は農民のもの

敬愛《キョンエ》は何歩かうしろにさがってガラス戸を見た。満足そうなほほ笑みがこぼれた。だいたいの見当で貼《は》ったのだけど、ちゃんと貼れていた。ゆがんでもいないし、高さもちょうどよかった。

ポスターは、秋の収穫《しゅうかく》まっ盛りの田んぼを背景に、左側にしわだらけの顔の農夫がほこらしげに立っている。そして右側上部の秋空に、「土地は農民のもの」というスローガンが書かれている。

以前、ユートピア書店だったここは、鉄原《チョロン》郡臨時人民委員会の管理する「人民書店」になった。ガラス戸はいつも、ポスターですきまもないほど埋《う》まっていた。

土地は耕す農民に
無償没収《むしょうぼっしゅう》・無償分配、土地改革完遂《かんすい》！

金日成《キムイルソン》委員長万歳《ばんざい》、スターリン大元帥《げんすい》万歳

名前はいちおう書店だったが、本はそれほど多くはなかった。出版社の大部分が京城《キョンソン》にあるため、北朝鮮ではまだ、本が不足していた。ソ連の本がだんだん増えてはいたが、買っていく人も別にいなかったし、冊数も多くなかった。しかし、本棚《ほんだな》にはすきまがなかった。いろんなポスター類が縦横無尽《むじん》にぎっしりつまっていた。北朝鮮女性同盟、北朝鮮職業同盟、北朝鮮民主青年同盟、北朝鮮農民同盟、それに地域別人民委員会を統括する北朝鮮臨時人民委員会のポスターもあった。朝鮮共産党、朝鮮民主党、天道教青友党といった政党のポスターや新聞もいろいろとあった。鉄原《チョロン》郡の各村の宣伝室で見るようなポスター、冊子、新聞は人民書店を通して配布されていた。

敬愛《キョンエ》は、ガラス戸をあけはなしたままなかに入った。まだ三月だったので鉄原の気候は、冬とかわりない。凍土《とうど》の溶《と》けだす季節だが、おとといふった雪が、道路わきに小さな山をつくっていた。白いゴムぐつも雪どけ水に黄色くなり、敬愛はいまから春の訪れが待ち遠しかった。

「寒くない？」

承愛《スンエ》が書店に入ってきた。急いで歩いてきたのか、額に汗《あせ》をいっぱいかいていた。

「まあ、だれかと思ったら」

敬愛は目をまるくみひらいて、わざと驚《おどろ》いたふりをしてみせた。姉の顔をみるのは三日ぶりだ。仕事がおそくなると、街なかの旅館に用意されている朝鮮共産党の幹部宿舎に泊《と》まったりするが、このごろは、家より街で泊まることのほうが多い。

承愛《スンエ》は鉄原《チョロン》にもどってくると、朝鮮共産党鉄原郡党の宣伝組織員として働いた。刑務所暮《けいむしょ》らしで串《くし》のようにガリガリになったからだで、昼も夜もなく鉄原じゅうをかけずりまわった。

敬愛《キョンエ》も事情がわからないのではない。わざとさびしそうにするのも気の毒なくらいだ。

「ごはんはちゃんと食べてるの?」

敬愛が心配そうに聞いた。承愛は子どものように得意げにいった。

「もちろん。いく先々でゆでたイモをくれるもんで、断るのに大変なんだから……。すごく太っちゃったよ」

敬愛はニコッと笑った。こんなときは、姉ではなくて弟のような気がする。みんなは承愛に、シベリアだとか冬将軍だとかのあだ名をつけた。仕事のときは、厳しい表情で原則を通したからだ。敬愛も、そんな姉にはなじみがなかった。でも、こうしてふたりだけのときは、末っ子の自分よりもあまえんぼうだった、あのころの姉とかわりない。

承愛が、ガラス戸に貼《は》られたポスターを満足そうに見てつぶやいた。

「だいたいできあがったわ」

もうすぐ土地改革だった。春風のようにふいてくるうわさに、村じゅうがざわめいていた。

去年の秋から、小作料は収穫量《しゅうかく》の三割と決まった。少なくても六割、ひどいときは七、八割までとられていたこれまでとくらべれば、奇跡《きせき》のような贈《おく》り物だった。北朝鮮臨時人民委員会と朝鮮共産党は、農民たちから大歓声《かんせい》でむかえられた。そして今年の春には、ついに土地改革、つまり地主たちの土地を没収《ぼっしゅう》して、農民たちに無償《むしょう》で分配する予定だ。その知らせを伝える宣伝組織員は、当然人気のある存在だった。そうとわかってはいたものの、敬愛《キョンエ》は姉のことがいつも心配でならなかった。

「とにかく、休み休みやってよ。健康のために漢方薬でも煎《せん》じてのんだほうがいいんじゃない?」

「とんでもない。まだ飢《う》え死にする人民が多いというのに、漢方薬だなんて。党の人間なら、当然自分の分まで人民にささげなきゃならないのよ。ばかなこと、いわないで」

敬愛は苦笑した。

――これじゃ、もう手がつけられないわ。

「なんで笑うの?」

承愛《スンエ》が、わけがわからないという顔をした。

「なんでもないわ。とにかく、ごはんだけはきっちり食べてね」

「心配しないで。ちゃんと食べて動いてるから。それに、近ごろは食べなくてもおなかがすかないの。あっ、おくれそう。もういくからね。あとで民青の集まりであおうね」

承愛はこういって、書店からでていった。

姉だけでなく、敬愛の気持ちも同じだ。もうこれ以上、なにも望むことはなかった。敬愛も、おあつらえむきの職場を得た。人民書店の店員の仕事は、百日紅屋敷《さるすべりやしき》での小間使いの仕事にくらべたら、なんということもない。ふたりの給料をあわせたら、十分とはいかなくても、まあまあやっていけた。

それにつけても両親を思いだした。一生涯《しょうがい》たった一枚の田畑も持てなかった父と母。もし生きていたら、どんなによろこんだことだろう。姉のことをどれだけほこらしく思っただろう。村の人たちが「土地が持てるぞ」と小躍《こおど》りする姿を見るたびに、わがことのようにうれしくもあり、またとても悲しくもなった。

上の姉の美愛《ミエ》のこともたびたび思いだした。承愛《スンエ》が調べてみたが、春川《チュンチョン》でその消息はとだえた。解放の日、美愛の夫の南一洙《ナムイルス》は人びとに追われて逃《に》げ、昭陽江《ソヤンガン》に落ちて死んだそうだ。その後の美愛のゆくえはわからない。南にいっただろうと推測してみるだけだ。承愛も、敬愛《キョンエ》といっしょに寝《ね》る夜は、こんなことをつぶやいた。

「あのまま、ずっと春川に残ってたらよかったのに」

それなら、三姉妹がそろっていられたのだった。南一洙はもうこの世を去ったことだし、だいたい親日だったのは夫であって、美愛ではなかった。極悪な場合をのぞき、生計を維持するために協力した場合はほとんどが許された。

「ごめん。おそくなって」

恩恵《ウネ》が、制服のままあわてて入ってきた。恩恵は鉄原《チョロン》女子中学校に転校し、午後は人民書店で働いた。

「ごめんだなんて。いそがしいこともないのに。いや、これからはいそがしくなるわね」

敬愛はそういうと、勘定《かんじょう》台の横につまれたロシア語の教材のかたまりをさした。鉄原中学校と鉄原女子中学校で教材につかうからと、まえもって注文しておいたのだが、ロシア語の授業がはじまって、一カ月もたってから届いた教材だった。学生たちが、先を争って買いにくるのは明らかだ。

恩恵がエプロンをつけると、制服姿の男子生徒たちがかけこんできた。

「ロシア語の教材、ありますか?」

「ロシア語の教材、いくらですか？」

ぼうず頭の中学生が、汗《あせ》のにおいをぷんぷんさせながら、われ先にと太い声をあげた。狭い店のなかはごったがえし、だれもが恩恵《ウネ》にばかり質問をし、恩恵にばかり代金をさしだした。遠くから見ているだけの高根の花だった郭《カク》家の令嬢《れいじょう》の恩恵と、自由に言葉を交わせる人民書店は、鉄原《チョロン》の男子学生のあいだで新名所になっていた。

敬愛《キョンエ》は気づかないふりをして、横で恩恵を手伝った。いまでは気安く話をするようになったが、こうなるまでには二、三カ月かかった。いまだに、恩恵と近しくすごすことを、ふと不思議に思うことがある。それでも、このごろはだいぶ慣れて、男子学生が恩恵を天女のようにあがめるときは、なぜか自分まで鼻が高くなったりした。

こうして、ひとしきりごったがえしたあと、ロシア語教材は半分も残らなかった。そのあとで、おくれた客がぱらぱらとやってきた。

「ロシア語の教材、あるだろ？」

学生服のボタンを上からふたつはずして、のらりくらりと入ってきた男子学生は、いきなりため口で話しかけてきた。敬愛は不ゆかいだったが、表情にはだきなかった。店員の仕事は、こんなときちょっとつらかった。しかも、その相手は元錫《ウォンソク》だ。うわさによると、先輩《せんぱい》も先生もあったものではなくて、まったくの傍若無人《ぼうじゃくぶじん》だという。

敬愛はだまって教材をさしだした。元錫は、勘定台《かんじょうだい》の上に本代をぽんと投げて、でていった。

「ほんと、いやなやつ」

敬愛《キョンエ》は元錫《ウォンソク》がでていったあとをにらみつけた。

「気にしないで。だれにでもケンカ腰《ごし》だそうよ」

恩恵《ウネ》がいった。敬愛も事情を知らないわけではない。元錫は、解放まえから柔道部で、日本の子どもたちとつれだって遊ぶ、学校一の暴れ者だった。柔道部の主将だった先輩《せんぱい》のカンタが戦死すると、男の義理をたてて学徒兵に志願しようとしたが、父親がひどく怒《おこ》ったあげくたおれてしまったので、やっと意地をはるのをやめたそうだ。そのあとすぐ解放になった。

解放になると、彼の叔母《おば》の羅夕景《ナソッキョン》がもどってきた。金日成《キムイルソン》委員長といっしょに武装闘争《とうそう》に参加し、その後モスクワに留学していたが、そこで解放をむかえ、帰国したのだった。元錫の父親や兄たちは、やはりあれこれの思想事件に連座して、すでに何回か刑務所《けいむしょ》に入ったことがあった。地主の家がらとはいえ、財産もすでにつきていた。そのように解放をむかえた元錫の一族は、たいてい朝鮮共産党の熱心な幹部だった。こうした世の中の流れとは別に、元錫はあいかわらず正義の鉄拳《てっけん》を自称して、のし歩いていた。

ところが、とんでもない事件がおきてしまった。解放になっていくらもたたないうちに、元錫の姉がソ連軍に強かんされたのだ。その兵士は即座《そくざ》に処罰《しょばつ》され、姉は咸興《ハムン》の母親の実家に去っていった。ソ連軍の綱紀《こうき》が正され、女性兵士が増えるにつれ、醜《みにく》い事件はほとんどなくなり、だれもがその事件を忘れかけていた。

けれども、元錫の怒《いか》りは少しもおさまらなかった。思いっきり発散もできなかったので、あちこちに八つ当たりしまくっていた。

「早くそうじでもしましょ。いそがしい時間は、おおかたすぎたようだから」

恩恵《ウネ》の言葉に、敬愛《キョンエ》もうなずいた。恩恵は掃《は》きそうじをして、敬愛はぞうきんで本棚《ほんだな》をふいた。

それにしても、基秀《キス》はきょうもこなかった。生徒がたくさん集まるところを避《さ》けているようだ。

――教材が早くほしいっていってたのに……。

敬愛は、恩恵の目を気にしながら、機会をうかがった。すると、恩恵がぞうきんをすすぎにいったので、そのあいだに、ロシア語の教材を一冊カバンに入れた。そして、敬愛はカバンの底に入れておいた非常金をとりだして、本代を代金箱につっこんだ。

市場のテントのむこうに夕陽が沈《しず》もうとしていた。そろそろ民青の集会がはじまる。土地改革闘争《とうそう》の報告集会だから、基秀がこないはずはなかった。


百日紅屋敷《さるすべりやしき》はいつもごったがえしている。民青事務所としてつかっているので、夕方に集会のない日はほとんどない。とくに今夜は土地改革闘争報告の集会なので、いつもより多くの青年が集まった。狭くはない場所だが、しかれたゴザにすきまはない。肌《はだ》寒い日なのに人びとの熱気でけっこう温かかった。

まず、鉄原《チョロン》郡民主青年同盟委員長の奇英博《キヨンバク》が、顔を上気させて板間のまんなかに進みでた。

「みなさん、夕食はすませてきましたか？」

奇英博は、いつものように柔らかな口調で話しだした。みながそれぞれ反応すると、彼は話をつづけた。

「よろしいですね、みなさん。では正式にはじめましょうか？　私は朝鮮共産党の党員であり、鉄原郡民青委員長で、二坪里《イピョンニ》臨時人民委員会副委員長の奇英博です。おあいできてうれしいです、みなさん！」

奇英博は、いつものように自分の肩書《かたが》きを強調した。十数年ぶりに故郷へもどり、自分の役割がきちんとできているのを、このうえなくほこらしく感じているようだ。

飢《う》え死にしたという母親をムシロにつつんで埋《う》め、一二歳で故郷の万家台《マンガデ》をあとにした奇英博《キヨンバク》だ。それからは中国をさまよって生き残り、朝鮮光復軍の一員として英国軍に合流し、ビルマ戦闘《せんとう》で日本軍と一戦を交えたそうだ。手榴弾《しゅりゅうだん》の破片で指二本がふきとび、マラリアにまでかかったせいで、満足に戦えずに後送されたが、厳然と祖国解放闘争《とうそう》の前線で戦った戦士だ。いまの鉄原《チョロン》ではそのような経歴が、すなわち故郷へ錦《にしき》をかざることだ。

「さあ、みなさん。みなさんもごぞんじのように、ついに、土地改革の法案が決まりました。すでに知らされているとおり、わが北朝鮮の土地改革は、無償没収《むしょうぼっしゅう》、無償分配が原則です。地主の土地を無償で没収し、貧しい農民に無償でわけるのです。土地没収の基準は、五町歩〔一町歩は約三千坪《つぼ》〕です。個人や宗教団体が所有している五町歩以上の土地は、人民委員会が没収し、農民に無償で分配します。まったく農作業をせず、小作料をとって土地を貸していた不労地主の場合、土地はもちろん、家屋や家畜、農機具のすべてを没収します。北朝鮮臨時人民委員会は、人民の願いにそって、一九四六年三月、つまり二カ月以内に土地の無償没収、無償分配を完了するつもりです」

奇英博の演説が終わると、力強い喚声《かんせい》がわきおこった。民青集会なので、参加者は一六歳から二五歳までの若者たちだ。彼らは、その両親が夢にまでみて果たせなかった、新たな世の中を生きることができる。奇英博は、喚声がやむのを待って、横へ退いた。承愛《スンエ》が、その話をひきつぎ、もう少し具体的に説明した。

二日後に土地改革勝利報告大会を兼ねて、地主に対する人民裁判をおこなう予定だった。しかし、土地改革を宣布する意味があるだけで、親日派を裁いたときのように、断罪しようというのではない。実際、すでにたくさんの地主が越南《えつなん》し、残っている地主は、おおかた人民委員会に協調的だ。人民裁判の雰囲《ふんい》気《き》は、かなり友好的だった。その後、家屋を没収《ぼっしゅう》された不労地主は、人民委員会が指定した村へ移住しなければならなかった。それによって郭《カク》一族も万家台《マンガデ》への移住が決まった。

しかし基秀《キス》は、万家台でひきつづき住むことができた。すでにすべての財産を人民委員会にさしだし、千歳邸《チョンセてい》を去っていたからだ。いまは、徳九《トック》一家の玄関脇《げんかんわき》の部屋に下宿している。

――ごはんはちゃんと食べてるかしら。好ききらいがひどいらしいけど。

敬愛《キョンエ》が基秀を横目で見るあいだも、承愛《スンエ》の説明はつづいている。

「土地の分配は労働力を基準にします。農地委員会で細かい事項《じこう》をまた発表する予定ですが、簡単にいうと、仕事をする人が多ければ、多くの土地が分配されるということです。だからといって、土地の売り買いはできません。土地は、われわれみんなの共同所有で、それぞれにわけて農作業をするだけです。そして、税金として現物税二割五分、くりかえしますが、収穫《しゅうかく》の二割五分だけをだせばいいのです」

承愛の話が終わると、奇英博《キヨンバク》が力強くスローガンをさけんだ。

「土地は畑を耕す農民へ！」

全員がそのスローガンをさけんだ。

「土地は畑を耕す農民へ！　農民へ！　農民へ！」

別に先導する人がいるわけでもないのに、一回、二回、三回……。こだまのように何回かつづいた末に、さけび声は静まった。

そうして集会が終わると、全員肩《かた》をブルブルとふるわせて立ちあがった。敬愛《キョンエ》もぞくっと悪寒がした。綿入りのチョゴリを着て、チマの下にはぶあつい下着まで重ね着していたが、からだが凍《こご》えた。肩をぎゅっとすくめてすばやくまわりをうかがった。基秀《キス》が、炳浩《ピョンホ》といっしょに門をでていく。敬愛はロシア語教材が入っているカバンをしっかりつかむと、門にむかって歩きだした。

ところが、承愛《スンエ》が敬愛をひきとめた。

「ねえ、敬愛」

敬愛はしかたなく立ちどまった。

「私は仕事が残っていて帰れないわ。悪いけど先に帰っててね」

「えっ？　わかった、わかった。じゃ、いくね」

敬愛が急いできびすをかえそうとすると、承愛がまたひきとめた。

「委員長トンム[*19]が探してらしたよ。党舎にいってみて」

「いま？」

「そうよ、集会が終わったら、すぐにきてほしいって」

敬愛は姉に生返事をして、あわてて門の外へでた。すでに基秀も炳浩もいなかった。

なぜ、基秀にこんなに気をつかうのかわからない。でも、子どものときもそうだった。からだの弱いおぼっちゃまのお相手をするのは、いつも敬愛の役目だった。そのときは本当にわずらわしかったのに……。敬愛は、ひとりしのび笑いしながら夜道を歩いた。

朝鮮共産党鉄原《チョロン》郡党舎臨時事務室は、人民書店近くの木造二階建ての建物だ。街の店々はおおかた閉店している時間だが、党の事務室はあかあかと灯りがともっていた。

敬愛《キョンエ》は、きしむ木の階段をあがり、二階の事務室の戸をあけた。

「敬愛だね！」

洪正斗《ホンジョンドゥ》がうれしそうに戸近くまで走りよった。洪正斗は万家台《マンガデ》が所属する東松面《トンソンミョン》臨時人民委員会委員長で、朝鮮共産党鉄原《チョロン》郡党副委員長をまかされている。

「委員長トンム」

「ああ、ありがたい。疲れているだろうに寄ってくれて、本当にありがたいよ」

敬愛は少しとまどった。洪正斗は、敬愛をいつもうれしがるが、きょうは際だっている。

「どうしたんですか？」

「それなんだが……」

洪正斗が、困りはてた顔つきで事務室のむこう側をみつめた。事務室におかれたソファーに、はじめて見る女の子があおむけに寝入《ね》っている。

「きょう一日だけ、あの子をまかせてもかまわないかな？　私はどうやらここで徹夜《てつや》をすることになりそうで……。ここで寝かすには、寒いので……」

敬愛が心配そうに、洪正斗と子どもをかわるがわるみつめた。洪正斗は、子どもが半分ほど蹴《け》とばした毛布をかけ直して、いきさつを話してくれた。

子どもは見た目より大きくて一〇歳だ。名前は高鳳児《コポンア》だという。鳳児の父親の高石宙《コソクチュ》は、中国革命軍とともに日本と一戦を交えたが亡くなった。ともに戦っていた母親の梁銀子《ヤンウンジャ》は、鳳児を妊娠《にんしん》したまま、夫を中国の地に埋めて朝鮮へもどったが、すぐに日本の警察に逮捕された。鳳児(ポンァ)は監獄(カンごく)で生まれ、母親を獄中に残したまま外の世界へでて、祖母といっしょに親せきの家を転々としながらやっかい者として育った。そして、解放になった。梁銀子《ヤンウンジャ》はやっと釈放《しゃくほう》され、娘《むすめ》と再会した。

「それで？」

「梁銀子トンムは、朝鮮共産党南朝鮮分局党員で、朝鮮人民報の記者として活動している。敬愛《キョンエ》も人民書店で新聞を読んで知ってるだろう。少しまえに右翼《うよく》のゴロツキどもが、朝鮮人民報社を襲撃《しゅうげき》したね？その日、梁銀子トンムは重傷を負ったんだ。角材で後頭部をなぐられ、危うく命を落とすところだったそうだ。右翼のテロが深刻な状態だ。呂運亨《ヨウニョン》先生もすでに何回かテロに遭《あ》ったし、学生同盟も言論関係も……。右翼が手当たりしだいにテロをしかけても、警察はむしろ彼らを庇護《ひご》している。もっとも、ほとんどが親日巡査《じゅんさ》出身なので、抗日闘争《とうそう》をしていた人たちが力を持つことじたいがむずかしいんだ。南朝鮮の前途《ぜんと》は、本当に心配だらけだ」

洪正斗《ホンジョンドゥ》は南朝鮮の前途を嘆《なげ》いたが、敬愛がいま気がかりなのは、我《が》の強そうな顔つきのあの子どもの正体なのだ。

「それで？」

「おっ、ああ、そうそう。梁銀子トンムの話をしていたんだったね？　そのうえ、ことしのはじめにおばあさんが亡くなったというんだ。それで、とても不安になったようだ。もしかして自分が災難にあったら、鳳児はこの世で身寄りがまったくなくなるわけだし、あるいはまた、鳳児にまで危害がおよんだらどうしたらいいかという心配もあるようで……。それで、鳳児を北朝鮮へよこしたんだ。南朝鮮の状況《じょうきょう》がもう少し安定するまで」

「委員長トンムが、どうやってあの子の面倒《めんどう》をみるのですか？」

洪正斗《ホンジョンドゥ》はひとり身で、あいかわらず千歳邸《チョンセてい》の使用人部屋で暮らしている。子どもの世話をするというが、自分の身ひとつもままならない。洪正斗が深々とため息をついた。

「それで、孤児院《こじいん》へ入れようとしたんだ。だが鳳児《ポンア》が泣いて駄々《だだ》をこねてね。孤児院へ送るなら、このまま母さんのところに送りかえしてと……。鳳児の父親と私は無二《むに》の親友で同志だった。だから、鳳児をむりやり孤児院へ送るのは、私としても気がひける。いったいどうすればいいのか、わからなくなった」

敬愛《キョンエ》は、鳳児をまじまじとみつめた。小さな顔に涙《なみだ》のあとがまだらに残っている。ひときわ小さなからだも本当にいじらしい。あんなに幼いのに両親のもとをはなれ、荷物のようにあちこちに預けられて育ったというのが、他人事には思えなかった。

「私がつれていきます」

「本当か？　そうしてくれるか、ありがたい。本当に助かるよ、敬愛」

「姉さんもいつもおそいので、私もさびしくなくていいわ。いそがしいときにはまかせてください」

洪正斗は、敬愛の手をむんずとにぎってゆすりながら、声をだして笑った。

敬愛はその笑顔に心が温かくなった。洪正斗は、敬愛にとって父親のようでもあり、兄のようでもあった。また、解放の別名でもあった。……家だよ、おまえの家。……洪正斗のその言葉を皮切りに、敬愛は生きてみたことのない世界を生きていた。

敬愛が鳳児に近よった。

「すっかり寝入《ね》っているようですが、どうやってつれていきましょうか？」

「うん、心配ない。斎英《チェヨン》がおぶっていくから」

洪正斗《ホンジョンドゥ》はそういうと、反対側の机のまえにすわっている少年を手まねきした。

斎英が立ちあがった。絹のようにつややかな草色のシャツに、同色のリボンを巻いた麦藁帽子《むぎわらぼうし》、白いズボンはひどくしわくちゃで、ぬかるみで台無しになっていたが、まん中の折り目のあとははっきりと残っている。京城《キョンソン》のモダンボーイといったようすだ。

「斎英、またご苦労かけるよ。のせてもらえる車の便でも探そうとしたんだが、適当なのがなくてな」

「かまいませんよ。自分がおぶって三八度線も越《こ》えてきたんですから」

すれっからしな身なりとはちがって、斎英は愛想よく笑った。

敬愛《キョンエ》は斎英といっしょに党の事務室をでた。万家台《マンガデ》は寝入った子どもをおぶっていくにはかなり遠い。斎英の背は高いが、ひどくやせて胆力《たんりょく》があるようにも見えない。

敬愛は、話し相手でもしなければと口を開いた。

「ねえ、北朝鮮にはどうしてきたの？」

「おれ？　お金がもらえるからきたんだよ」

気がねのない図太い言い方だ。敬愛はあいた口がふさがらなかった。苦労をもかえりみず、幼い子をここまでつれてきたというので好意的に思おうとしたが、最初のひとことで愛想がつきた。

「越境請負人《えっきょううけおい》は、南側であれ北側であれ、つかまれば処罰《しょばつ》されるって、知ってるんでしょ？」

敬愛は、わざとていねいな言葉づかいをしつつ、とげのある話し方をした。それでも斎英は、軽くいなした。

「それくらいの処罰《しょばつ》が怖《こわ》くてどうするんだ？　三八度線の警戒《けいかい》がものものしくなればなるほど、越境《えっきょう》請負《うけおい》人の収入はよくなるのさ。世の中がおちつかないというけど、そうであるほど、ひと仕事すればいい稼《かせ》ぎになるのさ。男の一生、見栄をはって生きないとね。近ごろの京城《キョンソン》は、お金さえあれば両班《ヤンバン》もないし常民《サンミン》もない。もともとそうだったけど、最近はよけいそうだよ。アメリカに染まるといってガタガタふるえてたのに、米軍がきたあくる日から、京城の通りがどれほど華《はな》やいだかしれない。シベリアンクラブのような場所にいけば、洗練されたアメリカの歌や……ああ、玄仁《ヒョニン》先生もときどきそこで歌われるそうだよ。

　豆満江《トゥマンガン》　青い　流れに
　櫓《ろ》をこぐ　船頭……

「それは玄仁ではなく金貞九《キムジョング》の歌でしょ」

敬愛《キョンエ》も歌ならば、少しは知っている。徐華瑛《ソファヨン》の書斎《しょさい》では、蓄音《ちくおん》器の音がとぎれることがなかった。

「あ、そうなのか？」

斎英《チェヨン》は照れくさがりもせずに、首をかしげた。

「それに、言葉づかいがなんでそんなにぞんざいなの？」

「委員長トンムがいわれただろう。おれたちふたりは同い年だって。それで、なにがどうだって？　朝鮮語はそれが問題だよ。敬語って、やっかいきわまりないじゃないか？　英語をみろよ、どれほど便利か？　私はアイ、あなたはユー、おばあさんもユー、孫もユー」

――根っからの礼儀《れいぎ》知らずなやつ。口さえあければずるがしこい守銭奴《しゅせんど》じゃない。

敬愛《キョンエ》は気に食わないという表情をかくさずに、足ばやに歩いた。斎英《チェヨン》があわてて追いかけて、またいった。

「それによう、上下の差がなくて対等っていうのは、共産党のほうがもっとじゃないか？　トンム、トンムって、みんなおたがいによぶだろ」

「それは対等なのではなくて……」

敬愛は、なにかをいいかけてやめると、ため息をついた。斎英がまた口を開いた。

「それが同じだということだ。地位の上下に関係なく同じ、そうだろ。だから、よび方もトンム、トンムっていうんだろ。土地も家も共有するし。共産党ってやつは……ほんとに、不思議だよ。聞かせてくれよ。共産党の世の中って、いったいどんなもんなんだ？」

斎英はとても気にかかっているようだ。けれども敬愛は、親切に説明してやる気分にはなれなかった。

「京城《キョンソン》にすぐ帰る人が、そんなこと知ってどうするの？」

敬愛もぶっきらぼうにいった。自分だけていねいにしゃべるのが、ばからしかった。

「それはわからんさ。共産党の世の中がほんとにそんなにいいもんなら、暮らしてもいいし。だけど、共産党はちょっと怖《こわ》いところもある。さっき聞いたあの屋敷《やしき》の話にしても、千歳邸《チョンセてい》といったかな？……黄基秀《ファンキス》っていったかな？　そこの息子は狂信《きょうしん》的な共産主義者だとかで、悪徳地主の自分の母親に自殺しろといったんだって？」

敬愛は急に立ちどまって、斎英をにらみつけた。斎英はバツが悪くなって、そっと口をとじた。

「だれがそんなことといったの？」

「さっき市場の一膳《ぜん》飯屋で、みんなが……」

敬愛《キョンエ》は、怒《いか》りを帯びたため息をついた。

「ど、どうして……そうなんだよ?」

「あんたのいうとおりよ。あんたは恐《おそ》ろしい共産党とはうまくやっていけそうもないわ。だから、いますぐ京城《キョンソン》に帰ったら。道は知ってるでしょ」

敬愛はこういうと、いきなり斉英《チェヨン》の背中から鳳児《ポンア》をひきはなして、自分がおぶった。そして、びっくりしている斉英をほったらかして、すたすたと歩きだした。

「おいおい、鳳児のやつは、見かけより重いぞ。おれがおぶってやるから!」

斉英は大声でさけびながら、あわててついてきた。

「もう、なあに?……」

鳳児がいらだって目をさまし、あたりをみわたした。月光に照らされた黄土《ファント》の道が、静かにどこまでもつづく平野のまんなかだった。

2

使用人の玉《オク》が、越南《えつなん》の手びきをする男からのことづけを伝えてきたのは、三日まえのことだった。三八度線の警戒《けいかい》が厳しくなったというので、追加料金をわたさなければならなかったし、そのうえ、じりじりとしびれが切れるほど待たされた。

こうして、ついに決行の夜となった。

「村の裏手の低い丘、ごぞんじですね？　丘をこえると新作路〔車の通行が可能な新しい道〕にでます。手びき屋がそちらに車をまわすことになりました。一時に落ちあう約束をしましたから、絶対おくれてはなりません。私はいまから出発しますので、漣川《ヨンチョン》でおあいしましょう」

郭《カク》氏の家にはまだ自家用車があったが、その車にのっていくのは、なんとしても人目につくのではと気がかりだった。座席もたりなかった。そこで、郭氏一家は手びき屋の車にのることにした。そして、玉《オク》が自家用車を運転して、コッチネといっしょに三八度線に先にいって待つことにしたのだ。自家用車には、現金と装身具、それに、郭治英《カクチヨン》が命のように大切にしている族譜《チョッポ》〔一族の家系を記した文書〕をのせた。

「このごろおじいさまの具合がとても悪いの。ここ数日は頭が痛いとおしゃって……心配だわ」

恩恵《ウネ》が気がかりなようすでいった。

「三八度線を越《こ》えるにはかなり歩かなければなりませんが、心配なさることはありません。旦那《だんな》さまをおつれできる頑強《がんきょう》な男を雇《やと》っておきました。ましてや、旦那さまはお強い方ではございませんか。お年は召《め》されましたが、やりぬかれると思います」

玉の目は強い信念に満ちていた。彼は、郭氏一家に仕えて三代目の男だった。共産党の天下になって、使用人たちがみんな去ったあとも、玉とコッチネだけは、あいかわらず忠誠を示していた。

玉の調べによれば、父親の郭泰成《カクテソン》はすでに京城《キョンソン》に着いて、李承晩《イスンマン》*20博士のそば近くに仕えているという。

三八度線を越《こ》えるまでは安心できないものの、恩恵《ウネ》は、すでに緊張《きんちょう》がほぐれて気だるかった。この半年のあいだにつもりにつもった疲労が、一度にどっとおしよせてきた。

祖父ががんこなために一度は機会をのがし、その後は健康上の理由で越南《えつなん》がむずかしくなった。だから、機会をつかむために祖父を説得して、土地を人民にささげるとうそをつき、祖父のかわりに過去を贖罪《しょくざい》する手紙を書いたりした。民青の集まりにでたり、人民書店で雑用までしたのも、彼らの警戒《けいかい》を解くためだ。その一方で、玉《オク》にひそかに越南の準備をさせた。これらすべてを恩恵が準備した。祖父はもう以前のようには、恩恵を幼稚《ようち》な娘《むすめ》あつかいはしなかった。恩恵は、郭《カク》氏一家の大黒柱となった。

「では、さがってなさい」

恩恵は玉をさがらせて、いすの背もたれにからだを深くうめた。出発するまえに、ちょっとでも熱い湯につかりたかった。京城《キョンソン》にいったら、北村《プクチョン》の屋敷《やしき》にも洋式の浴槽《よくそう》をいれようと思った。

「お嬢《じょう》さま」

そのとき、コッチネが書斎《しょさい》に入ってきた。恩恵は満足そうな笑みをうかべた。「口のなかの舌」というが、コッチネは恩恵にとってそんな存在だった。なにもいわなくても、いつだって恩恵が望むときに望むところにいてくれた。

「お風呂に湯をはってね」

「あの……、お嬢さま」

コッチネはひきさがらず、もじもじしていた。「口のなかの舌」とはいえ、なにかにつけてのろいのが問題だ。恩恵は眉《まゆ》をひそめ、コッチネをにらみつけた。

「お嬢《じょう》さま。わたくし、申しあげたいことが」

「あとで。京城《キョンソン》にいってから話して」

「ですが、お嬢さま。わたくしは、実は……」

「京城にいってから話してっていったじゃない！」

コッチネは目をぎゅっととじて、肩《かた》をすくめた。気が弱いから、ちょっとしかっただけでも気おくれして、逃《に》げるようにひきさがったりした。ところが、いまはちがった。むしろ、恩恵《ウネ》に一歩せまって、いきなりひざまずいた。

恩恵がびっくりした顔で背中をおこし、すわり直した。

「お嬢さま。わたくし、京城にはいけません」

コッチネはどっと涙《なみだ》を流して、話しつづけた。

「うわさによりますと、そろそろ土地をわけてくれるようです。うちのコッチと亭主《ていしゅ》を……葬《ほうむ》りましたが、これまで一度だってちゃんと墓参りもできませんでした。こんなことをいうと、分不相応な身のほど知らずですが、幼いお嬢さまを胸にだきながら、ときどきうちのコッチのことを思いました。うちの子は、どうしてこんなすばらしい星のもとに生まれてこれなかったのか……。まったく畏《おそ》れ多いことです、お嬢さまとくらべるなんて。ですが、母親としてはそんなことも思いました。いまとなっては、なんの足しにもなりませんが……。家族がいっしょに住んだあの家で暮らし、死にたいですよ。わが土地を耕して、穫《と》れたものを供えて、うちのコッチや亭主の祭祀《さいし》をあげてやれれば、このつらさも鎮《しず》まるのではないかと思います。お嬢さまにとっては、納得のいかないことだと思いますが……」

「おまえ……自分がいまなにをいってるのか、わかってるの？」

恩恵《ウネ》は、いつのまにか立ちあがっていた。むらさき色のスカートの下からでている両足がブルブルとふるえていた。片手でいすの背もたれをつかんでもふらついた。それでも、コッチネは肩《かた》をふるわせて涙《なみだ》を流すばかりで、恩恵を支えようとはしなかった。

「気が狂《くる》ったのね」

恩恵がつぶやいた。気が狂ったのでなければ、コッチネがこんなことをいいだすはずがなかった。しかし、コッチネは涙まみれの顔ではっきりと首をふった。

「お嬢《じょう》さま、わかっています。わたくしはいま、どんなにひどいことを申しあげているのか、わかっています。ですが……」

「つまり、おまえはいま郭《カク》家の土地をねらってるのね？　共産主義者たちが強盗《ごうとう》のまねをして、うちの先祖代々の土地をぶんどるというのに、おまえ、あいつらとグルになるというのね」

コッチネがもどりたいという故郷の村、そこは、郭家の本家のある月井里《ウォルジョンニ》だった。

「お嬢さま、わたくしは、ただ……この卑《いや》しい身の命をつなぎ、コッチと亭主《ていしゅ》の祭祀《さいし》用の米の穫《と》れる土地があったら十分です」

恩恵は、いま、目のまえでおこっている事態が信じられなかった。いや、解放になってからおきた、すべてのことが信じられなかった。絶対におこりえない、おこってはならないことだった。郭恩恵《カクウネ》が、身分の低い者たちに対等の口をきかれ、夜逃《よに》げをし、コッチネが畏《おそ》れ多くも郭家の土地をねらう、この狂った世の中。

「いったい、共産党の天下がいつまでつづくと思ってるの？」

恩恵《ウネ》が、奥歯をぎゅっとかみしめて、やっと声をだした。狂《くる》った世の中は、結局はもとにもどることになると信じた。コッチネがいまからでも、そのわかりきったことに気づきさえすれば、きょうのことは目をつぶってやる気はあった。

しかし、コッチネは屈しなかった。

「ですが……一度だけでもそんなふうに暮らせたら、もう、なにも思い残すことはありません。一生使用人のまま暮らすのが運命だと思ってきましたが、人の心いうんは、えらい妙《みょう》なもんです。卑《いや》しい身にも人間の心いうもんが宿ってます。だれに気がねすることなく、わが土地、わが家で暮らしてみたいという欲だけは、どうしてもおさえることができません。お嬢《じょう》さま、わたくしもわかっています。言葉は冷たくても、わたくしにはとくべつ優しくしてくださってることを……」

「でてって！」

恩恵の顔は、涙《なみだ》でぐしゃぐしゃだった。いつから泣いていたのかわからない。けれども、泣いてはならなかった。恩知らずの使用人たちが去っていくからといって、涙をみせるような郭恩恵《カクウネ》ではなかった。

恩恵は、手のひらで涙をぬぐった。

「すぐに私の家からでていきなさい。二度と再び、私の目についたら、ただではおかないよ」

恩恵は書斎《しょさい》からでた。

――京城《キョンソン》にいくの、京城にいくのよ。

ひたすらそれだけを考えて、やっと自分の部屋にもどり、寝台《しんだい》にへなへなっとすわりこんだ。こらえきれずに、泣き声をわっとはりあげた。

ついに、郭《カク》氏一家が屋敷《やしき》をでた。村じゅうが寝《ね》しずまった時間だったが、ひょっとして人目につくのではと、息をするのさえ気づかった。人民委員会は、地主たちの越南《えつなん》をそれほど強力にとりしまらなかった。土地改革を進行しているときに、地主たちが消えてくれるのは、むしろありがたいことだった。ただ、事前にわかったときは知らぬふりはしなかった。気をつけるにこしたことはない。

恩恵《ウネ》が先を歩き、恩峯《ウンボン》が郭治英《カクチヨン》のからだを支えて、暗闇《くらやみ》のなかを進んだ。そうして町の裏の丘に着くと、黒々とした林のあいだに、黄土《ファント》の道がぼんやりうかびあがった。丘の道といっても、傾斜《けいしゃ》がゆるやかなうえに、人がよく通るので平らにふみかためられていた。楽々と丘をこえると、恩峯が時間をたしかめた。一時五分まえだった。

月明りの下の長くのびた新作路に、トラックが一台停まっていた。恩恵はトラックが気に入らなくて眉《まゆ》をひそめたが、そんなことをとがめる場合ではなかった。恩恵が先頭をきって早足でトラックに近づくと、運転席からだれかがおりた。

「郭恩恵《カクウネ》トンム、こんなところであうとは残念だな」

奇英博《キヨンバク》だった。

カチャッ！　背後で拳銃《けんじゅう》の安全装置をはずす音とともに、またちがう声が聞こえた。

「鉄原《チョロン》保安隊員の張徳九《チャントック》です。郭治英トンム、許可なく三八度線を越《こ》えるのは、人民委員会の法を犯すことになります。ごぞんじでしょうがねえ」

徳九《トック》とほかの保安隊員が、郭《カク》氏一家の背後に近づいていた。

「主《しゅ》よ！」

母親の尹《ユン》氏がどさっと地面にへたりこんだ。郭治英《カクチヨン》のからだがふるえだした。

恩峯《ウンボン》が祖父の腕《うで》をぎゅっとつかまえたが、自分のからだも支えきれなかった。

「こんなふうにだまっていかれては困りますねえ」

徳九が恩恵《ウネ》に近づいて、ふてぶてしく笑った。それは勝者の余裕《よゆう》あるせせら笑いだったが、いまの恩恵は、そのせせら笑いにさえすがりたかった。

「私たちをいかせてください。お願いです」

恩恵は哀願《あいがん》した。できるものなら、ひざを折って哀願したかった。京城《キョンソン》にいかなければならない。そのためならば、どんなことでもできた。

「チェッチエッチエッ〔驚《おどろ》いたり気の毒に思ったときなどにする舌うち〕、こりゃなんのまねですかい？　まあ、これくらいですむのも、奇英博《キヨンバク》トンムと私、つまりこの張徳九《チャントック》の情けというもんです。すぐに万家台《マンガデ》に移るんだから、同じ村の人間じゃないですか？　ですから、上に報告しないで、私たちで穏便《おんびん》に処理しようというわけです。トンムたちの立場を思いやってこうしてあげるんですから、トンムたちも反省しないといけないんじゃ？」

「助けてください。どうか助けてください」

恩恵が、徳九の腕をがばっとつかんだ。徳九は一瞬《いっしゅん》あわてたが、すぐに意気揚々《ようよう》とした顔にもどった。口を大きくあけて笑いながら、恩恵の背中をトントンとたたいた。

「あれ、こんなふうにされても困るんだよ。けど、かわいいトンムにお願いされては、私もつらいね……」

「おい、こやつめ！」

郭治英《カクチヨン》が怒《いか》りに満ちた声をあげた。

「卑《いや》しいやつがいったいだれにふれておる！　すぐにその汚《きたな》い手をひっこめんか！」

徳九《トック》の顔から笑みがさっと消えた。恩恵《ウネ》の手をふりきって、郭治英をにらみつけた。

「ふん、前後のみさかいもつかない老いぼれめ。いつまでも両班《ヤンバン》ぶってえらそうに。穏便《おんびん》に処理してやろうというのに、どうにもしかたがない。奇英博《キヨンバク》トンム、これは原則どおりに処理しないとだめですよ！」

「張徳九《チャントック》トンム、老人がからいばりしたくらいで、なにをムキになって……」

奇英博がその場をおさめようとしたが、徳九は腹の虫がおさまらないらしい。

「ムキになるとかいう問題じゃない。このトンムの態度を見てください。反動分子の地主が、反省もせずにいるなんて、どういうことですか。保安隊のところにつれていきましょう。さあ、のらんか！」

徳九が、恩恵の腕《うで》をがばっとつかんだ。

「こやつ！　おまえごときが……」

郭治英がまた声をはりあげた。しかし、そのからだは憤《いきどお》りにたえられず、怒りに満ちたどなり声がぱたりとやんだ。郭治英は丸太のように、そのままどんとたおれてしまった。

「おじいさま！」

恩峯《ウンボン》が悲鳴のような声をあげた。恩恵は、その場にへなへなとへたりこんだ。奇英博と徳九も、驚《おどろ》いてかけよった。恩恵《ウネ》は、足に力が入らず、立ちあがることもできないまま、ひざが地面ですりむけるのもわからず、狂《くる》ったようにはいよった。

「おまえのせいだ！」

恩峯《ウンボン》が恩恵の肩《かた》をぐいっとつかんだ。

「じっとしていようっていったのに。お父さまがもどられるまで待とうっていったのに！　なのに、おまえが、ことをおこしたんだ。おまえがおじいさまを殺したんだ！」

奇英博《キヨンバク》が、郭治英《カクチヨン》の心臓のあたりに耳をあてた。

「鼓動《こどう》が聞こえるぞ！」

恩恵が奇英博にすがりついた。

「助けて！　おじいさまを助けて！」

郭治英の口からは、ぶくぶくと泡《あわ》が流れでていた。


郭治英は、二日たって目をさました。しかし、以前の郭治英ではなかった。意識ははっきりともどったが、からだは麻痺《まひ》してしまった。まばたきすること、目玉を動かすこと以外には、なにもできなくなっていた。

恩恵は、道立病院の応急室まえの木のいすにぼんやりとすわりこんでいた。信じられなかった。こんな姿で救急室のまえにすわっている者が、郭恩恵であるはずがなかった。

「郭恩恵《カクウネ》トンム」

奇英博《キヨンバク》が近づいてきた。恩恵《ウネ》は言葉もなく、虚空《こくう》をにらみつけるばかりだった。

「医者に聞きました。郭治英《カクチヨン》トンムのことは、残念でしたね。けれども、恩恵トンムがこんなふうに力を落としていてはいけませんよ。元気をだして、おじいさんの看病をしなくてはね」

恩恵の口もとに、露骨《ろこつ》な嘲笑《ちょうしょう》がうかんだ。

——ネコがネズミの心配をするなんて。

こんな気持ちを、これ以上かくすつもりもなかった。おじいさまをこんなふうにしたのは、いったいだれなのよ。

「ほんとに。どうしてこんなことになったのか……。あの夜、だれかが、保安隊に電話で情報提供してきたんですよ。ちょうど張徳九《チャントック》トンムが電話をとって、どうしようかというので、私が穏便《おんびん》に処理しようといいました。原則どおりなら、保安隊で正式に受けつけなければならないんですが、これまで恩恵トンムが、民青で熱心に活動してきたことを考えると、それは気が進みませんでした。それに、これからは同じ村に住む者同士ですしね。ですから、もう一度、機会をあたえるつもりで、内密に現場にむかったんです。結果的には、郭治英トンムがあんなことになって気の毒ですが、とにかく、今度のことは目をつぶってあげますから、もう元気をだしてください」

「それはそれは、涙《なみだ》がでるほどありがたいこと」

「そういう態度では困りますね。あやまちがあれば、よりいっそう祖国と人民のために奉仕しようと考えなければ。見たところ、郭恩峯《カクウンボン》トンムはまったく度胸がないし、お母さんも教会のことしか頭にないようだし、郭恩恵《カクウネ》トンムが家をとりしきらなければならないのでは？　きょうは引っこしの日だから、もう家に帰りなさい。郭治英トンムは、救急車でおつれします。さあ、新たにはじめるんです。あ、ちょうど千歳邸《チョンセてい》でハングルの講習をはじめることにしています。恩恵《ウネ》トンムがその仕事を手伝ってくれるといいですね。そうすれば、トンムをもう一度だけ信じてみましょう」

奇英博《キヨンバク》は、そういって席を立った。

――だれかが保安隊に電話をかけた、か。

だれなのか、想像がついた。玉《オク》だ。越境屋《えっきょうや》〔三八度線越境の手びき屋、請負《うけおい》人〕にわたすといって持っていったまとまったお金に、自動車、それに自動車に積んであった宝飾《ほうしょく》品に現金まで。普通の人間なら一生涯《しょうがい》、ふれることのできない額だった。

――あの男は三八度線を越《こ》えただろう。そして、京城《キョンソン》にいったのだろう。お父さまのいる京城。郭《カク》家が正当な地位をとりもどせる京城……。

恩恵は、なにかにとりつかれたように道立病院をでた。うすいブラウスの内側に、花冷えの風がふきこむのも感じられないまま、ただただ歩いた。

――南へ、南へいくのよ。

本能のままに行く手を決めるわたり鳥のように、恩恵は無意識に南にむかって歩いていた。道行く人びとがいぶかしげに自分をチラチラ見るのにも気がつかなかった。死力をふりしぼって南へ歩いたが、せいぜい街はずれにたどり着いただけ、ということにも気づかなかった。

「恩恵！」

だれかが、恩恵のまえをさえぎった。恩恵のぼんやりした目は、やはり遠い南の地をながめていた。

「郭恩恵《カクウネ》！」

恩恵《ウネ》はゆっくりとわれにかえった。基秀《キス》だった。

「だいじょうぶか?」

——だいじょうぶなわけない! 共産主義者の黄基秀《ファンキス》。死んじまえ! 自分の母親の墓前であんたも死んじまえ! 恩恵は、声にだしていると思っていたが、その声さえも自分のなかにとじこめてしまっていた。

「郭恩恵《カクウネ》、しっかりしろ!」

基秀が心配そうな目でいった。

やさしい子だった。幼稚《ようち》園や国民学校〔小学校〕のころ、基秀はいつもそうだった。女の子にいじわるなんか一度だってしない子。けれども、そのやさしかった子が、いまどんなにひどいことをしでかしているのか。自分の母親を死に追いやったやつらとグルになっているだなんて。

恐怖《きょうふ》が恩恵の首をしめつける。からだがひどくふるえはじめた。いままで一度だって感じたことのない、骨の髄《ずい》までえぐられるような恐怖だった。共産主義という流行病《はやりやまい》。

——これ以上、たえられない。こわい。気がヘンになりそう。このまま京城《キョンソン》までかけていきたい。とちゅうでのたれ死んででも、ここからでていきたい。でも、おじいさまがいる。いまでは屍《しかばね》のようになってしまったおじいさまをおいていくわけにはいかない。だからといって、おじいさまをつれていく手だてもない。

恩恵の目から涙《なみだ》がぼろぼろとこぼれおちた。

「恩恵、だいじょうぶか?」

恩恵は、ギクッとあとずさりした。基秀が心配そうにさしだした手さえも、身の毛がよだつほど恐《おそ》ろしかった。いやだった。けれども、退《ひ》くことも進むこともできない。生きながらすでに、墓にとじこめられたような祖父のとなり、恩恵《ウネ》の居場所はもうそこにしかなかった。

恩恵は、基秀《キス》に背中をむけて歩きはじめた。基秀が自分の名をよぶのが聞こえたが、逃《に》げるように足を早めた。すると、ようやく自分の身なりに気づき、寒さを感じた。行き交う人びとがチラチラと自分を見ているのにも気づいた。郭恩恵《カクウネ》ではなく、まるで市場をさまようおかしい女を見るような視線だった。恩恵はうつむいて足を早めた。どこでもいい、かくれてしまいたかったが、いくあてなどなかった。引っこしの荷造りをしている家はいやだったし、万家台《マンガデ》に新たに割り当てられた藁《わら》ぶきの家など論外だ。すぐには、祖父に会う勇気もない。しばらく歩いて気がついてみると、人民書店のまえにきていた。まだ早い時間だったので、敬愛《キョンエ》も出勤していない。

恩恵は、柱の脇《わき》の穴に手を入れて、かくしてある鍵《かぎ》をとりだした。書店の戸をあけると、夜どおしとじこめられていたほこりが、ふわふわと立った。もうすぐ敬愛がくるだろうが、それまではひとりきりでいられる。

そのとき、勘定台《かんじょう》の上においてあるぶあつい封筒《ふうとう》が、恩恵の目をひいた。切手も消印もないその封筒には、ただひとことが書かれていた。「郭恩恵さま」。恩恵はなんだろうと、封筒をあけてみた。古い聖書が入っていた。ほかにはなにも入っていない。恩恵は聖書の表紙をしばらくみつめてから、パラパラとページをめくった。

ハラリ――

半分に折った紙切れが勘定台に落ちた。恩恵はギクッとした。すぐに紙切れをにぎりしめて、ガラス戸の外に目をやった。朝の市場にでてきた人びとが、それぞれいそがしそうに行き交っている。だれも書店のことなど気にもとめていない。けれども恩恵《ウネ》は、横むきになってしゃがみこんだまま、紙切れを開いた。

うばわれたものをとりもどしたいか？
——鉄原《チョロン》愛国青年団——

敬愛《キョンエ》がガラス戸をあけて入ってきた。鳳児《ポンア》もついて入ってきた。紙切れをぎゅっとかくし持つと、恩恵は急いで立ちあがった。

「あら、こんな時間にどうしたの？」

敬愛が驚《おどろ》いてたずねた。

「ああ、おはよう」

恩恵がつくり笑いをしてみせた。

「おじいさまのこと、聞いたわ。どうするの？　書店にきててもいいの？」

敬愛が恩恵を気の毒そうに見やった。恩恵は、その気づまりな目線をさけるように、鳳児のほうを見た。

「この小さなお客さまはだあれ？」

恩恵が鳳児にほほえんだ。ひときわ自然な笑みがうかんだ。この状況《じょうきょう》に慣れなければならない。

「鉄原愛国青年団」「うばわれたものをとりもどしたいか」

まだすべてが終わってしまったわけではなかった。それなら、いくらでも笑ってあげられた。

3

「スパシーバ（こんにちは）」

エカテリーナが笑みをうかべてあいさつした。声がわりした太い声が、口々に「スパシーバ」とこたえた。

ソ連軍将校のエカテリーナは、金髪《きんぱつ》をふたつに編んで長くたらしていて、そばかすだらけの鼻が西洋人らしくなく、小ぶりの子どものような顔だちだった。軍服を着ていなかったら、軍人だとは想像もつかないだろう。鉄原《チョウロン》中学校ではじめてソ連語の授業をしたときは、エカテリーナは両ほほをあかく染めて、つっかえつっかえ話していたが、いまでは結構はきはきしている。そんなエカテリーナを慕う少年たちもかなり多かった。たどたどしいロシア語で書いた恋文《こいぶみ》を、ひそかにわたす少年たちもいるといううわさだ。

けれども元錫《ウォンソク》は、エカテリーナがでていくと、すぐにあいさつをもじって当てこすった。

「シーーバ！　やっと息がつけるってもんだ。あのロシア女が入ってきただけで、あぶらくさくて息がつまる。おい、郭恩峯《カクウンボン》、ちょっと窓をあけろよ！」

恩峯《ウンボン》が、あたふたと窓をあけにいった。解放されても、土地改革がおこなわれても、恩峯と元錫《ウォンソク》の関係はかわらない。ほかの者との関係も同じだった。

なんの関係もないエカテリーナが、とげとげしい口の端《は》にのぼり、元錫のうっぷん晴らしのやり玉にあがっても、だれもなにもいわなかった。こうなると元錫は、ときには基秀《キス》にもからんだ。

「黄基秀《ファンキス》、おれがこんなこというって、つげ口すんなよ。それほどむりなお願いかねえ？　いやいや、親兄弟も関係ないっていう熱心な民青委員が、同級生ごときをかばってくれるわけないか。こりゃ、おごとになるぞ！」

基秀は、聞こえないふりをしてカバンを持って教室をでた。まだ終業のホームルームが残っていたが、そのまま帰ったほうがましだ。元錫がいったんああなったら、逃《に》げるにかぎる。元錫にだけではない。聞こえないふり、見えないふり、知らないふり。基秀は、そんなことがだんだんうまくなっていた。いや、外からはそんなふうに見えた。だが基秀にもちゃんとわかっていた。

母親を殺した子。

うわさは、だいたいそんなものだった。基秀が母親に縁《えん》切りをつきつけたら、母親がショックで自決したといううわさ。基秀が母親に自決を強いたといううわさ。ひどいものでは、基秀が母親を殺したといううわさもあった。世間の目というのは、本当におかしなものだ。千歳邸《チョンセてい》の奥方〔基秀の母親〕など死んで当然だと思っていても、その死が息子によってもたらされたといううわさには、みながみな、息子に有罪を宣告した。

基秀が学校の玄関《げんかん》をでると、炳浩《ピョンホ》が一目散にかけてきて、いきなりベントー[*21]をさしだした。

「これ、おまえのベントー」

「なんだって？」

「半ドンの日だから、昼飯持ってきてないだろ？　いっしょに食おうぜ。うちのおふくろが緑豆《ノクト》チヂミを作ったからって、むりやりベントーをおしつけられてよ。うちのおふくろは、なんでおれよりおまえの心配ばっかりするのかな。とにかく、どっかで食おうぜ。孤石亭《コソクチョン》のベンチはどうだ？　すぐに郡内バスもくる時間だし」

「ここで食えばいいじゃないか」

基秀《キス》は気のない返事をすると、運動場のむこう側のベンチのほうへ歩いていった。固いつぼみがあでやかにもりあがっている桜の下に、真昼の光がじりじりとさしていた。けれども基秀は、日影《かげ》をさがそうともせず、ベントーのふたをあけた。冷えた雑穀ごはんに緑豆チヂミ、そしてしょっぱい塩辛《しおから》にキムチだった。炳浩《ビョンホ》も口をとがらせて自分のベントーをあけた。

だまって食べていたが、炳浩が先に口を開いた。

「うまいだろ？」

基秀がうなずいた。

「おい、そんなにうまそうに食うのを見たら、うちのおふくろがえらくよろこぶだろうよ。おふくろは、おまえがわが子みたいに思えるらしいよ。おれが学徒兵にひっぱられそうになったとき、おまえのおかげで命びろいしたって。いつも念仏みたいに唱えてるよ。わが子を他人の家に預けているような気がして、心がおちつかないって。おれはいやだっていうんだけどな、おまえがうちにきて暮らせばいいのにって……」

「おれ、いやだ」

基秀《キス》の声は小さかったが、断固としていた。でも炳浩《ピョンホ》はそう決めていたのか、あきらめなかった。

「おれもいやだ。学校で毎日あうのだって飽《あ》き飽きするのに、家でも顔をあわせるなんてな……。思っただけでもぞっとする。だけど、おふくろがぜひにというんだから、きょう家にいっしょに帰って、おふくろにあってみるか？」

基秀がベントーのふたをガチャンと音をたててとじた。

「ごちそうさん」

基秀は、空のベントー箱をベンチにほうりだし、先に立ちあがった。

「やい、このワルめ！」

炳浩がいきり立ってさけんだ。基秀が校門まで歩くあいだ、ずっと炳浩のさけび声がひびいていた。

こうなると炳浩は何日かだまりこんで、基秀のまわりには近づかなかった。炳浩はいつもとかわりない位置にいたのに、基秀はいつもひとりぼっちの気分だった。むしろ、ひとりでいるほうが気持ちがおちついた。みんなのなかにいながらひとりだと感じるのは、本当に悲惨《ひさん》だった。人けのない黄土《ファント》の道を歩いて徳九《トック》の家にたどり着くと、基秀はやっと緊張《きんちょう》がほぐれた。学生帽《ぼう》をぬいで手に持ち、金鶴山《クマッサン》からわたってくる春風にふかれながら、ゆっくりと家のなかに入った。ちょうど徳九の母親が、野良にでかけるところだった。

「おそかったたね。昼は食べたかかね」

「ええ、食べました」

「そうかい。台所にしたくはしておいたんだけど。じゃあ、あとでジャガイモをゆでたのを食べな。お釜《かま》のなかに入れてるから、あったかいはずだよ」

「はい、ぼくもあとでいきます」

「いいよ。勉強がいそがしいだろ」

そういいながらも、徳九《トック》の母親はにっこりと笑った。

基秀《キス》は近ごろヒマさえあれば、徳九の母親の百姓仕事を手伝った。手伝いたいというよりも、自分がやりたくてしていることだ。腰《こし》が痛くなるほど草ひき鎌《がま》で草とりをすると、心臓が生きかえってバクバク動くのを感じた。全身が綿のようにクタクタになる夜は、夢も見ないでぐっすりとねむれた。

「心配しないでください。勉強にさしさわらないていどにやってますよ」

「そうかね。そいじゃあ、あたしゃ風ふき岩にいってるから、そっちにきておくれ。あっ、朝あんたが学校にいったすぐあとに敬愛《キョンエ》がきて、部屋になにかおいてったよ」

徳九の母親がでかけたあとで基秀は部屋に入った。戸のすぐそばの手まえに、ロシア語の教材がおいてあった。同級生であふれかえった書店にいきたくなくて、ぐずぐずして買いそびれていた。いつまでも教材なしでいたので、エカテリーナにしかられてしまった。きょうの下校時には必ず買おうと思っていたが、炳浩《ピョンホ》のおかげでまた買いそびれてしまった。

教材をあけてみると、敬愛の書いたメモがはさんであった。

――おそくなったけど、配達までしたから、本代は倍もらうわ。

まるくてかっちりした字体。敬愛《キョンエ》の顔に似ていた。基秀《キス》は思わずにっこりと笑った。教材を机の上において、めずらしいものをながめるように、まじまじと見つめた。

深紅の表紙には書名が書いてあり、その下には、ソ連のそのとてつもなく大きな領土が奇妙《きみょう》な模様のように描《えが》いてあった。ソ連。そこは基秀にとって夢の国だった。解放まえには、中学を卒業したらソ連にいくんだという夢を持っていた。東邦勤労者大学や国際レーニン大学など、革命家の産室だというモスクワについて、炳浩《ピョンホ》と徹夜《てつや》で語り明かしたりもした。朝鮮共産党の幹部として日本の警察に追われて、カミソリで自分の首を切った年若い革命家、高光洙《コグワンス》も、東方勤労者大学の出身だった。彼が鉄原《チョロン》出身だというわさに、炳浩と基秀はどれほどほこりを感じたかわからない。ところが、鉄原ではなくて、華川《ファチョン》だというわさが聞えてきてがっかりしたこともあった。そんな革命家の道を求めてソ連にいき、帰国して朝鮮の革命家になって戦いたい……わずか一年まえ、いや半年まえの夢だった。しかしいまとなっては、はるか昔の伝説のようだ。

学校にいき、宿題をし、民青の集会にでてと、いまの基秀は、一日一日をただ生きるだけだった。妻まで捨てて逃《に》げた親日派の父親をもつ息子、母親の死をただ見守るだけだった息子。

――だいたい、おれになにができたというんだ。

いま、基秀が強く願うことは、ただひとつ――母が首を吊《つ》ったその夜明けにもどること。そして、母の手をにぎって、はなさないこと。母が絶対にひとりで祠堂《サダン》で死なないようにすること。

基秀《キス》は、床《ゆか》にごろりと寝《ね》ころんで目をとじた。窓から入りこむ陽ざしが強烈《きょうれつ》に目をさした。腕《うで》でおおった眼をぎゅっととじても、眼の底がしびれた。きょうは、畑仕事の手伝いにはいけない気がした。

土地改革はたった三週間で終わった。土地の没収《ぼっしゅう》と分配、それに地主たちの移住まで、すべてが現実となった。無償《むしょう》没収・無償分配、土地は、本当に耕す農民のものになった。

万家台《マンガデ》で土地の分配が完了した日、千歳邸《チョンセてい》では村の宴会が開かれた。村人たちは、手に手に食べ物をもって集まった。去年は豊作だったし、小作料もたった三割だったので、麦峠《ポリコゲ》〔農家の食糧事情が悪化する春の端境期《はざかいき》〕の心配もなく、みんな心にゆとりがあった。「鉄原《チョロン》は、一年百姓したもので四年暮らす」という言い伝えが、いまは実感できた。食べ物も酒もたっぷりあった。人民委員会は、家で酒を造るのを禁止していたが、餓死《がし》者が数えきれないほどいた植民地時代でも、酒はどこからかでてきたものだ。

タラララ　ラララ　タララ　タララ

千歳邸の母屋《おもや》と別棟《べつむね》に泊《と》まっているソ連軍兵士たちのひとりが、アコーディオンをゆったりとしたテンポで奏ではじめた。

オストラバ　ヤ　ストレへ……

ソ連兵たちが肩《かた》を組んで、「ステンカラージン」をいっせいに歌いだした。庭のまんなかで、焚《た》き火をとりかこんだ人びとが口ずさみだした。アコーディオンはしだいにテンポを速めた。ゆっくり口ずさんでいた人びとも、手をたたき、肩をゆらしだした。そうして、たらふく食って、けっこう酔《よ》っぱらった。ときどきアコーディオンの伴奏《ばんそう》や、箸《はし》をたたく音にあわせて歌がつづけられた。そこへ、斎英《チェヨン》が催促《さいそく》されたふりをして立ちあがり、耳につく空咳《からせき》をした。

「エッヘン、いつのまにうわさがたったのでしょうか？　そうです。実は私は、京城《キョンソン》でちょっとした歌い手でした。では、ご要望により一曲歌わせてもらいます。そのまえにちょっと宣伝をします。わたくしは、本日付けで玉つき場に就職することに決まりました」

拍手《はくしゅ》がわきおこった。斎英《チェヨン》がえらそうな顔つきで周囲を見わたすと、また口を開いた。

「京城の人間も人さまざまですが、私は、鍾路《チョンノ》や本町や珍古介《チンコゲ》〔現在の明洞《ミョンドン》〕などという京城の繁華《はんか》街をよく知っています。ですから、第一玉つき場は、きょうを境に、京城のどこにだしてもはずかしくない玉つき場に生まれかわらせてみせます。とくに、玉つき場の花は、なんといっても美しいビリヤード・ガールではありませんか？」

年のいった連中はちんぷんかんぷんの顔つきだったが、若者たちはすぐにわかって、ヒューッヒューッと口笛をふき鳴らした。

「まさかビリヤード・ガールをごぞんじない？　いいでしょう。百聞は一見にしかずといいますから……」

斎英はゆっくりと周囲を見まわすと、恩恵《ウネ》にぴたっと視線をあてた。

「あの、郭恩恵《カクウネ》トンムが人民書店で働いていますよね。ところが、もし郭恩恵トンムが玉つき場で働いていたらと考えてみてください。彼女ほどのビリヤード・ガールがいたら、京城でもいちばんの玉つき場ですよ」

若者たちは口笛をふき鳴らし、おそまきに気づいた者たちもげらげらと笑いだした。女性たちは、ひどいからかいに眉《まゆ》をよせたが、本人の恩恵《ウネ》は、にっこりと笑うだけだった。

「宣伝はこれまで！　いまから一曲歌います。エッヘン」

きょうもさすらう、あてどない夜道
　来し方たどれば　涙《なみだ》にくれる
船底の鼓動《こどう》に　昔を思い
旅のさすらい　はてしなし
他郷をさすらい　はや十年、
　男の胸につもる恨《ハン》＊22

基秀《キス》は、塀《へい》にもたれて恩恵をまじまじとながめた。基秀の知っている郭恩恵《カクウネ》は、あんな冗談《じょうだん》を聞き流しはしなかった。こんな場にきていることじたい、場ちがいだ。ところが、恩恵はでてきている。解放後の恩恵は、まるで別人になったようだった。

　あの日の朝、街であった恩恵は……。基秀は、あの姿を忘れることができなかった。恩恵を恩恵らしくしていた気位の高さは、どこにも見当たらなかった。深手をおって逃《に》げる獣《けもの》。基秀は、そんな恩恵に自分の姿を見る思いだ。基秀の心も同じだった。けれども、恩恵はたえていた。基秀には想像もできない姿でよくたえていた。

　――恩恵もあんなにしっかりやっているっていうのに、おれというやつは……。

千歳邸《チョンセてい》がみんなの家になる日。それは、基秀《キス》が夢見た日だ。望みつづけてきたことだけに、うれしくないわけはなかった。しかし、ここには母の死が介在《かいざい》していた。基秀は、笑いさざめいている人びとをながめた。

——万家台《マンガデ》の人たちも、おれにうしろ指をさすだろうか？

そう考えると、その場にいたたまれなくなった。基秀はそっとその場をぬけだした。表門の階段の一番下の段に腰《こし》かけて、タバコに火をつけた。

「おれにも一本くれ」

恩峯《ウンボン》が階段をおりてきながら、いった。

「あれ、タバコ、吸うんだっけ？」

基秀がタバコの箱をさしだしながら、たずねた。

「うん。ちょっとまえからな。かくれてスパスパ」

火をつけて煙《けむり》をはきだすかっこうが、さまになっている。彼にくらべると、基秀はまだぎごちない。

「ときどき炳浩《ピョンホ》からもらいタバコしてたけど、きょうはじめて自分で買ったよ」

基秀は言い訳でもするようにいった。恩峯はただうなずくだけで、煙で輪をつくってみせた。すると、酒のにおいもしてきた。

「酔《よ》ったのか？」

恩峯がニヤッと笑って首をふった。

「いや、このていどでは酔わないさ。おれ、酒は強いんだ。以前からけっこう盗《ぬす》みのみしてたからな。

やることもないし、話をする人もいないしさ……」

「基秀《キス》おにいちゃん！」

かん高い声が表門の上から聞こえてきた。基秀があたりを見まわすと、鳳児《ポンア》が階段をおりてきていた。敬愛《キョンエ》もそのあとからおりてくるのが見える。基秀は、タバコをもみ消して立ちあがった。タバコのにおいをさせてるのが、とても気まずかった。

4

平壌《ピョンヤン》からきた移動映画班の人たちは、どことなく洗練されているように見えた。彼らも、人びとの羨《せん》望《ぼう》に満ちた視線を感じるのか、ちょっとはにかみながらきびきびと動いた。

千歳邸《チョンセてい》の外庭に長い竿《さお》を二本立てて、そのあいだに白い紙がかけられた。この白い紙の幕に映写するのだ。月末なので、月光さえも暗く、野外で上映するにはもってこいだった。

いつのまにか準備が終わり、恩恵《ウネ》がマイクをにぎった。

「二坪里《イピョンニ》の人民のみなさん、こんばんは。平壌からきた移動映画班のみなさんとともにすごす映画のゆうべです。まず、東松面《トンソンミョン》臨時人民委員会の児童唱歌隊のお友だちの祝賀公演があります」

鳳児と何人かの子どもたちが、一列になってかけだしてきた。恩恵がピアノのまえにすわった。基秀の姉の基玉《キオク》がつかっていたピアノは、いまもかわらず澄《す》んだ音をひびかせた。恩恵《ウネ》の伴奏《ばんそう》で、子どもたちの歌がはじまった。

白頭山《ペクトゥサン》の尾根に血のにじんだあと
鴨緑江《アムノッカン》の岸に血のにじんだあと
きょうも自由朝鮮の花束のうえに
ありありとかがやく美しいあと

子どもたちの歌が終わり、移動映画班の準備した映画がはじまった。まず、人民委員会の広報映画『民主朝鮮』、次にソ連映画『血の流れるボルガ河』だった。

白い紙の幕に光があたって、広報映画がはじまった。荘厳《そうごん》な音楽とともに、金日成《キムイルソン》委員長とスターリン大元帥《げんすい》の肖像《しょうぞう》画が登場した。そして場面がかわり、ある田舎の村が登場した。中年の夫婦が、新芽のふいた畑を満足そうにながめており、閔清元《ミンチョンウォン》という娘《むすめ》が、土地改革について説明しだした。ちょうど現物税を徴収《ちょうしゅう》したところだったので、それについての説明が多かった。

敬愛《キョンエ》は何度もねむけに襲《おそ》われた。みんな知っている内容だったからかもしれないが、それにしても不思議なくらいねむかった。両目にしっかり力を入れてみても、ダメだ。ぞくぞくと寒気もした。

敬愛がこっくりこっくりといねむりしているあいだに、広報映画は終わった。恩恵がまたマイクをにぎった。

「さあ、ではつぎに、『血の流れるボルガ河』を上映いたします。弁士は、世界的な舞踊《ぶよう》家である崔承《チェスン》喜《ヒ》トンムとともに越北《えつほく》してきた、いま大活躍《かつやく》中の朝鮮最高の弁士、李大浦《イテポ》トンムです」

恩恵《ウネ》の紹介《しょうかい》が終わると、幕のわきにすわっていた李大浦《イテポ》が立ちあがって、手をふった。さすが人気弁士らしく、おちついていて風采《ふうさい》もよかった。彼は洗練された物腰《ものごし》であいさつをして、マイクを受けとった。

幕にソ連の文字でタイトルがうつると、つづいてボルガ河沿岸の荒涼《こうりょう》たる原野を、ひとりの男が足をひきずりながら歩いてきた。吹雪《ふぶき》が舞《ま》い、画面はまっ白になった。李大浦の朗々とした口上が流れた。

「ああ、ときはまさにロマネンコ王朝が人民の血と汗《あせ》を搾取《さくしゅ》していた時代！　ボルガ河にふきつける風さえも、搾取者に似て過酷《かこく》でありました。ああかわいそうに、私たちの主人公イワノフは、……」

ちょうどそのときだった。

空からなにか白いものがふりだした。暗い空をおおって、ヒラヒラと千歳邸《チョンセてい》の庭に舞い落ちてきた。

「ビラじゃないか！」

徳九《トック》がさけんだ。みんながその場でがばっと立ちあがった。大さわぎする人びとの影《かげ》が、白い幕にごちゃごちゃと映しだされる。敬愛《キョンエ》もねむけがふっ飛んで、ぱっと立ちあがった。ちょうど目のまえに落ちてきたビラをつかまえて、映写機の明かりに照らして見てみた。

〈アカどものまっ赤なウソ〉

そんなタイトルではじまるビラは、北朝鮮の臨時人民委員会を極悪非道なアカ〔共産主義者・社会主義者に対する蔑称《べっしょう》」の狼《おおかみ》の群れだと決めつけていた。土地改革は、先祖からゆずりうけた土地を強制的にうばった強盗《ごうとう》で、地主に対する人民裁判は、強盗たちの横暴だ。千歳邸《チョンセてい》夫人の死は、自殺ではなくアカによる他殺で、自分の母親を殺した者たちとグルになってのさばる黄基秀《ファンキス》こそ、アカどもの人面獣心《にんめんじゅうしん》を証明するものだ、と書いてあった。

ビラの裏には絵が描《か》いてあった。洪正斗《ホンジョンドゥ》が残酷《ざんこく》な顔つきで千歳邸夫人の首に縄《なわ》をかけ、夫人が死の苦痛にあえいでいるものだ。そして、基秀が残忍なほほ笑みをうかべて、母親の悶絶《もんぜつ》する姿をじっと見つめている。ビラをまいた者たちは、自らを「鉄原《チョロン》愛国青年団」と名のった。

敬愛《キョンエ》は、さっと基秀を見た。少しまえにすわっていた基秀は、ビラを両手にギュッとにぎって見入っていた。みんな手に手にビラを持ってさわぎ、基秀を盗《ぬす》み見た。幼いころから、あの両親の子とは信じられないほど素直だった千歳邸の末息子。村人たちも、基秀の人がらを知らないわけではない。しかし、その女主人が祠堂《サダン》で首を吊《つ》るという不吉な事件のおきた家。その事件の夜ひとり生き残った人間。基秀がどんな人物であれ、それは忌《い》まわしい出来事だった。不吉なことは遠ざけるにこしたことはない、と人びとは昔からそう信じてきた。

「いったい、どこのどいつだ！　たたき殺すぞ」

奇英博《キヨンバク》が虚空《こくう》にむかってさけんだ。そのさけびに、人びとはやっと基秀から視線をはなして、あたりを見まわした。

「愛国だと？　ふん、地主どもだけがいい暮らしをする国をつくるのが愛国か。こんなもんをまきちらしおって。そんなにご立派なら、正々堂々とでてきてツラを見せろ！」

奇英博《キヨンバク》の言葉に、徳九《トック》も怒《いか》った。

「そうだ。どこのどいつだ、でてきやがれ！　おれといっちょうやろうじゃねえか！」

意外にも、斎英《チェヨン》は冷静だった。

「いまこうして興奮しても、なんにもなりません。これはいったいどこから飛んできたもんでしょうか？　飛行機で飛んできたのでもないし、なぜ空からこんなビラが……」

斎英の言葉にみんなが首をのけぞらせ、夜空を見あげた。星のきらめく夜空は静かだった。

千歳邸《チョンセてい》の表門の脇《わき》を守っている銀杏《いちょう》の大木が、夜の秘密を物語るようにそびえている。みんなの視線が、銀杏の幹をつたって地上にもどってきた。そして、同じことを考えている目つきになった。まっ先に斎英が動きだした。どどっと走って銀杏の木に登りだした。京城《キョンソン》のモダンボーイにしては、並みはずれてすばしっこい。あっというまに枝まで登っておりてきたが、手には長いひもにくくられた風呂敷《ふろしき》がにぎられていた。風呂敷にビラをいれて木にくくりつけ、ひもをひっぱれば風呂敷がほどけるようになっていたのだ。

ひもはかなり長かった。幹をつたっておりてきたひもは、表門を越《こ》えて千歳邸の塀《へい》にそってずっとつづいていて、外庭にしいたムシロの先端《せんたん》あたりで切れていた。

「なんだ。じゃあ、ここにいた人間のだれかが、このひもをひいたんじゃないか。ビラをまいた犯人がここにいたというわけか！」

徳九があたりをにらみつけた。なにもうしろめたくないのに、みんながぎくっとなって、目をそらした。

「そう断定もできん。千歳邸がどれほど広いか……。映画に夢中になっているあいだに、だれかがこっそり出入りしたのかもしれない」

斎英《チェヨン》の言葉にだれもがうなずいた。

「人民のみなさん」

洪正斗《ホンジョンドゥ》の声がマイクを通して聞こえてきた。

「さあ、映画を観ましょう。せっかく人気弁士がおいでになったのに、こんなビラのせいで映画会をだいなしにはできません。このごろは物がどんなに大事かしれません。この紙は便所紙にもってこいのようですから、みんなでひろいましょう。ひろってから映画を観ましょう。こうやって、わが村まで移動映画班がきてくださるのはめったにないことです。さあ、片づけましょう」

ぎごちなく緊張《きんちょう》していた雰囲気《ふんいき》が、洪正斗の言葉で一気にやわらいだ。みんながおもしろい遊びでもするかのように、くすくす笑いながらビラをひろいはじめた。

東松面《トンソンミョン》臨時人民委員会の洪正斗。万家台《マンガデ》の人びとは、金日成《キムイルソン》やスターリンは知らなくても、洪正斗は知っていた。共産主義がなにかわからなくても、人民委員会がなにかわからなくても、洪さんのことは信じた。そこで万家台では、還暦《かんれき》をすぎた老人までが共産党に入党しようと、ハングル講習会に熱心に通った。千歳邸《チョンセてい》の使用人だった洪さん、とびぬけて仕事熱心で礼儀《れいぎ》正しい洪さん。洪さんは、だれもが土地の主人公になれる、新時代の象徴《しょうちょう》だった。彼がよろしいといえば、それで通ったのだ。

奇英博《キヨンバク》が、ぱっと手をあげてスローガンをさけんだ。

「金のある者は金で、土地のある者は土地で！」

みんながそのスローガンを唱えた。このごろ一番よく聞かれるスローガンだ。学校や貯水池や道路をつくるために、人民委員会はたてつづけに寄付をつのっていた。これからは、朝鮮共産党鉄原《チョロン》郡党舎を建てるために、村ごとに米を百かますずつ集めなければならない。

「では、李大浦《イテポ》トンムをもう一度紹介《しょうかい》いたします」

恩恵《ウネ》がいった。歓声《かんせい》のなかで、李大浦がマイクを受けとった。

映画が再開すると、敬愛《キョンエ》はそっと立ちあがって家にもどった。基秀《キス》が気がかりだったので最後まで見届けたかったが、体調がすぐれなかった。家に着くとすぐに、台所に入って冷や水を二はいものみほした。それでも、からだのなかから熱気があがり、のどが熱かった。目がぐるぐるまわって、頭がずきずきするところをみると、やっぱり完全に風邪《かぜ》をひいたようだ。かまどにすわって何度も深呼吸をしてからやっと、枕《まくら》もと用の水をくんで台所をでた。

「敬愛」

敬愛はぎくっとした。自分の名前がよばれるのを聞いたようだが、周囲を見わたしてもだれもいない。熱がでて幻聴《げんちょう》を聞いたのかもしれない。敬愛はいぶかしげに首をふりながら、重い足どりで歩きだした。

「敬愛」

今度は、もうちょっとはっきりした声だった。

敬愛は枝折戸《しおりど》の外を見た。棗《なつめ》の木の下にだれかが立っていた。からだつきの細い影《かげ》が、垣根《かきね》のほうに一歩動いた。うす暗い月明りに顔がうかんだ。

「姉…さん?」

「シッ!」

美愛《ミエ》が指を口にあてながら、さっと周囲をうかがった。

敬愛《キョンエ》は部屋に入るとすぐ、ふるえる手でマッチをつかんだ。美愛が敬愛の手をつかんでとめた。

「私は人の目についてはならないの。灯りはつけないで」

それでもしだいに目が暗闇《くらやみ》になれると、姉の姿が目に入ってきた。豊かだった長い髪《かみ》は耳までばっさり切られ、以前よりやせてほお骨がつきだし、目がさらに大きく見えた。承愛《スンエ》や敬愛とちがって、とくに大きくてまるかったあの目は子どものようだったのに、疲れて生気がないせいか、暗いかげりを帯びていた。服装も見慣れなかった。チマチョゴリ〔韓国の民族服〕でも、キモノでもなかった。男の着るようなズボンとシャツにジャンパー姿だった。

——とにかく、まぎれもない姉さんだ。あれほど待っていた私の姉さん。

「お帰りなさい」

敬愛は涙《なみだ》がでそうになったが、こらえて笑ってみせた。

「承愛姉さんから聞いたわ。お義兄《にい》さんがあんなことになって、姉さんは南にいったみたいだって……。でも私たちは、姉さんを待ってたわ。最後にはきっと帰ってくるって……。姉さん、お帰りなさい。姉さんがこそこそすることなんてないのよ。巡査《じゅんさ》をしていたのはお義兄さんで、姉さんがしたんじゃないわ。もどってきてくれて、うれしい」

「なんてことというの。あんたの義兄さんが、いったいどんなまちがいをしたっていうの？」

美愛の声は、低いが鋭《するど》かった。

「敬愛《キョンエ》、よく聞きなさい。あんたの義兄《にい》さんはまちがってなんかない。私たちは、食べていくために最善をつくしただけよ。独立闘士《とうし》を苦しめただって？　ふん、彼らは彼らの仕事をしたし、あんたの義兄さんは義兄さんの仕事をした。それなのにあんたの義兄さんは、あんなくやしい死にかたをした。春川《チュンチョン》の私の家、私の土地、ぜんぶ彼らに盗《と》られたわ。そして、私の明姫《ミョンヒ》は……」

美愛《ミエ》が言葉尻《じり》をにごし、目がしらをおさえた。そして、カバンから一枚の写真をとりだした。二重あごのまるまるとした赤んぼうの写真の下に、白ぬきの字があった。

――百日記念・南明姫《ナムミョンヒ》

敬愛がふるえる手で写真を受けとった。敬愛に似てくちびるのはしがたれさがり、承愛《スンエ》に似て額がとびだしたおでこ頭で、母親に似て目が大きかった。

「赤んぼうを……生んだの？」

「あんたの義兄さんが死んでからというもの、血をいくら流したかわからない。私たち母子の命も、もうもたないと思ったわ。けど、あの子はじょうぶで、生き残った。京城《キョンソン》で元気に生まれたわ」

美愛は涙《なみだ》声でこういうと、敬愛の手をそっとにぎった。

「敬愛、私といっしょに京城にいこう」

「なんてことというの？　ここが私たちの家じゃない。姉さんが明姫をつれてきて。いっしょに住もうよ」

敬愛は、下あごをふるわせて涙をあふれさせた。美愛は、涙にぬれた顔を横にふった。

「いいや、敬愛。京城にいこう。女学校にも通えるし、いいところにお嫁《よめ》にもいける……。私は、昔の姜美愛《カンミエ》じゃないよ。明姫と敬愛をりっぱに育てられるわ。私だけいい暮らしをしてどうするの。あんたをおいて嫁《よめ》にいって、どれほど後悔《こうかい》したかしれない。これからは後悔しないつもりよ。ねっ、姉さんといっしょにいこう」

美愛《ミエ》は敬愛《キョンエ》の顔をなでて、ハッと驚《おどろ》いてたずねた。

「熱があるんだね。風邪《かぜ》をひいたの？」

敬愛がうなずいた。

「承愛《スンエ》ったら、平壌《ピョンヤン》や地方をまわりながら、あんたのことはほったらかしだね」

「承愛姉さんが平壌にいったことを、どうして知ってるの？」

美愛はそれにはこたえないで、カバンからなにかをとりだした。小さなガラスびんに入った錠剤《じょうざい》のようだった。

「のみなさい。アメリカの薬だからよく効くわ。熱はすぐにさがるからね」

敬愛はつい、薬びんを受けとった。

「さあ、早くのんででかけよう。急がなきゃ。」

「姉さん……。私、いかない」

美愛はひどく驚いて、目をみひらいた。

「ここが私たちの家じゃない。家をこうしてとりもどしたのに、いくって、どこにいこうっていうの？」

「敬愛」

美愛が、また敬愛の手をにぎりしめた。

「あんたはこの家がいやじゃないの？　私は、貧乏《びんぼう》と聞けば吐《は》き気がするわ。父さんや母さんが、どうして亡くなったか忘れたの？　貧乏《びんぼう》で、お金もなく力もなかったから、亡くなったのよ。それで、私たちバラバラになったんだわ」

「あのときとはちがうわ、姉さん。私たちはいまだってお金持ちでもなく、家だってこんなぼろぼろの藁《わら》屋根の家よ。承愛《スンエ》姉さんと私とが給料をもらって、かつかつで暮らしてるだけよ。でも、以前とはちがうわ。土地がないからって、お金がないからって、つまらない身分だからって、無視されて、うばわれて、なぐり殺されるなんて……もうそんなことはないわ。それでいいじゃない。お父さんの建てたわが家で、食べていく心配もなく暮らせるようになったのに、どうして故郷を捨てるの。私は女学校もいやだし、いい嫁《よめ》入り先にも興味ない。ここで暮らすわ、わが家で。もうだれも私たちを追いだせないわ、もう、だれも」

美愛《ミエ》が敬愛《キョンエ》の手をおいて、すこしあとずさりした。

「承愛がアカでのさばってるもんだから、あんたまで染まったのね」

「そんなんじゃない、姉さん。私は、共産主義がなにかよく知らない。でも、もう父さんや母さんのように死ぬ人はいない。それでいいじゃない。それが正しいことなのよ。だから、明姫《ミョンヒ》をつれてもどってきて。姉さんさえもどってくれれば、私はもうこれ以上望むことはないわ」

敬愛はまた涙《なみだ》ぐんだ。床《ゆか》におかれた明姫の写真がにじんだ。

――かわいそうな子。お父さんの顔を一度も見られないで……。だけど、ここをはなれられない。どこにもいきたくない。

美愛は、大きなため息をついて、明姫の写真をまたカバンに入れた。そして、黄色い封筒《ふうとう》をふたつとりだして床に並べた。

「もしかしてと思って用意しておいたものだけど、結局、これをおいていくことになるのね」

美愛《ミエ》が、うすいほうの封筒《ふうとう》を敬愛《キョンエ》にさしだした。

「人民書店での仕事はやめなさい。名前こそ書店だけど、アカの巣窟《そうくつ》じゃない？　そんなことにかかわってたら、あとでどんな災《わざわ》いをこうむるかわからないわ。だから、このお金でやりくりして暮らしなさい。それと、私はまたくるから、そのときはいっしょに京城《キョンソン》へいこう」

「姉さん、だけど……」

「それから、これはね」

美愛が、もうひとつの封筒を敬愛のほうへつきだした。さっきのよりはるかにぶあつかった。

「基秀《キス》ぼっちゃまにわたして。黄寅甫旦那《ファンインボだんな》さまのことづけなの」

「姉さん、旦那さまとはどうして……」

「うちの村のえらい方よ。同じ京城の空の下で暮らしているなら、年長者として敬うのは当然でしょ？　それに、私は旦那さまにお世話になったのよ。あの方がおられなかったら、私や明姫《ミョンヒ》は生きながらえることはできなかったわ。だから、あんたもその恩を忘れてはだめよ」

――父さんがどんなふうに亡くなったか、忘れたの？

敬愛は、熱くこみあげてくる思いをおさえつけて、のみこんだ。敬愛自身も、黄寅甫の家で食いつないだ時期があった。だがいまは、そんな話は持ちだせなかった。いまは、姉がこれ以上遠くにいかないようにつかまえておくときだ。

「承愛《スンエ》には私が寄ったことはいわないで。私はアカの世界で歓迎《かんげい》される人間ではないから。だれかが知ったら、二度とあいにこられなくなるから、わかった？　じゃあ、次はいっしょに発《た》つことにして、きょうはもういくね」

美愛《ミエ》は敬愛《キョンエ》に目もくれずに、素早く戸をあけてでていった。

敬愛は急いで立ちあがろうとしたが、めまいがしてすわりこんだ。少しのあいだ目をとじて深呼吸をして、ふらつきながら立ちあがって外へでた。美愛はもうどこにもいなかった。敬愛はぬれ縁《えん》にすわりこんだ。風邪《かぜ》のせいで幻《まぼろし》でも見たのだろうか。けれど部屋の床にはアメリカ製の薬ビンと、ふたつの封《ふう》筒《とう》がおいてある。敬愛は薬ビンと封筒を持ってでて、板間の下の古い網袋《あみぶくろ》のなかへかくした。こうしてかくすのがいいことなのか、ふとそんなことも考えたが、いまはただ、すべてのことがありがたかった。美愛も承愛も自分も、そして、明姫《ミョンヒ》も生き残った。このように生きていてくれたことが、なによりもありがたいことだった。

5

彼らからまた連絡《れんらく》があった。今回は郭治英《カクチヨン》の手に紙切れがにぎられていた。

ご苦労だった、同志

恩恵《ウネ》は紙切れをクシャクシャにまるめると、音もたてずに戸に近づいて、あけた。庭は静かな闇《やみ》につつまれていた。恩峯《ウンボン》の部屋も灯りは消えていて、母親の気配も声もなかった。恩恵はそれでも不安で、くつをはいて外にでると、枝折戸《しおりど》の外まで注意深く見た。

郭《カク》氏一家が万家台《マンガデ》で新たにあたえられた家は、L型に建てられた藁《わら》ぶき屋根の家だ。部屋二間に台所のついた母屋《おもや》があり、それにつづく小さい部屋がひとつあるが、それが郭治英《カクチヨン》の部屋だ。

恩恵が再び部屋の戸をあけると、小便くさいにおいが鼻をついた。老臭《ろうしゅう》と、寝《ね》たきり病人のにおいがまじりあったむかつくにおいだ。しかし恩恵は少しもいやなそぶりを見せず、静かにすわった。

「おじいさまはご覧になったのでしょ？　この紙切れをおいていった人がだれなのか、ご覧になったのよね？」

郭治英は、あとを追うような目で素早く瞬《まばた》きをした。その目に答えはこめられているが、言葉にすることはできない。恩恵はため息をついたものの、すぐに祖父に謝った。

——このようにとじこめられているおじいさまは、さぞやおつらいだろうに。

「夕食はめしあがりましたか？」

恩恵がやさしくたずねた。夕食といっても、口のなかへ入れてくれる重湯《おもゆ》を半分こぼしながらやっとのみこむのがすべてだ。郭治英は生木の枯れ枝のようにやせていった。

「もう少しだけがまんしてくださいね。わたくしが必ず京城《キョンソン》へおつれしますから。そうよ、心配なさらないで。このまえはわたくしが愚《おろ》かだったんです。でも、今回はちがいます。ほんとうに信じられる人たちですよ。アカの世の中になって小躍《こおど》りする、コッチネのような者たちとはちがうんです。主人の恩《おん》がわからない獣《けもの》のような玉《オク》みたいな輩《やから》ともちがいます。鉄原《チョロン》愛国青年団、彼らはわたくしたちの同志です。わたくしもかわりました。あのときのようにバカな目にはあいませんわ。自分の力で彼らを動かすつもり、彼らの同志になるつもりです。絶対に裏切らない同志」

郭治英《カクチヨン》は、不安そうにまぶたをひくひくさせた。彼のひび割れたくちびるから血が少しにじみでた。恩恵《ウネ》は、タオルでくちびるを注意深くふいた。祖父はひとこともいえず、うなずくこともできないが、恩恵は、いつもよりもはっきりと祖父の心を感じることができた。

「わたくしを信じるでしょ?」

郭治英は、ゆっくりと瞬《まばた》きをした。

——おじいさまはひたすら私だけを信じている。ほかのだれかではなく、この私を。私が一家を救わなければ。恩恵は郭治英のやせた手をにぎりしめた。

「すべてのことが自分の思いどおりになった時期があったわ。わたくしがどうすることもできなかったのは……。そう、おじいさまおひとりだけでした。ごぞんじですよね?」

郭治英の目がうるんだ。郭治英は瞬きしながら涙《なみだ》を流し、恩恵をじっと見つめていた。恩恵は自分だけの思いにひたっていたが、また話をつづけた。

「でも、いまはなにひとつ思いどおりにならないの。おじいさまの思いどおりにもならないでしょ。鉄原愛国青年団にしても同じ。彼らはおじいさまやわたくしたちを京城《キョンソン》へつれていく能力はあるけれど、そう簡単に動きはしないんです。彼らは命がけでアカとたたかっているの。彼らに助けてもらおうと思うなら、わたくしもやはり、いっしょにたたかわなければならないんです。見ていてね。おじいさまを京城《キョンソン》へおつれするつもりよ。すべてを必ずとりかえしますから」

恩恵《ウネ》が郭治英《カクチヨン》に視線をむけた。郭治英の目もとに涙《なみだ》があふれでた。

「泣かないで」

恩恵は幼な子をなだめるように、タオルで涙をふいてあげた。それから、郭治英の枕《まくら》もとにおいてあるラジオをつけた。時間がおそいせいか、雑音しか聞こえない。これは、京城から伝わってくる信号だ。

恩恵は、しき物もない床《ゆか》に腹ばいになったまま、雑音に耳をかたむけながら、絵を描《か》きはじめた。

絵にはかなり自信がある。共産主義者を攻撃《こうげき》する絵ならば、なおさらだ。このまえのビラの絵だってそうだ。とくに、自分の母親を死へと追いやった黄基秀《ファンキス》の顔を描くときは、ペンに神がのり移ったようにひとりでに動いた。その絵は、鉄原《チョロン》愛国青年団の指示で、約束した日に学校の教室から最後にでるときに絵を教卓《きょうたく》のなかに入れておいたが、翌朝一番にいってみると、絵はなくなっていた。

「いったいだれかしら？」

恩恵が腹ばいのまま、ほおづえをついてつぶやいた。

「いったいだれかしら？　鉄原愛国青年団ですべてのことを指図している人は、だれなのかしら？　きょう、ビラをまいたのはだれなのかしら？　あの場に集まっていた村の人たちのなかにいたのかしら？　そうでなければ外からそっと入ってきて、ひもをひっぱってから逃《に》げたのかしら？　わたくしにもわからないわ。だからたのもしいんですわ。彼らは緻密《ちみつ》です。きっと、すぐに次の指示があるはずです。そして、わたくしの固い決意を証明すれば、きっとわたくしたちは京城《キョンソン》へいけるでしょう」

恩恵《ウネ》はおきあがり、郭治英《カクチヨン》のぬれた目をみつめた。

「少しお待ちくださいね。弱気になってはだめ。京城へいくまで、もう少しがまんしてください、ね?」

郭治英は、目をぎゅっととじてあけた。恩恵も、力をこめてうなずいた。

鉄原《チョロン》愛国青年団は、恩恵の信じたように迅速《じんそく》かつ緻密《ちみつ》に動いた。千歳邸《チョンセてい》ビラ事件がおこったその翌日、恩恵に新しい指示がおりた。人民書店で恩恵がひとりで仕事をしているとき、どこからか小さい石ころが飛んできた。その石ころには紙切れがくくりつけてあって、今回もやはり数字がぎっしりと記されている。恩恵は、はじめに彼らから受けとった聖書をとりだした。そしてこれまでどおりに、その数字を聖書の章と節で解釈《かいしゃく》して暗号を解いた。すぐに指示の内容を理解できた。いまの金日成《キムイルソン》が替《か》え玉だということを描《えが》け、というものだ。描いた絵は、千歳邸の大きな舎廊棟《サランチェ》の楼閣《ろうかく》にかけてある、金日成の肖像《しょうぞう》画の額縁《がくぶち》のうしろにかくせという。

恩恵は夕食後、千歳邸へむかった。ハングル学堂で教師として仕事をしているので、だれよりも自然に出入りできる。大きな舎廊棟の楼閣にあがってあたりを見わたしてから、ハングル教材のなかにかくし持ってきた絵を額縁のうしろにかくした。

カンカンカンカンカン!

だれかが表門のまえにかけてある鐘《かね》を鳴らした。五回の鐘の音が、ハングル講習のはじまりを知らせた。

6

基秀《キス》は学校へもいけず寝《ね》こんでいた。徳九《トック》のお母さんは、風邪《かぜ》のようだと心配しながら、がんがん火をたいて基秀のオンドル部屋を温めた。春の気配が感じられるのに、床《ゆか》は熱く、これほどの苦役はない。それでも基秀は、窓をきっちり閉め、汗《あせ》にぐっしょりとぬれたまま、身じろぎもしない。薬に酔《よ》いでもしたように、絶えずねむけがおしよせた。こうしてねむりながらも、半ば目ざめている。目ざめているときでも、半ばねむっているような状態だ。どこからが夢で、どこからが現実なのか、区別がつかない。天井からビラがぼたん雪のように舞《ま》ったり、母の青白い顔が目のまえにとつぜん襲《おそ》いかかったりした。父親の茶目っけのある笑い声が耳もとでひびいていたり、殷国《ウングク》がなにかさけびながら泣いている声が聞こえたりしている。幼い敬愛《キョンエ》が泣きながら村を去っていったり、大人になった敬愛が基秀をだまってだいてくれたりした。

「基秀」

だれかの声が聞こえた。

「病院で診《み》てもらったほうがええかもな。ごはんも食べんと、寝てばっかりいるんだわ」

徳九の母親の声が聞こえた。部屋の戸をつかんで、ガタンとゆする音も聞こえた。

基秀が目をあけた。

「基秀《キス》、基秀、寝《ね》ているのか?」

洪正斗《ホンジョンドゥ》の声だ。夢ではない。幻聴《げんちょう》でもない。

基秀は、むりにからだをおこして、戸をあけた。汗《あせ》でぐっしょりとぬれた基秀の顔色は蒼白《そうはく》で、両目はパンパンに腫《は》れている。

「なんてまあ、死にそうじゃないか、かわいそうに。朴《パク》医院にいって、薬草の根でももらってこないと」

徳九《トック》の母親が大急ぎで枝折戸《しおりど》をでていった。

基秀は部屋の戸をあけたまま、また布団《ふとん》に横たわってしまった。むんむんする部屋のなかへ、ひんやりした風がふいてきた。汗でべとついた首筋に心地いい。

「ちょっと入るぞ」

洪正斗が部屋に入ってきた。基秀は、彼に背をむけて横になっている。洪正斗は、基秀のうしろ姿をしばらく無言で見ていたが、口をひらいた。

「なんで、こうしているんだ?」

——これ以上はむりです。

基秀は、わっとこみあげてくるひとことをおさえようと、くちびるをかみしめた。見ざる、聞かざる、知らざるを決めこんだのに。それなのに、世間はとうとう、基秀の眼前に母のあの青ざめた顔をつきつけた。おまえのせいだ。おまえが母親を殺したのだ、と。

「うん、わかるよ。いままでおまえが精いっぱいたえてきたことは、よく知っている。だがな、基秀よ、むやみにたえることだけが、いいわけではないぞ」

——じゃ、どうしろというんですか。ぼくだって逃《に》げだしたい。だけどこの空の下、いったいぼくが身をよせられるところが、手のひらほどでもあるというんですか。

基秀《キス》はギュッとかみしめたくちびるを、ブルブルッとふるわせた。鉄原《チョロン》では、基秀は、母親を死へと追いやった息子だった。京城《キョンソン》では、親日をしてでも贅沢三昧《ぜいたくざんまい》の黄《ファン》一族のおぼっちゃまになるだろう。基秀はひどいものを目にしたように、目をぎゅっととじた。

洪正斗《ホンジョンドゥ》が再び口を開いた。

「そうじゃなくても話そうと思っていたんだが、こんなことがおこってしまった。実は人民委員会でソ連に留学させる学生を選抜《せんばつ》中だ」

意外な話に基秀は、思わずからだをおこしてふりむいてしまった。洪正斗がにっこりと笑った。

「わしは、おまえがいけばいいと思う」

基秀はゆっくりとおきてすわった。胸がどきどきしはじめた。

「基秀よ、わしが日本警察の眼を避《さ》けて、千歳邸《チョンセてい》の使用人部屋に三年間かくれていたのは、おまえも知っているだろう。そのまえに京城でかくれていたのをあわせると、ちょうど六年かくれて逃げまわっていたことになる」

「なんの話をなさろうというのですか？」

基秀の口ぶりは攻撃的《こうげき》だった。けれど、洪正斗はゆったりと応じた。

「おまえもそうしたらいいと思うんだ。力不足のときはしばらく逃げるんだ。そして、帰ってきたらいい」

「いきさつがちがいます」

「ちがわないさ。力にあまるんなら、休んでからいくんだ。ソ連だぞ、おまえがしばらく休んで力をたくわえるのに、うってつけじゃないか」

洪正斗《ホンジョンドゥ》は、三日間考えてみろ、という言葉を残して帰っていった。

ソ連。あの遥《はる》かな凍土《とうど》。基秀《キス》は、本棚《ほんだな》からソ連語教材をひっぱりだした。南朝鮮でも、北朝鮮でもない、遠く広大な地。基秀は表紙の地図をしばらく指先でたどって、ページをくった。敬愛《キョンエ》のメモがそのまま入っていた。

——まだ、本代もはらってなかったな。

基秀はざらざらな紙の感触《かんしょく》を感じながら、メモをつまんだ。

ある夏のこと、梅雨の雨が土砂ぶりにふる夜だった。

その日も、母がイシモチの身をほぐして、さじのうえにのせてくれた。基秀は胃が弱くて、魚はイシモチかタラしか食べなかった。あぶらっこいものをきらい、肉のスープはあぶらをきれいにすくって、透きとおるように煮《に》たものでなければ食べられない。当たりまえにそのように食べてきたのだが、その夜、基秀は、いきなりのどがつまった。小さな舎廊《サランチェ》棟の障子《しょうじ》戸の外にふる強い雨のなかに、みすぼらしくやせた友たちの姿が思いうかんだのだ。昼には泥《どろ》んこになっていっしょに遊びまわっていたが、いまごろその友たちは、ひもじい腹をぎゅっとかかえたまま寝《ね》ているだろう。いまでは基秀もわかっていた。そのすべてのことが正しくないことを知った。結局その夜、基秀はひどい食もたれで、ひと晩じゅう吐《は》いた。その日以後、基秀はちがう世の中を夢見はじめた。すこしものがわかってくると、共産主義がそんな世の中をめざす道だと信じた。いまもその信頼《しんらい》はかわっていない。

基秀《キス》は、敬愛《キョンエ》のメモをもとどおりにはさんで本をとじた。そして、教材を手にしっかりもったまま部屋からでて、千歳邸《チョンセてい》へと歩いていった。

使用人部屋のいちばんはしの部屋のまえに立つと、夜、使用人たちのかくいびきの音で波うつようだった昔が、生々しくよみがえった。いまは洪正斗《ホンジョンドゥ》と呉斎英《オチェヨン》がつかっているが、基秀の耳もとには、昔のままの音が聞こえてくるようだった。基秀はゆっくりと歩いて母屋《おもや》へむかった。小さい舎廊棟《サランチェ》に基秀の部屋が別にあったが、一〇歳をすぎるまでは、母といっしょに母屋で寝《ね》ていた。はじめて舎廊棟でひとり寝た日、母屋からもれてくる黄色い電燈《でんとう》の光を、どれだけ恋《こい》しく思ったかわからない。布団《ふとん》を額までかぶって、めそめそと泣きもしたが。

基秀は千歳邸からでて、村にむかう道を歩いた。だれもが仕事をしている時間なので、村はねむっているように静かだ。真昼の沈黙《ちんもく》にひたっている村の道から、いまは人民会館とよばれている千歳邸まで、思い出のこもっていない場所はなかった。基秀は、新作路にでてももどらないで、かぎりなく歩いた。鉄原《チョロン》の地のいたるところ、足のむくそのあらゆる場所に、基秀のすぎ去った時間が刻まれていた。

でも基秀は、ここをはなれたかった。自分がだれなのか、だれも知らないあの広い世界。そこでなら、千歳邸の末息子ではなく、ただ黄基秀《ファンキス》として生きられるだろう。そして帰ってきたなら、たくさんのことが忘れられているかもしれない。

そんな考えにふけって歩いていたら、ふと気がつくと、街なかにまできていた。急にひもじさがおそってきた。地べたの土くれでも掘《ほ》って食べたいぐらいだった。思えば、二日間まるっきり食べていなかった。

手には一銭の金もない。でも鉄原《チョロン》の街なかには、いつでもあったかい汁飯《クッパプ》を食べさせてくれるところがあった。あったかい湯気の立つそこが、あらためてなつかしかった。基秀《キス》は、炳浩《ピョンホ》の母親の汁飯屋にいって、ひさびさに二はいも平らげた。そしてどこにいったのか、かいもく帰ってくる気配のない炳浩を待たず、家へ帰ってきた。

ところが意外にも、敬愛《キョンエ》が路地の入口で待っていた。基秀はソ連語の教材を、そっとうしろにかくした。なぜか照れくさくて、つい、思わずぶっきらぼうな言葉づかいになった。

「ここでなにしてるんだ?」

敬愛は返事もせずに、自分のカバンから黄色い封筒《ふうとう》をひとつとりだして、さっとさしだした。

「あの、これ……」

基秀が封筒を受けとると、敬愛は熱いものでももっていたように、すぐに手をひっこめた。

「基秀、あんたにこれをわたそうかどうしようか、何日か悩んだわ。でも、どうであれ、わたすのが筋だと思えて……。私が勝手に始末してしまうのはおこがましいことだし。そんな状況《じょうきょう》でもないようだから……、だからわたすわ。だけど基秀、私はこれ、あんたが始末してくれればいいなと思う。あんたがこれ以上、つらいことにしばられるのがいやだから。あんた、そうできるよね」

基秀はわけのわからない顔で、敬愛をみつめた。なぜかだんだん不安になってきた。封筒をにぎった手が、少しずつふるえはじめた。敬愛は、とてもつらそうな顔で話しつづけた。

「約束して。これを始末するって。みんなふりはらうって約束して。そうでないと、あんたがこれのために、もっとつらくなったら、私は本当に……。基秀、ごめんね」

敬愛《キョンエ》は泣きだしそうな顔をして、そのままいってしまった。

基秀《キス》は部屋に入って封筒《ふうとう》を床《ゆか》におき、じっと見つめた。普通の手紙の封筒だったが、かなりぶあつかったし、とがった角が、とりわけ鋭《するど》く見えた。

とうとう基秀は封筒を開いた。手の切れるようなぶあつい札束と手紙がでてきた。

基秀へ

愚《おろ》かな父がやっと筆をとった。鉄原《チョロン》をはなれたあと、いっときもおまえを心配しないときはなかった。

状況《じょうきょう》がせっぱつまっていて、おまえと母さんをおいて去るしかなかった。家門を守り、後日を期そうとするためには、寸暇《すんか》を惜《お》しまざるをえなかった。それにおまえも、母さんの性格を知っているだろう。たやすくわたしにしたがうはずもなかった。おまえもまた、分別《ふんべつ》もなくやつらにまきこまれていたのだから、父は重い気持ちではなれるしかなかった。

そのあいだ、父は家門を守るため切歯扼腕《せっしやくわん》した。筆舌《ひつぜつ》につくしがたいありさまをいかに伝えられようか。幸いおまえの兄も、判事として自分の職分をまっとうしており、わたしの事業も繁盛《はんじょう》しておる。

しかし、おまえを思うと胸がはりさけそうだ。母さんが死んだということも聞いた。くやしく痛ましいこと計りしれない。もうすぐすべてが正されるだろうに、あの性分では侮辱《ぶじょく》にたえられなかったのだ。母の死を見たおまえの気持ちは、またどんなだろうか。母に対する悔恨《かいこん》がどんなに大きく、やつらに対する憤怒《ふんぬ》はどれほど熱いことか。恥辱《ちじょく》を受けてやつらの世界で生きているおまえのことを考えると、はらわたが煮《に》えくりかえる。ほかの家族も、おまえを心配して、一日として涙《なみだ》にくれない日はない。とくに殷国《ウングク》がおまえを待っているぞ。

基秀《キス》よ。

いくらかの金を送る。これぐらいあれば越境《えっきょう》屋を雇《やと》うに十分なはずだ。三八度線の警戒《けいかい》が厳しいというが、もともと守る目より逃《に》げ足が速いものだ。これ以上おくれずに、京城《キョンソン》にきなさい。人を送っておまえをつれてくるのがよいのだが、おまえの状況《じょうきょう》がどうなのかわからないので、金を送る。

では、またあえる日を期して筆をおくことにする。

愚《おろ》かな父より

7

ビラ事件が相ついだ。鉄原《チョロン》愛国青年団は鉄原全域にビラをまいた。井戸のまわりに、民主宣伝室に、学校に、市場に。ビラは空からふってきたり、どこかに人知れずおかれていたりした。ビラの内容はほとんどが、土地改革と朝鮮共産党を非難するものだった。鉄原だけではなかった。北朝鮮全域にわたってビラ事件がつづいていた。組織的で、計画的で、大胆《だいたん》だった。

「いったいだれなんだ？」

元錫《ウォンソク》が机の上に腰《こし》かけていった。今朝、学校へいくと、机の上にビラが一枚ずつおかれていた。いまの金日成《キムイルソン》委員長は、金日成将軍の名をかたる偽者《にせもの》だという内容だった。

「南朝鮮からきたスパイたち？」

だれかの言葉に、元錫は探偵《たんてい》にでもなったような顔でうなずいた。

「もちろん、南朝鮮のスパイもいるだろう。だけど、内部から協力する勢力もいるんじゃないか？」

「でたらめいうな。だれが協力するって？　朝鮮共産党は、人民の熱烈《ねつれつ》な支持を受けているんだぞ」

貧農出身で、おくれて中学生になったひとりが、力をこめて反論した。元錫が鼻で笑った。

「熱烈な支持を受けている？　そのとおりだ。先祖代々小作農だった者たちが、土地を持つようになったんだから、支持するだろう。南朝鮮の農民たちも、土地改革をうらやましがっているそうだ。朝鮮人の八割が小作農だというから、当然じゃないか。だけど、八割がぜんぶじゃないぞ。不満を持っている者も多いだろう」

新義州《シニジュ》でも深刻な事件があった。朝鮮共産党の改革に反発する学生たちがデモをしたが、そのとちゅうで治安隊が発砲して、学生たちを死なせたのだ。金日成将軍が直接かけつけて謝罪し、事態は収拾されたが、大きな衝撃《しょうげき》をあたえた事件だった。

「商売人たちのあいだでも不満が多い。人民委員会が運営する商店が、利益を少なくして値段を下げたので、商人たちの損害がちょっとやそっとじゃない。もうすぐ貨幣《かへい》改革もするだろ？　そしたら、いま持ってる金は紙切れになるのさ。現金を持っている者たちは、はらわたが煮《に》えくりかえるだろう。それに、土地をうばわれた者たちの恨《うら》みはどうなるんだ！」

だれかが元錫《ウォンソク》の言葉をさえぎった。

「犠牲《ぎせい》がともなうのはしかたがない」

容赦《ようしゃ》のないいい方だった。元錫が目をむいてにらんだが、被《ひ》差別部落民の息子であるその少年は、ますます激しい口調で言葉をつづけた。

「いや、犠牲でもない。いままでブルジョアたち、それに両班《ヤンバン》どもに搾取《さくしゅ》されて死んでいった者たちがいったいどれだけいると思う？　ひとにぎりにも満たない持てる者がちょっと苦痛を受けたのが、そんなにたいしたことか？」

元錫はその言葉をさっと無視して、とつぜん恩峯《ウンボン》へ話をふった。

「おい、郭恩峯《カクウンボン》。どう思う？」

恩峯がひどく驚《おどろ》いて、頭をやたらと横にふった。

「お、おれは、そんなこと、わからん」

「わからん？　こりゃまあ……、月井里《ウォルジョンニ》から平康《ピョンガン》、高原《コウォン》まで、郭氏の土地をふまずにはいけないそうだが。その土地をぜんぶとられたのに、わからん？」

「わからん。おれはそんなこと、わからん！」

恩峯は、元錫に歯むかうようにとびあがった。

「ほほう、ビクビクするところがよけい怪《あや》しいな。ひょっとしておまえ、鉄原《チョロン》愛国青年団とつながりでもあるんじゃないか？　そうだ、近ごろおまえの父親が南朝鮮でえらく羽ぶりがいいっていううわさだよな」

元錫《ウォンソク》は、目を細めて恩峯《ウンボン》をじっと見つめたが、だれが見ても、悪意のまじったいたずらにすぎなかった。それなのに、恩峯はまっ青になった。

「おれはちがうぞ。お、おれは、なにも知らん！　知らんといってるだろ！」

教室のみんながくすくすと笑った。

だが、基秀《キス》は笑えなかった。そのまま、教室をでてしまった。午後の授業が残っていたが、たえられなかった。元錫が恩峯にいった言葉のすべてが、自分にむけられているように思えた。それどころか、鉄原《チョロン》のすべての人が、そんな目で自分を見ていると感じた。

〈黄基秀《ファンキス》。悪質地主、親日反動、黄寅甫《ファンインボ》の息子。南朝鮮のスパイかもしれんぞ〉

基秀は家に帰り着くと、部屋に入り、戸に鍵《かぎ》をかけた。いすにあがり、天井に手をのばす。梁《はり》と桁《けた》が交差するすきまを探ると、封筒《ふうとう》が手にふれた。くすんだ黄色の封筒をつかんでいすからおり、台所にいった。かまどの焚《た》き口に燃え残りの薪《まき》があった。基秀は、棚《たな》におかれたマッチを手にとり、黄寅甫の手紙に火をつけた。手紙はすぐに燃えつきて、灰になった。

――父はいったい、だれを通してこれを敬愛《キョンエ》に託《たく》したんだろうか。もしかして、例のビラとなにか関係があるんだろうか。

〈あの人は……土地の権利書もなにもかも、一切がっさい持っていってしまったよ〉

母のあの冷ややかな声が思いだされた。鉄原の地にスパイを送りこみそうなだれかといえば……。父と兄の顔がうかんだ。基秀は薪をつかんで、灰をかまどのいちばん奥までおしこんだ。そして、お金の入っている封筒をカバンに入れて、急いで家をでた。

もともと、金も燃やしてしまうつもりだった。だが、手紙に火をつけた瞬間《しゅんかん》、それよりもいい考えがうかんだ。朝鮮共産党の鉄原《チョロン》郡党舎を新たに建てようと村ごとに寄付金を集めているのだが、それでも、資金がたりないという。これほどの大金ならば助けになるだろう。

基秀《キス》は臨時党舎の事務室にいき、入口のすぐ内側におかれた大きな募金《ぼきん》箱に、お金の封筒《ふうとう》をそっと入れた。これで終わりだ。手紙も金も、すべて忘れていけばいい。父も母も、千歳邸《チョンセてい》という言葉も、すべて忘れてソ連へいこうと決心した。鉄原のことさえも、きれいさっぱり忘れてしまいたかった。

基秀は大きく深呼吸してから、事務室の戸をあけた。

「洪正斗《ホンジョンドゥ》委員長トンムにあいにきたんですが」

奇英博《キヨンバク》が基秀のほうをふりかえった。

「委員長トンムは新党舎の建設現場にいかれたよ。いってみろよ。まだ、そこにおられるはずだ」

基秀は、奇英博にあいさつして事務室をでた。なにかに追われるような焦《あせ》りに、街なかの道をかけた。

——カカンカン　カカンカンカンカン。

工事現場に着くと、ケンガリ（鉦《かね》）のひびきとともに、斎英《チェヨン》の渋い声がひびきわたっていた。

「えい、やあ、そうれ！」

朝鮮共産党の新党舎の工事現場の裏手にはゆるやかな丘があり、それを越《こ》えると肥沃《ひよく》な耕作地だった。正面には、金鶴山《クマッサン》の山腹が傾斜《けいしゃ》を下げながらのび、ゆるやかな山すそを広げていた。右側は、鉄原警察署から鉄原駅まで、左側は、監理教会《カムニ》から月下里《ウォラリ》駅まで、街なかの道が長くつづいている。金剛山《クムガンサン》電鉄が建物をぬうように走り、鉄原《チョロン》のあちこちで、人をのせてはおろしていた。
　鉄原の心臓部に位置するこの工事現場は、大きくふたつにわけられていた。街の道路に面する大きな広場と、そして、広場から六、七段高い建築用地だ。広い用地に三階建ての石造建築物が、勇壮《ゆうそう》に建てられる予定だった。きたる八月には解放一周年をむかえるので、北朝鮮のあちこちで解放記念塔《とう》を建てるというが、その候補地は、平壌《ピョンヤン》、海州《ヘジュ》、咸興《ハムン》、清津《チョンジン》、新義州《シニジュ》につづいて鉄原だった。それならば、解放記念塔はこの広場にこそ建てられなければと、人びとは思った。

えい　やあ　そうれ　　えい　やあ　そうれ
さあさあ　この場のみなさんよ　　えい　やあ　そうれ
よーく　聞いて　くだされよ　　えい　やあ　そうれ
いったい　この地は　どこなのか　　えい　やあ　そうれ
宇宙のなかの　朝鮮の　　えい　やあ　そうれ
江原道《カンウォンド》の　鉄原なり　　えい　やあ　そうれ
半万年の　わが鉄原　　えい　やあ　そうれ
歴史をひもとき　見てみれば　　えい　やあ　そうれ
新羅《シルラ》末期の　そのときに　　えい　やあ　そうれ
弓裔《クンイェ》王の　都なり　　えい　やあ　そうれ
泰封《テボン》国と　号したり　　えい　やあ　そうれ

呉斎英《オチェヨン》は、もうすっかり鉄原《チョロン》の人だ。第一玉つき場で働いていて、民青農楽隊の音頭とりの役まで自分のものにした。斎英の過去を知る者はだれもいなかったが、気にする者はいなかった。ここで、斎英の人生は新たにはじまったのだ。


基秀《キス》が洪正斗《ホンジョンドゥ》に近よった。

「おお、基秀か」

「委員長トンム」

洪正斗は基秀をうわの空で見て、農楽に視線をもどした。つま先で調子をとりながら農楽に集中している。

基秀がいきなりいった。

「委員長トンム、おれ、ソ連にいきます」

洪正斗は、ピタッと動きをとめて、基秀のほうへふりむいた。

「ソ連にいきます。いかせてください」

「なにかあったのか?」

基秀が、あわてて首を横にふった。

「いえ、ちがいます。ただ、委員長トンムのおっしゃったことが正しいと思います。こんなときには、少しはなれてるほうがいいと思います。疲れました。もうこれ以上たえられません。時間がたてば、またがんばれるとは思うんですが、それにはとても長い時間がかかると思います」

こんなふうに話そうとは思っていなかった。もう少しかっこよく話したかった。革命の国ソ連で多くを学び、祖国の堂々たる担い手になって帰ってくると。ところが、口を開いてみると、本心がもれでてしまったのだ。

洪正斗《ホンジョンドゥ》はだまって基秀《キス》を見つめていたが、力強くうなずいた。

「いいだろう。黄基秀《ファンキス》トンム、よく考えたな。推薦状《すいせん》をもらっておこう。おまえなら資格は十分だ」

基秀はどっと涙《なみだ》をあふれさせた。洪正斗は、これは見ものだと笑いだした。

「こいつ、泣くのならおれの部屋にくればよかったのに。大の男が、広場で」

基秀がビクッと驚《おどろ》いて、周囲をうかがった。だれもがひたすら農楽に熱中していた。そんなふうにあたりをうかがう基秀を見て、洪正斗はいっそう大笑いした。そして、基秀の肩《かた》に片手を巻きつけ、目のまえの岩の上に広げてある紙を指さした。

これから完成する党舎の建物が描《えが》かれていた。三層の石造建築は、単純なようでもアーチ型の玄関《げんかん》がしゃれていて、青瓦《がわら》の屋根があかぬけていた。勇壮《ゆうそう》でありながら優雅《ゆうが》で、品格のある建物だった。

「見ろよ、基秀。朝鮮共産党の鉄原《チョロン》郡党舎だ。おれはこのごろ夢を見ているように思う。千歳邸《チョンセてい》で、使用人としてかくれて暮らしていたとき、おれもひどくゆれたんだ。解放だなんて、そんな日が本当にくるのだろうか。日本を追いだし、地主も資本家もいない平等な世の中、それは、ほんとうに実現可能な夢なのか。日本が敗《ま》け戦を重ねて、あげくのはてに原子爆弾《ばくだん》にソ連の参戦と、状況《じょうきょう》がそうなったときでさえ、信じられなかったんだ。解放なんていうのは、だれかがでっちあげたうそっぱちだという気がしていたんだ。金鶴山《クマッサン》でおまえと炳浩《ピョンホ》に解放を知らせたときも、おれは本当は心の底では信じられなかった。だけど、あきらめないで持ちこたえられたのは、なにがあっても守りたい夢があったからだ。いまもその夢は進行中だよ。おまえはどうだ？　おまえが守りたい夢はなんだ？」

基秀《キス》は、幼いころの日々をあらためて思いうかべた。友たちと競いあってかけまわったあの山。早くこいと手まねきする、敬愛《キョンエ》のあの顔。

「委員長トンムはどうなのですか」

基秀が問いかえした。

洪正斗《ホンジョンドゥ》は、聞こえるほどの長いため息をついてから、にっこりと笑っていった。

「秘密の話をひとつしてやろうか。だいぶまえだが、おれは同志を死に追いやったことがあった」

基秀が驚《おどろ》いて目をみはった。洪正斗はほろ苦い笑いをうかべ、岩にもたれていった。

「おれは、自分をだれよりも屈強《くっきょう》な闘士《とうし》だと信じて疑わなかった。中学校を卒業して、東京へと海をわたってから、祖国の解放のためにたたかって死ぬのだと誓《ちか》った。死ぬことなど少しも怖《こわ》くなかった。ところが、それは錯覚《さっかく》だったんだ。いざ逮捕《たいほ》されたとき……、ふた晩ともちこたえられずに、同志の名前を吐《は》いてしまった。苦痛にたえきれず、いやちがう。それはたえぬけたかもしれん。痛みさえ感じられなくなっていたからな。だが、恐怖《きょうふ》にはたえられなかった。死にたくなかった。本当に、生きたかった。あのときは、同志の名前だけじゃなく、なんであれ吐いて、生き残りたかったんだ。そうやって、おれは拷問《ごうもん》から解きはなたれ、おれの口からもれた情報でつかまった同志は……拷問の末に獄死《ごくし》してしまった」

基秀は信じられなかった。洪正斗。彼はこわれることのない、基秀の夢の人だ。けれども、失望はしなかった。なぜか、むしろほっとした。

洪正斗《ホンジョンドゥ》がつづけた。

「これで三回告白したことになるな。最初は……監獄《かんごく》で、まさに同志本人に告白したんだ。その同志が、こと切れる直前に、おれを許すといってくれた。許すまでもないことだと。おれたちの命はつづくんだとね。おれとおまえではなくて、おれたちなんだ。おれたちの夢見る解放だと。そのときからおれの命は、ただたんにおれのものではなくなったんだ。それが、おれたちの命はつづくものなんだ。先に死んでいった人びとから受けついだもので、これからを生きる人びとにつないでいくべきものなんだ。それが、おれの夢だ。あの日、おれに生き残ってくれてありがとうといった同志、彼がゆずってくれた夢。おれは彼の夢を必ずなしとげたいと思う。まぁ、おれがみんなできなくってもかまわない。おまえがいるし、斎英《チェヨン》がいるし……こうして、またほかの夢も受けつがれていくからな。見ろよ」

洪正斗は、また岩の上の図面を指さした。基秀《キス》は、図面の輪郭《りんかく》をゆっくりと指先でたどった。パリパリしたその感触《かんしょく》は、敬愛《キョンエ》のメモ用紙とよく似ていた。おまえが守りたい夢はなにか？　洪正斗と基秀の夢をのせたその図面が、そんなふうによびかけているようだった。

「いつ出発になりそうですか？」

基秀が図面を見つめたまま聞いた。

「おそらく二、三カ月後だろう」

基秀は、このまま出発はできないと思った。父の手紙が気にかかっていた。知らんふりしているわけにはいかなかった。それができるなら、最初から共産主義という夢をいだかなかったはずだ。ふた月なら時間は十分だ。出発のまえに、片づけなければならないことがあった。

「基秀《キス》、おまえなら、ちゃんとやれると思う。自分の夢がなんなのか、それさえ忘れないようにすればいい。おれたちはぜい弱で愚《おろ》かで、そのせいで心がゆれ動くもんだ。自分の夢さえ忘れないでいれば、いつかは自分の道にもどることができるさ」

基秀はだまってうなずいた。

8

敬愛《キョンエ》は一日じゅう仕事が手につかなかった。わざわざ本をぜんぶとりだし、本棚《ほんだな》をふいて大そうじをしたが、どうにも気持ちがおちつかなかった。

朝、書店の戸をあけると、勘定台《かんじょうだい》の上に、敬愛の名前の記された封筒《ふうとう》がひとつおかれていた。あの日、美愛《ミエ》がお金を入れてくれた封筒と同じものだった。消印もなく発信地もないその封筒のなかには、最近撮《と》ったらしい明姫《ミョンヒ》の写真と短い手紙が入っていた。


明姫、かわいいでしょう? 日一日と成長していくのね。明姫にはいつもあんたの話をしているわ。幼いのにわかるのかしら、あんたの名前を聞くと、にこにこと笑うのよ。明姫があんたを待っているようよ。人民書店はやめるようにいったのに、なんでしんどい仕事をしてるの? 早くやめなさい。すぐにつれ

にいくつもりよ。今度こそ、いっしょにきてくれると信じてるわ。

——いったいどうやって店のなかに手紙をおいたのかしら？　ゆうべはたしかにカギをかけたし、今朝も私があけたのに……。カギを入れておく場所を知ってるのかしら？　だとしても、どういうつもりで店の戸を好き勝手にあけるの？　それも、よりによってきょうみたいな日に……。

敬愛《キョンエ》はぞうきんをすすぐ手をとめて、もの思いにふけった。

今朝、街なかの店ごとに、金日成《キムイルソン》委員長をおとしいれるビラが一枚ずつ貼《は》られていた。うわさでは、学校にも同じビラがでまわったという。市場が騒々《そうぞう》しかった。商売人たちは額をよせあってあちこちでひそひそと話し、保安隊員たちは巡回《じゅんかい》してビラを回収したり、聞きこみをしたりしていた。人民書店にも徳九《トック》がやってきた。

「今朝、なにかあやしいもの見かけなかったか？」

徳九は目を細くして、怪《あや》しいという視線を送ってきた。敬愛は徳九をにらみつけて、「私まで疑うの？」と食ってかかった。徳九は、冗談《じょうだん》を真にうけるのかと笑った。

けれども、徳九の質問をただの冗談と受け流すことはできなかった。

——まえに姉さんがきた日、あの日は、千歳邸《チョンセてい》にはじめてビラがまかれた日だったわ。そして、またきょうも……。

人びとは、ビラ事件には南朝鮮のスパイが関係しているといいあった。ビラの紙じたいも、北朝鮮では買えないものだといい、アメリカ製の紙だと断定する人たちもいた。

──美愛《ミエ》姉さんがくれたアメリカの薬は、南朝鮮でもかなり高価なはずだけど、どうやって手に入れたのかしら？

京城《キョンソン》に暮らしているという姉が、こうしてこっそり鉄原《チョロン》に出入りすることじたいが、ただごとではない。下の姉に相談してみようかという気持ちもあったが、すぐに上の姉の言葉が思いうかんだ。

──承愛《スンエ》に知られたら、二度とあんたにあえなくなる。

上の姉にいわれなくても、そのくらい想像はついた。下の姉は朝鮮共産党の宣伝組織員なのだから、国の仕事をしているわけだ。あの融通《ゆうづう》のきかない性格なら、知ればほうっておかないのはわかりきっていた。

こうして一日おちつかずにいたが、基秀《キス》が訪ねてきた。学校が終わるまえだった。

「こんな時間にどうしたの？」

基秀は強く決意した顔つきで、すぐにこういった。

「おまえに聞きたいことがある」

敬愛《キョンエ》は整理した本をもう一度整理しながら、ぶっきらぼうにいった。

「話って？」

どう見ても、あの手紙のことを聞きたいようだった。ひょっとしたら、基秀も自分と同じように不安なのかもしれない。基秀はなにもいわないで静かにしていた。敬愛がそっとふりむくと、基秀が待ってたとばかりに、またいった。

「ここで話すのもなんだから、ちょっとでよう」

「勤務時間なのよ」

敬愛《キョンエ》はそういったが、基秀《キス》は聞こえないふりをして外にでた。そして店のまえに立って、敬愛をじっとみつめた。やはり一度はしなければならない話のようだ。敬愛は店の鍵《かぎ》をかけ、基秀についていった。基秀は、敬愛がでてくるのをたしかめてから、先を歩いて監理教会《カムニ》までいった。そこでふりむいて、敬愛を確認してから、教会の庭に入ってベンチにすわった。

「あの封筒《ふうとう》のことだけど」

基秀が話しだした。敬愛はしかられる子どものように、口をぎゅっと結んで立っていた。

「あの封筒、どうやっておまえの手に入ったんだ?」

「どうしてそんなことを……?」

「こたえてくれよ」

「あのね……家にもどってみたら、だれかがおいていってたのよ。あんたにわたせって、メモもあったわ」

なんとかいいつくろってみたが、基秀はそんなこたえにごまかされはしなかった。

「それなら、おれの部屋においていくだろう。なんで、わざわざおまえの部屋におくんだ?」

「それは………あんたの下宿にはいつも徳九《トック》のお母さんがいるじゃない。ほかの人の目につくのを心配したんじゃない?」

「じゃあ、おまえの家はどうなんだ? 姜承愛《カンスンエ》トンムがいるかもしれないのに」

「承愛姉さんはあの日、平壌《ピョンヤン》に出張してていなかったわ」

急に沈黙《ちんもく》が流れた。しらばっくれた敬愛が、基秀の顔をそっとうかがった。

「なら、あの手紙をおまえにわたした……、いや、いい。おいていった人間は、姜承愛トンムが平壌に出張することも、まえもって知っていたということか?」

敬愛《キョンエ》は背筋がぞっとした。

——承愛《スンエ》ったら、平壌《ピョンヤン》や地方をまわりながら、あんたのことはほったらかしだね。

あの日、上の姉ははっきりとそういった。下の姉は急に出張することになったのに、上の姉はどうやってそれを知ったのだろう……。

「おまえ、なにか思い当たることがあるんだろ」

「そんなものないわ! 黄基秀《ファンキス》、私、あの日もいったけど、ぜんぶ忘れなさい。ぜんぶ忘れてしまいなさいったら。あんたのお父さんがなにをくれたのか知らないけど……。まあ、私にも想像はつくわ。お金と手紙でしょ。とにかく忘れなさい。子どもを思う父親の気持ちは当然のことじゃない。それをなに、深刻に考えてるの? ほかのことと関連させて、気をつかったり、疑ったり、心配したりしないで。どう、わかった?」

「ほかのことと関連させるって?」

敬愛はしまったと思った。いいすぎてしまった。

「おまえこそ、なにかひっかかってるんじゃないか。どうしてありのままをいわないんだ? なにをかくそうとしてるんだ?」

「黄基秀! あんた、そんなにヒマなの? 手紙ひとつぐらいでなにをさわいでるの。あんたは運がいいようね。恩恵《ウネ》は学校が終わってからおそくまで書店で働いたうえに、ハングル学堂の先生もして、学校の勉強もしている……。なのに、あんたは、だれかに千歳邸《チョンセてい》のボンボンだといわれはしないかと、カバンを持って学校に通って、しょうもないことに気をとられて……」

敬愛《キョンエ》はしまったと思って、口をとじた。またしてもいいすぎてしまった。

基秀《キス》は、顔をまっ赤にして立ちあがった。敬愛が言い訳のように、また口を開いた。

「そうじゃなくて……。私はあんたが心配だからいってるのよ。お母さんが亡くなってもう半年、お父さんもでていったし、もう、みんな忘れてしまいなさいよ。なにか大罪を犯した人みたいに、毎日ちぢこまって暮らすなんて……」

敬愛は涙《なみだ》ぐんだ。ぎゅっととじられていたなにかが、つっかい棒がはずれたように、胸のうちの言葉がひとりでにあふれでた。

「この鉄原《チョロン》の地には、あんたぐらいの事情をかかえて生きてる人間はいくらでもいるのよ。私の両親がどんなふうに死んだか、あんたも知ってるでしょ。それなのに私は、百日紅屋敷《さるすべりやしき》で小間使いとして暮らしたわ。なんでだと思う？　それは、生きてかなきゃならないからよ。両親は飢《う》え死にしたり、なぐり殺されたりしたけど、私は生き残ったから。だから、昔のことにこだわって泣いてる余裕《よゆう》も、理由もなかった。もしも胸の痛むできごとを、忘れられないでこだわってばかりいたら、この世の中はどうなったかしら。世間の人の大半は死んでたわ。そうやって死んでしまったら、朝鮮やら共産主義やらがなんの役にたつの？　でも、みんな生き残ってくれた。そのおかげで、世の中はこうして進んでいくのよ。だから……」

敬愛は疲れて、ひとりでに口をつぐんだ。とりみだして、なんやかんや並べたてたようだったが、でも、それは自分にとっては真実だった。まえからいいたいと思っていた話だ。敬愛がこれほどまくしたてても、基秀はなにもいわなかった。敬愛は、基秀にそっぽをむいたまま、元気のない声でいった。

「気分を悪くしたらごめん。でも、私がなにをいおうとしているのか、わかってもらえたらうれしいわ」

敬愛《キョンエ》はぺこりと頭を下げて、その場からはなれた。

基秀《キス》がソ連にいくことを伝えてくれたのは、炳浩《ピョンホ》だった。本を買う用事もないのに人民書店にやってきて、まるで自分が留学するみたいに、自慢《じまん》しまくった。店にいた学生たちはみんな、うらやましさのまじった感嘆《かんたん》の声をあげた。

敬愛は力がぬけてしまった。仕事もなにもやる気がしなくなった。

――ソ連？　ソ連なんて、あんなに遠いのに……。

敬愛はぼんやりと外ばかりながめていたが、結局、早めに帰ることにした。

「ごめんね。からだの具合がわるくて。きょうは先に帰らせてもらうわ」

「だいじょうぶ？　そういえば顔色がよくないわね。病院にでも寄ったらどう？」

恩恵《ウネ》が心配そうに声をかけた。敬愛はその気持ちがうれしくて、恩恵になにもかもうちあけてしまいたくなった。けれども、いったいどんな話をしたいのかさえ、よくわからなかった。

「ううん、ちょっと休んだらよくなると思うわ。じゃあ、お先に」

敬愛は本屋をでた。いつも歩いて通っている道なのに、きょうは気力がまるでなくて、歩いて帰る気にもならなかった。

保安隊の建物のまえまでいって、郡内バスを待った。

ところが、すぐに徳九《トック》があたふたと敬愛を追いかけてきた。

「ああ、よかった！　早びけしたっていうから、車で追いかけないとだめかと思ったんだ……」

「なによ、そんなにあわてて」

「だれだか知らんが、民青におまえをたずねてきてるぞ。そのおばさん、まるで乞食《こじき》みたいだぜ」

「私をたずねて？　おばさんが？」

「ああ、まえにおまえといっしょに暮らしてたって。たしか、漣川《ヨンチョン》おばさんとか」

敬愛《キョンエ》は一気に百日紅屋敷《さるすべりやしき》までかけていった。

徳九《トック》の話は大げさではなかった。おばさんは以前よりやせこけて、顔は病人みたいで、ほこりにまみれた旅姿もお話にならなかった。おばさんは敬愛を見たとたん、ひとしきり泣きわめいてから口を開いた。

「わしゃ、死んじまおうと思ったんじゃ……。あいつを殺し、わしも死んでしまわなと思ったんじゃ」

漣川は三八度線でまっぷたつになったが、おばさんの故郷は南に属した。おばさんは解放の翌日に故郷に帰ったが、息子はとうとう帰ってこなかった。だからといって、死亡通知もこなかった。年の瀬になって、いっしょに働いていたという若者が訪ねてきて、息子の死を伝えてくれた。息子は、北海道の朱鞠内湖《しゅまりない》〔北海道幌加内《ほろかない》町、雨竜《うりゅう》川上流部の人造湖。一九四三年に雨竜第一ダムの完成によりできた〕ダム建設現場で作業をしていて、墜落《ついらく》事故で死んだという。そのように墜落した労働者は、ひとりやふたりではなかった。日本人監督《かんとく》は、墜落した人間をダムの底にほったらかしにしたまま、セメントをながしてダムを完成させたというのだ。

何日か泣きとおしたおばさんは、われにかえると、村役場のある職員を訪ねていった。市場通りで日本人と言い争いをしたことを理由に、息子を強制的に徴用《ちょうよう》トラックにのせた張本人だった。解放された南朝鮮で、彼は以前よりもっといい暮らしをしていた。日本人が去ったあとがまにおさまって出世していたし、その日本人の住んでいた家もわが物にしていた。おばさんはそいつの家にのりこんで、食卓《しょくたく》をひっくりかえし、家財道具をたたき割った。その事件で、おばさんは三カ月間刑務所《けいむしょ》に入れられ、出所してすぐに三八度線を越《こ》えたという。

「わしゃ、母親の資格もなくしたさ。トリが地下で、この母親をどんなに恨《うら》んでいることか。母親が息子の仇《かたき》を目のまえにして、逃《に》げだしてきたんじゃからな……」

おばさんは、にぎりこぶしで床《ゆか》をたたきながら慟哭《どうこく》した。敬愛《キョンエ》はおばさんをだまってだきしめた。ひとこともいえなかった。おばさんは、鉄原《チョロン》をでていくとき、胸にだいていたあの風呂敷《ふろしき》包みのように、小さくやせ細っていた。

「どうしたんだ?」

洪正斗《ホンジョンドゥ》の声に敬愛が頭をあげた。

「委員長トンム、あの、このトンムが……」

徳九《トック》が鼻をすすりながら口を開いた。おばさんは敬愛の肩《かた》においていた顔をあげて、うしろをふりむいた。

「あっ、漣川《ヨンチョン》おばさん!」

洪正斗がびっくりしてさけんだ。

おばさんはもっとびっくりして、あとずさった。手をさっとあげて、洪正斗を指さした。

「く、く、口のきけんもんがしゃべった!」

洪正斗《ホンジョンドゥ》がおばさんのまえにすわった。

「おばさん、どうしたんですか？　どうしてこんな姿に……」

「洪さん、あの洪さんだろ？」

「はい、そうです。おばさん、私は洪です。いや、いったいなにがあったんですか？」

洪正斗が心配そうにたずねた。

「まあ、洪さん……」

おばさんは、洪さんの肩《かた》に額をくっつけて、また大泣きしはじめた。


おばさんは百日紅屋敷《さるすべりやしき》に寝泊《ねと》まりすることになり、仕事も見つかった。

朝鮮共産党鉄原《チョロン》郡党舎の建設のために、各家からひとりずつでて二〇日間の労働に従事していたので、郡党ではその昼食を準備しなければならなかった。これまでは女性同盟でその準備をしていたが、ちょうどその女性同盟の幹部が疲れてやめてしまったばかりだった。おばさんは大よろこびで、その仕事をひきうけた。百日紅屋敷の使用人部屋に住んで、その台所で仕事をはじめた。

「わしゃ、アカがなにかよう知らん。だけど、はっきりいうけど、日本人どもの手先になっていたやつが、のうのうといい暮らしをしてるのはほっとけん。とんでもないことだよ。だからね、黄《ファン》家の万石の財産をみんなうばいとったアカが好きじゃ。わしゃもう、無条件でアカの味方よ」

おばさんは、毎日それこそ日課のようにこう息まいた。

「おばさん、そのアカというのはいったいなんですか、アカというのは？」

徳九《トック》が眉《まゆ》をしかめて割りこんだ。ふだんも気に入らなかったが、きょうはとくべつだった。民青の行事があって人がたくさん集まっている最中だった。しかしおばさんは、そんなことは気にもとめなかった。

「ふん、アカをアカといったんじゃないか。じゃあ、アオというのかい？　あんた、あんたの腕《うで》の腕《わん》章《しょう》もアカ、あそこにかかっている幕もアカ、どうだね？」

「漣川《ヨンチョン》トンム、いつまで我《が》を通すんですか？」

「なに、この礼儀《れいぎ》知らずめ！」

おばさんが木のしゃもじで徳九の頭を強くたたいた。

「なにをするんです！」

「だれにむかってトンムだって？　わしゃ、あんたの母親とおない年だわ、こいつ」

「そうじゃなくて、北朝鮮ではそれがふつうのよび方なんです。年齢《ねんれい》や地位での上下のへだたりなく、みんなが友達《トンム》のような……」

おばさんがまたしゃもじをふりあげた。徳九がびっくりして、両腕で顔をおおった。そのかっこうに、庭にいたみんながどっと笑った。

「おお、なかなかけっこうな雰囲気《ふんいき》だ！」

ほおひげの黒々とした男が庭に入ってきた。荒々《あらあら》しい印象によく似合うしゃがれ声だ。洪正斗《ホンジョンドゥ》が、ほほ笑みをうかべていっしょに入ってきた。ふたりは板間にあがり、洪正斗がその人を紹介《しょうかい》した。

「みなさんごぞんじのように、ソ米共同委員会[*23]が決裂《けつれつ》してしまいました。南朝鮮の右翼《うよく》反動どもが、モスクワ三相会議[*24]の真相をわい曲し、分裂《ぶんれつ》を画策しています。北と南が三八度線で分かれてしまったいま、急いで朝鮮半島の単一臨時政府を樹立することが、なによりも重要です。このために五年間の信託《しんたく》統治[*25]が必要なのです。ところが、南朝鮮の右翼《うよく》反動がその趣旨《しゅし》をわい曲し、分裂《ぶんれつ》の様相が深まっています。これに対し、北朝鮮民主青年同盟では、各地をまわって統一祖国建設のための方案をいっしょに論議しようとしています。さあ、ではこの会議のために遠路かけつけてくれた、北朝鮮民主青年同盟の宣伝組織室長の金憲《キムホン》トンムを紹介《しょうかい》します」

割れんばかりの拍手《はくしゅ》がひびいた。おばさんは、しゃもじで台所の戸をたたきながら、だれよりも熱い歓声《かんせい》をあげた。しかし、いざ金憲の演説がはじまるとそっぽをむいた。

「なぁ、アカたちはみんなええけど、話が多すぎるのが玉に瑕《きず》だよ。親日派、地主、資本家らをバンバンとたたきつぶしたらそれでええのに、いつもやれ会議だ、やれ討論だと……」

おばさんが小声でつぶやき、首を横にふると、

「そうですよね」

敬愛《キョンエ》もすぐにあいづちをうった。青年だからと民青に、職場にいるからと職場同盟に、女性だからと女性同盟に、人民だれもが人民委員会に、敬愛も、もう会議だなんだかんだと、うんざりしていた。敬愛は今年で一六歳なので、朝鮮共産党に入党できた。承愛《スンエ》は加入をすすめたが、敬愛が辞退した。共産党がいやなのではなく、会議だ、教育だというのが、これ以上はいやだった。

「もっとも、わしがだれかになにかいえた義理じゃないがね。そんな輩《やから》の顔につばひとつ吐《は》きかけずにきてしまった……。あの黄《ファン》のやつの家に、いっそ火でもつけてくるんだったのに！」

おばさんは歯ぎしりをした。息子の死で人がかわってしまった。だれに対しても角をたてることのな

い人だったのに、まくしたてては歯ぎしりをするようになった。

敬愛《キョンエ》も、黄寅甫《ファンインボ》の消息を聞いて気分がよくなかった。息子の消息がわからなくて気苦労を重ねたおばさんは、あちこちのうわさをたよりに、京城《キョンソン》の黄寅甫の家を探しあてた。京城市内の中心地に城のような家を建て、黄寅甫も徐華瑛《ソファヨン》も、鉄原《チョロン》のころとかわりなく、優雅《ゆうが》な暮らしぶりだったそうだ。

「結局、うちのトリの消息は知ることもできなかったよ。もっとも、奥さまだからいうて、とくべつな方法があるかね。日本人がすっかり落ちぶれてあのざまになったのに、まともに調べてみるところもなかったじゃろ。もっとも、落ちぶれてなかったとしても、どうせ、なにひとつ持たない朝鮮人がひとり死んだことなんか、だれが知るかね。だれが気にかけてくれるかね」

おばさんはくちびるをブルブルとふるわせた。何十回となくくりかえし話してきたけれど、怒《いか》りは少しもおさまらなかった。

「そうやって、むだ足をふんで漣川《ヨンチョン》に帰ってよくよく考えると、くやしゅうてなあ。解放だっていうんで、のどが裂《さ》けんばかりに万歳《ばんざい》をさけんでまわったわしが、狂《くる》っとったんだと思う。解放になったからって、どうなるんじゃ。わしゃ、あいかわらずトリの生死がわからず、狂ったようにほっつきまわって、黄家のやつらは、あいかわらず羽ぶりよく暮らし……。考えてみると、華瑛奥さまも、心の内はわからないお人だ。なんだってあんなやつのところで妾《めかけ》暮らしをしているんだか」

敬愛はふと、洪正斗《ホンジョンドゥ》に視線をむけた。洪正斗はいちばん前列にすわって、金憲《キムホン》の話に聞き入っていた。

敬愛が徐華瑛の話を伝えたとき、洪正斗は顔を赤らめた。それから、遠い空をしばらく見あげていた。洪正斗は、口もとにさびしげなほほ笑みをうかべたままつぶやいた。

——かわいそうな人だ。

——ふたりはどんな関係だったんだろう。委員長トンムと奥さまはおたがいに好意をもっていたのかしら。委員長トンムの片思いだったのかしら。だとしたら、奥さまと旦那《だんな》さまの関係ってどうなんだろう。

ねむれない夜には、敬愛《キョンエ》はときどきあれこれと考えた。まるでわからないことだった。世間では、徐華《ソファ》瑛《ヨン》のことを、黄寅甫《ファンインボ》の金に買われてきた若い妾《めかけ》だといっていたが、敬愛の考えはちがった。五年間見てきたのだ。幼くてもそれぐらいの勘《かん》ははたらいた。ときどき、奥の棟《むね》から黄寅甫と徐華瑛の笑い声がもれ聞こえてくると、背筋にそってなにかがもぞもぞとはってくるような、奇妙《きみょう》な感じにおそわれた。なんと説明したらいいのかわからなかったが、それは、たしかに男女のあいだに流れる秘密のなにかだった。

「さあ、質問があればしてください」

金憲《キムホン》が話し終えると、あちこちから質問が殺到《さっとう》した。風にのってくるうわさは騒然《そうぜん》としていた。質問はおもに、信託《しんたく》統治とモスクワ三相会議についてだった。南朝鮮の状況《じょうきょう》に対する質問も多かった。すると、承愛《スンエ》が質問した。

「いまの朝鮮は北と南が争っているのではありません。地主、資本家、親日派、両班《ヤンバン》……なんとよぼうとこれまでの長い歳月《さいげつ》、人民を搾取《さくしゅ》してきた支配階級、そしてそれに立ちむかって権利を求めようとするわれわれ人民がいます。これは思想のちがいでも、北と南の争いでもありません。支配階級と被《ひ》支配階級の争いです。ところで、これは果たして、対話で解決できるんでしょうか。左右合作は可能でしょうか?」

「姜承愛《カンスンエ》トンム。そうじゃな、公式的な返事がええんかな? そうでなければ、わしの個人的な考えがええんかな？」

もじゃもじゃひげの下のくちびるが、いたずらっぽく笑った。

「率直な返事をお願いします」

「それじゃ、率直にいうとだ。わが北朝鮮で平和的に土地改革ができたんは、なんでかの？　反動地主たちが南朝鮮に逃《に》げたからだ。考えてみろや。もし北朝鮮の地主たちが越南《えつなん》しないで、みんなここに残っとったら、気持ちよう土地改革を受け入れたと思うか。命がけで防いだはずだ。それが、やつらの大部分が南朝鮮に逃げた。それで、朝鮮の階級争いがだ、三八度線を起点にして、南と北とに分かれて対峙《たいじ》しているというわけじゃ。いま、北朝鮮では改革が平和的に着々と進行しているが、南朝鮮は火薬庫といっていい。いや、朝鮮全土がそういうことなんじゃ。おまえが死ぬか、わしが死ぬか。おまえが主人か、わしが主人か。わしゃ、遊撃《ゆうげき》隊出身じゃ。東満州で日本のやつらと武装闘争《とうそう》をしながら、なんの夢を見たか、わかるかな？　いつか一気に攻《せ》めくだり、日本や親日派のやつら、地主資本家のやつら、ぜんぶ殺して祖国を解放するんじゃ。それが他人の手で解放されてしまった。その勢いで親日派のやつら、地主資本家のやつらがああやって生き残り、反動的な行動をしておるんじゃ。わしの気持ちとしてはだな、いまでもわが勇猛《ゆうもう》な北朝鮮青年たちと三八度線を越《こ》えて、一気にみんなぶちのめしたい……」

「トンム！」

洪正斗《ホンジョンドゥ》が断固として話をとめた。

「あ、こりゃ、わしが失言した。遊撃《ゆうげき》隊出身だからか、わしゃ、無学でちょっと単純じゃで、考えもなしに口がすべってな……すまんかった」

金憲《キムホン》はそういって、豪快《ごうかい》に笑った。その場に集まっていた青年たちも、緊張《きんちょう》がほぐれて笑いはじめた。洪正斗《ホンジョンドゥ》が再び板間にあがった。

「これで公式的な集まりは終わります。あー、終わるまえに案内をします。まもなく鉄原《チョロン》に金日成《キムイルソン》政治学校が開校する予定なので、民青のトンムたちが大いに関心をよせてくれることを望みます。さあ、では、いまから金憲トンムとともにマッコリを一ぱいやりながら、語りつくせなかった話を語りあいましょう」

おばさんがいそがしくなった。敬愛《キョンエ》と承愛《スンエ》、それとほかの青年たちがいっしょに手伝い、酒席を準備した。チヂミとゆでたジャガイモ、そしてマッコリが会場いっぱいに並べられた。

「敬愛や、わしらはここにすわって静かに食べよう。わしは、マッコリの匂《にお》いだけでくらくらするよ」

おばさんと敬愛はかまどに並んですわり、ゆでたジャガイモを食べた。それでも、おばさんの気持ちは広場のほうへむいていた。

「なあ、敬愛や、洪さんだけどな……なあ、わしらの仲だから、なに、洪さんとよんだってええじゃろ。とにかくうちの洪さんを見ると、わしはなんでこうも気持ちがええんじゃろう。一〇年も若かったら、恋《こい》わずらいするとこだよ」

「おばさんたら、もう」

「ふん、若いおまえらだけが青春だと思ってるんか。腕《うで》、足、肩《かた》、腰《こし》と痛くないところがないからだになっても、まだ気持ちは青春だよ。だからってもう、食ってしまった年をはきだすわけにもいかねえがな……。そんだから、若いときを大切にしなきゃなんねえだ。それでだけどな、敬愛や。わしらの洪さんも、これ以上年とるまえに、急いで結婚《けっこん》させせないとだめじゃないか。三〇もすぎたし、いつまでひとり身でおるんじゃ。ひょっとして、心をよせる娘《むすめ》っ子はおらんのかね？」

敬愛《キョンエ》は徐華瑛《ソファヨン》のことが思いうかんだ。でも、思っただけでもびっくりで、すぐに頭をふった。おばさんは、ないという意味にとった。

「そうだと思ったよ。だったら、わしが仲人《なこうど》をしないと。なあ、敬愛や、承愛《スンエ》はどうじゃ？」

「だれですって？」

敬愛の目がまんまるくなった。

「そうだ、ふたりは一〇歳ちがいかね。なに、そのていどはだいじょうぶ。承愛ももうはたちだから、早く嫁《よめ》にいかないと。すぐにいきおくれっていわれるようになるよ。このごろは、ほれなんだった、みんな自由恋愛《れんあい》だかなんだかするそうじゃないか。洪《ホン》さんと承愛だったら、同じアカの活動をしながら、気持ちもよく通じるし、どんなにええか」

「一二ちがいですよ」

敬愛はとりすましていった。洪正斗《ホンジョンドゥ》をだれよりも信頼《しんらい》し、したがうけれども、姉の結婚《けっこん》相手だなんて、それはちがうと思った。

「なんだねえ、一〇歳だろうが一二歳だろうが、年の差があるとかわいがられてええのに、なにをいうとる。ひょっとして、洪さんの見ばえが落ちるということか？」

敬愛は返事ができなかった。

「あれまあ、そんじゃ、おまえは呉斎英《オチェヨン》のような着かざって歩く男がええんか？　やめろやめろ、女を食いものにしそうな顔つきだ。あの目で笑うのを見てみろ。わしもこんなに胸がくすぐられるのに、若い娘《むすめ》っ子なら、みんなとろけるじゃろう。もっとも、性格はええけどな。よく諭《さと》していっしょに暮らせば、女房《にょうぼう》子どもにやさしくしそうじゃがな、そうじゃろ」

「わかるもんですか！」

敬愛《キョンエ》は無性《むしょう》に腹がたって、冷たくいいはなった。そして、斎英《チェヨン》の横にすわった基秀《キス》のうしろ姿に視線を移した。

――ソ連にいく日までふた月と残っていないけど……。ソ連はいったいどれぐらい遠いところなのかしら。

書店の地図で探してみたが、ただはてしなく遠かった。

――あの遠く寒いところでどうやって暮らすのかしら……。炳浩《ピョンホ》のように師範《しはん》学校〔教員を養成するための学校〕にいけばいいのに。先生がたりなくて、師範学校に三カ月課程ができたというし。基秀には先生がよく似合いそうなのに。

敬愛は白いシャツをきて教壇《きょうだん》に立つ基秀を思いうかべた。自分でも知らぬうちにほほ笑みがうかんだ。

「あれまあ、おまえ、呉斎英《オチェヨン》が好きなんだね？」

おばさんの言葉に、敬愛はハッともの思いからさめた。おばさんは熱心な顔でうなずいていたが、またとんでもないことをいいだした。

「それでも正直、基秀のほうがましだがね。とってもたのもしいじゃないか。目はかしこそうにキラキラしてるし。そのうえ、半分は両班《ヤンバン》じゃないか」

「おばさん！　両班《ヤンバン》、常民《サンミン》を問うのはよくないでしょう」

「わしもわかってる。アカはそんなことをいやがるじゃろ。だけど、大豆を植えたとこには大豆がなり、小豆《あずき》を植えたとこには小豆ができるのが、あたりまえじゃろ」

「あきれた……その豆というのが、まさに黄寅甫旦那《ファンインボだんな》さまと千歳邸《チョンセてい》の奥さまでしょう。そんな両班のもとに基秀《キス》のような子どもが生まれもしてるんでしょう」

敬愛《キョンエ》が、情けないというように見つめた。おばさんは素直にうなずいた。

「おまえのいうとおりだよ。とにかく、おまえの家には親もいないから、わしでも世話をやかないとな。わしはここで、ただ飯だけ炊《た》いてるんではないぞ。民青に出入りするひとり者たちを食べさせながら、あれこれよく見ておくよ。娘《むすめ》っ子たちがどうやって相手を見つけるのさ。うちの洪《ホン》さんと承愛《スンエ》をくっつけて、その次はおまえの番だよ」

「おばさん!」

敬愛が大声をはりあげた。

9

恩恵《ウネ》は、家のまえで深く息を吸った。この家に引っこしてきてからついたクセだった。そうやって、心を切りかえてから、家のなかに入るのだった。部屋のなかから母の祈祷《きとう》の声がもれてきた。

「……主《しゅ》におかれては稲妻《いなづま》を落として、あれらを審判《しんぱん》されることを信じます。試練のなかで、主をさらに信じ、したがえるようにしてくださることに感謝をささげます。主がくだされた恵《めぐ》み深い聖餐《せいさん》に感謝をささげ、わが主キリストの名で、アーメン」

「アーメン」

恩峯《ウンボン》の消え入りそうな声が聞こえた。

恩恵《ウネ》は、障子《しょうじ》戸にうつる母の影《かげ》を射るように見た。母の病的な信仰《しんこう》はきのうきょうにはじまったことではなかった。傷ついた自尊心を忘れるために、ひとりしかいない娘《むすめ》の世話もせず、教会だけにしがみついてきた母だった。家のなかがこんな状態になっても、ひたすら信仰だけにしがみついていた。

それにしても聖餐だなんて、恩恵はあきれてしまった。聖餐がでてくるはずがない状況《じょうきょう》だった。恩峯と恩恵が放課後に時間制で働いて、やっと食料の配給を受けていた。よい値がつきそうな品物は、衣類も食器もなにもかも売りはらって、やっと悲惨《ひさん》な身の上をまぬがれている状況だった。

「恩恵、帰ったのかい？」

母が部屋の戸をパッとあけた。なにがあったのか、両ほほをぽっと上気させ、顔色が明るかった。

「早くお入り。帰ってくるころだと思って、おまえの分まで準備しておいたよ。さあさあ、入って。疲れただろう」

ふさぎこんで沈《しず》んでいる母は負担だったが、思いがけない活気はまたなんだろうかと不安になった。恩恵は母の顔色をうかがいながら、部屋へ入った。

あるはずもない聖餐は、いまの状況では過分なものだった。鶏《とり》一匹《ぴき》が丸のまま入った水炊《た》きが膳《ぜん》の横においてあって、膳《ぜん》の上にもおかずがいろいろと並んでいる。浅漬《づ》けの夏キムチに久びさの白いごはんだ。

「さあ、早くおすわり」

母が恩恵《ウネ》の手に、さじをにぎらせた。

「これはまた、どういうこと？」

残っている現金がわかりきっているので、これらぜんぶを買ったはずもない。これほどなら、なにか売らなければできないはずだが、母はもちろんのこと、恩峯《ウンボン》もそんなことはやりそうになかった。恩恵の知らない現金があるはずがない。そのうえ、生まれてこのかた、料理のために指先に一滴《てき》の水もつけたことのない母は、ごはんを炊くことはおろか、このようなおかずのつくり方さえ知らないはずだ。

「これはいったい、どうしたわけなの？」

恩峯はあわてて食べるのをやめて、萎縮《いしゅく》した表情でさじを下ろした。母は、恩恵のまえに鶏《とり》のもも肉をちぎっておきながらも、口はぎゅっとつぐんでいる。

恩恵が恩峯に視線をむけた。恩峯はそっとさじをおいた。母が恩峯をちらっと盗《ぬす》み見た。恩恵が恩峯をせきたてた。

「さっさといいなさい。これはいったいどうしたの？」

恩峯は、恩恵と母親の目を代わるがわるに見ると、つばをごくりとのみこんでいった。

「あの……さっきコッチネが……」

「おだまり！」

母が血走った目で恩峯を見つめた。

「卑《いや》しいこと！　おまえの汚《けが》らわしい血がこのすべての災難のはじまりだ。おまえとおまえの汚らわしい母親が、この一族に災《わざわ》いをよびこんだのだ。ムーダン〔土着宗教の儀式《ぎしき》を執《と》りおこなう人〕の娘《むすめ》、雑鬼《ざっき》がとりついた汚らわしい血が郭《カク》氏一族を……、ああ主《しゅ》よ、邪悪《じゃあく》な悪魔《あくま》の手に落ちた主の子羊を哀《あわ》れと思《おぼ》しめし……」

「お母さま！」

母は、涙《なみだ》があふれそうな目で恩恵《ウネ》のほうをふりかえった。

「このすべてのものは、当然私たちのもの。コッチネがとったあの土地は、私たち一族の土地じゃないか？　それが、灼熱地獄《しゃくねつじごく》が怖《こわ》くて、いまからでも言い訳をしようとしているんだよ」

恩恵は母親の精気のない顔をまじまじと見つめた。哀れな母。それでも、コッチネが持ってきた食べ物で食いつなぐわけにはいかない。

——畏《おそ》れ多くもおまえごときが私に同情するとは！

恩恵は、膳《ぜん》をひっくりかえしたい気持ちをかろうじておさえ、立ちあがった。

「どこにいくの？　食べよう、ね？　おまえがまるで串《くし》のようにやせ細っていくのを見るのが、たまらないんだよ。恩恵や」

恩恵は、なにもいわずに戸をあけた。

「恩恵、コッチネが松の実粥《がゆ》も炊《た》いてきたよ。おじいさまが松の実粥をお好きなのは、おまえも知っているだろ？　おじいさまも、久しぶりにおいしそうにめしあがったよ」

恩恵はなにもいわずに戸を閉めた。母のすすり泣くような祈祷《きとう》の声が、もれ聞こえてきた。

——かわいそうなお母さま。もう少しだけたえてください。少し、もう少しだけ。すぐに、必ず京城《キョンソン》へいくつもりです。あなたの娘《むすめ》がきっとやりとげてみせます。

恩恵《ウネ》は郭治英《カクチヨン》の部屋へ入りながら、つくり笑いをしてみせた。

「夕食はおいしくめしあがりましたか？　きょうは松の実粥《がゆ》だったのでしょ？」

郭治英がまばたきをした。祖父の口もとに、わずかにほほ笑みがもれてくるようだった。恩恵は祖父の顔にうちわでそよそよと風を送りながら、静かにいった。

「おじいさま、もうほとんど大づめまできましたよ。きょうがすぎれば、わたくしたちは堂々と要求できます。きょうの大仕事をやりとげれば、わたくしもすぐに正式団員になるはずですから。正式団員として、そして、郭泰成《カクテソン》の娘として要求するつもりです。彼らにもすでに意思を伝えました。よい返事ももらっています。わたくしの力で、わたくしの力でやりとげようと、これまでたえてきたのです。ただ、お父さまの名前をだして、ことをなしとげるわけにはいきませんでした。以前と同じようなことがおこるかもわからないので。でも、今回はちがいます。同志として、彼らにまたちがう大仕事を要請《ようせい》するのです。郭泰成の父親を救出せよと。南へいっても、わたくしは彼らを助けることができます。正式党員として、そういう信頼《しんらい》をあたえます。彼らはわたくしたちを裏切りませんわ。絶対に失敗しません。必ず、この地獄《じごく》のような土地をはなれ、京城《キョンソン》にいくつもりです。おじいさま、わたくしを信じますよね？」

郭治英の目もとに涙《なみだ》があふれそうだった。

――どんな意味があるのかしら？　わたくしを信じてくださるという意味かしら？

恩恵は、祖父の少し開いたくちびるをもどかしく見つめた。

――たったひとこと、わたくしを信じていると、たったひとことだけいってくだされば、本当に力がわくんだけれど。

恩恵《ウネ》は、祖父の意味不明の瞳《ひとみ》をしばらくみつめてから、家をでた。夕食どきがすぎ、家々の煙突《えんとつ》から立ちのぼっていた煙《けむり》もなくなり、空はただ夜の湖のように静かだった。村の小道にそって千歳邸《チョンセてい》へいくと、そびえ立つ表門に電灯がさびしくともっていた。門脇《わき》の洪正斗《ホンジョンドゥ》の部屋にも灯りがついている。いつのまにか日が長くなり、電灯は昼の月のようにわびしく見えた。恩恵は嘲笑《ちょうしょう》を帯びた表情で別棟《べつむね》の庭を通り、舎廊棟《サランチェ》へいった。

ハングル講習までは三〇分以上あるので、まだだれもいない。恩恵は、大きな舎廊棟楼閣《ろうかく》におかれた巨大な机に、持ってきた数学の本を広げた。——宿題をしようと少し早くきたが、ハングル講習が終わったあと、うっかり本をおいてきてしまった——これがまさに、恩恵が準備したアリバイだった。

リリリーン——

大きな舎廊棟の部屋のなかでさわがしく電話がなった。恩恵はゆっくりと部屋へいき、電話をとった。すべてが計画どおりだった。

10

ゴマ油をまぶした黄身が、ごはんのまん中に神妙《しんみょう》にのっている。徳九《トック》が、基秀《キス》のごはんと自分のごはんを目で比較《ひかく》しながら、自分の母親にブツブツ文句《もんく》をいった。

「なんやかやいっても、基秀《キス》の卵が大きいよ」

末っ子のように駄々《だだ》をこねる徳九《トック》を見て、基秀はにんまりと笑みがこぼれた。屈強《くっきょう》な男があまったれるとは。そう笑いながらも、胸がひりひりと痛んで、母の顔が頭をよぎった。

――どこの末っ子がこんなにおとなしいかね。母はいつもそういったが……。

「あきれた子だね」

徳九の母親は、息子の額を愛情こめてこづいた。

「できることなら、基秀に毎日でも肉を食べさせたいよ。ソ連だなんてね、まぁ……。ねえ、基秀、そこはとても寒くて土が岩のように凍《こお》りつくそうだね？　草とり鎌《がま》も最後まで入らないそうじゃないか？　いや、鎌の刃《やいば》がカチンと音をたてて折れるというじゃないか。おしっこをすれば、おしっこがそのまま凍りつくとも聞いたし、そんなところでどうやって暮らすんだい？」

「知ったかぶりしなさんな。人間が暮らすところなんて同じようなもんだよ。ソ連への留学生だってさ。出世したもんだ、出世。チェッ」

徳九がくちびるをとがらせた。

「男のくせにやきもちやいて。おまえ、たのむから基秀を少しは見習いな。少しは分別《ふんべつ》つけたらどうだい、ウン？　基秀より三つも年上のもんが、どうしてやることは三歳児並みなんだい？　おまえ、鎌《かま》を手にしたのはいつだったか思いだせるかい？　基秀は学校が終わって帰ってきたら、畑にでてどんだけ手伝ってくれるか」

「おれが遊んでいたとでも？　保安隊の仕事がどんだけいそがしいか！」

「なんだね。おまえが、仕事は終わっても、村でぺちゃくちゃしゃべりながらもたもたしているのを、母さんが知らないとでも思っているのかい？　おまえ、保安隊の給金をもらって、母さんにいくらかでももってきてくれたかね？」

「そりゃ、仕事をしてると、なにかと入り用だからさ」

徳九《トック》は保安隊員の体面を保とうとあがいてみたが、歯がたたなかった。

「このバカ息子が！　第一玉つき場で賭《か》けビリヤードをして、金をいちばんたくさんすっとるんがだれなんか、どうしてもこの母親にいわせたいのか!?」

母親がこぶしをふりあげると、徳九はさっとかわしながら、ブツブツいった。

「呉斎英《オチェヨン》、あいつめ！　口先がどうしてこうも軽いんだ？　ともかくそれは誤解だよ、誤解。近ごろは、その鉄原《チョロン》愛国青年団だか、なんだか、そいつらのせいでどんだけいそがしいか」

その話に、徳九の母親は興味深そうに耳をかたむけた。徳九は、卵をごはんにゆっくりとまぜて十分に蒸らすと、いっぱしの刑事《けいじ》のように目を光らせて、母親にたずねた。

「あの牛馬小屋の火災事件は知ってるだろ？」

徳九の母親はすぐにうなずいた。

すでにうわさになるくらいだ。それほど衝撃《しょうげき》的な事件だった。一週間まえ、セムトン近くの村の共同牛馬小屋に、だれかが火をつけた。南朝鮮と北朝鮮での牛の価格の差が大きいせいで、牛をこっそり南朝鮮へ売り飛ばす者どもがいて、村では牛がたりなくて大さわぎだ。そんなときに、だれかが牛小屋に火をはなち、牛を生きたまま焼き殺したのだ。鉄原《チョロン》だけではなかった。麟蹄《インジェ》と春川《チュンチョン》でも、同じような事件が同時におこった。鉄原の火災現場には、鉄原愛国青年団のビラがまかれてあって、麟蹄と春川にも似たような団体のビラが残っていた。

「そうそう、なにか手がかりはありますか?」

基秀《キス》がたずねた。知らず知らずのうちに、つばをごくりとのみこんだ。徳九《トック》の話はひとことも聞き流すことはできない。その小屋で調査をしたといっても、これまで基秀はなにも知り得ていなかった。もどかしいことに、保安隊でもやはり成果はないようだ。徳九は食べる気がしなくなったという表情で、さじをおいた。

「あいつらはまったく鬼神《きしん》〔幽霊《ゆうれい》〕みたいだ。しっぽさえつかむことができやしない。ビラの内容からして、共産党に不満をもっているやつらだということだけは推測できる。土地をうばわれた地主たち、クリスチャン、親日派たち……、えいっ! そうだとしても、そんな連中をぜんぶむやみにつかまえることもできないし」

「南朝鮮のスパイたちが関わっているといわれてるようですが?」

基秀がそれとなくたずねた。

「それはそうだろう。一味のあの紙だけ見ても、米国製だというじゃないか。それに、鉄原だけでなく北朝鮮全域で、ビラや放火の事件がたてつづけにおこってる。そんなことをしようとしたら、金も必要だし、組織も必要じゃないか? いま北朝鮮に残っている反動分子たちには、そんな余裕《よゆう》はないはずだ。南朝鮮から金なりなんなりがきてるんじゃないか?」

「まあ、いったいなにが不満だっていうのさ？　わたしゃ、夢かうつつかだっていうのに。寝《ね》ていても不安で目がさめるさ。生涯《しょうがい》他人の土地を耕して生活すると思っていたのが、自分の土地だっていうじゃないか？　徳九《トック》、おまえだってそうだ。無学で読み書きもできないおまえが、しがない屑《くず》拾いで一生終わるんでないかと思うとったが、まっとうに巡査《じゅんさ》の仕事をするとは。これまた夢かうつつか、まったく信じられんことだよ」

徳九があいまいな表情で顔をしかめた。

「母さん、そりゃ、ほめてるんか、けなしてるんか？」

ちょうどそのとき、斎英《チェヨン》が庭へかけこんできた。

「徳九兄さん！　徳九兄さん！」

「呉斎英《オチェヨン》、おまえ、いいところにきた！」

徳九が当たり散らすかのように、腕《うで》まくりをして立ちあがった。しかし斎英の青白くおびえた顔に驚《おどろ》いて、そのままたずねた。

「どうしたんだ、またなにか事件でもおこったのか？」

「保安隊員は緊急《きんきゅう》招集ということです。たったいま電話がありました。人民書店が火災だということです」

「人民書店が？」

基秀《キス》がはだしのまま板間から下におりた。

「ああ、幸い大火事ではないようだ。みんなが帰ったあとでだれもいなかったようだ。ともかく徳九兄さん、保安隊員は緊急招集です。おい、基秀、おれたちもいこう。民青員たちもみんなでるようにって。

おれはほかの家に知らせてから追いかけるから、先にいってください」

斎英《チェヨン》が走り去ったあとで基秀《キス》もあわててでようとすると、徳九《トック》がとめた。

「ともかく火は消したようだから、まずごはんを食べてからいこう」

「兄さんは最後まで食べてからきてください。ぼくは食欲がないので、先にいきます」

徳九がまたとめるまもなく、基秀はひとり走りだした。

「えい、ちくしょう、よりによって飯どきに火をつけるとは……」

徳九もブツブツぼやきながら外へでた。


火災の痕跡《こんせき》は残酷《ざんこく》だった。ガラス窓はすべて割れ、トタンの看板は完全にゆがみ、水を浴びたせいで、書店のなかは灰と水でめちゃくちゃだった。鉄原愛国青年団《チョロン》。今回も彼らのビラが火災現場の周辺にばらまかれていた。

「さあさあ、民青員たちは全員民青本部へ集まってください！　いまから保安隊とともに村内の巡察《じゅんさつ》にまわります。犯人をとらえるか、ほかの事故を未然に防ぐために、徹夜《てつや》で巡察にまわる予定です。みんな、民青本部へきてください！」

民青幹部のひとりが、ひしめく人びとのあいだをまわって声を高めた。

ありふれた事件ではなかった。ビラと牛小屋火災、そして、ひきつづいての村の中心にある人民書店への放火。鉄原愛国青年団は、攻撃《こうげき》の水位をだんだんと高めていた。民青員たちは怒《いか》りのこもったことばをやりとりしながら、百日紅屋敷《さるすべりやしき》の路地へと続々と入っていった。

基秀《キス》は少しおくれて歩いた。

鉄原《チョロン》愛国青年団。彼らはだんだんと大胆《だいたん》になっている。

——人民書店だって。まかりまちがえば、敬愛《キョンエ》もけがをしてたかもしれない。

麟啼《インジェ》や春川《チュンチョン》地域の状況《じょうきょう》も似かよっている。それらすべての右翼《うよく》団体は、南朝鮮へ下った反動分子たちの支援《しえん》を受けているというのが、保安隊の見方だった。

はたして父は、このすべてのことに関係しているんだろうか？　鉄原愛国青年団の背後に南朝鮮の何者かがいるとすれば、だれよりも可能性の高い人物は、ほかでもない父だ。基秀は父をよく知っていた。

もう時間も迫っていた。ソ連留学に旅立つまで一カ月しかなかった。これ以上おくらせるわけにはいかない。このままソ連にいってしまうわけにはいかなかった。いますぐなにか手をうたなければならなかった。

基秀は意を決して、百日紅屋敷《さるすべりやしき》の路地の入口で斎英《チェヨン》を待った。しばらくして、斎英があらわれた。

「やあ、黄基秀《ファンキス》。ここでなにしてるんだ？　入りたくないんだろ？　ふう……なんでしょうもないことで人をくたびれさせるんだろう。考えてみろよ。放火したやつがつかまえてくださいって、まだ町に残っていると思うか？　もうとっくに逃《に》げてるさ。これほどさんざんな目にあわせておいて、今晩もうひとつしでかすと思うか？　こんなことだから、牛を盗《ぬす》まれてから牛小屋を直すなんて皮肉《ひにく》られるんだよ。きょうのような日は、きれいに片づけてぐっすりねむって、明日からしっかり警備すりゃいいんだよ。そうだろ？」

基秀はただだまって聞いていた。斎英が口をとじて、基秀の顔つきをうかがった。

「どうして人の顔をじろじろ見るんだ？」

「たのみがある！」

「たのみ？」

基秀《キス》はさっとあたりを見まわした。そして、斎英《チェヨン》に一歩近づいて、低い声でいった。

「おれを京城《キョンソン》につれていってくれ」

「えっ？　キョンソォン！」

斎英が大声をはりあげ、両手で自分の口をおさえた。

「京城だって？　いまなんの話をしてるのかわかってるのか？　おまえ、頭がこれになったのか？」

斎英は基秀の頭のよこに人さし指を持っていってぐるぐるとまわしてみせた。

「冗談《じょうだん》じゃないんだ。緊急《きんきゅう》のことがあるんだ。ほかに助けてもらえそうなところはない。おまえ、三八度線を越《こ》えてきたじゃないか。おまえの助けがいるんだ。たのむ。おれを助けてくれ」

斎英はにやにやと笑い、またあたりを見まわしてからいった。

「どうしてかは知らんが、おれが近所のよしみでひとつだけ助けてやるよ。いま聞いたその話を聞かなかったことにしてやる。わかったか？」

斎英は基秀のまえを通りすぎた。基秀が斎英の腕《うで》をつかまえた。斎英はその手をふりはらって、百日紅《さるすべり》屋敷《やしき》に入っていった。

越境《えっきょう》屋を雇《やと》う金もないし、時間もなかった。ちょうど明日から二日間休みなので、学校にもいかないし絶好のチャンスだった。けれども、道もわからない。三八度線はこのごろ警備が厳重だと聞いた。そこで思いついたのが斎英《チェヨン》だったが、拒否《きょひ》されてしまった。たしかにむりなたのみではあった。だからといって、このままあきらめるわけにはいかなかった。とにかく南にいかなくてはならない。父が関与《かんよ》しているのかどうか、確認しなければならなかった。もし父が関与しているのなら、その事実を明らかにしなければならない。それが鉄原《チョロン》を発《た》つまえに、基秀《キス》が最後にすべき仕事だった。そのために、父のいる京城《キョンソン》にいこうというのだ。

——南にいくにはどうしたらいい？

基秀は暗澹《あんたん》として路上のどまんなかに立っていた。そのとき、ふと思いついた。

——線路をたどっていけば、なんとかならないだろうか？

11

敬愛《キョンエ》が到着《とうちゃく》したとき、人民書店のまえはすでに閑散《かんさん》としていた。見物人もちらばって、民青員や保安隊員たちもそれぞれもどっていなかった。書店は荒涼《こうりょう》としたすがたでうち捨てられていた。

敬愛にとって、人民書店はたんなる職場ではなかった。新しい人生そのものだった。百日紅屋敷《さるすべりやしき》の小間使いでも、万家台《マンガデ》の小作人姜氏《カンし》の娘《むすめ》でもない、姜敬愛の名前で生きていくことのできる、新しい人生。

「敬愛、驚《おどろ》いただろう？」

奇英博《キヨンバク》が近づいてきた。

敬愛《キョンエ》はだまったまま灰の山をにらみつけた。驚《おどろ》いたという言葉ではいいつくせない。いままで生きてきたなかでも、驚くようなことはたくさん経験してきた。父が、母が亡くなったときも、姉たちがはなれていったときも驚いた。それに、とても悲しかった。だが、憤《いきどお》りは感じなかった。あのときは、憤《いきどお》ることを知らなかったのかもしれない。

だがいま、敬愛は怒《いか》っている。こんなことをしでかした連中に対して激烈《げきれつ》な怒りを感じていた。これまでのすべてのことに対しても、胸の奥底から怒りがこみあげてきた。

「だれのしわざですか？」

敬愛は灰の山から目をはなさずに聞いた。

「決まってるだろう、鉄原《チョロン》愛国青年団とかいう……。やつら、だんだん大胆《だいたん》になってきてるから。おおごとだよ。さっき平壌《ピョンヤン》から連絡《れんらく》がきたばっかりだが、朝鮮共産党の平壌党舎に爆弾《ばくだん》を投げつけたそうだ」

「えっ、爆弾を？」

敬愛がびっくりしてふりかえった。

「ああ、幸い怪我《けが》人はでなかったそうだが、平壌市内のどまんなかで、しかも朝鮮共産党の党舎に……。あっちは大韓民主青年団とか名のっている。鉄原愛国青年団とグルだろう。こいつら、たいした度胸の、怖《こわ》いものなしだよ。本当に正面から勝負しようという魂胆《こんたん》だ。それなのに、われわれには手がかりどころか、影《かげ》も見えんからな……」

奇英博が、さもじれったいという表情で口をつぐんだが、すぐにまた怒りだした。

「だいたいだれも協力せん。北朝鮮の改革を支持するといっておきながら、口先だけの支持でどうするんだ？　協力しなきゃならんだろ。考えてもみろよ。こうしてビラをまいて事件をおこしてるのに、どうしてわずかな手がかりもないんだ？　なにかを目撃《もくげき》したとか、となりのだれだれが怪《あや》しいとか、そんな話がでるもんじゃないか？　ところがなんで、だれも……」

「奇英博《キヨンバク》トンム、またその話ですか？」

洪正斗《ホンジョンドゥ》が近づいてきた。ソ連軍のふたりの将校もいっしょだった。洪正斗は、まっ黒に焼けただれた書店を見て、敬愛《キョンエ》にいった。

「ずいぶんびっくりしただろ？」

「はい」

敬愛には「だいじょうぶです」という強がりはいえなかった。

奇英博がまた怒《いか》りだした。

「率直にいって、私の言い分はまちがっていますか？　委員長トンムは、たいしたことにはならん、最後の悪あがきだとおっしゃるんですが、これは尋常《じんじょう》なことではありません。だれも疑うな、住民たちをぜったい調べるな、とおっしゃいますが、では、どうやって犯人をつかまえますか？」

ソ連軍の将校たちが気がかりそうなそぶりなので、洪正斗が通訳した。すると、将校たちが、笑いながらなにかいった。

「なんていってますか？」

奇英博が気に食わないというふうにたずねた。洪正斗が笑みをうかべながら説明した。

「このていどでなにを興奮しているんだといってるよ。奇英博《キヨンバク》トンム、ソ連のトンムたちが北朝鮮を見て、どんなにびっくりしているかわかりますか？　ソ連では、革命に成功しても内戦を戦わなければならなかった。どれほどたくさんの人びとが死んだことか。だから、このていどなら、産みの苦しみとしては小さいほうだと。世の中をひっくりかえしたのだから、これくらいの反発はありえます。さあさあ、おちついてください。われわれ幹部がおちつけば、人民たちもおちつくでしょう。さあ、帰りましょう」

「きょう、民青は徹夜《てつや》非常警戒《けいかい》です」

「えっ？」

「あっ、委員長トンム、口だしはご無用です。これは、民青委員長としての私が決定する事項《じこう》です。関《かん》与《よ》しないでくださいよ、ね」

洪正斗《ホンジョンドゥ》はゲラゲラ笑って、ソ連の将校たちに通訳した。彼らもいっしょに笑った。

「みなさん、なぜお笑いですか？　私はけっこう深刻なのに！」

奇英博はブツブツいいながら、百日紅屋敷《さるすべりやしき》のほうにいってしまった。

「敬愛《キョンエ》、きみも帰らなきゃ。いまから将校のジープにのせてもらってもどるところだから、いっしょにいこう」

「私は民青にいきます。徹夜はできなくても、いったんいってみます」

「いや、このまま家に帰りなさい。民青にいっても、女性は帰されると思うよ。きみくらいたくましければ、男に負けはしないだろうけど、それがわかる人間がおればの話だがね」

洪正斗は冗談《じょうだん》をいったが、敬愛は笑う気になれなかった。洪正斗は笑うのをやめて、

「そうか、それで気がすむんなら寄るといいよ。あっ、鳳児《ポンア》は?」

「徳九《トック》のお母さんのところです。つれて帰りますか? 鳳児は委員長トンムを待っているはずです」

「かわいそうに!」

洪正斗《ホンジョンドゥ》の顔に影《かげ》がさした。

敬愛《キョンエ》も事情は聞いていた。鳳児の母親の梁銀子《ヤンウンジャ》は、精版社偽造紙幣《ぎぞうしへい》事件[*26]関連で逮捕《たいほ》された。裁判の結果はまだでていないが、釈放《しゃくほう》される可能性は低かった。鳳児はまだその事実を知らない。お母さんがすぐにつれにきてくれると信じこんでいる。それでも、不安でどうしようもないのか、敬愛や徳九の母親がいくらよくしてやっても、洪正斗以外にはなつかなかった。

洪正斗も、鳳児のそんな気持ちを知らないのではないが、腕《うで》時計をぱっと見て、困った顔になった。

「いつもきみや徳九のお母さんにまかせっきりで……面目ない。だけど敬愛、こんな時間に私が徳九の家にいったら、また徳九のお母さんが晩ご飯だとか酒の膳《ぜん》だとかと、とんだ面倒《めんどう》をかける。私はあんなふうに迷惑《めいわく》をかけるのは申し訳なくってねえ……」

敬愛は口もとに力のないほほ笑みをうかべた。徳九のお母さんがどれほど献身《けんしん》的にもてなすか、洪正斗がどれほど恐縮《きょうしゅく》するか、見ないでもわかりきっていた。

「じゃあ、わかりました。私がつれにいきますから」

「ああ、すまないが、またきみの世話になるよ。ありがとう」

洪正斗が先に帰るのを見て、敬愛は百日紅屋敷《さるすべりやしき》にいった。ところが、敬愛が門を入ったところで、斎《チェ》英《ヨン》がとびだしてきて、敬愛をまた外にひっぱってでた。

「黄基秀《ファンキス》を見かけなかったか？」

斎英《チェヨン》が小声で聞いた。

「基秀？　なかにいないの？」

斎英は、ただでさえ長い首をぐーんとのばして、あたりをさぐってからいった。

「いない。あいつ、きょうはちょっとおかしかったんだ。あいつのためを思って、おまえにだけ教えてやる。おまえたち、親しそうだからな。基秀がまちがった道に進みそうなときは、敬愛《キョンエ》、おまえがとめてやらんとだめだろう？」

「なによ、つまんないことといって」

斎英は敬愛の耳もとに近づいてささやいた。

「おれに、京城《キョンソン》につれていけっていうんだ」

「えっ？」

「びっくりだろ？　おれも驚《おどろ》いたさ。で、あいつ、なんで京城にいくなんていうんだろ？　しばらくしたらソ連に留学するご身分なのに。法にふれてまでこっそり越南《えつなん》したいっていうのは、なんでなんだ、あいつ？」

斎英は、いくら考えても理解できないというふうに首をふりつづけた。

しかし、敬愛には思い当たるふしがあった。基秀も自分と同じ気持ちなのは明らかだ。もう、これ以上かくしておくわけにはいかなかった。だからといって、むやみに世間にさらすこともできない。それなら直接、当たってみようとしているのだ。

敬愛《キョンエ》の口ぶりはせっぱつまっていたが、斎英《チェヨン》はのんびりとしていた。

「わからん。さっき、おれはきっぱり断って民青にきたからね。敬愛、おまえも知ってるだろう。おれがどれほど原則主義者か。法律を破って規則を乱すなんて、おれはそんなことはまっぴらなんだ」

敬愛は、気持ちが焦《あせ》っているのに笑ってしまった。はじめてあった日、越境《えっきょう》案内人をやって食っていくんだとかいって、えらそうにしていた斎英のあの顔を思いだした。基秀がどうして斎英にたのんだのか、わかる気がした。

いま、基秀と敬愛を助けられる道案内人は、斎英しかいなかった。基秀がどうして斎英の説得に失敗したのかもわかる気がした。けれど敬愛にはできそうだ。

斎英がこっちにきてしばらくのあいだは、さまざまなうわさがあった。斎英の過去をだれも知らなかったので、それはたんなるうわさ話だった。しかし洪正斗《ホンジョンドゥ》が斎英を受け入れてやって、斎英もまじめにすごしてきたので、うわさはしだいに消えていった。けれども、敬愛は斎英の過去について怪《あや》しいと思うときがあった。京城《キョンソン》でどうやって暮らしてたのかと聞くたびに、ああだった、こうだったといいのがれるところを見ると、なにかうしろめたいことがありそうだ。

「呉斎英《オチェヨン》、私を京城につれてって」

「ええっ！　おかしくなったのか？　おまえらふたりして、どうかしたのか？」

斎英がぎょっとしてあとずさった。敬愛は斎英をまじまじと見つめて、奇襲《きしゅう》するように言葉をたたみかけた。

「基秀《キス》はどこ？」

「じゃあ、あんたがどうして北朝鮮にきたのか、あのなかにいるみんなに話してもいいわね？」

「なに！　お、おれはなにも、おれは、おれは鳳児《ポンア》をつれてきて……」

斎英《チェヨン》はまっ青になって、どもった。あてずっぽだったが、的を射たようだ。敬愛《キョンエ》は斎英をさらに追いこんだ。

「それに、あんたが南朝鮮でどんなことをしてこっちにきたのか、すっかりばらしてもいいのか、っていうことよ」

「姜敬愛《カンキョンエ》、お、おまえが、なんでそれを……」

「よけいなことはいわないで。ふたつのうちひとつを選びなさいよ。私をつれていくか、それとも、みんなにぜんぶうちあけるか」

敬愛が門のほうにいこうとすると、斎英は両手をばっと広げてさえぎった。

「わかった。いけばいいんだろ、いくよ。だからよう、みんなにいうのだけは、どうか……なっ」

斎英が両手をすりあわせて、拝むかっこうをした。敬愛はちょっと迷うふりをして、気勢をやわらげて、一歩ひきさがった。

「じゃあ、いったんまず基秀《キス》を探さないと。基秀を探せなかったら、私も京城《キョンソン》にいくこともないし、あんたの秘密を守ってやる理由もないわ」

「おい、それは……」

「のどの渇《かわ》いた者が、井戸を掘《ほ》りあてるっていうじゃない。困ってるのはあんたじゃない。あんたが最後に見たんだから、基秀がどこにいったか考えてみなさいよ」

斎英《チェヨン》はしぶい顔でブツブツいっていたが、ふと、思いあたったというふうに、敬愛《キョンエ》にたずねた。

「ええと、黄基秀《ファンキス》は京城《キョンソン》にいったことあるか?」

「あるわ。小さいときに旦那《だんな》さま……いえ、お父さんについてときどきいってたわ。基秀のお兄さんは当時も京城にいたし」

「だいたいが汽車でいったのか?」

斎英が聞いた。

「そうね、小さいときは車酔《よ》いがひどくて、ほとんど汽車だったようだけど。大きくなってからはどうなのか、私もよく知らない」

「わかった。じゃあ、とりあえず鉄原駅《チョロン》にいってみよう」

「鉄原駅? 三八度線で汽車がとだえてるじゃない。鉄原駅にいくほど基秀がバカだと思うの?」

「そうじゃなくて、とにかく旅にでようとする人らの習性のようなもんだ。線路にそっていけば道をまちがえないだろう、って思うんだ」

敬愛はすぐに理解して、先に立って急いだ。斎英は口をとんがらせてあとを追った。

基秀は鉄原駅の広場のベンチに、ぼんやりとすわっていた。

「ここでなにをしてるの? 汽車にでものろうっていうの?」

敬愛がいきなりやってきてこう聞くと、基秀は鬼神《きしん》〔幽霊《ゆうれい》〕にでもあったような顔つきになった。

「あがいてみても、どうせ仏さまの手のひらの上よ。どこにもいけないでしょ」

「おれがここにいるの、どうしてわかった?」

「なんで京城《キョンソン》にいきたいの?」

基秀《キス》が視線を避《さ》けた。

「知らんでもいいよ」

「あんたのお父さんがくれたあの封筒《ふうとう》のことでいきたいんでしょ。あんたのお父さんと鉄原《チョロン》愛国青年団がどんな関係にあるのか、たしかめたいんでしょ、ちがう?」

基秀は敬愛《キョンエ》をにらみつけた。

「おまえとは関係ないだろう。どうせなんにも話してくれないくせに」

「私にも関係あるの。それはね……」

敬愛はちょっとためらった。上の姉のことは、これまでだれにも話したことはなかった。だけど基秀には、ありのままをうちあけなければならない。いまの自分の気持ちを理解できるのは、基秀しかいない。

「あのね、私の姉さんがきてたの。はじめてビラがまかれたあの日に」

「お姉さんというと……」

基秀が思わずベンチから立ちあがった。

「美愛《ミエ》姉さんのことか?」

敬愛がうなずいた。

「ええ。金日成《キムイルソン》同志のビラがまかれた日も、姉さんが鉄原にきてたみたいなの。基秀、私はあんたの気持ちがわかる。私もそうよ。姉さんのことをむやみにうちあけるわけにもいかないし、そのままかくしておくわけにも……。あんたもそうでしょ。だから、私が京城にいってくるよ。斎英《チェヨン》が助けてくれるし」

敬愛《キョンエ》がうしろをふりむいた。少しはなれたところに、斎英《チェヨン》が不機嫌《ふきげん》そうな顔つきで立っていた。基秀《キス》は、あっと驚《おどろ》いた。

「絶対ダメだといってたのに……どうなってるんだ？」

「とにかく、あんたは残っていて。もうすぐソ連にいくというときに、こんなことにまきこまれたら、ソ連行きがダメになるかもよ」

「だからこそ、おれが京城《キョンソン》にいくっていうんだ。ソ連にいくからなんだ」

「どういうこと？　とんでもないわ」

そうたずねながらも、敬愛は基秀の心中を察することができた。まちがったことに知らないふりをするのは、基秀らしくなかった。基秀はかたくなな表情でいった。

「こんなままでいってしまうことなんてできないんだ。おやじと関連があるんなら、手がかりを見つけて真相を明らかにしてからいきたいし、関連がないんなら、あの手紙のことはみんな忘れていけるからな。おれのおやじのことだ。おれがいったらわかるということもあるさ」

「それで、お父さんのところにいってどうするつもりなの？　お父さん、鉄原《チョロン》愛国青年団と関係ありますか？　関係した人の名前でも教えてくださいって、聞くつもりなの？　そうしたら、お父さんがよしよしといって、みんな教えてくれるとでも思ってんの？」

基秀は顔をまっ赤にして、くちびるをかんだ。

「私にいい考えがあるのよ。華瑛《ファヨン》若奥さまなら、私を助けてくださるわ」

敬愛は基秀に、洪正斗《ホンジョンドゥ》をかくまったのは、実は徐華瑛《ソファヨン》だったという事実を明かした。基秀は少なからず衝撃《しょうげき》を受けた。

「おふたりは、東京でいっしょに勉強をした仲間だって。だから、若奥さまが委員長トンムを救ったのよ。若奥さまはそんな方よ。きっと助けてくださるわ。なにかがわかるように手伝ってくださるわ。だから、私がいってくるわ」

「じゃあ、いっしょにいこう」

基秀《キス》がぶっきらぼうにいって、ぎゅっと口を一文字に結んだ。

敬愛《キョンエ》はよく知っていた。基秀があんな顔をしてものをいったときは、だれも彼の意志をまげられなかった。幼いころもあんな顔をして、金鶴山《クマッサン》の渓谷《けいこく》をよく歩きまわった。

敬愛も内心では基秀がいっしょにいってくれることを望んでいた。こっそり三八度線を越《こ》えて京城《キョンソン》にいくんだ、と大口をたたいてみても、やはり怖《こわ》かった。

「わかったわ。いっしょにいきましょう」

敬愛がため息をつきながらいった。


いつのまにか夜はふけた。村は静かな夜闇《よやみ》につつまれていた。

田植えのまっ最中でいそがしかったので、だれもがとっくに寝床《ねどこ》に入っているようだ。若者たちは、みんな街なかに集まっているので、とりわけ静かなのも当然だった。けれども、村の静寂《せいじゃく》にはいつもとはちがう緊張《きんちょう》感がただよっていた。街から聞こえてくる不穏《ふおん》なうわさに、だれもが戸を閉ざして夜のとばりのなかにかくれているのかもしれなかった。

村の入口についた敬愛《キョンエ》たちは、申しあわせたように、気配をたてないように気をつけた。敬愛が、基《キ》秀《ス》と斎英《チェヨン》に近くにくるように手まねきして、低い声でいった。

「あんたたち、ここで待ってて」

「どこにいくんだ?」

基秀が聞いた。

「私たち三人がなにもいわないで消えてしまうと、みんな心配するじゃない。私が姉さんにメモでも残してくるわ」

「なんて書くんだ? 呉斎英《オチェヨン》を脅迫《きょうはく》して、京城《キョンソン》にいってくるって?」

斎英が皮肉《ひにく》っぽくいった。敬愛はそれを無視して、基秀にいった。

「信じてもらえないかもしれないけど、とりあえず、三人で金剛山《クムガンサン》にいってくると書いておくわ。書店の焼きうち事件でおちつかないので、気晴らしにいくって。基秀もソ連にいくまえに金剛山にいきたいって」

「じゃあ、おれはなんなんだ。玉つき場はどうもないのに、おれは……」

斎英が文句《もんく》をいった。敬愛はすまないという気持ちをかくしたまま、冷たくいった。

「あんたがつれていってくれとしつこくいうので、いっしょにいくって」

「おい!」

「どこにもいかないで、ここでじっと待っててね」

敬愛は、斎英にしっかりと念をおして、ひとりで村に入った。

まず家にもどって、承愛《スンエ》にメモを書いた。姉がこんなことを信じるかどうか心配だったが、いまはもう、ほかに書きようもなかった。京城《キョンソン》でなにか探り当てれば、姉もわかってくれるだろうと思った。もし、上の姉と関係のないことだったら、と敬愛《キョンエ》は思っただけでも胸が軽くなった。それなら、今度上の姉がきたら、ヒモでしばりつけてでも南に帰さないようにしよう。明姫《ミョンヒ》は私が直接いってつれてこなくちゃ。そうだ、京城には明姫がいる！　どこに暮らしているのかだけでも聞いておけばよかった。そうすれば、顔をちらっと見ることもできたのに。敬愛はとめどなくもの思いにふけったが、ハッとわれにかえって家をでた。

次は徳九《トック》の家にいかなくてはならない。洪正斗《ホンジョンドゥ》に鳳児《ポンア》をつれていくと約束したからだ。ところがいってみると、鳳児はぐっすりねむっていた。そのままおいていこうかと思ったが、心にひっかかった。洪正斗の性格からすると、鳳児がくるのではと、木の葉のこすれる音がしても外をながめて、心は平静ではないはずだ。鳳児が寝《ね》てしまったという話だけでも伝えるべきだった。

ところが、敬愛が千歳邸《チョンセてい》のみえる路地に入ったとき、遠くから恩恵《ウネ》の姿が見えた。恩恵は塀《へい》にそって千歳邸に近づいていく。敬愛よりも近かった。

敬愛は思わず、むかいの朴《パク》医院の塀のかげに身をかくした。こうなってみると、洪正斗にあうのもちょっと気が重くなった。わずかでもなにか怪《あや》しい気配がないかと心配になった。恩恵はいま、千歳邸の階段をのぼっていた。恩恵と鉢《はち》合わせになるのもまずかった。

敬愛はけっきょく、そのまま斎英《チェヨン》と基秀《キス》の待つ村の入口へともどった。ところが、斎英が待ってたとばかりにこういった。

「おまえ、金はあるのか？」

一抹《いちまつ》の期待をこめた顔つきだった。

「お金？」

敬愛《キョンエ》が聞きかえすと、斎英《チェヨン》はがぜん元気になった。

「おまえら、本当に笑わせるなあ。金がなくて、京城《キョンソン》にどうやっていこうっていうんだ？　山を越《こ》え、河をわたって、歩いていこうってのか？　そんなことじゃ千年かかるぞ。それに、歩いていくとしても、車にのせてもらったり、飯も食わなきゃならないし、宿もいるだろうが？　金なしじゃ、おれはいやだよ」

斎英が地面にへたばってしまった。金がないからいかないと、決めこんだようだ。

だが、敬愛は自信あふれる表情でいい切った。

「お金なら心配しないで」

「えっ？」

斎英はがっくりした顔で立ちあがった。

敬愛はだまって家にもどった。小さなぬれ縁《えん》の下の古びたフゴ〔編袋《あみぶくろ》〕のなかから札束をとりだした。みんな持っていこうとしたが、どうも多いような気がして、半分だけとりだし、残りはもとの場所にしまった。美愛《ミエ》がくれた金にはこれまで手もつけなかったが、はじめてつかうことになった。

敬愛は金をカバンに入れて、急いで家をでた。そして千歳邸《チョンセてい》から村の入口までまっすぐにのびた道に入った瞬間《しゅんかん》、鈍い音が聞こえた。さっと塀《へい》の影《かげ》に身をかくしてようすをうかがうと、道のまんなかに恩《ウン》峯《ボン》がたおれていた。恩峯ははじかれたようにおきあがり、急いであたりを探ると路地裏にかけこんだ。

とても怖《こわ》がっているようでもあり、罪を犯して逃《に》げるようでもあった。

——とにかく怪《あや》しい子だわ。

敬愛《キョンエ》はそうつぶやきながら、村の入口へと急いだ。

12

洪正斗《ホンジョンドゥ》が門をあけたとき、恩恵《ウネ》ははじめて怖《こわ》くなった。とくべつ小さくて深い洪正斗の目、その目が、あらゆることを見ぬいているような気がした。

「郭恩恵《カクウネ》トンム?」

——私はなにも知らないわ。

恩恵は自分にいいきかせた。もちろん、それは事実でもあった。恩恵がわかっているのは、洪正斗を一一時までに大きな舎廊棟《サランチェ》につれていくということだけだ。

「あの……、実は……」

恩恵は言葉尻《じり》をのばして、洪正斗の肩《かた》ごしに家のなかをさぐった。いま呉斎英《オチェヨン》は街なかにいるはず。そして、千歳邸《チョンセてい》のソ連軍は、厳格な規律にしたがって、いまごろは寝台《しんだい》の上のはずだ。

——でも、もしも呉斎英がもどったら、どうしよう? ソ連軍がウォッカでも一ぱいやりながら、まだおきていたらどうしよう？　それに、だれかが私を見かけていたら……？　恐怖《きょうふ》に襲《おそ》われたが、恩恵《ウネ》は歯を食いしばった。彼らを信じなければならなかった。彼らは信じるにたりる。そう、鉄原《チョロン》愛国青年団はいつも緻密《ちみつ》だ。計画どおりにやればいいのだ。

「民主宣伝室に数学の本を忘れてしまったんです。宿題をやらなければならないのに」

「ほお、模範生《もはん》はやっぱりちがうねえ。あしたから二日間も休みなのに、今夜もう、宿題の心配をしてるんだね」

洪正斗《ホンジョンドゥ》はいたずらっぽく笑ったが、恩恵はそのことばにもびくっとした。

——なにか気配でも感じたのでは……？

だが、洪正斗は横に一歩身をひいて、快くいった。

「さあ、どうぞ」

恩恵がなかに入ると、洪正斗は門を閉めた。鍵《かぎ》はかけないでそっと閉めたので、門は少しだけあいていた。彼らはこのすきまから入ってくるのだろうか？　恩恵は門をちらっと見て考えた。彼らの計画がなんなのかはわからない。でも、想像がつかなくはない。ただ想像したくなかったのだ。京城《キョンソン》にいく。鉄原愛国青年団の力で京城にいかなければならない。恩恵はただ、その目的だけを胸に刻んで、気をひきしめた。

「委員長トンム、夜もおそいので、ちょっと怖《こわ》いんですが……。いっしょにいってもらえますか？」

行廊棟《ヘンナンチェ》の縁側《えんがわ》にすわろうとしていた洪正斗が、笑みをうかべて立ちあがった。

「しっかり者の郭恩恵《カクウネ》トンムが、実は怖がりだったとはね。懐中電灯《かいちゅう》を持ってきますよ」

「いいえ！」

恩恵《ウネ》はあわててそれをとめた。そんなことまで指示されてはいないが、灯りを避《さ》けたほうがいいことくらいは想像がついた。

「どこにあるのかわかっているからいいんです。はきものをはくときに、板間のはじっこにおいて、そのままでてきてしまったんです」

洪正斗《ホンジョンドゥ》がうなずいて先に歩きだした。恩恵はすぐうしろをついて歩いた。ふたりが正門の内側にある中門をあけて入ると、竹林からサーッと風がふいてきた。

「あー、涼《すず》しいね。郭恩恵《カクウネ》トンム、千歳邸《チョンセてい》の竹林は、真夏の昼間でも涼しいんですよ。作男をしていたころにも、ときどき仕事をさぼって竹林で涼んだもんですよ」

そんな話をしているうちに、ふたりは大きな舎廊棟《サランチェ》の楼閣《ろうかく》のまえにきていた。恩恵は、沓脱石《くつぬぎ》にあがって数学の本をとって、ふりかえった。

楼閣をながめながら立っている洪正斗のうしろに、離《はな》れが見えた。離れはすでにソ連軍の将校の宿所としてつかわれていた。その離れの壁《かべ》にそっていくと、そこにもとの主《あるじ》、黄《ファン》家の祠堂《サダン》があり、まさにそこは、奥方だった基秀《キス》の母親が首を吊《つ》った場所だ。その祠堂のほうから、まっ黒な覆面《ふくめん》をしたふたりの男が、離れの壁にそって近づいてきていた。一歩、また一歩。恩恵は、その男たちからなんとか顔を背《そむ》けようと、洪正斗に話しかけた。

「委員長トンム、お話があるんですが。それで、どう思われるか、うかがえたらと……」

「なんです？」

洪正斗《ホンジョンドゥ》が興味を見せた。一歩、そしてまた一歩。

——男たちの姿を見さえしなければ、ふるえずにいられるはず……。

恩恵《ウネ》は、目をふせてつづけた。

「わたくしにはどうして、敬語で話されるんですか？　基秀《キス》や敬愛《キョンエ》にはそうじゃないのに……」

「ああ、私は郭恩恵《カクウネ》トンムがそのほうがいいんではないかと思っていたんですよ。トンムがよくやっているのはわかっていますが、新しい生き方になじむのは楽なことではないでしょう。正直、郭治英《カクチヨン》トンムがあんなことにならなければ、郭恩恵トンムはきっと京城《キョンソン》へいっていたでしょう？」

恩恵はびっくりして、洪正斗を見つめた。

——なにをいおうとしているの？

けれども、洪正斗の笑みはいつもどおりだった。一歩、そしてまた一歩。男たちは、気配もなく、ますます近づいていた。恩恵はあわてて、また目をふせた。

「郭恩峯《カクウンボン》トンムも郭恩恵トンムもみな、北朝鮮に足どめを食ったんでしょう。ああ、私のいうことを気にすることはないですよ。そういう立場は十分に理解できます。郭恩恵トンムがずいぶんがんばっているのは知ってるので。そんな姿が気の毒でもあり、感心でもあり。そうだね、いいよ。これからは、近所の兄貴のように話すことにしよう。どうだい？　これでいいかい？」

恩恵が目をあげた。覆面《ふくめん》の男たちがこん棒をふりあげた。洪正斗がびくりとふりかえった。

——ボカッ！

こん棒が洪正斗の後頭部を直撃《ちょくげき》した。洪正斗は白目をむいて、そのままたおれた。覆面の男たちは、洪正斗《ホンジョンドゥ》の口にさるぐつわをかませて、袋《ふくろ》をかぶせた。

「いくぞ」

覆面《ふくめん》の男たちのうちのひとりがいった。そして、別の覆面の男といっしょに袋を担いで、離《はな》れの壁《かべ》ぞいに去っていった。

恩恵《ウネ》は、ずずっと一歩あとずさったが、板間のはしにひかがみ〔ひざ裏〕があたって、そのままへたりこんでしまった。男たちがなにをしようとしているのか、恩恵も知らないわけではなかった。この指令を受けた日から、彼らが洪正斗にしようとしていることを悪夢にみて、うなされつづけていた。もう少し正確にいうなら、恩恵がこれから目撃《もくげき》することになる悪夢だ。沓脱石《くつぬぎ》のうえの赤い血のあと。それは、恩恵があれほど怖《こわ》がっていた悪夢の一場面だった。

「気をたしかになさって」

覆面をかぶったもうひとりが近づいてきた。すらっとしたからだに澄《す》んだ声。女性であることに気づいて、恩恵は覆面の人物を見あげた。女は、恩恵の手をつかんで立ちあがらせてくれた。

「うまくやりましたね。とてもうまくやりましたよ。あなたの大手がらですよ。もう仕事は終わりです。京城《キョンソン》にいらっしゃらないとね」

女のていねいなものいいに、恩恵はからだじゅうに戦慄《せんりつ》をおぼえた。京城はもうすぐそばまできていた。手をのばせば届く、すぐそこまで。恩恵はどうにか気をとりなおして、覆面の女といっしょに離れの壁にそって歩いた。恩恵は、恐怖《きょうふ》にすくみつつ、離れにちらりと目をやった。暗闇《くらやみ》におおわれた離れは静かだったが、恐《おそ》ろしかった。覆面の女が、恩恵の視線に気づいていった。

「心配しないで。ソ連軍は睡眠剤《すいみんざい》でねむらせておきましたから」

そうこうするうちに、祠堂《サダン》に着いた。祠堂のまえには、覆面《ふくめん》の男がひとり、見はりに立っていた。祠堂のなかには、先ほどのふたりの覆面の男、そしてまた別の覆面の男がいた。その覆面があごで合図を送ると、はじめの覆面のふたりが洪正斗《ホンジョンドゥ》にかぶせた袋《ふくろ》をはいだ。

洪正斗は、さるぐつわをかまされたまま、うめきながらうっすらと目を開いた。後頭部をなぐられた衝撃《しょうげき》で、からだはぐったりしているが、気はたしかなようだ。

「洪正斗、主人の足にかみついた身のほど知らずの犬野郎は、首をしめられて当然だ」

ふたりの覆面に指示していた覆面の男が、暗い声であざ笑った。この男が首謀《しゅぼう》格のようだ。しかし……。

――この声、たしかに聞いたことがある！

恩恵《ウネ》は驚《おどろ》いて、その覆面の男を見やった。

洪正斗は恩恵よりもっと、そう思ったようだ。男の声に驚愕《きょうがく》して目をみひらいた。即座《そくざ》にとびかかろうとからだをおこしたが、横にいた覆面が、くつをはいたままの足で胸をぐっとふみつけた。洪正斗は身動きひとつできないまま、うめき声をあげてじたばたともがいた。

「洪正斗、わしがだれかわかるか？　そうか。わかってくれてうれしいよ。知らずに旅立たれてはちょっと残念だ。おやおや、岩のようにゆるぎないといわれた委員長トンムが、今度ばかりはほんとうに驚いているようだな。だが、これははじまりにすぎない。われわれ鉄原《チョロン》愛国青年団は、きさまたちがやらかした反逆に対して、これからみっちり償《つぐな》ってもらうよ。鉄原だけではない。朝鮮の地どこででも、アカどもが足をのばしては寝《ね》られないようにしてやる。おまえらは恐怖《きょうふ》にかられて少しずつ逃《に》げだすだろう。それから――」

覆面《ふくめん》の男は、腰《こし》をかがめて洪正斗《ホンジョンドゥ》に身をよせた。

「最後にはみな逆転するはずだ。アカは根絶やしにしてやる。これははじまりだ。今晩、よそでもことがおこっているはずだ。平壌《ピョンヤン》の知らせはもう聞いているだろう? ああ、元山《ウォンサン》でもことがおこるはずだよ。羅夕景《ナソクキョン》、あのアカの女の首をかっきるんだ。洪正斗、よかったな。あの世へは、アカの仲間といっしょだからな」

男がまたあごで指示をすると、ふたりの覆面の男が洪正斗の首に縄《なわ》をかけた。そして、その縄を梁《はり》のむこうに投げて通し、下にひきはじめた。

「うっ……、う……、う……」

洪正斗が目をむいて足をじたばたさせた。そして、だんだんと地面からはなれていく。地上の最後の瞬間《しゅんかん》をつかみとろうとするかのような血走った目が、恩恵《ウネ》の視線をとらえた。恩恵は、彼に、洪正斗に、洪正斗の目につかまってしまった。目をつぶりたかった。その目を避《さ》けたかった。けれども、目をそむけることができなかった。目をつぶることもできなかった。これは、悪夢より残酷《ざんこく》だった。きょうの標的が洪正斗だということを、知らないわけではなかった。ずっとまえから、ただよっていた血のにおいに身ぶるいしながら目ざめたりしていたのだ。けれど、基秀《キス》の母親が首を吊《つ》ったまさにこの場所で、吊るされたまま命を失っていく洪正斗を目撃《もくげき》することになるとは、思ってもみなかった。自分の瞳《ひとみ》にこんな場面を焼きつけることになるとは、知らなかった。恩恵は、床《ゆか》にどかっとへたりこんだ。

洪正斗《ホンジョンドゥ》のからだが、下にだらりとのびた。

「みごとだ、同志たち！」

聞きなれた声の覆面《ふくめん》の男がいった。

「今晩のことで、鉄原《チョロン》のアカどもは、大きな衝撃《しょうげき》と恐怖《きょうふ》におののくだろう。ソ連軍の将校の宿舎である千歳邸《チョンセてい》、その奥方が自決したこの祠堂《サダン》、そこで、アカの首謀者《しゅぼう》の首が吊《つ》るされた。こいつは、すぐに平壌《ピョンヤン》の金日成《キムイルソン》の側近になる予定だった。この事件は、平壌のアカどもにも大きな衝撃となるだろう。さあ、いちばんの功労者は、われらが郭恩恵《カクウネ》同志だ。これまでの侮辱《ぶじょく》をかえりみず、あいつらのところに潜入《せんにゅう》してくれたおかげで、ぬけ目のない洪正斗をここまでおびきよせることができたのだ。よくやった、郭恩恵同志！　うれしいよ」

男が恩恵に手をさしだした。恩恵はまだ魂《たましい》がぬけたまま、光を失った洪正斗の目にとらわれていた。

覆面の女が、地面にへたりこんでいる恩恵のほおを軽くたたいた。

「気をしっかりもって。あいつはただのアカだった。あなたはなすべきことをなさったのです。お父さまも、あなたのことをほこりに思われることでしょう。これで京城《キョンソン》へいけます。あなたの本来の居場所にもどるんですよ」

恩恵がおもむろに顔をあげて、女に目をむけた。

――お父さま、京城。

恩恵の目の焦点《しょうてん》が、少しずつあいはじめた。恩恵のまえにしゃがんでいた女が覆面を脱《ぬ》いだ。線の美しい顔だち、だが目の光は暗かった。恩恵は女にされるままに立ちあがった。まだ足がガクガクしていて、壁《かべ》に背をもたせかけて、ようやく立つことができた。

耳になじんだ声の覆面《ふくめん》が、また口を開いた。

「きょうをもって、郭恩恵《カクウネ》同志の本意が証明された。鉄原《チョロン》愛国青年団の正式な団員になったことを祝おう。姜美愛《カンミエ》同志の言葉のとおり、郭泰成《カクテソン》先生もほこりに思われるだろう。さあ、では団員同士であいさつをしようか」

洪正斗《ホンジョンドゥ》を吊《つ》るしたふたりが、順に覆面を脱いだ。ひとりは見知らぬ顔で、もうひとりは月井里《ウォルジョンニ》にある教会の伝道師で、恩恵も顔くらいは知っている人だ。外で見はりをしていた男も入ってきて、ちょっと顔を見せた。その男は万家台《マンガデ》に住んでいる朴《パク》医師だった。道立病院が人民委員会の所有になって、病院代が安くなったせいで、朴医師は大きな打撃《だげき》をこうむったという。

「わしは顔を見せないでおく。ここのほかの同志もわしの顔を見たことはない。ただひとり姜美愛同志だけが、わしのことを知っている」

耳になじんだ声がそういったあと、美愛が恩恵にいった。

「団長だけを信じていればよろしいのですよ。もうすぐ京城《キョンソン》にいけるはずです。おじいさまをおつれしていくのは簡単ではありませんが、私たちがすぐにいけるようにしますから、少しお待ちください」

団長が力強くうなずいた。

「同志を失うのは惜《お》しいことだが、京城へいく方法を探しておこう。郭泰成先生もお望みのことだからね。それに、郭恩恵同志は大きなことをなしとげてくれたのだから、鉄原愛国青年団が力ぞえするのは当然のことじゃないか。さあ、そのこともまた連絡《れんらく》することとして、きょうはこれまでとしよう」

団長は、そういうと祠堂《サダン》からでていこうとしたが、ふと、恩恵《ウネ》のほうをふりむいて立ちどまった。

「そういえば、あいさつもしていなかったな。いままでなければ郭恩恵《カクウネ》同志といつまたあえるかわからないからね。さ、正式にあいさつしよう。鉄原《チョロン》愛国青年団の団長として郭恩恵同志を歓迎《かんげい》し、きょうの功労を褒《ほ》めたいと思う。京城《キョンソン》に帰ってからも、私に助力してくれるものと信じているよ」

男が手をさしだした。恩恵はこわばった顔でその手をにぎった。その瞬間《しゅんかん》、恩恵はその男の手を感じた。思いがけず、びくっとすくんだ。

「私のことがわかったのか?」

団長がたずねた。

――この声……。

恩恵は、ようやく声の主《ぬし》の正体がわかった。

――どうして、はじめからわからなかったんだろう。

けれども、恩恵はなんとか力をこめて、首を横にふった。すぐ目のまえまでせまった京城。けれども、ここはまだちがう世界だった。多くを知るということは、それだけ危険だということかもしれない。団長は恩恵をじっと見つめていたが、手をおろしてくれた。

「とにかく、郭恩恵同志を信じよう。われわれはもう、同じ船にのったのだ」

団長はそういって、先に祠堂からでていった。

13

「ちょっと待てよ」

斎英《チェヨン》がぴたっと立ちどまった。

敬愛《キョンエ》も、夜どおし夢中で動かしてきた足を休めて、立ちどまった。立ちどまると、そのままへたりこんでしまいそうだった。トラックの荷台にのせてもらって二時間ほど走っておりたあとは、ずっと歩いてきた。夜どおし歩き明かしたようなものだ。こんな夜ふけに開いている酒幕《チュマク》〔宿屋を兼ねた居酒屋〕もなく、すきっ腹になにかを入れることもできない。なにも考えなくても息ができるように、足もひとりでに動いた。日がのぼるまでに三八度線を越《こ》えなくてはいけないという斎英のいうとおりに、歩いて、歩いて、ひたすら歩いてきた。

いつのまにか、遠く東の空がうっすらと白んでいる。三人が立ちどまったところは、道が三つ股《また》にのびている、舗装《ほそう》されていない黄土《ファント》のままの道のまんなかだった。

山のまがり角にそって歩いてきた道があり、その道はふたつに分かれて、ひとつは南のほうに方角をかえ、田んぼのまんなかにのびている。また、もうひとつの道は山すそから遠ざかり、すこしはなれたところに見える村へと吸いこまれている。そして村への道と、南へいく道のあいだ、つまり青い苗《なえ》が勢いよく育っている田んぼに、文字が書かれている横長の木の立て札が立っていた。

38度線

ペンキで書かれたぎこちない文字の下には、英語でも書かれていた。

38th parallel

敬愛《キョンエ》は英語などまったく知らなかったが、三八度線と英語で併記《へいき》してあることくらいは見てわかった。その下には警告文も書かれていた。三八度線をむやみに往来するな、と厳重に警告する文言だ。けれどもそれは、こけおどしにすぎないように見えた。南北どちらを見わたしても、三八度線は静まりかえっていて、まどろむ村の朝と、青く実っている田んぼのあいだを横切っているだけだ。あたりには南北をものものしくさえぎる痕跡《こんせき》は見つけられない。鉄条網《てつじょうもう》もなく、見はり場所もなく、軍人もいなかった。これっぽっちの緊張《きんちょう》感も感じられない。赤いペンキの太い文字は、ひとりで威厳《いげん》を保とうとしている滑稽《こっけい》なピエロのようだ。村は、そんなカラさわぎなどとは関係なく、いまひとときのねむりについていて、朝をつげる鳥たちは、山のてっぺんから飛んできて、朝もやがたちこめる平野を勝手気ままにとびまわっていた。

「ここまでだ。おれは、これ以上は、ほんとにいかねえぞ」

斎英《チェヨン》がとつぜんいった。

「そうだな。ちょっと休んでからいったほうがいいな」

夜どおし、固い表情のまま黙々《もくもく》と歩いてきた基秀《キス》も、それなりに疲れているようだった。敬愛《キョンエ》があたりを見まわしていった。

「だからって、道ばたで休むわけにもいかないじゃない。なにか食べなくちゃいけないし……。あの村にいってみる？　朝ごはんでも食べさせてもらって、足を休められるといいんだけど。お代ははずむっていえば、だいじょうぶ、むずかしくはないと思うんだけど。どうかな？　斎英《チェヨン》？」

敬愛が斎英に水をむけた。斎英は越境《えっきょう》した経験があるうえに、村はなんといっても三八度線以南だ。斎英の判断にしたがうのがよさそうだった。

けれども、斎英は村のほうに目もくれなかった。いっちょうやってやるとでもいうような、意を決した顔で、敬愛をにらみつけた。

「こっちにくるときに聞いたとこでは、おまえらの気持ちもわからんではないさ。もどかしいだろうさ。おやじがまきこまれてるとかいないとか、姉ちゃんが怪《あや》しいとか怪しくないとか……。けど、おれが手伝ってやれるのはここまでだ。これ以上はいかねえ。三八度線を越《こ》えるのはいやだ。しない。できない」

敬愛は、ぐぐっといらだちがこみあげてきた。

――子どもじゃあるまいし、いっぺんひきうけたら、だまってやりとおせばいいのに。夜どおしブツブツいってたかと思えば、今度はつまらない我《が》をはるなんて。

からだもクタクタで、気持ちもいらだってるこんなときには、ほんとうにがまんならない。やんわりなだめなくちゃいけないんだろうけど、そんな気にはなれなかった。思わず険しいことばをかえしてしまった。

「じゃあ、鉄原《チョロン》に帰れば？」

「ほん……とうか？　本心か？」

斎英《チェヨン》が目を見はった。基秀《キス》は、斎英よりずっと驚《おどろ》いているようだった。敬愛《キョンエ》は、口をぐっとつぐんでうなずいた。斎英はじりじりと、北にむけてあとずさりしはじめた。

「おれはもどるぞ。ほんとだぞ。おまえが帰ってもいいっていったんだからな。そうだろ？　まちがいねえな？」

「うん、でも」

敬愛が言葉を切った。斎英も思わずたちどまった。

「あとのことは、覚悟《かくご》しておいたほうがいいわよ」

「姜《カン》、敬《キョン》、愛《エ》！　おまえ、ほんとになにする気だ？」

斎英がかっと声をあげてもどってきた。基秀がふたりをとめに入った。

「よせよ、ふたりとも。敬愛、おちつけよ。斎英の気持ちだってわかるだろ？　なんの関係もないことにまきこまれて、気のりもしないのにいっしょにきて……」

「そうさ！」

斎英が敬愛をにらみつけて、声をあげた。敬愛も、斎英の目をにらみかえしながら、ひとつひとつ問いただすようにいった。

「どうして、なんの関係もないことなの？　鉄原で暮らしてたら、鉄原の人じゃない？　手伝えることがあったら、手伝うもんじゃないの？　私たちが、あれだけ事情をうちあけたんだから、自分から助けてくれたっていいじゃない？　なのに、最後までこんなふうにいうのね」

「敬愛《キョンエ》、おまえこそあんまりじゃないか。おれがここまで、苦労して苦労してつれてきてやっただけでも、ありがたく思わなきゃならんだろ？　それがなんだよ？　そうかよ、おまえの好きにしろよ」

「なら、できないとでも思うの？」

敬愛は涙《なみだ》があふれそうだった。日がのぼるまえに、もう三八度線にいる。斎英《チェヨン》が案内してくれなかったら、こうはならなかっただろう。これから基秀《キス》とふたりでいくとなれば、倍以上の時間がかかるのは目に見えている。そんな余裕《よゆう》などなかった。敬愛はもちろん、とくに基秀は、おそくとも一日以内に、そっともどらなければならない。こんなことをもめごとのタネにしてはいけなかった。

「呉《オ》、斎英《チェヨン》！」

敬愛が語気をやわらげた。心からお願いしてみるより、ほかはない。

「私たちの立場をわかってくれるんなら、助けてよ。事情をくんでよ、ね？」

斎英も泣きだしそうになりながら、訴《うった》えた。

「そっちこそ、こっちの身になって考えてくれよ。基秀はともかく、おまえが、おれの立場がわかるはずのおまえが、なんでだよ？　生きるために、ありとあらゆることに手をだして、なんとか生きてるおれの人生も、よくわかるだろ？　まだおまえはいいご主人のおかげで、あの家で持ちこたえることができたかもしれん。おまえは小作農の娘《むすめ》だから、よそに住まわせてもらうのも、がまんできただろうさ。けど、おれはちがう。証書つきの奴婢《ぬひ》の子で……」

斎英《チェヨン》が急に鼻水をズズッとすすって、手のひらですばやく目をぬぐった。敬愛《キョンエ》はびっくりして、基秀《キス》に目をやった。わけがわからないのは、基秀も同じだった。

証書のある奴婢《ぬひ》の子、斎英にそんな過去があるとは知らなかった。裕福《ゆうふく》な家の子には見えなかったが、それでも、それなりに食べて暮らせる家の末っ子くらいに思っていたのだ。いいかげんで、いつも笑っている斎英が、とてもそんな苦労をして育ったようには見えなかった。ただ、ふざけまわって、さわぎでもおこして北に逃《に》げてきたのだろう、くらいに思って、カマをかけただけだった。

「えい！　なんでこんなときに涙《なみだ》なんか……。奴婢の証書なんかとっくに燃やしたっていわれたけど、そんなこと口だけだっていうのは、おまえも知ってるだろ？　労賃をもらって働くもんと、証書のある奴婢の子とではわけがちがうことくらい、知ってるじゃないか。はなたれ小僧《こぞう》までが、うちの父ちゃんの名をやたらめったらよびつけて、若い女たちまで、うちの母ちゃんの名をよびつけて……。そんなのを見てるのがいやで家出して。けど、身寄りのないひとりぼっちの一二歳のガキが、京城《キョンソン》でどうやって生きていくんだ？　徴兵《ちょうへい》に、徴用《ちょうよう》に、手当たりしだいにひっぱられてってるのに、どうやって暮らしていくんだ。だから、どうしようもなかった。ごろつきにこびへつらって、子分みたいなことするよりほかなかったのさ。スリなんかはそんなにしてないよ。だいたい客ひきをするくらいでさ。どうしようもなかったんだから！　敬愛、おまえはわかってくれるだろ？」

「え？　うん……。私は、あの……」

敬愛はすぐに目をそらした。敬愛はもちろん、斎英のいうことがよくわかった。敬愛だって、百日紅《さるすべり》屋敷《やしき》に入らずに街をうろついていたら、いまごろどうなっていたかわからない。斎英の過去がこんなものだと知っていたら、あんなふうに脅《おど》すことなんて、できはしなかった。

「おまえ?!……」

敬愛《キョンエ》がそっと顔をあげた。斎英《チェヨン》が、目玉がとびだしそうなくらい目をむいていた。敬愛はあわてて視線をそらしてしまった。

「おまえ……、知らなかったんだな?」

斎英が問いただすようにいった。基秀《キス》も驚《おどろ》いて、敬愛を見つめた。敬愛はなにもいえずに、地面を見おろすばかりだ。

「おい、姜《カン》、敬《キョン》、愛《エ》、おまえ、知らなかったんだな? ただ、むやみに脅しただけなんだな? それにだまされて、まんまとここまでついてこさせられたってわけだ? そうなんだろ?」

斎英が、両手で敬愛の肩《かた》をがばっとつかんだ。女よりもきれいな手だったが、握力《あくりょく》は相当なものだ。敬愛は痛さにうめき声をあげた。基秀が、斎英を力づくでひきはがした。斎英は腹をたて、敬愛になぐりかかりそうな勢いだった。

「はなせ! はなせよ! おい、姜、敬愛! おまえ、ほんとに、どうしてこんなひどいことを! おれがそんなにばかに見えたか? ほいほい思いどおりに動くのを見て、おもしろかったか?!」

「そんなんじゃない。ごめん、斎英。私、そんな事情があるなんて知らなくて……」

——ンモォーーーー。

牛の鳴き声が大きくひびいた。狂《くる》ったように荒《あ》れていた斎英が、はたと静まった。敬愛と基秀も、びくりとはりつめて、音のほうに目をやった。村のほうから黄牛《こうぎゅう》〔農耕用の黄褐色《おうかっしょく》の牛〕が荷車をひいて近づいてくる。ももひきをひざまでたくしあげて藁《わら》ぐつをはいた老人と、ずいぶん元気そうな子牛が一頭、並んで歩いていた。

「ふたりともおちつけよ。ここでさわぎをおこしたら、だめだろ」

基秀《キス》がいった。斎英《チェヨン》は腹が立っていたが、深呼吸をして、少しずつおちつきをとりもどした。敬愛《キョンエ》も驚《おどろ》きをおさえて、まわりのようすをうかがいはじめた。まずは、謝らなければ。

「斎英、私、そんな事情があるとは、夢にも思ってなかったの。ごめんなさい。ほんとうにごめんなさい。あつかましいと思うけど……、私の立場もわかってほしい。あんたしかいなかったの。いまだって、そう。私と基秀を助けてくれる人は、あんたしかいないわ。あんたが助けてくれなかったら、何日かかるかわからない。京城《キョンソン》に無事に着けるかどうかだってわからない。あんた、人民書店が燃えたの、見たでしょ？　これからも、なにがおこるかわからないわ。あんた、鉄原《チョロン》がいいっていったでしょ？　鉄原の人間になったんだって、いったじゃない。じゃあ、守らなくちゃ。鉄原愛国青年団をこのままにしておくことはできないでしょ。京城にいったら、なにか手がかりをつかむことができるはずよ」

——ンモォーーーー。

牛の鳴き声がいっそう近づいたと思ったころ、方言でなまった老人の声が聞こえた。

「どこからきたんだ？　北からかの？」

のんびりとした口調とはちがって、老人の目は、敬愛たちをするどく見すかすような目つきだった。

敬愛と基秀は、なにもいえずに顔を赤らめた。

「おれ狂《くる》っちまったな」

斎英《チェヨン》がひとりごちた。そして、老人にさっぱりした口調でこたえた。

「いいえ。京城《キョンソン》に住んでるんです。じいちゃん家《ち》にいって、もどるところなんですけど、道に迷っちゃって……」

「じいちゃん家ってどこだ？」

斎英がよどみなくこたえた。

「哨城里《チョソンニ》です。で、ここはどこですか？」

斎英の演技力は、かなりのものだった。老人の見とがめるような視線もやわらいで、それは大変だというように、舌をチッチッとうった。

「道に迷ったのかい……、そうだな、京城まではどうやっていくつもりだったんじゃ？」

「まずは東豆川《トンドゥチョン》にいって、いける便を調べようと思ってたんです」

老人が、ウンウンとうなずいた。

「ちょうどいい。わしもちょうど東豆川へいくところだ。こいつを牛市場で売ろうと思ってな。荷台にのるがいい。東豆川までのせてってやろう」

「ほんとですか？　ありがとうございます！」

斎英が腰《こし》を深々とまげて、お礼をいった。敬愛《キョンエ》と基秀《キス》は、たがいに目くばせした。荷台は、三八度線を示す立て札の南側にある。荷台にのった瞬間《しゅんかん》、越境《えっきょう》だ。斎英が、そんな敬愛をいまいましげににらみつけて、先に荷台にのぼった。

「さあ、のりな。おまえがかわいくていっしょにいくんじゃない。おれも鉄原《チョロン》の人間だから、いくんだ」

斎英《チェヨン》が低い声でいいはなった。

「ありがと」

敬愛《キョンエ》と基秀《キス》も荷台にのった。

――ンモォーーー。

牛が出発をうながすように大きく鳴いた。子牛がうしろ足をピョンピョンさせて調子をとっている。どこへいくのかもわからないのに、ただでかけるだけで楽しいようだ。

「ウリャ!」

老人が、牛の背をピシャリとうった。荷台は南にむけて、ゆっくりと進みはじめた。

東豆川駅《トンドゥチョン》まえの酒幕《チュマク》に入ったころには、すでに昼飯どきがすぎていた。腹がへって目のまえがぐるぐるまわるほどだ。荷車にのってくるあいだはうとうとしてしまったが、夜じゅう寝《ね》なかったのはまちがいない。酒幕へ入るやいなや、斎英は板間にくずれるように横たわった。かなり頑強《がんきょう》に見えていた基秀も、へたばった顔で柱にもたれてすわりこんだ。敬愛もその横に並んですわった。そうして、ただぐったりしているわけにはいかなかった。夜になるまえに京城《キョンソン》に着かなければならない。きょうのうちに徐華瑛《ソファヨン》にあって、徹夜《てつや》で鉄原《チョロン》へもどる計画だ。三人は急いで肉汁飯《クッパプ》を平らげると、また通りにでた。

京元線《キョンウォン》が区切られて先にいかなくなったせいで、京城から出発した汽車は、東豆川で停車するしかなくなった。それで、汽車の本数もかなり減ってしまった。一日一本だけという汽車は、すでに出発したあとだった。幸い斎英がハイヤーをさがしてきてくれて、敬愛たちはぶじに清涼里《チョンニャンニ》までたどりつけた。

たっぷり持ってきたと思っていたお金は、ハイヤー代をはらってみると、いくらも残っていない。

「おれのいないまに、物価がえらくあがったようだ。生き馬の目をぬくという京城《キョンソン》らしいな、まったく」

斎英《チェヨン》は遠ざかるタクシーをながめながら悪態をついたが、あたりを見まわす目には、よろこびがあふれていた。

「やっぱり清涼里は青春の地だ。いいなあ。半ドンだから、のんびりとあいびきしてるぞ」

あたりには腕《うで》を組んで歩く男女が多かった。洋装に洋傘《ようがさ》をさした娘《むすめ》たち、目にもあざやかな韓服《かんふく》をきた婦人たち、白いチョゴリに黒いチマ姿の伝道師の女性たちも、この街では両ほほにロマンチックな紅《べに》をさしていた。ポマードで髪《かみ》をかためた紳士《しんし》たちも、彼女たちのわきをのんびりと歩いていた。

敬愛《キョンエ》がわれを忘れて彼らをながめていることに気づいた斎英が、説明しはじめた。

「清涼里は、恋《こい》する連中にはいちばん人気の街だよ。トゥッソムか、清涼里だな。あっちのほうに清涼寺という寺があるんだけど、そこでは結婚《けっこん》式もよくやってる。林業試験場ってのがあって、林はとっても広いよ。だもんで、林のなかで見ちゃおれない場面もたまにはね……、まあ、しれてるけどね。ここは風水的にはよくないから、閔妃《ミンビ》*27のお墓も、最初はここにつくったけど、移葬《いそう》したってよ。でも、気の毒な死に方をした王妃《おうひ》の御霊《みたま》が宿ったところじゃないか。だから、こんなところであいびきしたって、ろくなことにならないのさ」

風水がどうであれ、雰囲気《ふんいき》は静かで、居心地のいい感じだった。林をぬけると、田んぼのなかのでこぼこの黄土道《ファントト》の中央を、電車のレールが長くのびていた。電車道のはじまる周辺には、青いトタンの屋根をのせた乗降場があった。屋根は、以前は青色だったことを思わせるだけで、色あせたままに黄色いほこりをかぶっていた。あいびきにでかける男女、市場で売るために野菜をいれた桶《おけ》を頭にのせた村のおばさんたち、さらには、青い目の米軍兵士といっしょになったキラキラした女たちもいて、乗降場はかなり混雑していた。

「結局、京城《キョンソン》まできてしまったなあ」

斎英《チェヨン》がため息のようにつぶやいた。

「ごめん」

敬愛《キョンエ》がいった。そして、基秀《キス》がつけくわえた。

「ありがとう」

「おぉー。ああいい、こういいで、うまいもんだ。ふん！　申し訳ないのは当然だろ。だからって、ありがたがることはない。さっきもいったけど、おまえらのためにきたわけじゃないさ」

「じゃあ、なんのためにきたの？」

敬愛が聞いた。斎英の心づかいがうれしくて、いたずらしてみたい気分だった。もちろん、心の底から気にもなった。

「おれ、鉄原《チョロン》で、ほんとに心を入れ替《か》えて暮らしてる。けっこう信頼《しんらい》もされているからね。第一玉つき場では支配人と同じ待遇《たいぐう》だし、村でも大事にされてるしさ」

これは少しの誇張《こちょう》もない事実だった。敬愛と基秀は、斎英の話に耳をかたむけた。

「ヤクザの子分のまねもあきあきしたんで、ひと山あてて高跳《と》びしようと考えてたところだったんだ。ちょうど鍾路《チョンノ》の夜市で、アメリカ製の化粧品《けしょう》を売ってる男が、鳳児《ポンア》をつれていく仕事を斡旋《あっせん》してくれた。

そいで、ヤクザの目も避《さ》けられて、金も稼《かせ》げるので、三八度線を越《こ》えたというわけだけど……おれの人生ではじめて、人間らしいあつかいを受けたんだ。北朝鮮なら奴婢《ぬひ》の息子だっていじけることもないし……。とくに委員長トンムは……おれを信じてくれた。おれの境遇《きょうぐう》を想像することはあっても、敬愛《キョンエ》のように問いただしはしなかった。委員長トンムはいったんだ。きみが昔だれだったかには関心はない。いまのいま、きみがだれであるかが重要なんだって。だから、越境《えっきょう》なんかしたくなかった。委員長トンムに顔むけのできないことはしたくなかったんだ。それがなんでこう狂《くる》っちまったのか。鉄原《チョロン》愛国青年団とかなんとかを、そのままほうっておけなくて……もうっ！」

斎英《チェヨン》は髪《かみ》の毛をかきむしった。

すぐに電車がガタンゴトンとやってきた。敬愛が車掌《しゃしょう》に電車賃をわたし、みんながのりこんだ。電車が走りだすと、斎英がまたウキウキしはじめた。

「基秀《キス》、おまえ和信《ファシン》百貨店がどこにあるか、知ってるか？　そこも、おれがいちいちつれていかなきゃダメか？」

「知ってるよ、心配するな」

基秀がぶっきらぼうにこたえた。

三八度線につくあいだに、どれだけ口げんかをしたことか。基秀も黄寅甫《ファンインボ》の家のまえまでついていくというのを、敬愛がとめた。基秀が自分の家族の目にとまったりすると、話がややこしくなるからだ。それでも基秀は意地を通そうとしたが、斎英も敬愛の肩《かた》をもったので、結論がでた。結局、敬愛が徐華《ソファ》瑛《ヨン》にあっているあいだ、基秀は和信百貨店のまえで待つことにした。そして、斎英が敬愛を家のまえまでつれていき、家のまえで待つことにした。基秀《キス》は、その決定に、まだ不満そうだった。

藁《わら》屋根の立ちならぶ黄土《ファント》の道を走っていた電車が、もう露店《ろてん》の立ちならぶにぎやかな通りに入った。東大門《トンデムン》に入ると、外の風景がはっきりとちがってきた。びっしりと並んだ商店街では、人びとの波がひっきりなしにつづいていた。自動車は電車のことは気にもとめずに乱暴に走りぬけていたし、人力車ひきたちは、電車と自動車のあいだをすりぬけるように走っていた。

電車のなかはしだいに客がふえ、ぎゅうぎゅうづめになった。電車にのれなくて、電車の最後部にむかって悪態をつく人もいたし、無賃乗車をしようとして車掌《しゃしょう》にけられて、電車から落ちていく人たちもいた。敬愛《キョンエ》はぼうっと街をながめた。

——これが、ほんとに朝鮮だろうか?

京元線《キョンウォン》さえとぎれなかったら、鉄原《チョロン》から汽車でわずか三時間の距離《きょり》だという。人目を避《さ》けてこなければならなかった敬愛たちも、一二時間後にはここに着いた。ところが着いてみると、数百年の壁《かべ》をつっ切ったような、見慣れない不思議な土地だった。

斎英《チェヨン》が、敬愛のそんな気持ちを見ぬいたようにいった。

「別世界だろう?」

敬愛は、なおも街に目をうばわれたまま、うなずいた。

「三八度線なんて、目に見えないもんじゃないか。なのに、どうしてこんなに別世界なんだろう? おれが京城《キョンソン》をはなれてからたった半年なのに、そのあいだにこんなにかわったんだな。驚《おどろ》くべき京城だよ、ワンダフル!」

チンチンチンチン、電車が鐘《かね》を鳴らしながら停車した。ちょうど光化門《クワンファムン》通りだった。電車のなかは満員だったが、清涼里《チョンニャンニ》線の終点なので、みんなおりだした。敬愛《キョンエ》も肩《かた》をぎゅっとすぼめたまま、ようやくおりた。

かなたの仁旺山《イナンサン》のふもとに、でんとかまえた米軍庁が見えた。日帝《にってい》が景福宮《キョンボックン》をさえぎって建てた総督《そうとく》府の建物は、いまは米軍庁になっていた。星条旗が青空にむかって力強くはためいている。のりかえ駅はとても混雑していた。アメ売り、のり巻き売り、餅《もち》売り、汁《しる》売り、煙草《たばこ》売り……、五〇銭で冷水を売ります、と書いた紙切れを持って立つ子どももいた。いい家庭の娘《むすめ》らしいお嬢《じょう》さまから、労働者にちがいない中年の男まで、いろんな人びとがゆきかう停留所のすぐわきには、乞食《こじき》たちが列をなしてすわっていた。

幼な子をおぶったまま汚《よご》れた顔でおじぎする女を見て、敬愛はふと明姫《ミョンヒ》を思いだした。

──あの方がおられなかったら、私や明姫は生きながらえることができなかったわ。

いつか上の姉がいった言葉も思いだした。だから、食べていくために旦那《だんな》さまの仕事を手伝っているのだろうか？

「敬愛、新聞をひとつ買いたいんだけど……」

基秀《キス》が照れくさそうに、顔を赤らめていった。敬愛はなんのことかと思ったが、すぐに気づいて、小銭をとりだしてわたした。

基秀が言い訳するようにいった。

「号外記事が見えたんでね。李承晩《イスンマン》が南朝鮮の単独選挙*28を主張したっていう……」

基秀《キス》は新聞を売る子どもをあごでさした。新聞のおかれた板盤《いたばん》を首からひもでつるした子どもが、売り声をはりあげていた。

「号外！　号外！　李承晩《イスンマン》博士が南朝鮮単独選挙を主張しました！　李承晩博士の井邑《チョンウプ》での演説ののった号外だよ、号外！」

「おい、解放日報をくれ」

基秀が子どもにいった。

「解放日報は廃刊になりました。そのかわりが青年解放日報です」

基秀が急いで新聞をひろげた。敬愛《キョンエ》も肩《かた》ごしに記事を読んだ。南朝鮮だけの単独選挙で政府を樹立する、という李承晩の発言は危うそうに見えたが、敬愛にはその記事の意味がすんなり頭に入ってこなかった。敬愛は斎英《チェヨン》のほうをふりかえった。

「深刻な事態のようね」

斎英は新聞には関心を示さないで、意地悪な声でいった。

「新聞は終わりにして、早いとこ動こう。黄基秀《ファンキス》、住所はどこだった？」

基秀はポケットから黄寅甫《ファンインボ》の住所を書いたメモをとりだして、斎英にわたした。先だっての手紙に書いてあった住所を書き写したものだ。ところが、斎英はそのメモを敬愛にわたした。

「おれが道案内をひきうけたから、おまえもする仕事がなけりゃな。住所、読んでくれ」

敬愛が住所を読みかけて、ふっと斎英を見つめた。

「あんた、字が読めないいんでしょ？」

「うるさい！」

斎英《チェヨン》がいきなり声をあげた。

黄寅甫《ファンインボ》の家は、朝鮮総督《そうとく》府の昔の庁舎近くの洋館だった。基秀《キス》の話では、基秀の兄の黄基澤《ファンキテク》の家は恵化洞《ファドン》の韓屋〔韓国式住宅〕だというが、ここに屋敷《やしき》をもうひとつ買ったようだ。

邸宅《ていたく》は赤レンガの二階建てだった。ドームのような形をした玉虫色の屋根と、それよりちょっと濃い色の切妻《きりづま》屋根がのっている。鉄原《チョロン》の郡庁ほどではないが、殖産《しょくさん》銀行鉄原支店くらいはあるようだ。よく手入れされた西洋式庭園には芝《しば》が青あおと敷《し》かれ、小さな池や洋風の亭子《ていし》〔あずまや〕もあった。屋敷をかこむ鉄製の垣根《かきね》も優雅《ゆうが》だった。

「敵産にちょっと手を入れたみたいだな」

斎英がつぶやいた。

「それ、どういう意味？」

「敵産がなんのことか、おまえも知ってるだろ？　敵国の財産、つまり日本人どもがおいていった土地や建物や工場のことだ。それを、北朝鮮では人民委員会が没収《ぼっしゅう》したじゃないか。だけど南では、米軍政府が管理しているからね。土地や工場は、もうはらい下げがはじまっている。でも、住宅は米軍庁の管理下にあったのに。まあ、金もうけになりそうなものを、ほうっておくわけないよな。ニセの売買書類をつくるのさ。解放まえに日本人から買ったように書類をつくって、米軍庁で働いている朝鮮人官吏《かんり》たちに、そっとワイロをわたすんだ。ふう、金が金をよぶとは、このことだなあ……。日本人の下で役人をしていた連中は、今度は米軍庁にくっついて、金を熊手でかき集め、日帝時代《にっていじだい》に金持ちだった連中が、こうやってまた財産を増やす……、こんなことで国がうまくまわるのかよ！」

斎英《チェヨン》は、地面につばをペッとはいた。それから悲壮《ひそう》な顔つきになって、敬愛《キョンエ》にいった。

「丘のうえに聖堂が見えるだろ？　おれは、あそこで待っているからな。あそこからなら、この家の庭のすみずみまでよく見えるから、いいだろう？」

斎英が丘のほうに消えたあと、敬愛はついに、黄寅甫《ファンインボ》の家のよび鈴をおした。庭園の奥で玄関《げんかん》のあく音がしたと思うと、西洋のメイドのように、頭に白いかざりをつけて白いまえかけをした若い女がでてきた。

「どなたですか？」

「こんにちは。あの……華瑛《ファヨン》若奥さまにおあいしたいのですが」

女が、敬愛を上から下までじろじろとながめた。

「うちの奥さま？」

ここでは奥さまとよばれているようだ。もっとも、本妻の奥さまも亡くなられたから。敬愛はそう考えて、うなずいた。

「どちらさま？」

「敬愛と伝えてください。鉄原《チョロン》で奥さまにお仕えしていました」

女はちょっと考えてから「入りなさい」といった。それから、敬愛を玄関のまえに立たせて、自分だけなかに入った。

すぐに、徐華瑛《ソファヨン》がかけてとびだしてきた。

「あら、本当に敬愛《キョンエ》ね！」

徐華瑛が、敬愛の手をぱっとにぎりしめた。河執事《ハしつじ》もついてきて、驚《おどろ》いた目つきで敬愛をながめた。

「いったいどうしたの？　わざわざ京城《キョンソン》まで」

徐華瑛がたずねた。敬愛は、河執事の顔をちらっと見てからこたえた。

「若奥さまにおあいしたくて……京城見物もしたかったので……」

それらしい言い訳にもならないと思ったが、ときすでにおそかった。河執事にあおうとは思いもよらなかったので、あわててしまった。さいわい徐華瑛が、敬愛の立場を察したようだ。河執事と女のほうをふりかえりながら、さりげなくいった。

「あんたをどれほど待ったかしれないわ。鉄原《チョロン》を発《た》つとき、いっしょにいこうとあれほどいったのに、結局ついてこなかったでしょう。だから、あとからでも気がかわったらくるようにいったじゃない。ほんとにきてくれたのね。あら、私ったらこんなところで。さあ敬愛、なかに入りましょう。なかで話しましょう」

徐華瑛はさもウキウキしたようすをつくり、敬愛の手首をひっぱった。敬愛はためらいながら、なかに入った。

ツヤツヤした床《ゆか》の居間には華《はな》やかなソファーがおいてあって、その奥には大きな食卓《しょくたく》のある食堂も見えた。徐華瑛は、敬愛を居間と食堂のあいだの広間につれていった。広間のつきあたりが書斎《しょさい》だった。書斎からは裏庭が見えた。一〇本以上の竹が林をつくった裏庭も優雅《ゆうが》でよかったが、赤いトタン屋根の倉庫だけはちょっと見苦しかった。

「で、なんの用なの？」

徐華瑛《ソファヨン》の口ぶりが急に深刻になった。さっきのほほ笑みをたたえた笑顔は、もう消えていた。

「若奥さま、お元気でしたか？　なにごともなく……」

敬愛《キョンエ》はまずあいさつからはじめた。徐華瑛の顔色は以前より悪かった。顔はあいかわらずきれいだったが、目のふちにクマがあった。

「ええ、私は元気よ。とにかく、いまはそんな話をしている場合じゃないでしょ。あんた、ただ私にあいにきたんじゃないんでしょ？」

敬愛はだまってうなずいた。

「三八度線を越《こ》えてきたんでしょ。あんたひとりで？　なにがあったの？　ひょっとして、お姉さんのこと？」

「若奥さま、私の姉をごぞんじですか？」

徐華瑛が、重いため息をついていすにかけた。敬愛がひざを折って、彼女のまえの床《ゆか》にすわった。

「若奥さま、どうお話していいか……。そう、姉は旦那《だんな》さまにごあいさつをするのが道理だといいました。京城《キョンソン》で旦那さまにお世話になったといいました。それだけですよね？　姉はそのために旦那さまをたずねてきたんですよね？」

「私もくわしいことは知らないのよ。最近の旦那さまは、昔のようではないわ。私にもなにかとかくされるの。ともかく、京城にでてきている鉄原《チョロン》出身の人たちの団体をつくったの。鉄原愛国青年団っていうの。旦那《だんな》さまと黄《ファン》判事が、その団体を牛耳《ぎゅうじ》っているらしいわ。姜美愛《カンミエ》さんも手伝っているし」

敬愛《キョンエ》は徐華瑛《ソファヨン》の足元につっぷしてしまった。ちがうだろうと信じていた。いや、信じたかった。手がかりを見つけたいのではなかった。姉は関係ないという「事実」を確認したくて、日に夜をついで狂《くる》ったように歩きとおしてきたのだ。基秀《キス》も同じ気持ちだったろう。ところが、あの鉄原《チョロン》愛国青年団の名があっさりとでてしまった。

徐華瑛が敬愛の腕《うで》をやさしくつかまえて、ひきおこした。

「どうしたの？　それと鉄原となにか関係でもあるの？　ただ、郭泰成《カクテソン》さんを通して李承晩《イスンマン》博士につながりをつくろうとがんばっておいでだと思っていたのに。それで、黄判事もあちこちにでかけているようすだし。だけど、鉄原は三八度線のむこうの土地なのに……、ふう、私も最近は旦那さまに警戒《けいかい》されて、家のなかにとじこめられている状態なの。世の中がどんなふうに動いているのか、まったくわからないの。あっ、ひょっとしてあのことが……」

徐華瑛が、なにかに気づいた顔をして口をつぐんだ。そして、ソファーのわきにある小机をまじまじと見つめてつぶやいた。

「そう、あの売買契約《けいやく》書……」

「契約書？」

その瞬間《しゅんかん》、書斎《しょさい》の扉《とびら》があいた。黄寅甫《ファンインボ》だった。河《ハ》執事《しつじ》と運転手の金《キム》も、うしろに立っていた。敬愛はさっと立ちあがって、黄寅甫にあいさつをした。彼は敬愛を無視して、徐華瑛をにらみつけた。

「旦那さま、お早いお帰りですね」

徐華瑛《ソファヨン》がぎごちなく笑ってみせた。彼は、徐華瑛をするどくにらみつけながらいった。

「河執事《ハしつじ》が客がきたと、ことづけをくれた。それで、ロバート中佐とのお茶をとちゅうで切りあげて、とんで帰ってきたんだが、こんな無礼があるか?」

「旦那《だんな》さま、敬愛《キョンエ》がきただけですのに、お客さまだなんて……」

「ふん、いまの私には、鉄原《チョロン》からきた客ほど大切なものはない。君もそうだろう。で、この子がなにか、ことづけを持ってきたのか? あの洪《ホン》なにがしが、どんなことをいってきたのか?」

「旦那さま!」

徐華瑛がさけんだ。空色のスカートをぎゅっとにぎった彼女の手が、ブルブルとふるえた。

「うん、どうした? わしがなにも知らないバカだとでも思っているのか? バカだから、これまでだまっていたと思っているのか?」

「旦那さま、わたくしが説明します。あの男は……」

黄寅甫《ファンインボ》が彼女の言葉をさえぎって、河執事にたずねた。

「あの男が鉄原のアカの親玉だといわなかったか? なに? 郡党委員長……?」

「東松面《トンソンミョン》の臨時人民委員長であり、朝鮮共産党鉄原郡の党副委員長だそうです」

河執事がこたえた。

彼女が敬愛のほうをふりかえった。洪正斗《ホンジョンドゥ》の消息は、初耳だったようだ。だが、黄寅甫はすべてのことを知っていた。

「口のきけない洪を、おまえがわが屋敷《やしき》にひきいれたんだと? こともあろうにおまえが、屋敷にアカをひっぱりこむとは!」

「旦那《だんな》さま、誤解しないでください。いっしょに東京で勉強した義理で、困りはてた人を知らんぷりにはできなかっただけです。旦那さま、私は……」

「誤解? いったいなにが誤解だというんだ? おまえが屋敷《やしき》にアカをひっぱりこんだんだ! そのアカが、わしの財産や土地、田畑や家屋敷をごっそりうばったんだ! そのうえ、わしの家内を死に追いやったんだぞ!」

黄寅甫《ファンインボ》が敬愛《キョンエ》を指さして、河執事《ハしつじ》にいった。

「こいつを倉庫にとじこめておいてくれ」

「旦那さま、敬愛はただ、私にあいにきただけです!」

「おまえも、この部屋から一歩もでてはならん! それ以上ひとことでもしゃべると、おまえも倉庫にとじこめるからな。ひとつ布団《ふとん》で寝《ね》てきた情けでこれまで大目にみてやっただけでも、ありがたく思え!」

黄寅甫はこういって、書斎《しょさい》からでていった。金《キム》運転手が、敬愛を乱暴にひっぱっていった。河執事があとをついてでて、書斎の扉《とびら》を閉めた。

14

和信《ファシン》百貨店のまえは、しだいに混雑しはじめた。勤め帰りに百貨店に寄る人、屋台を準備する商売人、人波のなかでなにかもうけ口を探そうとうろつくチンピラ、東洋の街を大手をふって闊歩《かっぽ》する米軍兵士……。この人ごみのなかで、基秀《キス》は身じろぎもせずに立っていた。百貨店のまえに立って、五分ごとに時計を見た。六時がすぎた。腕《うで》時計の秒針は、固い音をたてて、冷たくときを刻んでいる。もう、敬愛《キョンエ》と斎英《チェヨン》がもどってこなければならない時間だ。こんなにおくれているのは、ことがうまくいかなかったことを意味している。

ちょうど六時半になったとき、斎英がまっ青になってかけもどってきた。

「たいへんだ！　敬愛がつかまった！　とじこめられたんだ！」

斎英は、聖堂のまえから黄寅甫《ファンインボ》の屋敷《やしき》を見おろしていたという。品のよい身なりの若い婦人が、敬愛をなかに招き入れた。しばらくして、黒塗《ぬ》りの乗用車が到着《とうちゃく》した。車から中折れ帽《ぼう》をかぶった中年の男がおりて、家にかけこんだ。やがて、敬愛がひっぱりだされて、倉庫にとじこめられたというのだ。

「どう考えても、その人がおまえのおやじさんだろう？」

基秀は、百貨店まえの階段にすわりこんだ。

――父だろう。

ことがどう展開したのか、わからなかった。

——だいたい、どうして敬愛《キョンエ》を倉庫にとじこめたりするんだ。ただ北からきたという理由だけで、そんなことをするだろうか？　とにかく、敬愛を助けないと。父にあわなければならないだろうか。父にひざまずいてたのむべきだろうか？　父はおれの話を聞いてくれるだろうか？

聞いてくれそうでもあり、なさそうでもあった。それは、父親が敬愛をとじこめた理由にかかっていた。斎英《チェヨン》がしきりに爪をかみながら、せっついた。だが、基秀《キス》にもこれといった策はなかった。なんらかのこたえを求めてここまできたのに、かえって袋小路《ふくろこうじ》に入りこんでしまった感じだ。

「考えろよ。なにか方法があるはずだ。おまえの家じゃないか。おまえになにか方法があるだろう。あっ、その華瑛若奥《ファヨン》さまとかいうのは、どんな人なんだ？　おまえは全然知らないのか？　もしかして、その女が裏切ったんじゃないか？　いったい、なんなんだ？　だれか助けてくれそうな人はいないのか？　おまえの家に、おまえの味方になってくれる人間は、だれもいないのか？」

基秀の目のまえにうかんだ顔があった。

——そうだ、殷国《ウングク》なら……。

基秀は、斎英のあとについて父の家のまえにいった。初夏の日がけだるいあくびをするように、ゆっくり西にかたむいていた。基秀と斎英は、夕日にそまったむかい側の小学校の運動場に入りこみ、塀《へい》の下に身をかくした。

殷国は今年、京畿《キョンギ》中学校に入学したという。きょうは半ドンなので、学校はもう終わっているはずだ。すでに家にもどってしまっただろうか？　しかしそろそろ定期試験があるころだ。殷国の性格だったら、京城《キョンソン》図書館でおそくまで勉強してくる可能性が高い。

殷国《ウングク》は図書館が好きだった。家が恵化洞《エファドン》なので、京城図書館にしょっちゅう出入りした。小さいころから、ひとりで図書館の児童室にこもって、一日じゅう本を読むのが好きだった。児童室で開かれる童話会や映画会などの行事にも積極的に参加し、基秀《キス》に手紙をよこすときも、図書館の話題を欠かさなかった。京畿《キョンギ》中学校の入学試験を準備するときも、終日図書館で勉強したといっていた。殷国が自家用車ではなく、電車で通うのを自慢《じまん》していたのも、希望のもてる根拠《こんきょ》だった。

日が暮れて屋敷《やしき》に電灯がついた。居間の大きな窓から明るい光がもれ、一階のどの窓にも明かりがともった。二階は、廊下《ろうか》の窓らしいところから、かすかな明かりがもれているだけだ。こうしてあたりがすっかり暗くなった九時ごろ、学生服姿の殷国が姿をあらわした。しばらくあわないあいだに背がぐんとのびて、中学生らしくなっていた。基秀は屋敷のむかいの小学校の校門のほうに、そっと近づいていった。基秀が校門にさしかかったとき、殷国も校門のまえを通りすぎようとしていた。

「殷国！」

殷国が立ちどまり、あたりを見まわした。

「殷国、おれだ」

基秀が校門に近づいた。格子窓のようなかっこうをした校門をはさんで、殷国と基秀がむかいあった。

「おじさん？」

殷国が近づいてきた。

「しっ！　家のなかから見られているかもしれない。だから、塀《へい》にそって自然に歩いてゆけ、あの角までな」

基秀《キス》は見つからないように、腰《こし》をかがめたまま角まで急いで歩いた。殷国《ウングク》も角に着いた。基秀が立ちあがった。ここは屋敷《やしき》からは見えない位置だ。基秀は殷国に手をさしだし、塀を越《こ》えるのを助けた。

「おじさん、ここでなにをしているの？　いつ京城《キョンソン》にきたの？　どうして家に入らないで？……」

殷国は大よろこびしかけたが、すぐにやめて、言葉尻《じり》をにごした。殷国も知らないのではなかった。闇《やみ》のなかでも、殷国の表情を読むことができた。

「家にもどってきたんじゃないみたいですね」

殷国は力なくいった。

「すまない」

「おばあさまは……おばあさまは、無事にお見送りできたんですか？」

殷国の声がぬれていた。基秀も目頭《めがしら》が熱くなった。母の葬式《そうしき》は本当にみすぼらしかった。その死を悼《いた》む人はだれもいなかった。炳浩《ピョンホ》と洪正斗《ホンジョンドゥ》が遺体のある部屋を守り、葬式をとりおこなってくれたが、彼らは基秀を助けるためにそうしてくれたのだ。基秀自身も、あんなふうにこの世を去っていった母が恨《うら》めしかった。鉄原《チョロン》の土地という土地を支配し、号令した千歳邸《チョンセてい》夫人の死は、その号令のこだまのように空《うつ》ろだった。基秀に母親の最期をたずねたのも、殷国がはじめてだった。

「すまない。立派には送ってあげられなかった。葬式はしたけど……おれがとりみだしていて……」

「わかります、おじさん。おじさんのせいじゃないです。おばあさまのせいでもないし……、おじいさまのせいでもないし……。わかりませんが、どうしてうちの家であんなことが……」

殷国《ウングク》が、うなだれて涙《なみだ》を流した。基秀《キス》も、いつのまにか泣いていた。

──お母さん、すみません。

基秀は母親が亡くなって以来はじめて、悲しくて泣いた。ただ悲しく、母親を早くに亡くした末っ子らしい涙だった。

「おい、なにやってんだ！　いまは涙の再会をやってる場合じゃねえだろ」

斎英《チェヨン》が近づいて声をかけた。基秀はハッと気をとり直し、さっと手の甲《こう》で涙をぬぐった。殷国も鼻水をすすり、涙をとめようとした。

斎英が小声でたたみかけた。

「しっかりしろ！　さっき門が開く音がしたぞ」

すぐに黒塗《ぬ》りの乗用車が門をぬけて、どこかにむかって大急ぎで消えていった。父が外出したのかもしれない。もしそうなら、絶好のチャンスだ。

「殷国、ちょっとおれを助けてくれ。いま、家のなかにおれの友だちがとじこめられている。助けださなきゃならない」

「おじさんの友だちがなかに……。どうして？　なにがあったの？」

「くわしいことは、おれにもわからない。とにかく、おれといっしょに鉄原《チョロン》からきた友だちなんだ。だから、助けださなきゃならん。殷国、手伝ってくれ」

殷国は首をふりながら、あとずさりした。

「おじさん。そんなことはやめたほうが。ぼくにはできない」

「殷国《ウングク》、たのむから助けてくれ！　おまえは、おれを理解できないと思うけど……」

「いいえ！」

殷国がさけんだ。それから長い深呼吸をして、興奮した心を鎮《しず》めると、また口を開いた。

「ぼくはおじさんの気持ち、わかるよ。ぼくはもう子どもじゃない。バカでもないしね。なにが正しく、なにがまちがっているか、わかる。おじいさまが正しくないことをしたということも、うちの一族が、鉄原《チョロン》であまりにも大きな恨《うら》みを買っていたということも知ってる。おじさんがなにを夢見ているかも知ってるよ」

「知ってるんなら、おれを助けてくれ」

「それはできません。ぼくは、バカになることにしたんです。黄《ファン》一族の血筋ですから。ぼくは、おじさんとはちがう。世間の人がどういおうと、正義がなんであれ、ぼくのおじいさまだし、ぼくのお父さんだから。あの人たちの反対側には立てない。だからだれも助けられないんです。おじさんも、おじいさまも、お父さんもね……」

殷国は、幼いころからこんな子どもだった。家族に対し、このうえなく思いやりのある子、そんな殷国に、家の目上の人に逆らえというのは、むごいたのみだった。基秀《キス》もよくわかっていた。しかしいま、基秀を助けられるのは殷国しかいなかった。

「殷国、今回だけだ。仲間を助けなきゃならん。もし、おれの仲間に万が一のことがあったら、おれは父さんを許さない。死ぬまで許さない。後生《ごしょう》だから、たのむ……」

「おじさん、どうしてそんなことといえるんですか」

「あの、家のことに割りこむようで悪いが、たのむよ、きみ。ちょっと助けてくれよ。車がいつまたもどってくるかわからないんだ。こうしているうちに、手おくれになるかもしれない」

斎英《チェヨン》もたのんでみたものの、殷国《ウングク》は激しく首をふった。基秀《キス》は垣根《かきね》のむこうをよく見てから、殷国に近づいた。

「兄さんや義姉《ねえ》さんは、家にいるのか？」

殷国は、少しためらってからこたえた。

「お父さんは、叔母《おば》さまといっしょに、叔父《おじ》さまにあいに東京へ。お母さんは、四人目がおなかにいて、もうすぐ産まれるので、殷善《ウンソン》と殷京《ウンギョン》をつれて実家へいってるよ」

基秀は、さっき見たのとはちがう車を思いうかべた。父の黒い車と並んでとまっていた車が、まさに兄の車のようだった。それなら、いままでていった車に父がのっていたのは明らかだ。

「殷国、たのむから助けてくれ」

基秀の口ぶりが、せっぱつまってきた。

「父さんのあの人に、鉄原《チョロン》でお仕えしていた子だ。あの人にあいにいったんだが、どうなったのかわからない。あの人が、おれの仲間を助けてくれると思ったんだが……」

「あの人は、家での立場がよくないんです。お父さんは、あの人をすごくきらっています。おじいさまとも、そんなにうまくいってるようには見えないし……。あの人はいま、だれかを助けられるような立場じゃないはずだよ」

「だから、おまえが助けてくれなきゃならないんだ、だろ？」

「ぼくにはできない。おじいさまとお父さんの意にはそえなくても、あの人たちの意に反することはできません。ただ、あの人に、おじさんの気持ちは伝えるよ。おじさんが仲間を助けてほしいとたのんでると伝えるよ」

「あの人だけを信じることはできないんだ。あの人が助けられないとか、助ける気持ちがないときは、おまえが助けてくれ。殷国《ウングク》、たのむよ」

基秀《キス》が殷国の腕《うで》をがばっとつかんだ。殷国は、基秀の手を遠慮《えんりょ》がちにほどいた。

「すみません」

殷国はそのまま垣根《かきね》を越《こ》えたが、いくらもいかず、またもどってきた。

「おじさん、ぼくたち、またあえるよね」

基秀は、夜明けに見た三八度線の風景を思いうかべた。

——もちろん、またあえる。京城《キョンソン》と鉄原《チョロン》はこんなにも近い。

しかし、基秀はそんなふうにはこたえなかった。

「おじさん、なぜ、こたえてくれないの。ぼくたちまた、あえるよね？　そうだよね？」

「殷国」

基秀は、殷国の悲しそうな顔を思いうかべないようにして、いった。

「おれの仲間になにかあったら、おれは、二度とこの家にはもどらん」

「おじさん！」

「殷国、たのむ！」

やがて殷国《ウングク》の足音が遠ざかった。すぐに門をあける音が聞こえてきた。

15

敬愛《キョンエ》は倉庫の奥の壁《かべ》に素早く背中をくっつけて立った。足音は、明らかに倉庫のほうに近づいていた。とじこめられて、だれひとりこないのも不安だったが、いざ足音が近づいてくると、なおさら不安になった。すぐに錠前《じょうまえ》がガタッと音をたてて、戸が開いた。

徐華瑛《ソファヨン》だった。

「シッ！　早くでて」

徐華瑛は、敬愛の手をぎゅっとつかんで屋敷《やしき》の壁に近づいた。明かりのもれる窓の下をのぞのそとはうようにしてすぎると、建物のまえにとまっていた黒い車が見えた。徐華瑛は、敬愛に助手席にいきなさいと目くばせして、自分は運転席にのった。敬愛もさっと横にのりこんだ。ブルルン！　車が勢いよく車体をゆらした。

まさにそのとき、玄関《げんかん》がパッと開いた。

「奥さま！」

河執事《ハしつじ》が走ってきた。徐華瑛はそのまま車をだした。まっすぐに突進《とっしん》して鉄製の門を強くつきとばすと、門はガタンと開いた。徐華瑛《ソファヨン》は急にハンドルを切った。敬愛《キョンエ》はからだがかたむいて、徐華瑛のほうへたおれた。そして、からだをおこしたとたん、急に車がとまった。

「早く！　のって！」

徐華瑛は車の窓の外にむかってさけんだ。

すぐ横の学校の垣根《かきね》のむこうに、基秀《キス》と斎英《チェヨン》の顔がだしぬけにあらわれた。ふたりはぼう然としている。

「早くのりなさいってば！」

「奥さま！」

河執事《ハしつじ》がかけよってくる。そのときになってやっと、基秀と斎英はあわてて垣根を越《こ》えて、車にのりこんだ。そうして徐華瑛が車をだそうとすると、河執事が両手を広げて車のまえをふさいだ。

「奥さま！　すぐにおりてください。早く！」

徐華瑛は、車の窓から頭をつきだした。

「どきなさい！　どかないと、このままおまえをひくよ！」

「奥さま！」

「おまえは、私がどんな人間かわかってるわね。私が、血を見るのを怖《こわ》がるような女じゃないってことを」

河執事は退《ひ》かなかったが、怖がっている気配がありありと見える。徐華瑛は、車の窓ごしに河執事をまっすぐににらみつけ、ハンドルを両手でぎゅっとつかみ、アクセルに足をのせた。ブルルン！　車が荒々《あらあら》しくうなると、河執事はからだを横に投げだした。車はすぐにその場を走り去った。

路地のつきあたりまでいくと、徐華瑛《ソファヨン》は右に大きくハンドルをきった。みんなが同じ方向にたおれた。斎英《チェヨン》が徐華瑛にいった。

「ヘッドライトくらい、ちょっとつけたらどうですか？　暗いんですから」

「私もそうしたいんだけど、どうやってつけたらいいのか、わからないのよ」

「ええっ?!」

斎英は泣きそうな顔で、敬愛《キョンエ》がすわっているいすを、ぎゅっとつかんだ。

「運転できないんですか？」

「これから習えばいいでしょ。何回か習おうとしたことはあるわ。車がどうやって走るのかは知ってるわ」

徐華瑛はそういって、分かれ道で右に折れた。斎英はうしろの窓から通りをながめていった。

「三八度線にいくんじゃないんですか？　なんで南にむきをかえるんですか……」

キーッ！　車が急にとまった。みんなのからだがまえにつんのめった。敬愛は車の窓におでこをぶつけた。

「悪いわね」

徐華瑛は軽くそういうと、ハンドルを大きく切って、車を反対むきにまわした。電車がどっしりとした車体をゆらして、ぐっと近づいていた。車はそのまま、まえをかすめるように電車を避《さ》けて走りぬけた。

徐華瑛は東豆川《トンドゥチョン》駅の近くにきて車をとめた。斎英がまっ先に車からとびおりて、道ばたに吐《は》いた。敬愛もめまいがして、ふらつきながらすぐそばの木にもたれかかった。基秀《キス》も顔面蒼白《そうはく》に見える。いつのまにか、東の空が少しずつ明るくなってきていた。ここまで無事にたどり着いて、また陽ののぼるのを見られるのが不思議なくらいだ。

他人の家の塀《へい》に衝突《しょうとつ》しては逃《に》げだし、溝《みぞ》にタイヤがはまってはどうにかぬけだして、警察やアメリカ軍が見えれば大きく遠まわりした。それでも、徐華瑛《ソファヨン》はおちついていた。

「みんな、ご苦労さま。運転していた私が一番苦労したんだけど。あ、あそこに入って肉汁飯《クッパブ》でも一ぱい食べましょうか」

みんなはあいた口がふさがらなかった。追いまわされている状況《じょうきょう》だというのに。しかし、徐華瑛は余《よ》裕《ゆう》ありげに笑みまでうかべた。

「旦那《だんな》さまがその気になったら、私たちはもうつかまってるはずよ。心配しなくてもいいわ。近所だけを探してやめたようだから。旦那さまが家の長老だけど、実際には黄《ファン》判事がすべて取り仕切っているの。ここまで私たちを追っかけるのなら、警察の協力をあおがなきゃならないし、黄判事が留守なのに、旦那さまがそんなことはなさらないでしょう。それに……私をそこまで追いこみたくはないはずだし」

まるで遠足にでもきたような徐華瑛の顔に、はじめて影《かげ》がさした。しかしすぐに気をとりなおし、すぐ近くに見える肉汁飯屋に入っていった。

東豆川《トンドゥチョン》駅のすぐそばにある肉汁飯屋は、L字型の藁《わら》屋だった。肉汁飯と書かれた白い布がはためいていたが、閑散《かんさん》としている。斎英《チェヨン》が何回か大きな声でよんでやっと、女主人がぶすっとした顔ででてきた。

「肉汁飯できるでしょ」

徐華瑛が聞いた。

「いま何時だと思ってるんだい？　まだ商売してないよ」

「お願い、とってもおなかがすいてるの」

徐華瑛《ソファヨン》がカバンからお金をとりだして、縁台《えん》においた。汁飯《クッパプ》の値段としては、ケタ外れの値段だった。女主人はねむけがすっとんだ顔で、へへっと笑って台所へ入っていった。四人は縁台にまるくなってすわった。

「昨日の居酒屋もそうだったけど、この家もだだっ広いな。このほこり、ちょっと見ろよ。商売がうまくいってない家だぞ。まずいんじゃないか？」

斎英《チェヨン》のひとりごとに、徐華瑛がいいかえした。

「味のせいではないはずよ。京元線《キョンウォン》が以前のようじゃないからよ。漢灘江《ハンタンガン》も越《こ》せない京元線にやってくる客がいると思う？　東豆川《トンドゥチョン》駅も同じようにすたれていくわ」

鉄原《チョロン》駅も以前のようではなかった。ますます人が減って、駅周辺の商売人たちは、あえぎながら暮らしている。江原道《カンウォンド》庁も鉄原ではなく、元山《ウォンサン》に移すといううわさだ。

どちらにしてもいまは、京元線を心配する余裕《よゆう》はなかった。敬愛《キョンエ》はいきなりたずねた。

「どうやって助けてくれたんですか？」

徐華瑛が話した。

「殷国《ウングク》が、黄《ファン》判事の部屋から鍵束《かぎたば》を持ってきてくれたの。それから河執事《ハしつじ》を二階の自分の部屋によび入れたわ。私は鍵束から倉庫の鍵を探し、敬愛をだしてやって、とっさに車まで走ったのよ。殷国のおかげよ」

徐華瑛《ソファヨン》は話をとめて、基秀《キス》を気づかうように見た。

「殷国《ウングク》が大変なはずだわ。なにしろ気が弱い子だから……。基秀、あんたもそうだけど」

基秀は顔を赤くした。徐華瑛に直接声をかけられるこの状態が、とても気づまりそうだった。基秀はいきなり立ちあがったが、徐華瑛の次の言葉が、基秀をとどまらせた。

「どっちにしても、この名前があんたたちの手がかりになるかもしれないわね」

基秀は中腰《ちゅうごし》になってまたすわった。

「三日まえ、姜美愛《カンミエ》さんが屋敷《やしき》をたずねてきたの。ちょうど黄《ファン》判事が東京にいく日だったわ。とにかく三人は、書斎《しょさい》でしばらく話しこんでから、急いで屋敷をでたの。黄判事は仁川《インチョン》港から東京へいく船にのるつもりだったし、旦那《だんな》さまは黄判事を見送るといってついていったようよ。姜美愛さんはどこへいったのか、よくわからないわ。とにかく、みんなひどくあわただしかった。だからたぶん、うっかりして片付け忘れたみたいね。書斎のテーブルの上に封筒《ふうとう》がひとつあって、気になってなかを見たら、土地売買契約《けいやく》書だったの。鉄原《チョロン》にある土地の売買なんだけど、三〇町歩にもなる土地だったわ」

「三〇町歩ですって？」

敬愛《キョンエ》と斎英《チェヨン》は同時に聞いた。それぐらいあれば大地主とよばれるのに十分だ。

徐華瑛はうなずいて言葉をつづけた。

「ええ。土地を売った人はハシモトサネユキ。土地を買った人はキトウヒデヒロ。でも、売買契約書を作成した日があいにくだったわね。昭和二〇年八月八日なの」

「昭和二〇年八月八日だったら……解放される数日まえですね？」

斎英《チェヨン》が聞いた。

「そう。ソ連が日本に宣戦布告した日よ。だからキトウヒデヒロは、わざわざそんな日に、日本の敗戦の数日まえに、鉄原《チョロン》のあの広い土地を買ったのよ。だけど鉄原は三八度線の北でしょ。いまごろは、あの土地は人民委員会が没収《ぼっしゅう》して分配まで終わってるわよね。それなのに、姜美愛《カンミエ》さんがあの書類を持ってきて、旦那《だんな》さまと黄《ファン》判事にわたしたのよ。そう、はっきりしているわ。私がお茶を持って入ったとき、姜美愛さんがその封筒《ふうとう》をカバンからだしてたわ。これがすべてよ。その売買契約《けいやく》書がなにを意味するのか、私にもわからないわ。ただ鉄原の土地だから、明らかに鉄原と関連してるはずだけど……。どうかしら。たいして助けにならないかしら」

またもいきづまってしまった。黄寅甫《ファンインボ》と姉が鉄原愛国青年団だということはたしかめたが、それがぜんぶだった。その売買契約書が重要な糸口のようだが、いまはそれ以上追跡《ついせき》できなかった。徐《ソ》ちょうど食べ物が運ばれてきた。湯気がふわふわと立っている、豆もやしの汁飯《クッパプ》四つとキムチだ。華瑛《ファヨン》がまずスプーンをとった。

「おいしそうね」

「もちろんですよ。元山《ウォンサン》から入ってきたエビの塩辛《しおから》が入ってます。最高ですよ、最高。うちの店は、選《よ》りすぐりの材料をつかってるんですよ」

女主人がいった。

「元山からエビの塩辛が入ってくるんですか?」

敬愛《キョンエ》がきいた。元山のエビの塩辛は有名だ。以前は京元《キョンウォン》線によって各地に出荷されていた。

「そうさ、入ってくるよ。あんな三八度線、商売人をどうやってふさぐのさ。こっそり越境《えっきょう》して持ってくるから、値段が何倍にもはねあがってね。このごろは、元山《ウォンサン》からイカを一束持ってくると、南朝鮮ではなんとコムシン（ゴムぐつ）一〇足分の値段さ。そのコムシンを北朝鮮に持っていくと、今度は米一升《しょう》の値段だっていうじゃないか。ふう、まあそれは行商たちの話だけどね。わしらみたいな飯屋は、干あがる寸前だよ。米の値段はうなぎのぼりにあがるじゃないか。アメリカのやつらは、あの配給制だかなんだかってえらそうにしてるけど、米代ばっかりは天井知らずだよ。クソッ」

女主人はブツブツいいながら、台所にひっこんでしまった。

みんなだまって食べた。徐華瑛《ソファヨン》がまず平らげて、敬愛《キョンエ》たちを順に見ながらいった。

「さあ、みんな、いかなくちゃ」

「ありがとうございます、奥さま。私のせいで、奥さまがなにかとやっかいなことになるかもしれません。旦那《だんな》さまがずいぶんお怒《いか》りになるでしょうに……」

基秀《キス》がそっと立ちあがって汁飯《クッパプ》屋の外へでていった。自分の父親の話になると、聞くのがつらいようだった。徐華瑛は基秀のうしろ姿をじっと見ていたが、敬愛に視線をもどした。

「そうね、旦那さまはずいぶんお怒りでしょう。どうしてこうなったのやら……。鉄原《チョロン》をはなれるとき、旦那さまと私は、これ以上朝鮮の地には暮らせないと思ったわ。そうなっていたらよかったのに……ヨーロッパでも、香港でもハワイでも、朝鮮でないところにいっていたらよかったのに……」

斎英《チェヨン》が興味をそそられた顔で、つばまでゴクッとのみこんだ。敬愛はそんな斎英の好奇心がなぜか気にさわり、憎《にく》らしかった。

「奥さまとふたりで話があるから」

敬愛《キョンエ》がそういうと、斎英《チェヨン》は残念そうな顔で汁飯屋《クッパプ》をでていった。

「京城《キョンソン》に帰られますか」

敬愛がたずねた。

「そうね……。運転にも慣れたことだし、ひとりであちこちまわってみようかしら。慶州《キョンジュ》もいいし、全州《チョンジュ》もいいわね。私は古い街が好きだわ。そうでなきゃ、このまま日本にいってみようかしら。私にもわからないわ。私の人生なんて、いつも思わないところへばかりいくから。あ、それはそうと、洪正斗《ホンジョンドゥ》さんは元気かしら。郡党副委員長だとか。思ったほど出世してないわね」

「奥さまったら……。委員長トンムはお元気です」

「委員長トンム、そういうふうによぶのね。不思議ね」

徐華瑛《ソファヨン》がいたずらっぽく笑った。敬愛は、徐華瑛の話をする洪正斗のさみしげな横顔を思いうかべた。委員長トンムは、奥さまのあんな顔に魅《ひ》かれたのかしら？　敬愛が用心深く口を開いた。

「委員長トンムに奥さまのお言葉を伝えました。お発《た》ちになるときに伝えるようにおっしゃった、あの言葉……」

「そう、なんていってた？」

「奥さまは気の毒な方だと……」

徐華瑛は声をあげて笑った。

「ばかな人ね。あの人は頭はいいけど、男女のことには、あいかわらずうといのね。私がどうして旦那《だんな》さまのそばにいるのか、まだわからないのね」

理解できないのは敬愛《キョンエ》も同じだった。徐華瑛《ソファヨン》が敬愛の顔をおもしろそうにみつめて、また口を開いた。

「そう、私は東京で一時、洪正斗《ホンジョンドゥ》さんと同じこころざしをもっていたわ。だけどなんというか、私は理想に命をかける人間ではないの。目のまえの現実がもっと大切よ。共産主義の理想に共感しただけで、洪正斗さんと行動をともにはしなかった。だけど、それで洪正斗さんの気持ちに知らぬふりをしたのではないわ。正直、そんなに魅力《みりょく》のある男性ではないでしょ？」

「あんまりです、奥さま。委員長トンムは本当にいい方です」

敬愛の口ぶりはうわの空だった。上の姉が鉄原《チョロン》愛国青年団だなんて。鉄原が近くなるほど、気持ちは重くなった。徐華瑛の恋愛《れんあい》論など耳に入ってこなかった。けれども、徐華瑛は遠くに視線をやって、ひとりごとのように話をつづけた。

「そうね、もちろんいい人よ。だけどどうしてか、私が愛するようになったのは、革命家・洪正斗氏ではなくて、親日派の黄寅甫《ファンインボ》なの。そう。洪正斗さんの誤解とはちがって、これはただ愛なのよ。旦那《だんな》さまが正しくないことを知りながら、どうしようもないの。愛とはときに、そんな招かれざる客のようなものなのよ。決して行儀《ぎょうぎ》のよい客ではないわ。適当なときに、ふさわしい人があらわれるのではないようよ。だから、意地悪な客だといえるかな。洪正斗さんにしてもそうじゃない？　私を心に秘めているなんて、あの人にとっては、私は本当に困った招かれざる客のはずよ」

敬愛はハッともの思いからさめた。招かれざる客のような愛。そのひとことが、胸の奥のどこかをゆり動かした。

「だから、敬愛《キョンエ》、あんたはそんな愛をしちゃだめ。長いあいだ待ち望んだ客のような、そんなよろこばしい人を愛するのよ」

長いあいだ待ち望んだ客。敬愛は思わず、解放のあくる日の夕方を思いうかべた。百日紅屋敷《さるすべりやしき》に帰ると、基秀《キス》が立っていた。

――もうぼっちゃまなんてよばないでくれ。

徐華瑛《ソファヨン》が敬愛の手を静かににぎった。あいかわらず小さくて温かい手だった。

「元気で暮らしてね」

徐華瑛はそれだけいって、車にのりこんだ。そして、窓の外につきだした腕《うで》をふりながら、しだいに遠のいていった。ひと晩じゅう走ってきたのがむだではなかったようで、今度はふらつきもせず、まっすぐに荒《あ》れ地の道を走り去った。

「ちぇっ、密談はうまくいったのか」

斎英《チェヨン》の声に敬愛がふりかえると、基秀と斎英がすぐうしろに立っていた。

「もう、でしゃばりなんだから。奥さまとあんたはなんの関係もないじゃない」

敬愛が荒っぽくいいかえしても、斎英はかわらずブツブツつぶやいた。

「正直、興味深々じゃないか。映画や小説みたいだよ。美しく若い妾《めかけ》と……」

基秀はそっとむこうのほうへいってしまった。斎英がやっと、ぎくっとした顔でくちびるをかんだ。

敬愛は斎英を一度横目でにらんで、基秀に近よった。基秀は木にもたれて、昨日買った新聞を読んでいた。

斎英が近よっていって、けんかをふっかけた。

「本の虫のぼっちゃんは、いっときも字から目をはなせないと見えるな。あの甥御《おいご》も机にかじりつきだが。おれなら、勉強みたいなもんはやらんよ。あんな大家の息子が、なんのために頭の痛い本なんか読むんだ。ゆずりうける財産だけでも……」

斎英《チェヨン》が、はたといいよどんだ。そして、手のひらで自分の額をパンとたたいた。

「それはまた、なんのまね？」

敬愛《キョンエ》がたずねた。斎英は何度も自分の額をうって、いきなり熱っぽく語りはじめた。

「わかった！　わかったぞ！　あの売買契約《けいやく》書、なんなのか、わかった！」

敬愛と基秀《キス》が驚《おどろ》いて目をみはった。

「もしかしたら、〝キトウヒデヒロ〟は日本人じゃないかもしれん。考えてもみろ。日本人なら、売買契約書もなにも関係なく追いだされるじゃないか。だけど、朝鮮人だったらどうだ。代金はもうはらったのに、よりによってその土地が三八度線の北だったら。そのまま運が悪かったと手をひいてしまえるわけないだろうが。三〇町歩にもなる土地だぜ。聞くところによると、南朝鮮に下った地主たちは、どんなに急いでいても土地の文書は持っていったそうだ。あとでとりもどそうっていう魂胆《こんたん》だろ。それなのに、売買契約書だ。それはもしかしたら、正式な土地登記をできなかったという意味かもしれない。たぶんそうだろう。考えてもみろ。八月八日付で土地を買ったのに、たかだか数日後に解放になったんだ。だから、代金ははらって契約書までは作成したが、土地の文書はないんだよ。おれがもしキトウヒデヒロなら、どうするだろうか？　すっごい気になるだろうよ。土地は没収《ぼっしゅう》されてしまい、土地の文書までないとなれば、後日を期すこともむずかしいじゃないか。ところで、基秀の兄さんが判事だって？　だから……基秀《キス》の兄さんの力を借りて、その売買契約書《けいやく》をもとに土地の文書を作ろうとしたのかもしれない。そうしたら後日でも、その土地をとりもどすことができるからな」

「日本人じゃなくて朝鮮人だとすると……。それなら、創氏した名前[*29]だということ？」

敬愛《キョンエ》が聞いた。斎英《チェヨン》がうなずいた。敬愛が基秀を見つめた。基秀はまたかがみこんで、木の枝で地面になにやら走り書きしはじめた。漢字だ。そしてはたと手をとめて、顔をあげた。

「キトウヒデヒロ……奇島英博と書いて、朝鮮式に読むとキドヨンバクだ」

基秀がそういって、ゆっくりと立ちあがった。

「キドヨンバク？」

敬愛がたずねた。基秀は虚空《こくう》をにらみつけ、またひとりつぶやいた。

「おれの名前は黄基秀《ファンキス》、それを創氏したときは、林の字をあいだに入れた。朝鮮式に読むと、ファンリムキス。だからキドヨンバクの朝鮮名もたぶん……」

基秀が衝撃《しょうげき》に襲《おそ》われた顔で、敬愛を見つめた。基秀の視線とぶつかった瞬間《しゅんかん》、敬愛もその意味がわかった。斎英もびっくりして、はっ！　と声をあげて、荒《あら》い息づかいをした。

キドヨンバク。ド（島）という字をぬくと、キ《奇》ヨン《英》バク《博》。まさにその名前だった。

奇英博《キヨンバク》がキトウヒデヒロだなんて、簡単に信じられる話ではなかった。証拠《しょうこ》もないのと同じだ。徐華《ソファ》瑛《ヨン》が見たというその土地売買契約《けいやく》書と、基秀《キス》の推理がぜんぶだった。敬愛《キョンエ》とちがって、基秀はまだ徐華瑛を全面的に信じてはいなかった。たとえ信じたとしても、その売買契約書をすぐに奇英博と関係させるのは、少しむりがあることかもしれなかった。キトウヒデヒロとキ ヨンバクという名前は、関連があるようにもみえるが、朝鮮の名前とまったくちがう名前で創氏改名する場合も、まれにあるからだ。どうであれ、うかつに判断するにはむずかしい問題だった。

とにかくそうみると、奇英博という人間の過去にはあいまいなところがあった。

奇英博が鉄原《チョロン》に帰ってきたのは、解放されていくらもたっていないときだった。敬愛の記憶《きおく》によると、ひと月ばかりたったころだ。万家台《マンガデ》の住民で郡内のバス運転手の朴珍三《パクチンサム》が、鉄原駅まえで奇英博をのせたという。朴珍三と奇英博は、幼いころ親しかった友だちだ。朴珍三は奇英博をひと目で見わけた。とりわけ小さい目ととがったあごのせいで、幼いころからねずみといわれてからかわれた。その顔は、年をとっただけで昔とかわりがなかった。朴珍三は走っていたバスをとめて、幼なじみの友をだきしめた。ちょうどバスにのっていた万家台の人たちの何人かが、奇英博をおぼえていた。奇英博は町の人びとにかこまれて故郷に帰ってきた。その日、千歳邸《チョンセてい》の前庭で酒盛りがおこなわれた。洪正斗《ホンジョンドゥ》も、彼をよろこんでむかえ入れた。奇英博の武勇談は、夜おそくまでつづけられた。

それがぜんぶだった。光復軍[*30]の一員としてビルマ戦線に参加して、指を二本なくしたというその武勇談も、故郷を去ったあとに経験したというその涙《なみだ》ぐましい苦労話も、すべてその夜、酒の席で奇英博がした話だ。その真偽《しんぎ》についてだれも疑ったことはなかった。しかし、鉄原《チョロン》を去ってから解放になって帰ってくるまでの一五年のあいだ、奇英博《キヨンバク》という存在とあった人も、奇英博の消息を聞いていた人もいなかった。結局つきつめてみると、すべて奇英博本人の主張でしかなかった。

基秀《キス》たちは、もう少し調べてみようということにした。奇英博についてもっと調べてから、京城《キョンソン》でのことを洪正斗《ホンジョンドゥ》にうちあけることにした。基秀がソ連に出発するまでの残った時間に、三人だけで密かにことを進めていくことにした。

鉄原の街なかに到着《とうちゃく》すると、三人はうちあわせてでもいたように民青本部に足をむけた。

奇英博は、北朝鮮民主青年同盟の鉄原郡の委員長だ。そのうえ二坪里《イピョンニ》臨時人民委員会の委員長であり、北朝鮮共産党の万家台《マンガデ》細胞《さいぼう》委員長でもあった。民青と共産党が、奇英博のよりどころというわけだ。

ところが、街なかの雰囲気《ふんいき》がおかしい。重く沈《しず》みこんでいて、あまりにも静かすぎた。よく見ると、銀行や郵便局のような官公署は、太極旗《テグッキ》を弔旗《ちょうき》として掲《かか》げており、さらには、いくつかの商店も弔旗を掲げていた。

基秀たちは不安になって、歩みを急がせた。ともかく、民青本部にいけば、なにがおきたのかわかるはずだ。

ところが、鉄原劇場の近くまできたとき、右側の食堂から徳九《トック》が保安隊員たちといっしょにでてくるのが見えた。敬愛《キョンエ》がまっ先にかけよった。

「徳九兄さん」

徳九は、敬愛を見ると、ひどく驚《おどろ》いた。ほかの隊員たちも、衝撃《しょうげき》的ななにかを発見したように、ハッと緊張《きんちょう》した。彼らはすぐさま敬愛《キョンエ》に走りよった。徳九《トック》がまっ先に走りよって、敬愛のまえに立った。そして、いきなり懐《ふところ》から拳銃《けんじゅう》をとりだした。

カチャッ。

徳九が安全装置をはずし、拳銃で敬愛にねらいをつけた。ほかの隊員たちも、それぞれ基秀《キス》と斎英《チェヨン》に拳銃をつきつけた。徳九が小さな目を恐《おそ》ろしげにみひらいたまま、敬愛にいった。

「姜敬愛《カンキョンエ》、黄基秀《ファンキス》、呉斎英《オチェヨン》。おまえたちを洪正斗《ホンジョンドゥ》委員長殺害容疑者として逮捕《たいほ》する」

「兄さん……なにをいってるの？」

敬愛が聞きかえした。基秀と斎英も、徳九がなにをいっているのか理解できなかった。だが、切れ切れの言葉が、焼きごてで焼かれるように、頭のなかに熱く焼きつけられた。

洪正斗、殺害。

斎英がブルブルとふるえながら、ある方向を指さした。敬愛は、ガチガチにかたまった首を動かすこともできず、ゆっくりと視線だけを動かした。基秀もそちらに目をむけた。

党舎臨時事務室の建物のまえに、うなだれて立つ人びとがいた。彼らのあいだから白い煙《けむり》がひと筋立ちのぼっていた。その煙のむこうに、黒いリボンを巻いた額縁《がくぶち》のなかで、洪正斗がにっこりと笑っていた。

基秀と斎英は、保安隊の留置場におしこまれた。すでにとらわれていた人たちは、さらに身をすくめて目をふせた。みな板ばりの床《ゆか》にうずくまってすわり、怖《お》じ気づいた目をしばたたいた。腰《こし》のまがった老人から紅顔の少年まで、年齢《ねんれい》も立場もそれぞれだろうが、留置場のなかでは、みな似かよって見えた。

基秀《キス》は、彼らの顔を見わけることができなかった。目のまえもまともに見えない。留置場に連行されながら見た事務室のなかの焼香台でも、党事務室まえの街路の焼香台と同じように、黒いリボンを巻いた額のなかで、洪正斗《ホンジョンドゥ》がにっこりと笑っていた。ヒリヒリする香りが立ちのぼって、その笑顔を消し去ろうとしていた。

「とうとうおまえもつかまったな」

聞きなれた声に、基秀が顔をあげた。元錫《ウォンソク》だった。その横には恩峯《ウンボン》もいる。猫とネズミの仲だったのに、どういうわけか恩峯は、元錫の背に自分の背をぴったりとおしつけたまま、うずくまっている。それなのに、元錫は恩峯をおしのけようともせず、そのままにしていた。

「ここであえると思っていた。まさか、おまえがあんなことをするわけがないから、すぐにつかまってくるだろうと思ってた。ここにほうりこまれることも、わかっていた」

元錫は、この何日かのあいだに別人のようになっていた。溶岩《ようがん》のように煮《に》えたぎっていた激情はどこに消えたのか、世の中のすべてを捨て去った老人のような顔だった。

だが、基秀は元錫の変化も見てとれなかった。それでも、元錫の存在ははっきりと認識できた。きつくしめつけられていたのどから、声をしぼりだした。

「いったい、どうなっているんだ」

「そうだな、どこから話せばいいのか……。なにもかもが、どこでどうまちがったのか、さっぱりわからん」

元錫が苦にがしい笑いをうかべた。その瞬間《しゅんかん》だった。斎英《チェヨン》がいきなり元錫にとびかかり、胸ぐらをつかみ、わめいた。

「さっさといえ、この野郎！　いったいどうなってるんだ！　委員長トンムが亡くなっただと？　いったいなにがおこったんだ！」

「おい、おまえな……」

元錫《ウォンソク》はわずらわしそうに斎英《チェヨン》をはらいのけた。片手でおしのけただけなのに、斎英はひっくりかえった。鉄原《チョロン》女子中学の教師で中年の男が、斎英を素早くつかんだ。

「はなせ、はなせといってるだろう」

斎英は助けてくれた教師をけりつけて、乱暴を働いた。教師の手からぬけだし、格子を両手でにぎりしめて、大声でわめきたてた。

「戸をあけろ！　さっさと戸をあけろ、あけないか。このクソ野郎ども！」

しばらくさけんでいたが、斎英はずるずるとくずれるようにすわりこみ、大声で泣きだした。元錫は斎英を気の毒そうに見ていたが、また口を開いた。

「年寄りでも、若いやつでも……。ここに入ればなぜか、やることはみな似たようなもんだ。いったいどうなっているんだと暴れまわって、そのあとは、こんなふうにだまってへたりこむんだ」

すぐ横の老人が、耳障《ざわ》りだという顔で空咳《からせき》をしたが、元錫は気にもとめなかった。

「もっともまぁ、呉斎英《オチェヨン》、あいつはここにいるおれたちよりもっと暴れるだろうな。洪正斗《ホンジョンドゥ》委員長の甥《おい》だとかいわれてたからな」

うわさではそうなっているらしかった。ふたりはいっしょに住んでいたうえに、斎英がとにかく洪正斗になついていたので、そんな話になったようだ。

「鉄原《チョロン》じゅうが喪《も》に服している。老若男女の区別なく、こんなことははじめてだ。国葬《こくそう》だよ、国葬。共産党に悪感情のある人間でなければ、みんな喪中だ。郭恩峯《カクウンボン》、おまえはどうなんだ？」

元錫《ウォンソク》は、ひじで恩峯の背中をつついた。恩峯はいっそう小さくなって、壁《かべ》にからだをおしつけた。元錫はにやっと笑って、またしゃべりだした。

「とにかく、おまえも呉斎英《オチェヨン》もおちつけ。ていどの差はあるものの、ここに入っている人間は、みんなそうだ。こうやって容疑者だとつれてこられたけど、洪正斗《ホンジョンドゥ》委員長の死を哀悼《あいとう》する人間もけっこういるからな。まぁ、おれのようなもんまでつかまったんだ……」

元錫の目が赤くなったと思ったら、涙《なみだ》がぽたぽたっとこぼれた。元錫はふるえるくちびるをかんで、目をパチクリさせた。

基秀《キス》はそのときはじめて、元錫がどこかおかしいことに気づいた。留置場でなく運動場にとじこめられたとしても、うっとうしくて跳《は》ねまわる元錫だった。そのうえ、「おれのようなもん」だって？　基秀の疑わしそうなまなざしに、元錫はまた口を開いた。

「おれのおばさんも亡くなった。洪正斗委員長が亡くなった、あの日の夜にな……。洪正斗委員長は、千歳邸《チョンセてい》の祠堂《サダン》で首を吊《つ》られてたそうだ。おれのおばさんは、元山《ウォンサン》市党事務所の副委員長の席にすわったまま、カミソリで首をきられて……。たった一〇分だったそうだ。ほかにだれもいなくて、おばさんひとり残っていたのが、たった一〇分間だったそうだけど、全身から血がぬけていくには十分だったみたいだ。おばさんが……、おれは……おばさんを……」

元錫《ウォンソク》が下あごをふるわせながら、また涙《なみだ》を流した。

「こんな涙……おれが……クソッ、はずかしげもなく……」

元錫はにぎりこぶしで何度も目がしらをふいたが、涙はいっこうにとまらなかった。

横にすわっていた郵便局長の申《シン》氏が、深いため息をついた。彼は解放まえから郵便局長だった。解放をむかえてこれでもう一巻の終りだと思ったが、謝罪文を書くことで許された。彼のケースは生計型ということで、日帝協力《にっていきょうりょく》行為《こうい》は許されて、郵便局長の地位にもとどまることができた。もちろん土地は没収《ぼっしゅう》されたが、それでも申氏は満足した。洪正斗《ホンジョンドゥ》ともけっこう気楽につきあい、この春、朝鮮共産党に入党した。それなのに、事件がおこると連行されてしまった。

申氏のように親日の経歴のある者、土地を没収された者、越南《えつなん》した家族のいる者、教会に熱心に通う者、それに共産党を誹謗《ひぼう》してまわった者は、手当りしだいに連行された。元錫も、日ごろの恐《おそ》れを知らぬ言行のせいで連行された。おばを失くしたが、それさえ赦免《しゃめん》の理由にはならなかった。

「どうしようもないさ。おばさんの葬式《そうしき》にもでられなかったのは胸が痛むが……おれが保安隊だったとしても、同じようにしたと思う。鉄原《チョロン》愛国青年団、あの八つ裂《ざ》きにしてもたりないやつらについては、手がかりひとつないそうだ。元山《ウォンサン》でおれのおばさんを殺したやつは、元山民主同志会とかいったかな、あいつらについても同じことだ。だから、怪《あや》しいやつらは片っぱしからひっつかまえるしかない。こんなふうにつかまえるしかないんだ。

みんな残らずつかまえて、殺してしまわなきゃな。おれひとりのくやしいことなんか、問題にもならんさ。基秀《キス》、おまえもそうだろ。おまえと呉斎英《オチェヨン》と、あの人民書店の姜敬愛《カンキョンエ》。おまえたちはだ、委員長トンムが亡くなったその晩に消えたじゃないか。だから、疑われるのも当たりまえなんだ」

「おまえ、いまなんていった?」

斎英《チェヨン》がいきなり声をはりあげた。

「こら、そんな暴れ馬のようにさわぎたてるんじゃない」

元錫《ウォンソク》が幼い子をなだめるようにいった。斎英が、顔を元錫に近づけた。

「委員長トンムがいつ亡くなったって? おれらが消えた日だって?」

「そうだ、人民書店が燃えた日だ。おまえたちは……」

斎英が基秀《キス》の胸ぐらをぎゅっとつかんだ。

「聞いただろ。おまえのせいだ。おまえらがおれをひっぱりだしたんじゃないか。おれが家にいたら、委員長トンムは……」

「おちつけ、おい。あの日は人民書店が火事になったせいで、民青員たちや保安隊員たちは、みんな街にでていたんだ。おまえらがどこにいってたのかは知らんが、鉄原《チョロン》にいたとしてもな、呉斎英《オチェヨン》、おまえはどうせ家にはいなかっただろう」

元錫がこういって、斎英の腕《うで》をはなそうとした。しかし、斎英は信じられないほどの力で元錫をふりはらって、基秀の胸ぐらをぐいぐいしめあげた。

「おまえのせいだ。おまえのせいでおれが……、おれのせいで……。委員長トンムは、おれをあんなに信じてくれたのに、おれは、おれは……。役たたず……、よりによってあの日、委員長トンムをひとりにして……、おれというやつは……まったく……」

斎英《チェヨン》はもう一度涙《なみだ》を流して、たおれこんでしまった。力なく胸ぐらをつかんだままうなだれて、慟哭《どうこく》しだした。ぽとっ。斎英の腕《うで》が下にたれた。斎英の手の甲《こう》に、基秀《キス》の涙がぽとぽとと落ちた。基秀は、自分の涙をじっとみつめた。

17

敬愛《キョンエ》はびくっと肩《かた》をすくめた。床《ゆか》が固くて冷たい。気を失っていたのだろうか、それともねむっていたのか。ねむっていたのなら、いったいどこからが夢だったのだろうか。

——家だよ、おまえの家。二坪里《イピョンニ》の万家台《マンガデ》にある……。

洪正斗《ホンジョンドゥ》の声がまた、鳴りひびいてきた。敬愛の世界を一気にかえた、あのひとこと。あそこからが夢だったのだろうか。

——日本が敗《ま》けたようね。

徐華瑛《ソファヨン》の、あのわびしげな声。あのときからが夢だったのか。

故洪正斗の位牌《いはい》。保安隊事務室の献花《けんか》台におかれた、あの位牌。あそこからが夢だったのだろうか。

敬愛はひざまずいて床に額をつけたまま、身じろぎもできなかった。おきあがったら、このまま意識をもどしたら、いったいどんな現実にであうことになるのか、怖《こわ》かった。

「敬愛《キョンエ》、だいじょうぶ?」

聞きなれた声が聞こえてきた。これはまちがいなく現実だ。

——恩恵《ウネ》なのね。恩恵が私に、こんなにやさしく話しかけてくれる世の中。

少なくとも、人民書店は夢ではなかった。敬愛は、ゆっくりとからだをおこした。

「だいじょうぶなの?」

恩恵が心配そうなまなざしで、敬愛を見守っていた。壁《かべ》にもたれてうずくまっている女たちは、まるで別世界に住んでいるかのように、恩恵と敬愛に無関心だった。

「すわったら。ここにもたれて」

恩恵が横にちょっとすきまをつくって、敬愛の腕《うで》を優しくひっぱった。敬愛は恩恵の腕にひっぱられて、彼女のわきの壁にもたれてすわった。

「水をくださいっていってみようか?」

恩恵がもう一度たずねた。敬愛は首をふった。恩恵のまんまるい瞳《ひとみ》が、すぐ目のまえで輝《かがや》いていた。敬愛は急に寒気がした。なんだかわからない冷たさに、鳥はだが立った。恩恵の瞳《ひとみ》にはなにか、以前とはちがった気がただよっていた。熱い狂気《きょうき》のようでもあり、冷たい冷気のようでもあった。敬愛は肩《かた》をすくめて少しはなれてすわった。

ちょうどそのとき、徳九《トック》が留置場にやってきた。

「姜敬愛《カンキョンエ》、でろ」

徳九が留置場の戸をあけた。ギーッといやな音がして、戸があいた。敬愛は重たいからだをひきずるように板間のはしにいき、くつをはいてでた。徳九《トック》は敬愛《キョンエ》を取り調べ室につれていった。留置場から取り調べ室にむかう角をまがると、事務所にしつらえられた祭壇《さいだん》が見えた。目にしみる線香の香りがして、敬愛はまた目頭《めがしら》が熱くなった。

――家だよ、おまえの家。二坪里《イピョンニ》の万家台《マンガデ》にある家。

口のきけない洪《ホン》さんが、言葉を口にしたあの奇跡《きせき》の日。あの日からきょうまで、敬愛はそれまで生きたことのない別世界に生きてきた。その別世界を、ある人は解放とよび、またある人は共産主義とよんだ。そして敬愛は、それを洪正斗《ホンジョンドゥ》を通して知った。

「いけよ」

徳九が敬愛をひっぱった。あいかわらずぶっきらぼうな言い方だが、ずいぶんおだやかになった。敬愛の無言の涙《なみだ》が、徳九の怒《いか》りを少し鎮《しず》めたようだった。徳九は取り調べ室の戸をあけて、指先で敬愛の背中を軽くおした。取り調べ室のなかには、承愛《スンエ》と奇英博《キヨンバク》とが並んで机にすわっていた。

――キトウヒデヒロ、奇島英博、奇英博、洪正斗、鉄原《チョロン》愛国青年団、……。

雨あられのようにふりそそいでくる思いに、敬愛はめまいがした。

――なんなの？　真実はいったいなんなの？

敬愛は混乱しながら奇英博を見つめた。

「すわりなさい」

承愛がいった。敬愛は足をひきずってまえに進むと、まむかいにすわった。

「どこにいってきたのか？」

承愛《スンエ》が杓子《しゃくし》定規に質問した。敬愛《キョンエ》は机の上においた自分の指先だけをじっと見つめていた。奇英博《キヨンバク》については、もう少し調べるまではいったんふせておこう。三人はこう結論をだしたが、それは洪正斗《ホンジョンドゥ》の死を知らなかったときの話だ。

「私は、朝鮮共産党鉄原《チョロン》郡党宣伝組織員の姜承愛《カンスンエ》という。鉄原郡人民委員会常任執行《しっこう》委員会の決定にしたがって、洪正斗殺人事件の特別捜査《そうさ》隊副隊長の任務に当たっている。いま私は、特別捜査隊副隊長としておまえを取り調べているのだ。姜敬愛、この二日間どこにいっていたのか？」

敬愛は姉の顔をまた見た。いままでに見たこともない形相《ぎょうそう》だった。冷たい憤怒《ふんぬ》で固く凍《こお》りついてしまったその表情は、研ぎすまされた刃《やいば》のようだった。すぐとなりの奇英博は、問いつめるように敬愛をにらみつけていた。敬愛はいったん、京城《キョンソン》のことはかくすことに決めた。

敬愛は承愛の目を避《さ》けながら、口を開いた。

「金剛山《クムガンサン》にいってくるとメモしといたじゃない」

「金剛山に、いって、ないのは、もう、わかっている」

承愛が、ひとことひとことを区切っていった。奇英博が問いつめた。

「姜敬愛トンム、いまはそのようにいいつくろうときではない。洪正斗委員長トンムが亡くなられた。これがどういう意味か、わかるか？　われわれは犯人をきっとつかまえる。そのためには、どんなことでもする。うそや秘密、そういったことはぜったいに容認できない。たとえそれが姜敬愛トンムであっても、私自身であっても同じことだ」

——本当に、この男がキトウヒデヒロだろうか？　鉄原愛国青年団と関係があるのだろうか？　それはいったい、どういうことなの？

敬愛《キョンエ》は口をぎゅっととじた。

奇英博《キヨンバク》が再びいった。

「さあ、ありのままにいいたまえ。呉斎英《オチェヨン》、黄基秀《ファンキス》、それに姜敬愛《カンキョンエ》トンム、三人でどこにいっていたのか？　委員長トンムが亡くなったあの晩、金剛山《クムガンサン》にいくとうそをついてゆくえをくらました。これはぜったいに見すごせないことだ。さあ、いいたまえ。どこにいっていたのか？」

敬愛はこみあげる感情をなんとかおさえ、やっとこたえた。

「金剛山にいってきました」

しばらくのあいだ、沈黙《ちんもく》が流れた。承愛《スンエ》がうしろにおかれた小机から大きな書類封筒《ふうとう》をとりあげると、中味をぶちまけた。米国製の風邪《かぜ》薬と札束の封筒、それに明姫《ミョンヒ》の写真だった。

「これはいったいなんだ？」

敬愛は明姫の写真をながめた。目のまえが白くかすんだ。

——かわいそうな私の姪《めい》。私がいますべてをうちあけたら、上の姉さんは、二度と鉄原《チョロン》の地にこられなくなるのかしら？　そしたら、私も下の姉さんも、明姫とは永久にあえなくなるのかしら？　明姫には父親もいないし、叔母《おば》たちもいない、おじいさんおばあさんもいないまま、あのよそよそしくって息のつまる、京城《キョンソン》の街で育つのだろうか？

「この札束」

承愛が指さした。

「札束をまとめた帯におしてある判が見えるだろう。朝鮮銀行京城支店《キョンソン》。ちょっとまえ、だれかが党舎の建立募金《ぼきん》箱に札束を入れた。その札束にも同じ判がおしてあった。朝鮮銀行京城支店。そしてこの薬は、本物のアメリカ製らしい。米軍兵士がのむものだ。部隊の外では、とても高価で入手もむずかしいらしい。それにこの写真、この子はいったいだれだ？　おまえはいったいなにをした？　どこで、なにをして、もどってきた？　委員長トンムが亡くなったというのに、最後までうそをつく、その態度はなんだ！自分をいったいなにさまだと思っているのか？」

承愛《スンエ》の怒《いか》りに激しく火がついた。しかし言葉づかいだけは、機械的におしだすように高低もなく、速度も一定だった。敬愛《キョンエ》は姉が怖《こわ》かった。姉の怒りが怖かったし、心配にもなった。その怒りが、姉自身を断崖絶壁《だんがいぜっぺき》に追いつめそうだった。これ以上、口をとじているわけにはいかない。だからといって、奇《キ》英博《ヨンバク》のまえで、すべてをうちあけるわけにはいかなかった。

「ふたりで話したいの。姉さんとふたりで」

敬愛がいった。承愛は怒り狂《くる》った。

「いまからなにをはじめようというのだ？　おまえの好き勝手に、人を選んで話せる状況《じょうきょう》だと思っているのか？」

「姜承愛《カンスンエ》トンム、おちついてください。なにかがわかることが重要なことです。よろしい、私がこの席をはずそう」

奇英博が立ちあがりながら、つけたした。

「ちょうど民青の会議があってでかけなきゃならんので、承愛トンムが取り調べをひきうけてください」

奇英博《キヨンバク》は、そのまま取り調べ室からでていった。

キトウヒデヒロ、奇島英博、奇英博、鉄原《チョロン》愛国青年団、洪正斗《ホンジョンドゥ》。敬愛《キョンエ》の頭のなかは、また謎のような言葉につつまれた。承愛《スンエ》が、敬愛の思いを断ち切るようにいった。

「そんなにぼうっとしていて、すむことじゃない。さあ、もう一度聞く。どこにいっていたのか？」

敬愛はだまって、明姫《ミョンヒ》の写真ばかりをみつめた。

「金剛山《クムガンサン》にいってきたとくりかえすのはやめなさい。鉄原駅の調べはついている。駅務員の陳泰圭《チンテギュ》トンムは正確におぼえていた。あの日、人民書店に火がでて大さわぎになった、あの日、鉄原駅から金剛山いきの電車にのったのは、五人しかいなかったそうだ。金曜日なのに、ふしぎと客が少なかったし、そのなかにあんたたちはいなかったと、おぼえていた。話しなさい。どこにいっていたの？」

敬愛は、明姫の写真を手まえにひきよせた。明姫を見たいのに、目がくもった。

「姉さん、私たちの明姫、かわいいでしょう？　ほんとにかわいいね」

「私たちの明姫？」

「姉さんも知ってるでしょ？　夫に先立たれた女は、ほんとに大変。明姫にはお母さんはいるにはいるけど……でも上の姉さんと明姫のたったふたりで、あの京城《キョンソン》の空の下でどんなにさびしいか？　父親をあんなふうになくして、母親とたったふたりで……明姫があまりにもかわいそうじゃない？　だから、上の姉さんがもどってくることばかりを祈ってたの。上の姉さんが故郷にまたもどってくることばかり……私が待ったら、私が一心に待ったなら……そんな日がくると思ってた……。だからいえなかった。姉さんにいわなくて、ごめん……。委員長トンムが亡くなって……ごめんなさい……。なにもかもごめんなさい……。いまになって、上の姉さんのことをいうのもごめんなさい……明姫《ミョンヒ》、私たちの明姫にいちばん申し訳ないの。姉さん、私は……」

敬愛《キョンエ》は手で口をふさいで、嗚咽《おえつ》しはじめた。涙《なみだ》を流しながらも、明姫の写真のうえにぽとぽとと落ちる自分の涙を、そで口でていねいにふいた。

「姉さんがきてたの?」

少しもゆらぐことのなかった承愛《スンエ》の声が、ふるえていた。

「千歳邸《チョンセてい》にはじめてビラがまかれた日だった。上の姉さんが私に、お金の封筒《ふうとう》と米国製の風邪薬《かぜ》をくれたの。それから……街なかにはじめてビラがまかれた日、人民書店の勘定台《かんじょう》のうえに、手紙と写真がおかれていたわ。私をつれにくるって……私を京城《キョンソン》につれていきたいって……」

「それをいままで、どうしてかくしてたの!」

承愛がさけんだ。

「ごめんなさい。私がまちがってた。私は上の姉さんを信じたの。いえ、信じたかったの。でも、もう、これ以上はそうもいかないと思って……。だから、私が直接調べなくちゃと思ったの。京城にいったのは……」

「京城?」

敬愛は京城でのことをうちあけた。黄寅甫《ファンインボ》が主導する鉄原《チョロン》愛国青年団、そして、そこに上の姉が深く関与《かんよ》しているという事実まで。だが、例の土地売買契約《けいやく》書については口を閉ざした。

承愛は衝撃《しょうげき》を受け、いっとき無言だった。敬愛のまえにおかれた明姫の写真を手にとって、しばらくのぞきこんだ。そして、写真と薬とお金を、元どおりみんな封筒《ふうとう》に入れてから、敬愛《キョンエ》にたずねた。

「姉さんの写真、持ってる？」

敬愛はうなずいた。承愛《スンエ》の両目は赤く充血《じゅうけつ》していた。

「姜美愛《カンミエ》は、鉄原《チョロン》愛国青年団を支援《しえん》する南朝鮮のスパイだ。洪正斗《ホンジョンドゥ》委員長殺人事件の容疑者でもある。すぐに緊急《きんきゅう》手配をしなければならない。だから、写真があれば、私によこしなさい」

たった一枚だけあった。白い和服を着て、神社で結婚《けっこん》式をあげる姉の写真。春川《チュンチョン》に嫁《よめ》にいったあと、美愛はゴムぐつ一足と結婚写真を敬愛に送ってきた。敬愛はその写真を、角がこすれてまるくなるほどながめ、そのゴムぐつはもったいないので、翌年の夏まではかずにいた。

「写真、あるでしょ？」

承愛がもう一度、聞いた。敬愛は、だまってうなずいた。

「留置場にもどっていなさい。京城《キョンソン》にいったことを自白したのはよかったと思う。でも、あんたたちをすぐに釈放《しゃくほう》するわけにはいかない。あんたたちは、洪正斗委員長トンムが殺害された日の夜、うその手紙を残して消えた。まだ容疑の線上にあることを忘れないで」

承愛は戸をあけて、徳九《トック》をよんだ。徳九がまた敬愛をつれてでた。留置場にもどるとちゅう、焼香台の見えるところを通りすぎるとき、敬愛は足が地面にくっついたかのように歩みをとめた。徳九も気持ちが弱くなったのか、急《せ》かさなかった。敬愛はとまどいながら焼香台のほうに近づいた。

「率直にいって、おれもわかってるよ。おまえが委員長トンムを殺すわけがない。けど、いまは、そんなことをいってる場合じゃないんだ。よりによって、あの日に消えるとはな……」

〈よりによってあの日〉、徳九《トック》の言葉に、敬愛《キョンエ》の目からまた涙《なみだ》があふれた。

——よりによって、どうしてあの日だったんだろう？　あの日京城《キョンソン》にいかなかったら、斉英《チェヨン》をつれていかなかったら、そしたら、なにかかわっていたんだろうか。鳳児《ポンア》を委員長トンムのところにつれていっていたら、鳳児が寝《ね》てしまったという話をしにいっていたら、委員長トンムを救うことができただろうか？

あの日……人民書店のまえで話をしたのが最後だった。京城にいくまえに千歳邸《チョンセてい》に立ちよっていたら、少なくとも、もう一回あえたのではないか、……朴《パク》医院の家の塀《へい》のところでひきかえさなかったら……

そう、あの日の夜のことだ。

千歳邸にむかって近づいていく恩恵《ウネ》の姿、そして、千歳邸のほうからあたふたとかけだしてきた恩峯《ウンボン》。

「徳九兄さん」

徳九は、敬愛のまっ青な顔を見て、驚《おどろ》いた。

「どうしたんだ？　おまえ」

ひょっとすると恩恵は、洪正斗《ホンジョンドゥ》を見た最後の目撃《もくげき》者かもしれない。恩峯もそうかもしれない。だとすると、ふたりは事件に関連があるかもしれなかった。

「委員長トンムが亡くなるまえ、最後にあった人はだれですか？」

「そりゃ、ソ連軍の将校だろ。街なかからもどったあと、千歳邸の外庭で言葉を交わして、将校たちは別棟《べつむね》に入ったって。それをまた、どうして聞くんだ？」

「徳九兄さん、ひょっとして……恩恵は、なんていってましたか？　委員長トンムを最後に見たのは、いつだと？」

「恩恵《ウネ》？　郭恩恵《カクウネ》かい？　さあて……、あっ、そうだ。あの日の朝、学校にいくとちゅう、バスの停留所であいさつをしたのが最後だといってたが」

「あの日、委員長トンムが亡くなった日の夜……恩恵は、どこでなにをしていたんですって？」

「おまえ、なんてことを聞くんだ？」

徳九《トック》が真顔になった。敬愛《キョンエ》が急《せ》きたてた。

「徳九兄さん、私を信じて話してください。とても大切なことです」

「家にいたといったけど。母親の証言もあるし、朴鎮瑞《パクチンソ》牧師の奥《おく》さんの証言もある」

「うそよ」

「なに？」

徳九が聞きかえした瞬間《しゅんかん》、基秀《キス》が角をまがって姿を見せた。保安隊員にひっぱられて、取り調べ室にむかうところだった。

保安隊員が片腕《うで》で基秀をつかんだまま、取り調べ室のドアをあけた。基秀をなかに入れた隊員が、ドアをとじようとドアノブに手をかけた。その瞬間、敬愛は徳九をいきなりおしのけて、取り調べ室にとびこんだ。敬愛はうしろ手にドアを閉めて、鍵《かぎ》をかけた。

「ちょっと時間をください、ちょっとだけ」

敬愛があわてていった。ドンドンドン、外で荒々《あらあら》しくドアがたたかれた。承愛《スンエ》はわけもわからず、びっくりした顔で席から立ちあがった。けれども基秀は、敬愛がなにをいおうとしているか想像がつくというふうに、かすかにうなずいた。承愛《スンエ》は、そのうなずくようすを見た。

「いったい、なに？　あんたたち、まだ私にかくしてることがあるの？」

「そうよ、姉さん。かくしてることがあるの。それをいまからぜんぶ話すわ。信じられないかもしれないけど……」

「敬愛《キョンエ》！」

基秀《キス》が敬愛の言葉をさえぎった。

「黄基秀《ファンキス》！」

承愛がさけんだ。

取り調べ室の外は、もっとけたたましくなった。鍵《かぎ》を探してきたのか、ガチャつく音があわただしかった。敬愛が急いでいった。

「姉さん、三〇分でいいの。基秀、あんたも知らないことがあるのよ。私たち三人で話さなくちゃ。ほかの人はだれも入れずに。私たち三人だけがいるいま、ここでぜんぶ話すわ。姉さん、どうかお願いよ。姉さんもわかるじゃない。基秀と私が、委員長トンムを殺したりするはずがないこと、わかってるじゃない。ううん、私たちを信じなくてもいいわ。きっかり三〇分だけ、私の話をきいて！　それからなら、なんでもいわれるとおりにするわ。だから、どうかお願い、ね」

ガタン！

徳九《トック》が戸をガタッとおしあけた。敬愛はまえにつんのめって、バタッとたおれた。

基秀は敬愛に走りよった。承愛がつげた。

「張徳九《チャントック》トンム、しばらく待ってください」

徳九と保安隊員は、けげんそうに目くばせしあった。

「三〇分ですみます。しばらく席をはずしてください」

徳九と保安隊員は、しぶしぶ取り調べ室からでていった。再び戸が閉められた取り調べ室は、ぴんとはりつめた沈黙《ちんもく》につつまれた。

ついに、承愛《スンエ》が沈黙を破った。

「すわりなさい」

敬愛《キョンエ》は床《ゆか》から立ちあがり、いすにすわった。基秀《キス》がその横にすわり、承愛もむかい側にすわった。

「きっちり三〇分よ」

「ねえ、基秀。私、まだ胸がドキドキしてるから、あの売買契約《けいやく》書の話は、あんたがしてちょうだい」

基秀がまず、徐華瑛《ソファヨン》に聞いた話を伝えた。そして、キトウヒデヒロという名前から奇英博《キヨンバク》という朝鮮の名前を推理したことも明かした。承愛は、すべてに予想どおりの反応をみせた。

「話にならない」

「それで話せなかったのよ。私たちが考えても、とんでもない話に思えて。どうかしたら、まったく根拠《こんきょ》のない勘《かん》ちがいかもしれない。それで、私たちだけでもう少し調べようと思ったの。それから話そうと思ったのよ」

「それで」

承愛は、話がまだ残っていることを感じとっていた。基秀も、敬愛に緊張《きんちょう》した視線を投げた。

「これは基秀《キス》も知らない話よ。なぜって、あのときは、私もうっかり見すごしたんだから。ねえ、基秀、あの日京城《キョンソン》にいくまえに、私が姉さんにメモを残すために家に帰ったこと、おぼえてるでしょ」

敬愛《キョンエ》はそうして、あの夜のことを洗いざらい話した。夜の一一時ごろ、千歳邸《チョンセてい》にいった郭恩恵《カクウネ》。そして、千歳邸からあたふたと逃《に》げるようにかけだしてきた郭恩峯《カクウンボン》。

「一一時……、一一時……、一一時……」

承愛《スンエ》は呪文《じゅもん》のようにくりかえして、深く考えこんだ。そして、ふと敬愛を見つめ、ひとりごとのようにつぶやいた。

「道立病院の医者は、委員長トンムの死亡推定時刻を一二時前後といってた。それが一一時……まちがいないの?」

「まちがいありません。敬愛がお金を準備してきて町をでるとき、ぼくが時計を見て時間をいいました」

基秀がいい、敬愛がつけ足した。

「一一時半だったわ」

「だとしたら……郭恩恵と郭恩峯が、事件に関係しているかもしれないね」

承愛の眼が鋭《するど》くひかった。敬愛がそのまなざしにこたえるように、うなずいた。

「そうよ、委員長トンムを最後に目撃《もくげき》したかもしれないわ。それなのにおかしいのは、恩恵があの晩、千歳邸にいった事実をかくしていることよ。やましいことをしてないのなら、かくす理由がないじゃない」

基秀が、敬愛の言葉に反駁《はんばく》した。

「必ずしもそうとはいえないよ。ただ怖《お》じ気づいて、かくしてるのかもしれない。疑われるかと思って……」

敬愛《キョンエ》が首をふっていい足した。

「そうかもしれない。でも、たしかめる必要はあるわ。恩恵《ウネ》や恩峯《ウンボン》が、なにかちょっとしたことでも知っているなら、役にたつはずよ。事件と関係があるとすれば、鉄原愛国青年団《チョロン》について、なにか知っているはずよ。ひょっとしたら、キトウヒデヒロについても」

承愛《スンエ》は席から立って、窓際に近づいた。窓から外を見ながら、しばらく考えにふけった。

そしてまたもどってきて、意を決していった。

「とりあえず、郭恩恵《カクウネ》をもう一度調べてみよう」

「恩峯から先にあたってください」

基秀《キス》が提案した。承愛がなぜというように基秀の顔を見つめると、基秀は考え深い表情で説明した。

「ぼくは恩恵をよく知っています。恩峯もよく知ってますし。恩恵は、ぼくたちにとって理解しがたいというか、ひと筋縄《すじなわ》ではいかないというか……そんなところがあります。そう、彼女は根っからの、ほんとうの両班《ヤンバン》なんです。ぼくとはちがいます。両班がえらいというのではなく、恩恵が、自分をそう思っているということです。頭ごなしに責めたてても口を開かないでしょう。恩恵がいうまいと決心したら、だれもどうすることもできません」

「それで、郭恩峯《カクウンボン》が先だと」

承愛が聞いた。

「はい、恩峯は思ったよりたくさんのことを知っているかもしれません。彼は空気のように存在感がないけれど、いつもすべてを観察しています。小さいころから、そんな感じがしてました」

承愛《スンエ》がしばらく悩んだ末に、基秀《キス》にいった。

「これはとんでもないたのみだけど、基秀、ちょっと手伝ってちょうだい。奇英博《キヨンバク》トンムが会議を終えてもどるまえに、郭恩恵《カクウネ》と郭恩峯《カクウンボン》の取り調べを終えるのがよさそうだわ。ここで待ってなさい。郭恩峯をまずつれてくるわ」

承愛が戸をあけて、徳九《トック》をよんだ。


取り調べ室はふたつの空間に分かれていた。敬愛《キョンエ》が取り調べを受けた大きい部屋と、大きなガラス窓のはまった壁《かべ》で区分されている、小さい部屋があった。ふたつの部屋のあいだのガラス窓には、ぶあつい灰色のカーテンがかけられている。敬愛は承愛といっしょに、小さい部屋のガラス窓のまえにおかれたいすに並んですわった。

すぐに、徳九が恩峯を取り調べ室につれてきた。恩峯はおどおどした顔で基秀にたずねた。

「基秀、どういうことだ？　なんでおれたちをいっしょによんだ？」

恩峯の声が、スピーカーを通して小部屋のほうにも聞こえた。カーテンを少しあけたすきまから大きな部屋が見えた。しかし大きな部屋からは、まっ暗な小部屋を見ることはできない。それでも恩峯は、ガラス窓のほうをしきりに盗《ぬす》み見た。そのむこうにだれかがいるのを知っているかのような目つきだった。

「まあ、すわれよ」

基秀がいった。

恩峯《ウンボン》はぎゅっと肩《かた》をすぼめたまま、どろぼう猫のように目玉をグルグルとまわして、いすのはじにかろうじて尻《しり》をかけた。恩峯の視線はひきつづきガラス窓のむこうを探っていたが、基秀《キス》がだしぬけに聞いた。

「千歳邸《チョンセてい》からなんで逃《に》げだしたんだ？」

恩峯はひどく驚《おどろ》いて、そのままいすから転げ落ちそうになった。基秀がたたみかけた。

「委員長トンムが亡くなったあの日の夜、どうして逃げたんだ？　千歳邸でなにをしでかしたんだ？」

「な、なんの話だ。お、おれは早く寝《ね》たぞ！」

「ウソつけ。敬愛《キョンエ》がおまえを見たんだ。おまえ、千歳邸でなにしてたんだ？　委員長トンムに、なにをしたんだ？」

「な、なんで。黄基秀《ファンキス》、お、おれに、なんでそんなこと聞くんだ？　おれはなにも知らん。おれを帰してくれ」

「郭恩峯《カクウンボン》、おれにぶちまけないと大ごとになるぞ。姜承愛《カンスンエ》トンムをよぼうか？　保安隊員をよぼうか？　それでいいのか」

「おれは知らん。知らん。知らないんだって」

「だれのために、なにをかくそうとしてるんだ。恩恵《ウネ》のためか。おまえが、なんで」

恩恵という名前に、恩峯の顔から血の気がひいた。

「あの日、恩恵とおまえ、ふたりとも千歳邸にいたな。敬愛が恩恵も見ている。だからいえ。そうじゃないと、おまえも恩恵といっしょに苦境におちいることになるぞ」

恩峯《ウンボン》はくちびるをブルブルとふるわせながら、ようやく言葉をつないだ。

「いえば、おれを……だしてくれるのか？　おれは……助かるのか？」

「おれにはそんな約束はできん。だけど、ありのままを自白すれば、少なくとも善処《ぜんしょ》されるだろう。恩恵《ウネ》がしでかしたことで、おまえまでまきぞえになることはないだろう。おれにはわかるよ。おまえは、なにもしなかった。だけど、おまえはなにか知ってる、だろ？」

「お、おれは、おれは、いつもなにか知ってる」

恩峯は恐《おそ》ろしげにからだをふるわせ、ひとりごとのようにつぶやいた。

「基秀《キス》、おまえが赤色読書会をしていることも、おれがいちばん最初に知ってただろ。おれはいつも、そうだった。みんなおれのことを、壁《かべ》にかかった鏡のように思ってるんだ。おれがそこにいることを、みんな忘れる。それで、おれは鏡のように壁にかけられて、ぜんぶ見て、聞いて、おぼえてるんだ」

恩峯は秘密めいた話をするかのように、声を落とした。それからは、ガラス窓をちらっと見て、話をつづけた。

「あの日、恩恵はあそこにいった。そして女がひとり、男が四人、覆面《ふくめん》をした五人がいた。恩恵が洪正斗《ホンジョンドゥ》トンムを大舎廊棟《サランチェ》へつれていったんだ。そして、覆面の男たちが、棍棒《こんぼう》をふり下ろした。おれが見たのは、それがぜんぶだ。本当だ。それを見て、そのまま逃《に》げたんだ。それ以上見てはダメだと思ったんだ。本当だ！　本当なんです！」

恩峯がいきなりガラス窓にかけよって、両手でガンと音がなるぐらい、ガラス窓をたたいた。

「信じてください！　もっとまえに話さなきゃいけなかったんですが……、だけど、どうすることもできなかったんです。怖《こわ》かったんです。言葉にできないぐらい。これから、ぼくはどうなるんですか？助かるんですか？」

承愛《スンエ》が小部屋の戸をあけてでてきた。

恩峯《ウンボン》は、べたりとひざをついた。

「助けてください。ぼくはちがいます。鉄原《チョロン》愛国青年団でもないし、なんでもないんです。助けてください」

「郭恩峯《カクウンボン》トンム、いすにすわりなさい」

「助けてください。こんなふうに死にたくないです。ぼくのあやまちでもないことで、ひどい目にあうなんてうんざりです。助けてください。許してください。ぼくが知っていることは、あらいざらい話しました。本当です」

「わかったから、いったん留置場にもどってなさい」

承愛がそういって戸にむかおうとすると、恩峯が承愛の足にがばっとしがみついた。

「ぼくは本当に、ぜんぶしゃべりました。これ以上は知りません。恩恵《ウネ》に聞いてみてください。うちのおじいさんに聞いてください。あの人たちが、もっとたくさん知ってます。ぼくは本当に……」

承愛はひどく驚《おどろ》いて、かがみこんですわり、恩峯と目をあわせてたずねた。

「おじいさんって、郭治英《カクチヨン》トンムのことをいってるの？」

「彼らがおじいさんの寝床《ねどこ》の下に、メモをおいたりしてたんです。ぼく、見ました。恩恵があの絵も描《か》いたんです。ビラに描かれた絵……。あの日もメモがありました。暗号だったから、なんのことかはわからなかったけど、どうにも普通じゃないことがおこりそうで、恩恵《ウネ》のあとをつけたんです。ぼくが知っていることは、これでぜんぶです。本当です。信じてください」

洪正斗《ホンジョンドゥ》の死やビラの絵まで、恩恵が思ったより深くかかわっていることがはっきりした。それなら奇《キ》英博《ヨンバク》という名前についても、なにか知っていることがあるかもしれない。

18

「郭恩恵《カクウネ》、でろ」

徳九《トック》が留置場にきて名前をよんだとき、恩恵はまたコッチネがきたのだと思った。逮捕《たいほ》された日からきょうまで、コッチネは食事のたびに、ごはんを差し入れにきては泣きわめいた。

——みんな、自分のまちがいです。あの日、自分が玉《オク》さんについていってたら、あいつにあんなまねはできなかったはずなのに……。

恩恵は、コッチネの愚《おろ》かな涙《なみだ》にいらだった。もし、コッチネがついていっていたら、玉はコッチネを殺していたかもしれない。どうでもふりはらって、自分がしようとすることをしたはずだ。コッチネのあやまちは、玉にしたがわなかったことではなかった。コッチネのあやまちは、畏《おそ》れ多くも恩恵の意に逆らったことだし、郭《カク》氏一族の土地をほしがったということだった。そしていまは、仮りにも自分が、郭《カク》氏一家の命運をにぎっているものと錯覚《さっかく》していることだ。

それでも恩恵《ウネ》は、コッチネを追いはらわずに、差し入れのたびにあった。ここは保安隊だった。人目が多かった。留置場にとらわれてはいたが、とくべつ恩恵が疑われているのではない。まだ彼らが望む人間でいなければならなかった。そして、コッチネに母と祖父の世話をしっかりするようにとたのむ必要もあった。

しかし徳九《トック》は、恩恵を面会室ではなく取り調べ室へつれていった。恩恵はひどく緊張《きんちょう》した。一度取り調べが終わったのに、またよばれるのはどういうことだろう。いやな予感がした。

「お兄さん、どうしてまたよばれたのでしょう?」

お兄さんということばに、徳九は照れ笑いをした。

「おれもわからない。だけど恩恵トンムに限ってなんの罪もないから、心配ないさ」

徳九が取り調べ室の戸をあけた。承愛《スンエ》は窓辺に立っていた。恩恵が取り調べ室に入ると、徳九が戸を閉めた。それでも承愛は、恩恵が入ってきたことさえ気づかないかのように、窓ごしに遠い空を見つめていた。恩恵も戸の近くに立ったまま、身じろぎもできないでいた。

やっと承愛が、背をむけたまま低い声でいった。

「最期にいい残された言葉はなかったの?」

恩恵は急に鳥はだが立った。だしぬけに、いったいどういう意味なのか。

――まさか……。

恩恵は胸のうちで首をふり、いつもどおりの自然な言葉づかいで聞きかえした。

「なにをおっしゃってるんですか？」

承愛《スンエ》がふりむいた。

「委員長トンムが最期に残された言葉はなにかと聞いた。おまえはその場にいたから見聞きしたはずだが？　洪正斗《ホンジョンドゥ》委員長トンムの最期はどうだったのか。革命家、洪正斗。おまえには、彼がどんな人間なのかわからないはず。一五歳から祖国と人民の解放のために走りつづけた彼が、どれほど強い人間なのか、想像もできないはずだ。その人をおまえたちが殺したからといって、死ぬ人ではない。ここに」

承愛が二歩ほど近づいてきて、指で机をついた。

「あの方がすわっている。おまえの目には見えないのか？　ここに、そしてあそこにも、またあそこにも」

承愛が戸や窓の外、そして小部屋へとつながったガラス窓を順にさした。

「しかしもう、われわれはあの方にあえない。あの方の声を聞けない。おまえがあの方にあった最後の人間だ。いいなさい。委員長トンムはなにかいい残さなかったのか？　どんな姿で、どのように旅立たれたのか？」

承愛の目は、恩恵《ウネ》の瞳《ひとみ》をかっととらえてはなさなかった。あの日の洪正斗。荒縄《あらなわ》にしばりつけられたまま死んでいったその目と同じだった。恩恵の足はブルブルとふるえだした。忘れたと思っていたのに、消したと思っていたのに、錯覚《さっかく》だった。沓脱石《くつぬぎ》の上の血痕《けっこん》と洪正斗の瞳《ひとみ》が、そっくりそのまま目のまえにうかんだ。浅薄《せんぱく》な者たちが獣《けもの》のように、ほかの獣の命をうばう現場。そこで恐怖《きょうふ》にふるえている自分の姿。本当の郭恩恵《カクウネ》であるはずがない。けれども、自分にそっくりな恐怖におののく女の子。自分の姿に対する恥辱《ちじょく》感が、恐怖《きょうふ》をだんだんとおさえつけた。

——これは郭恩恵《カクウネ》ではない。このように、姜承愛《カンスンエ》ごときに追及されるのは、郭恩恵ではない。郭恩恵は京城《キョンソン》にいる。私は自分をとりもどしてみせる。

恩恵は冷静さをとりもどし、口を開いた。

「姜承愛トンム、私になぜそんなふうにいわれるのですか？　なにか誤解があるのでは……」

「郭恩恵、おまえ」

承愛が右手をふりあげ、親指を折って見せた。そしてひとつひとつ指を折りながら、ことばをつづけた。

「覆面《ふくめん》をした女がひとり、そして同じように黒覆面をした男が、ひとり、ふたり、三人、四人。つまり、おまえを入れて、ぜんぶで六人だな」

承愛が指をひとつ、またひとつ折るたびに、恩恵の目のまえに彼らの顔が次々と通りすぎた。承愛は、まるで恩恵と同じ場面を見たかのように、自信をもって具体的に話をしている。

——目撃者《もくげきしゃ》がいるのだろうか。そうだとしても、ここであきらめるわけにいかない。京城へいくには、ここからぬけださなければ。そのために、すべての侮辱《ぶじょく》にたえてきたのだから。

「なにをおっしゃりたいのかわかりません。私は……」

「委員長トンムをどうやってだましたのか？　非合法闘争《とうそう》でたたきあげた方だ。金三龍《キムサムニョン》同志と同じぐらいの周到《しゅうとう》綿密さで、日帝《にってい》高等警察が舌を巻いていた方だ。一五歳で革命に身を投じてから、たった一度逮捕《たいほ》されただけで、だれも委員長トンムをつかまえられなかった。それなのに、おまえのような者に……委員長トンムが、どうしておまえのような者に……」

承愛《スンエ》は一瞬《いっしゅん》、平常心を失った。恩恵《ウネ》は、承愛の眼光をうかがった。

——そうよ、そのように考えなさい。とるにたりない女の子。家門の七光り以外になにもない、意気地のない、ブルジョアジーの娘《むすめ》。でも、しっかりおぼえておくのね、姜承愛《カンスンエ》。おまえたちなど、決してわれらの相手ではないのだから。

恩恵は、承愛のゆれ動くようすをまえにして、反対に徐々におちついていった。

「くやしいです。なんの根拠《こんきょ》もなく、こんな罪人あつかいをなさるなんて」

「なにかこつけてあの晩、千歳邸《チョンセてい》へいき、どんな口実で民主宣伝室まで誘ったのか、いいなさい。こんなこと、話にもならない。委員長トンムがどうしておまえごときにだまされ、あざむかれていき……」

承愛は話をつづけられず、いすにすわった。

恩恵は、再びふるえはじめた。黒いチマがゆれるほど、からだがふるえた。承愛はあまりに多くのことを知っている。

——だれだろう。どこでどれぐらい話がもれたのだろう。でも、たえなければ。この山場を越《こ》えて、ここからぬけださなければ。彼は、手の指が二本ない彼は、いまだ健在だ。留置場からぬけだせさえすれば、京城《キョンソン》はすぐそこだ。

「本当にくやしいです。だしぬけに、どうなさったというんですか？　私はなにも知りません。私もやはり、委員長トンムのことでは大きな衝撃《しょうげき》を受けました。罪もないのにとらわれているのはくやしいですが、犯人をつかまえるためにはしかたがないと考えています。それなのに、私を……」

「おまえ、本当にたいしたものだ」

承愛《スンエ》が手で額をおさえて、息を整えた。そうして、冷たくさめた顔つきでいった。

「それならつきあわせ尋問《じんもん》をするしかないな。そこまではしたくなかったが、役目だからしかたがない」

「つきあわせ尋問ですって?」

あの晩、ともにことにあたった人たちのなかで、団長と姜美愛《カンミエ》をのぞいた残りの三人は、みな留置場に拘束《こうそく》されている。——私をのぞいた三人の男、そのなかのだれが白状したのだろう。

恩恵《ウネ》は不安げに瞳《ひとみ》を動かした。

承愛は戸をあけて、徳九《トック》をよんだ。

「道立病院に電話して、万家台《マンガデ》へ救急車を送るようにいいなさい」

恩恵がびっくりしてふりむいた。

「姜承愛《カンスンエ》トンム……、なにをするつもり?」

承愛はふりかえりもせず、取り調べ室からでてしまった。バタン! 戸が閉まると、ガラス窓がブルルっとゆれた。

郭治英《カクチヨン》は、涙《なみだ》のように汗《あせ》を流した。車輪のついた寝台《しんだい》に寝《ね》たまま取り調べ室に入ったとき、すでに麻《あさ》の韓服《かんふく》がからだにべっとりくっつくほど、汗をかいていた。初夏だとはいえ、まだ玉の汗をかくほど暑くはない。取り調べ室には、特有の冷やかさもただよっている。しかし、郭治英は全身に汗をかきながら、恩恵を切実な思いで見つめている。

——助けてくれ、恩恵よ。助けてくれ。

「すぐに……、やめて……」

恩恵《ウネ》は大きく息をして、承愛《スンエ》にいった。承愛は恩恵から顔をそむけたまま、いすにもたれかかってすわり、郭治英《カクチヨン》にたずねた。

「郭治英トンムがしゃべれないのは知っています。だが、私はどうにかして方法を探してみせます。この事件の、もっとも重要な目撃者《もくげき》だからです。郭治英トンムは、私が知りたいことを知っているはずです。ああ、忘れてました。郭治英トンムの孫娘《むすめ》、郭恩恵《カクウネ》トンムはもっとたくさんのことを知っているんですね。ですが、あくまでも口を閉ざすので、郭治英トンムを取り調べるしかないのです。張徳九《チャントック》トンム」

戸の近くに立っていた徳九が、すっかり血の気のひいた顔ですばやく近づいた。

「郭恩恵トンムは取り調べがすんだので、留置場へつれていきなさい」

「やめてください」

恩恵が承愛のまえへ、くってかかるように近づいた。承愛は、冷たい視線で恩恵を見つめた。

「私はなにも知らないといったじゃないの！　なにも知らないって！　それなのに、なんでおじいさまなの……。おじいさまがいまどんな状態なのか、あなたの目には見えないというの？　どうして、こんなことができるの？　どうして、こんなひどいことができるの？　あなた、本当に……」

承愛は恩恵を無視して、再び徳九にいった。

「早くつれていきなさい。取り調べのじゃまになるから」

「やめて！　早くおじいさまを帰してあげて！　早く」

「それなら郭恩恵トンム、私になにかいうことでもあるの？」

「おじいさまを帰してあげて。おじいさまを苦しめないで……。あなたも人の子なら、どうしてこんなことが……。すぐにやめて！　早く！　すぐにおじいさまを帰してあげてってば！」

恩恵《ウネ》は承愛《スンエ》の両肩《かた》をつかんで、狂《くる》ったようにさけんだ。承愛は、恩恵の気勢にからだをひどくぐらつかせながらも、恩恵の視線を凝視《ぎょうし》しつづけた。徳九《トック》が割って入って、恩恵をひきはなした。

承愛はシワになった衣服を、手でポンとたたいていった。

「郭恩恵《カクウネ》トンム、もう一度いうが、私は絶対にあきらめない。時間がどれほどかかろうとも関係ない。郭治英《カクチョン》トンムから必ず真実を調べだすつもりだ。いや、真実がわかるまで、郭治英トンムを取り調べるつもりだ。この取り調べを終えられるのは、私ではなく、郭恩恵トンムだということを、肝《きも》に銘《めい》じることだ。おじいさんを助けたければ、私にどなる代わりに……」

承愛が話をやめた。恩恵も、承愛を激しくなじっていた泣き声をとめた。徳九が驚《おどろ》いた目つきで、郭治英のほうをふりかえった。

ただならぬにおいがただよいだした。明らかに、郭治英からただよってくるにおいだ。郭治英がかけている白いシーツのまん中が、黄色くにじみはじめた。それがなんなのか、みなが同時に気づいた。

「う……う……う……」

郭治英の口から、悲鳴ともとれる声がもれでた。ただ大声をはりあげ、身もだえし、いっそ死へと急ぎたい……、まさにそんなうめき声だ。

「ああああっ！」

恩恵が悲鳴をあげてへたりこんだ。寝台《しんだい》にのそのそとはっていき、ひざを折ったままからだをおこして、祖父の顔をだきしめた。

「ごめんなさい。ごめんなさい、おじいさま。みんな、わたくしが悪いのです。わたくしのせいで……ごめんなさい……ごめんなさい……」

恩恵《ウネ》は、胸を切り裂《さ》かれるような思いにさいなまれた。身分の低い者たちのまえで、獣《けもの》のように恐怖《きょうふ》におののき、見せたくもない姿をさらしている祖父の苦痛が、金串《かなぐし》のように恩恵の胸をつきさした。

承愛《スンエ》がおちついた声でいった。

「張徳九《チャントック》トンム、道立病院へ連絡《れんらく》して、看護人にきてもらって。そうそう、患者《かんじゃ》を清拭《せいしき》して着がえさせる必要があることも伝えてください。そのまえに、郭恩恵《カクウネ》トンムを留置場へつれていくように」

「あの、姜承愛《カンスンエ》トンム。いくらなんでも……」

徳九がぐずぐずしているので、承愛が鋭《するど》い目つきでにらんだ。徳九が恩恵に近づいた。

「郭恩恵トンム、いったん、留置場へもどって……」

徳九が恩恵の腕《うで》をつかんだ。恩恵は、その腕をぱっとふりはらって立とうとしたが、またそのままわりこんだ。にぎりしめたこぶしを床《ゆか》につきながら、かろうじて承愛のもとへはっていった。

「ぜんぶいうわ……。おじいさまを……もうそれくらいで帰して。おじいさまを苦しめないで……。いわれるとおりにみんな……するから。なんでも、みんないうから」

「覆面《ふくめん》をしていた者たちの名前」

「姜美愛《カンミエ》、朴春福《パクチュンボク》、李大宇《イデウ》、趙鎮石《チョジンソク》」

「もうひとり」

恩恵《ウネ》は彼の声を思いだした。わしのことがわかったのか――。彼の笑いを帯びた声には、明らかに殺気があった。しかし、いまとなっては怖《こわ》くなかった。祖父が経験している侮辱《ぶじょく》にくらべれば、死ぬことは贅沢《ぜいたく》だ。

「奇《キ》……英《ヨン》……博《バク》」

恩恵がそういった。まえへのめるようにうつぶせになって、涙声《なみだ》で話をつづけた。

「もうやめて、お願い……」

「う……う……う……」

郭治英《カクチヨン》の口から、また断末魔《だんまつま》のようなうめき声がもれでてきた。彼の枯《か》れ枝のようなからだが、ぴくぴくと上下に動いている。みんな驚《おどろ》いて、承愛《スンエ》さえも驚いた目で郭治英を見つめた。不気味な痙攣《けいれん》をひきおこした郭治英の肉体が、ぺたんとくずれおちるようにとまった。恩恵が悲鳴をあげた。

「おじいさま!」

郭治英の白目をむいた目から涙が流れている。それ以外は、すべてのものがとまってしまった。

19

郭治英《カクチヨン》の死は、衝撃《しょうげき》的な事件だった。

保安隊長は、承愛《スンエ》の過酷《かこく》な取り調べに激怒《げきど》した。洪正斗《ホンジョンドゥ》事件特別捜査《そうさ》隊隊長をまかされている奇英博《キヨンバク》も、承愛をひどく非難した。承愛はその日のうちに、特別捜査隊副隊長を解任された。保安隊長は、郭《カク》治英《チヨン》の葬式《そうしき》を執《と》りおこなうために、恩恵《ウネ》と恩峯《ウンボン》を釈放《しゃくほう》しようといった。承愛が願いでるまえに、奇英博が反対した。喪主《もしゅ》である郭恩峯《カクウンボン》だけで十分だというのだ。私的なことを理由に釈放しだすと、捜査《そうさ》に支障をきたすといった。

承愛は職位解任となったが、徳九《トック》と秘密裏《り》にことを進めた。炳浩《ピョンホ》も、それをひそかに手伝った。

承愛と徳九は人目を避《さ》けながら、奇英博の家のなかをくまなく捜索《そうさく》したが、これといったものは見つからなかった。ところが、徳九から受けとった保安隊の書類を調べていた炳浩が、驚《おどろ》くべき発見をした。北朝鮮全域の民族反逆者の手配記録だった。

――キトウヒデヒロ。反逆者として手配中の者で、平安道《ピョンアンド》警察所属の朝鮮人平巡査《じゅんさ》。

だが、それがすべてではなかった。キトウヒデヒロは、巡査の俸給《ほうきゅう》でためた金を元手に米豆相場で当て、大金を手にした。そして、その大金で平壌《ピョンヤン》一悪名高い高利貸しになった。借金をはらえない人たちをメキシコの農場に売りはらったり、その娘《むすめ》たちも満州の色町に売りはらったりしていた。そのために恨《うら》みを買って、指を二本切り落とされたという。

ここまでを明らかにして、承愛は保安隊長にすべての事実を報告した。保安隊員たちが奇英博の所在を調べてかけつけたとき、本人は、千歳邸《チョンセてい》の民主宣伝室で村の老人たちと談話しているところだった。老人たちはもちろん、逮捕《たいほ》にかけつけた保安隊員たちも、ひどく衝撃《しょうげき》を受けたようすだったが、本人はいたっておちつきはらっていた。

「バカなやつらが……」

彼は手錠《てじょう》をはめられながらも、ぬけぬけといいはなった。

保安隊は、再び彼の家をくまなく捜索《そうさく》した。今度は垂木《たるき》の一本いっぽんまでばらすぐらいに、徹底的《てってい》な捜索がおこなわれた。結局、小部屋の焚《た》き口の下に秘密の空間を見つけだした。焚き口の底に鉄製の箱がかくされていて、そのなかから鉄原《チョロン》愛国青年団入会書の束がでてきたのだ。三〇名以上の人間が、血判をおして誓《ちか》いをたてた誓約書《せいやく》だった。

明確な証拠《しょうこ》と過去の行状がはっきりすると、彼はすべての事実をあっさりと自白した。自分がまさに、鉄原愛国青年団の団長であり、洪正斗《ホンジョンドゥ》殺害を謀議《ぼうぎ》して実行したと。その話しぶりは、決して懺悔《ざんげ》のようなものではなくて、むしろ楽しんでいるように見えた。

「あえていうなら、奇英博《キヨンバク》も、ハシモトサネユキにだまされたようなものよ。ハシモトは軍需《ぐんじゅ》業者の息子だったから、だれよりも早く情勢をつかんだのよね。戦況《せんきょう》が不利になると、あの土地をひそかに売りはらい、日本にひき揚《あ》げてしまった。ハシモトサネユキ名義になっているあの土地は、人民委員会が没収《ぼっしゅう》したし、日本人が残した敵産だと思われてる。あいつとしてはくやしかったでしょ。だから、越南《えつなん》するついでに鉄原に寄ったところ、朴珍三《パクチンサム》トンムにであったわけ。あわてて自分の過去を偽造《ぎぞう》したんだけど、みんな、ころりとだまされた。そこで、鉄原に残ることにした。自分の力で自分の土地をとりかえす気になったってわけね。万一こいつをつかまえられなかったら、この先どんなことがおこっていたことか……」

承愛《スンエ》は、首を何度も左右にふった。

敬愛《キョンエ》も基秀《キス》も斎英《チェヨン》も、なにもいえなかった。承愛も、勝利のよろこびなどみじんも感じられない顔つきだった。鉄原《チョロン》愛国青年団は一網打尽《いちもうだじん》にしたようなものだったが、心の傷はあまりにも深く残った。

ザアアーと、いきなり大きな雨粒《あまつぶ》が落ちてきた。空はまるで、この世の終焉《しゅうえん》の日のように暗く沈《しず》んでいた。

「いままでご苦労さん」

承愛《スンエ》はそういって、保安隊の事務所にもどっていった。

敬愛《キョンエ》たちは、保安隊の玄関《げんかん》の軒先《のきさき》にぼんやりつっ立っていた。道に迷った子どものようにぼう然としたまま、とばりのようなぶあつい雨足にとじこめられたかのように、どうにもふみだせないでいた。

そこへ、バチャバチャという足音が、とばりをつき破るように近づいてきた。蓑《みの》をかぶった鳳児《ポンア》だった。

「おねえちゃん!」

敬愛が急いで階段をかけおりた。鳳児が敬愛に、ぱっととびついた。

「あれまあ、ぬれてしまうじゃないか!」

漣川《ヨンチョン》おばさんが、かぶっていた蓑をひろげて敬愛にかぶせた。

「徳九《トック》が、あんたらがでてくるって知らせてくれたんだよ。まったく……あんたらがこんな目にあうなんて」

おばさんは涙《なみだ》ぐんだ。万物をぬらす雨と、厳しい歳月《さいげつ》をわたっても乾《かわ》くことのない涙が、いっしょくたにまじりあった。おばさんはぬれた顔に笑みをうかべて、階段のうえの基秀《キス》や斎英《チェヨン》を手まねきした。

「さあいこう。どうせいっぺんは洗い流さにゃならんさ。こんくらいの雨なら、ちょっとぬれたってかまいやしない。なにしてるんだ? さあさ、あんたたちに食べさせようと思って、あったかい豆腐《とうふ》も買ってあるよ。さあ、いこう」

おばさんは、出獄《しゅつごく》したときに食べる習わしの豆腐まで用意しておいてくれた。鳳児《ポンア》が敬愛《キョンエ》の手をぎゅっとにぎって、先を歩いた。

――この子はこれからどうなるんだろう？　委員長トンムに、あんなになついていたのに。

鳳児は、洪正斗《ホンジョンドゥ》の代わりに敬愛の手をにぎることにしたようだった。小さい手に、どうしてこれほどの力があるのかとびっくりするほど、敬愛の手をぎゅっとにぎりしめた。

百日紅屋敷《さるすべりやしき》につくと、おばさんは台所から温かい豆腐を持ってでてきた。日照りの田んぼのようにびりびりにひび割れた指先で、豆腐を用心深く切りわけて、敬愛たちの口へ順に入れてくれた。温かくて香ばしい豆腐の味に、敬愛はどっと涙《なみだ》をあふれさせた。豆腐ひと切れによろこびがあった、あの平穏《へいおん》な日々。洪正斗の豪快《ごうかい》な笑い声がひびいていた、あの新しい日々。

「おねえちゃん、泣かないで」

鳳児が手のひらで、敬愛の涙をぬぐってくれた。

「うん、おねえちゃん、バカみたいでしょ。鳳児はこんなにしっかりしているのに」

鳳児が元気よくうなずいた。

「うん、私強いでしょ。だって、革命家の娘《むすめ》だもん」

「ええっ？」

敬愛が力なく笑った。

「委員長トンムがいつもそういってたよ。あたしが革命家の娘だって。だから、しっかりしなきゃだめなの。祖国と人民の解放のために戦う革命家の娘《むすめ》っていうことを忘れちゃダメ、自慢《じまん》に思いなさいって」

鳳児《ポンア》の小さな口からでた言葉にしては、かたかった。けれども、ただ人まねをしておぼえた言葉とはちがって、鳳児の心の深いところからわきでた言葉だった。鳳児にとってその言葉は、自分の両親と洪《ホン》正斗《ジョンドゥ》の声そのものだった。

「どうして、きょうはだれもいないんです?」

基秀《キス》が木綿《もめん》のタオルでぬれた髪《かみ》の毛をふきながら、いった。

「ああ、あしたは洪さん……いや委員長トンムの葬式《そうしき》じゃないか。村ごとに行進してまわるっていうもんで、民青員たちが先頭に立つだろう。それで、みんな早くに家に帰ったから、街なかはがらんとしてるんだよ。まあ、あんたらがきょうでてきてくれて、どれほどありがたいかわかりゃしない。わしひとりでは、たえられんよ……」

おばさんはチマのすそで涙《なみだ》をぬぐった。軒先《のきさき》に雨粒《あまつぶ》がひっきりなしに落ちてくる。

「生きてるんが恐《おそ》ろしくなるよ。わしも五〇になったけどな……、長生きすると、どうしてこうもくたびれるんか。人が死んでいくのは、どうしたって慣れるもんじゃないよ。わしゃ一四で嫁《よめ》にいってから、いや、五つのときから上と下の兄妹を三人亡くした。それから夫を亡くし、息子を亡くし……、世の中どうなってるんだか。餓鬼《がき》にとりつかれたみたいに、生きてるもんの命を次から次にうばっても、まだたりないようじゃ。気味悪くってたまらん。わしらの洪さん、気の毒でなあ……。まがりくねった冥途《めいど》の道を、無念で無念で、どうやってたどることやら……。留置場で死んだという、あの両班《ヤンバン》も気の毒だね。生きて王后宰相《おうこうさいしょう》だからって、なんだね。千石取り万石取りの大地主だからって、なんだっていうんだね。

あんたらはまだ若くてわからんじゃろう。人は幸せに生きていくのより、むずかしいのは死ぬることじゃ。この世の贅沢三昧《ぜいたくざんまい》よりむずかしいのは、きれいに死ぬことじゃ。あんなかっこうで死ぬとは、まったくな……。承愛《スンエ》も今度はやりすぎた。人の命でもって……」

「やりすぎたって、なにを？」

雨粒《あまつぶ》がたれてぬれるのもかまわず、板の間の先に腰《こし》かけていた斎英《チェヨン》が、いきなり口をはさんだ。そして、だれかを問いつめるように、雨粒をにらみつけて、またいった。

「もっと早くに殺しておけばよかったんだ。両班《ヤンバン》や地主ども……金持ちたちは、解放の日に、石でなぐり殺しとくべきだったんだよ」

「そんなことしてどうなる？　毒を持って生きたら、その毒がおまえを殺すんだよ」

「殺《や》れるもんなら、殺ってみろってんだ。おれは、そうやすやすと殺られはせん」

斎英が自分の顔をこづくようにして、にぎりこぶしで涙《なみだ》をふいて、またいった。

「あいつら、いつおれたちのことを人間あつかいしたんだ？　飢《う》えて死んでも、病気で死んでも、なぐられて死んでも、眉《まゆ》ひとつ動かさなかったじゃないか！　文無しだとか、卑《いや》しい生まれだとかいわれて、牛馬同然にあつかわれたじゃないか！　なのに、なにが人の命だよ？　なんでおれたちだけ、人の道理にしたがわなきゃならないんだ？　いつまで、こんなにやられてばっかりいるんだよ？」

「これ、なんということを。手にしているもんがぜんぶじゃないよ。そりゃ、わしたちゃ、なにも持ってないさ。卑しく生まれつき、やっと命をつないで生きてる身の上だ……。だからって、人の道理まで手ばなしてしまったら、わしらになにが残るかね？　金持ちどもは持ってるもんが多いから、人の道理を捨てたって腹いっぱいかもしれんが、わしらはちがう。生涯《しょうがい》、手のなかにひとかけらの土地も持ったことはねえが、わしゃ、お天道さんにはずかしいことは、なにひとつもないよ。いつかあの世にいっても、閻魔《えんま》大王のまえで大いばりできるよ。わしは、人間の道理を守って生きてきたとね」

「なんで閻魔大王がでてくるのさ……」

「あの世の閻魔大王のことじゃなくて、わしの心がそうだっていうんじゃよ。だからだ、承愛《スンエ》はひどかったから、承愛が心配なんじゃ。肩《かた》ひじはってても、心はわしらとかわりゃせん。承愛が自分のものにしたものなんぞ、なんもねえ。これまで、自分のことなんぞふりかえりもしないで、世の中の人びとのためにたたかってきた、それだけじゃ。人が人らしく生きられるようにっていう、これひとつじゃないかね。ところが、あんなひどいことになってしまって……」

おばさんの深いため息が、もやのように立ちのぼった。みんな、もやで道に迷ったように、ぼんやりすわっていた。おばさんが、どっこいしょとひざをついて立ちあがり、またいった。

「わしゃ、なにがなんだかわからんけど……近ごろ街なかじゃ、みんなささくれ立ってるよ。現物税をとりだすみたいじゃが、徹底的《てってい》にやるようで、農民たちには不満が多いようじゃ。やれやれ……いつになったら、世の中が静かになるもんやら」

おばさんが口のなかでなにかもごもごいいながら、台所に立った。

ちょうどそのとき、ギーという音がして門があいた。元錫《ウォンソク》と炳浩《ピョンホ》だった。

「黄基秀《ファンキス》、だいじょうぶか?」

炳浩がかけよって、基秀をぎゅっとだきしめた。

「おい、……おおげさなやつだな」

基秀《キス》が照れくさがって、炳浩《ピョンホ》をおしやった。それから元錫《ウォンソク》に目をやった。元錫は民青員でもなかったし、これまで民青事務所に出入りしたこともなかった。元錫が、バツの悪そうな顔つきをした。

「まっすぐ帰るっていうのに、炳浩のやつがいこうって、しつこくいうもんで……」

「こいつ、ウソつくな。おまえが黄基秀《ファンキス》はどこだといって、首がぬけるぐらいキョロキョロしたんじゃないか」

炳浩がからかうようにいうと、元錫がカッカと怒《いか》りだした。

「おれがいつ？」

おばさんが台所から顔をだしてからかった。

「あれまあ、明日あさってには嫁《よめ》とりできるくらいのええ若いもんが、ああだこうだいうて」

元錫が深くおじぎをしてあいさつし、炳浩のあとについて板間にあがった。炳浩が心配そうに基秀にたずねた。

「おまえ、ソ連にいくのがダメになったんだってな？」

「うわさも早いもんだ。炳浩、とにかく鉄原《チョロン》でおまえが知らないことってないもんなあ。うん、留学のことはそういうことになった」

基秀は淡々とした表情だった。釈放《しゃくほう》される直前に、保安隊長から通告されたのだ。

洪正斗《ホンジョンドゥ》の死以後、鉄原は以前のようではなくなった。村ごとに、あちこちに空き家がかなりできた。夜逃《よに》げでもするように逃げだしていくのだ。洪正斗事件でえらい目にあった人たちもそうだったし、逮《たい》捕《ほ》はまぬがれたが、逮捕の危険性のあった人たちもそうだった。土地改革のときにもひとしきり越南者《えつなん》がでたが、あのとき越南できなかった人びとも動きだしていた。いまでは、鉄原《チョロン》で親日悪徳地主の息子である黄基秀《ファンキス》がソ連留学生の推薦状《すいせん》をもらうのは、むずかしい世の中になった。

「七日葬《そう》をやるんだから、洪正斗《ホンジョンドゥ》委員長が亡くなってちょうど一週間だ。けど七年、いや七〇年たったみたいだな」

炳浩《ピョンホ》が嘆《なげ》くようにいった。そして、ちょっとすまないという顔になって、元錫《ウォンソク》にたずねた。

「おまえんとこの叔母《おば》さんな、もう葬式《そうしき》は終わったんだろ?」

「うん、五日葬だからおとつい。墓でも建てなきゃならんけど、嫁にいってない娘《むすめ》だから、火葬にして、元山《ウォンサン》の海に散骨したそうだ。チェッ、生きてるときもあちこちかけずりまわってたのに、死んでも故郷にもどれない……。とにかく、うちの家のやり方は、なにもかも気に入らんよ」

元錫は憤懣《ふんまん》やるかたない顔つきだったが、爆発《ばくはつ》はしなかった。おばの死をへて、元錫をかりたてていたエンジンは、ひとつとまってしまったようだ。

「だれかをやっつけてやりたいが、いったいだれをなぐればいいのかわからない。姉を襲《おそ》ったソ連の野郎をやっつけようとすると叔母が泣き、叔母を殺した反動の野郎をやっつけようとすると、姉が泣くようで……。おれのこぶしは、悪者をなぐり殺すためにあるのに、どうしたらいいのか、わからん。おれひとりじゃ、狂《くる》っちまいそうだ」

留置場で元錫は、基秀にこういってフッフッと笑った。これまでの元錫からは、とうてい見ることのできなかった笑いだった。

雨粒《あまつぶ》がしだいに大きくなってきた。風までふいてきて、板間に雨がふきつけてくる。みんなちょっとずつなかに入ったが、元錫《ウォンソク》がふと、なにか思いだしたような顔になった。

「そうだ、基秀《キス》、炳浩《ピョンホ》、おれさっき泰奎《テギュ》にあった」

「泰奎?」

基秀と炳浩が同時にたずねた。泰奎は、赤色読書会をいっしょにやっていた仲間だ。解放のあと、敬虔《けいけん》なキリスト教の信者の祖母と母親にしたがって、いやいや越南《えつなん》していた。

「うん。南朝鮮ではとても生きていけないって。親日派の野郎どもや、右翼《うよく》の野郎どもがすることは見ておられんって。あいつ、すっごい熱血漢だろ。あっちでもデモをしまくって、結局、母親とおばあさんがこっちに帰したんだそうだ。南朝鮮にいると、五代独子《オデトッチャ》〔五代つづいたひとり息子〕の血筋が絶えてしまうとさ。咸興《ハムン》の母方の叔父《おじ》さんの家にいくんだそうだ。ちょうどあっちにいく車があるんで、みんなにあいさつもしないでいくのをすまないと伝えてくれって」

元錫がため息をついて言葉をつないだ。

「泰奎とむかいあったとき、おれは妙《みょう》な気持ちになった。南朝鮮からやってきたと、そう思った瞬間《しゅんかん》、警戒心《けいかいしん》がおきたんだ。こいつ、なにしにもどってきたんだ。正体はなにか、って怪《あや》しむような気になったのさ。さもしいもんだ。ろくでもない三八度線のせいで、仲間を怪しむなんて、まったく……」

台所でゴトリと釜《かま》のあく音がして、うまそうなごはんのにおいがただよってきた。ひさびさにカルビ湯《タン》もつくっているようだ。

敬愛《キョンエ》も台所に立った。生き残ってくれた友だちに、温かい食事でも準備してやりたかった。こうして、一日がまた暮れていった。

20

ガ、ガーン！
爆発音《ばくはつ》が保安隊の建物をゆるがした。まっ黒い煙《けむり》が留置場にしみこんだ。事務所のほうから苦しげなうめき声が聞こえてくる。

と同時に、覆面《ふくめん》をした男たちがおどりこんできて、留置場の戸をあけだした。ガチャン！　ガチャン！　次々に戸が開かれていった。ガチャン！　男が恩恵《ウネ》の入れられている留置場の戸をあけた。

同じ房にいたほかの者たちはみなすでに釈放《しゃくほう》され、恩恵だけが残っていた。恩恵は煙のたちこめる留置場の入口に立ったまま動けなかった。いったいなにがおこったのか、わからなかった。

そこへ、覆面をしただれかが、恩恵のまえにかけよってきた。

「郭恩恵《カクウネ》お嬢《じょう》さま！」

美愛《ミエ》だ。

「早くでてください、早く！」

恩恵は美愛に手をひっぱられて、留置場をでた。

事務所はめちゃくちゃだった。手製爆弾《ばくだん》の落ちたあとはえぐられ、窓ガラスは粉々に割れている。机や什器《じゅうき》が燃えている床《ゆか》に、保安隊員ふたりがたおれていた。鉄原《チョロン》愛国青年団員だったことがあばかれて、まだ収監《しゅうかん》されていた人びとが、われ先にと外へとびだした。

恩恵《ウネ》は保安隊の入口でたちどまった。割れた鏡のなかで炎がゆらめいていた。そしてその炎のなかに、小さくうす汚《よご》れ、くたびれた女の子が立っていた。

解放された日、緑色の洋服を装って人力車にのり、街なかをかけぬけた、あの高貴な女学生。あの朝からわずか一年しかたっていなかった。そのあいだに、高貴な郭《カク》一族のお嬢《じょう》さまは、どこかに姿を消してしまった。そのかわり、小さくてうす汚《ぎたな》く、くたびれた女の子が、あつかましくもその場所に立っていた。

「なにをぐずぐずしてるんだ！」

奇英博《キヨンバク》が恩恵のまえにとびだしてきて、さけんだ。彼の手には拳銃《けんじゅう》がにぎられていた。

恩恵はビクッとして、あとずさりした。裏切者。恩恵が彼を密告したとつげ口した人間はいないだろうが、郭治英《カクチヨン》の死によってすべてのことが明白だった。

ところが、ふたりのあいだに美愛《ミエ》が割りこんで、奇英博にいった。

「郭泰成《カクテソン》さまがお待ちです」

奇英博が歯ぎしりした。そして、あとからでてくる者たちに「早くしろ！」とどなりながら、恩恵にいった。

「父親のおかげで命びろいしたことをおぼえておけ。それに、わしに大きな借りをつくったこともな。三八度線を越《こ》えた瞬間《しゅんかん》から、その借りをかえすんだぞ。郭泰成という名前で、いつまでも恩がえしをするんだ」

「急いでください」

美愛《ミエ》がいった。

奇英博《キヨンバク》が先にかけだした。——三八度線を越《こ》えたその瞬間《しゅんかん》から——恩恵《ウネ》は、奇英博の意味するところを全身で理解した。小さくて汚れ、くたびれた女の子。しかし、その見えない壁《かべ》を越えた瞬間、恩恵は再び、本来の郭恩恵《カクウネ》にもどることができる。

「いこう」

恩恵はひとりごとのようにつぶやいて、急いでかけだした。

——おじいさまの痛ましい亡骸《なきがら》をおいていくなんて。まだお墓にお参りもしていないし、お墓でのちゃんとした葬儀《そうぎ》もあげていないのに。

母親の狂《くる》おしい祈りの声も聞こえてきた。だが、郭恩恵が郭恩恵ではいられない土地には、片時もとどまることはできない。

——どうか、お母さまをお守りください。

恩恵は、物心がついてからはじめて、心から神に祈った。いつも神にすがって祈る母親の信仰《しんこう》が無にならないよう祈って、街にでた。

おそい時間というだけでなく、街なかはあまりにも暗かった。解放の直前に、燈火《とうか》管制訓練をするというので、強制的に消灯させられたことがあったが、あのときと同じだった。雨はやんだが、黒雲が空一面をおおい、ひとすじの星明かりももれてこない。

「街なかの電気を切ったんです」

美愛《ミエ》が早口でしゃべった。

闇《やみ》のむこうからさわがしい足音が聞こえてきた。爆発音《ばくはつ》を聞いて人びとが走ってくるようだ。

奇英博《キヨンバク》が拳銃《けんじゅう》を四方にかまえながら、階段をおりた。先にぬけだした者たちは、生きのびる道を求めて、われ先にとバラバラに散っていった。留置場の戸をあけたふたりの覆面《ふくめん》の男は、うしろをふりかえりながらついてきた。

ところが、玄関《げんかん》の階段をおりて、石柱のあいだの正門をすぎようとしたとき、

「動くな！」

保安隊の建物の裏から、隊員のひとりがかけつけてきてさけんだ。それと同時に、銃声《じゅうせい》がした。

――ダーン！

覆面の男のうち、ひとりが銃を撃《う》った。保安隊員は脇《わき》腹から血を流してたおれた。恩恵《ウネ》は、口のなかいっぱいに血の匂《にお》いを感じた。

祖父の亡骸《なきがら》を見守りながら、涙《なみだ》をあふれさせたあの瞬間《しゅんかん》の感覚。恩恵は、地面にたまった男の血を見つめた。

――死ね！　死んでしまえ！　からだじゅうの血をすべて流しても、おまえたちの罪は償《つぐな》えない。償え！　みんな償うんだ！

「急げ！」

奇英博はまたかけだした。恩恵とほかの者たちも、彼のあとについて保安隊のとなりの建物にとびこ

んだ。

基秀《キス》がガバッとおきあがった。元錫《ウォンソク》も斎英《チェヨン》も、ハッとねむりからさめた。おばさんが縁側《えんがわ》からはだしでかけこんできた。

「こりゃあ、なんの音だい？　雷かね？　いや、雷じゃないみたいだ」

あとにつづいてすぐ、敬愛《キョンエ》も居間にとびこんできた。

「なにか爆発《ばくはつ》した音じゃない？」

敬愛がたずねた。斎英と基秀がおたがいを見た。ただならない轟音《ごうおん》だった。けっして雷ではない。だが、爆発音だと確信もできなかった。元錫がいった。

「爆発音だよ。おれの家はウング台から遠くなかった。小さいときからダイナマイトの音をたくさん聞いて育ったんだ。まちがいなく爆発音だよ。近くで爆弾《ばくだん》が爆発したんだ」

「おれ、ちょっと見てくる」

基秀がからだを動かそうとするのを、おばさんがとめた。

「いや、でちゃだめだ。人が怪我《けが》をするのは、もう見たくないよ。ようすを見よう」

「おばさん、ただ見てくるだけですから。このままじっとしてるわけにもいきません」

ちょうどそのとき、だれかが百日紅屋敷《さるすべりやしき》の門を強くドンドンとたたいた。おばさんはびっくりして床《ゆか》にへたばったが、だれかがとめるまもなく、敬愛が走りでて門をあけた。

「トンム！」

敬愛《キョンエ》のさけび声とともに、ドシンという音が聞こえてきた。みんないっせいに庭に走りでた。ひとりの保安隊員が脇《わき》腹から血を流してたおれ、うめいていた。

「トンム！　トンム！　どうしたんだ？」

基秀《キス》が彼をだきおこして、急いでたずねた。保安隊員は苦痛にゆがんだ顔で、口を開いた。

「保安隊が襲撃《しゅうげき》された。爆弾《ばくだん》が爆発《ばくはつ》して……、留置場に入れておいた反動どもがみんな逃《に》げた……。明日は委員長の葬式《そうしき》だから、保安隊には人もあんまりいなかった……。早くいかなきゃ……。奇英博《キヨンバク》、あいつも逃《に》げた」

「そうはさせるか！」

斎英《チェヨン》がさけんでかけだそうとした。保安隊員が、すばやく斎英のズボンをつかんだ。

「やつらは武装している。これをつかえ」

保安隊員が、ふところから拳銃《けんじゅう》をとりだしてさしだした。

「銃をつかえる者はいるか？」

基秀は無意識に元錫《ウォンソク》のほうをふりかえった。元錫は首をふった。銃など見たこともないという顔つきだ。

ところが、斎英がすっと手をのばした。

「おれ、撃《う》てるよ」

「うそいわないで」

敬愛がいった。斎英はその言葉を無視して、うばいとるように銃をにぎった。

「うそじゃない。米軍のつかい走りをやってたころ、撃ったことがある。名射手ではなかったけど、腕《うで》前はアメリカ兵にけっこうほめられたよ」

「どういうことだ？　いったい」

米軍という言葉に保安隊員がびっくりして聞きかえした。元錫《ウォンソク》も、疑わしそうな顔で基秀《キス》のほうをふりかえった。しかし斎英《チェヨン》は、説明なんかしたくもないというふうに、さっさと歩きだした。

「トンム、心配しないでいいよ。ちょっと事情があっただけだ」

基秀が大まかにいいつくろって、門のほうに歩いていった。ところが元錫もいっしょについてきた。

基秀がふりかえると、元錫が白けた顔つきでいった。

「どうした？　民青員でないとだめなのか？」

「いや、そうじゃないけど……」

「男は友をひとりで死地にはむかわせないもんだ。それに、銃《じゅう》にはかなわないけど、素手で戦う分には、おまえらふたり分以上は働けるぞ」

元錫はそういって、さっさと外にでてしまった。つづいてすぐに基秀もでてみると、斎英と元錫は、一メートルほどの間隔《かんかく》をあけて、街をめざして歩いていた。

「気をつけろ。気をつけないといかんよ」

おばさんが、はだしで門の外まで走りでてさけんだ。敬愛《キョンエ》がおばさんをだきしめて、だまって基秀を見送った。

「心配しないで。もう、これ以上はやられませんよ」

基秀はそういって、急ぎ足で斎英と元錫を追いかけていった。

三人は塀《へい》に背中をくっつけて、大通りのほうに注意をはらいながらでていった。街なかの道路がよく見えるようになったころ、闇《やみ》にまぎれて保安隊の建物のほうへと動く一群の青年たちが見えた。そのなかのひとりに見おぼえがあった。共産党の幹部だ。

「トンム！」

基秀《キス》の低い声に、彼らは機敏《きびん》に反応した。道路の角に身をかくして、すぐに銃《じゅう》を構えた。基秀がふたりに目くばせをした。三人は両手を頭の上にあげてでていった。共産党の幹部は基秀に気づいた。仲間の青年たちに警戒《けいかい》を解くように合図を送ると、みんなが道路を横切って、基秀たちに近づいてきた。

「黄基秀《ファンキス》トンムだね？」

基秀がうなずいた。

「どこからきたんだ？　民青？」

「はい」

「これで全員か？」

彼は残念そうな表情で、基秀たちを順に見た。柔道で鍛《きた》えた元錫《ウォンソク》はとてもたくましいからだつきだが、顔はまだ幼い。ガリガリにやせた斎英《チェヨン》や、だれが見てもぼんぼんの基秀は、いうまでもなかった。斎英はその視線を不ゆかいに感じながらいった。

「ご心配なく。おれたちもひと役買って戦うつもりですから。銃も撃《う》てますし」

斎英は腰《こし》にさしていた拳銃《けんじゅう》をぬいてみせた。

「うん。とにかく君たちだけでもいてくれてよかった。よりによって、葬式《そうしき》のためにみんなが村に帰っているというときに……」

「よりによってじゃなくて、わざとこの日を選んだんじゃないですか？」

彼といっしょにきた青年がいった。

「そうだろう。うちの事務所にも四人しかいなかったんだから。奇英博《キヨンバク》のやつが、状況《じょうきょう》を知りぬいたうえで、ことを構えたんだろう」

ちょうどそのとき、犬のほえる声がこだました。

「どうしてあっちがさわがしいんだ？　南にいくんなら、花地里《ファジリ》の方角へいくはずだが」

「鶴《ハク》貯水池をまわって漢灘江《ハンタンガン》にいこうとしているのかもしれません。はじめから観雨里《クワヌリ》のほうからまわりこんでいくつもりかも。漢灘江には鉄船があるじゃないですか。鉄船にのれば、三八度線まで一気に下れますからね」

斎英《チェヨン》がいった。みんな漢灘江のほうを見た。頭のなかに通い慣れた道が広がった。保安隊の裏の道を通って監理《カムニ》教会をぬけ、到彼岸《トピアン》寺を経由して鶴貯水池のほうにまわる。あとは船路を利用する……。こちらからは想像もできないようなルートかもしれない。しかし、だからこそ、彼らにとっては試してみる値うちのあるルートだった。

「よしっ、ひょっとしたらひょっとするから、トンムたちはそっちにまわってくれ。おれたちは南にむかう広い道にいってみる。路地のすみずみまでは探れないけど、いっそそのむこうの草原にぬけよう。夜だから声がよく通るはずだ。草原にそって東に進みながら、路地奥の動きに気をつけて見てくれ。なにかあれば、こっちも追いつけると思う。もし万が一、少しでも怪《あや》しい動きがあったら、ためらわず銃《じゅう》をつかってくれ。奇英博《キヨンバク》のやつを生きて南にやることはできない。崔《チェ》トンム、民青のトンムたちといっしょにいきなさい」

彼は基秀《キス》たちだけをいかせるのはどうもたよりなく思えたのか、崔在員《チェジェウォン》という青年をつけた。基秀たちも快く受け入れた。

こうして行動が再開された。基秀たちは百日紅屋敷《さるすべりやしき》のまえにもどった。路地のいきどまりの家の塀《へい》を越《こ》え、庭を横切ってまた塀を越えた。そこから右へ路地にそっていけば、保安隊庁舎の裏門近くを通る道に通じていた。その道をいって保安隊の裏門の手まえを左にまがると、金剛山《クムガンサン》鉄道の走る草原にでた。

そうして走っていくあいだに、四方から犬のほえる声が聞こえてきた。興奮してほえたてる声に、そのこだままでまじって、もうどこから聞こえてくるのかさえ、わからなくなった。

そんな騒音《そうおん》が聞こえるのに、人びとは窓を固く閉めきっていた。聞こえないふり、見えないふり、知らないふりをしなければ生き残れない時代に、またもどったと感じているようだ。基秀たちは、暗く沈黙《ちんもく》した路地にそって走った。すると別れ道にでた。ひとつは草原に通じ、ひとつは路地のさきの保安隊裏門まで通じていた。崔在員がいった。

「トンムたち、ここで二手に別れよう。灯台下《もと》暗しというが、保安隊の近くも見のがせない重要地域だ。私と元錫《ウォンソク》トンムは、草原のほう、基秀と斎英《チェヨン》トンムは保安隊のほうだ」

銃《じゅう》をもった崔在員と斎英を中心に、二手に別れた。崔在員と元錫は草原にむかって走り、斎英と基秀は路地にそって進んだ。こうして保安隊の裏門にやってきたが、なんの気配もなかった。ところが、また草原につながる道とであう角に近づいた、まさにそのときだった。

「しっ！」

基秀《キス》がそう警戒《けいかい》して、塀に背中をくっつけた。まえをいく斎英《チェヨン》もすばやく動いた。

はっきりと、角のむこうに人の気配を感じた。何人かが足音を殺して近づいてきていた。斎英も拳銃《けんじゅう》を構えたまま、まえにすこしずつ移動した。基秀がぴったりとあとにつづいた。

――カチャ！

とたんに基秀は凍《こお》りついた。後頭部に冷たい銃口《じゅうこう》を感じた。そして、陰険《いんけん》な声が聞こえてきた。

「銃をおろせ！　さもないと、こいつの頭をぶちぬくぞ！」

斎英がゆっくりと銃をおろした。

男が銃口を基秀の頭につけたまま、横に動いた。基秀が目玉を動かすと、男の顔が見えた。知らない顔だった。前方から耳なれた声が聞こえてきた。

「黄基秀《ファンキス》じゃないか？」

奇英博《キヨンバク》だった。恩恵《ウネ》と、そのほかに男と女がいた。その女の顔には、幼いころのおもかげがそのまま残っている。

――いいとこのぼっちゃんが、なんてかっこうなの？

そういいながら、チマのすそで基秀の顔についたよごれを、そっとふいてくれたあの顔。基秀は、ひと目で美愛《ミエ》だとわかった。

「黄基秀、姜承愛《カンスンエ》を動かしていたのは、まさにおまえだそうだな」

奇英博がねちっこくいいながら、近づいてきた。そして、斎英のまえですっと立ちどまった。

「呉斎英《オチェヨン》、おまえはなんなんだ？　いつのまにかアカの水に染まっちまったのか？　洪正斗《ホンジョンドゥ》のあとを金魚のフンみたいについてまわっていたと思ったら、アカが羽ぶりをきかせるのに味をしめたのか？」

「殺してやる！」

斎英がかみついた。

「ハハハハハッ、女みたいなやつだと思ったら、意外に骨がありそうだな？」

「そろそろいかなければ」

美愛《ミエ》がいった。

「そうだな。急がないとな。陶重哲《トジュンチョル》、ふたりともやってしまえ」

「いけません！」

美愛が、基秀《キス》のまえにとびだした。

「なんのまね！」

恩恵《ウネ》がするどい声をあげて、美愛の脇《わき》を通って、基秀のすぐまえまでやってきた。

「黄基秀《ファンキス》、あんたがなにをしでかしたのか、わかってるの？」

「すまんな。けど、またあのときにもどっても、おれはまた同じことをするよ」

恩恵が基秀をにらみつけたまま、手をだした。

「銃《じゅう》をこっちにわたして」

「お嬢《じょう》さん！」

美愛が恩恵のまえをふさいだ。

「どきなさい！」

「できません。私は黄寅甫《ファンインボ》さまの命令にしたがう身です。この方は旦那《だんな》さまの息子さんです。判事の黄基澤《ファンキテク》さまの弟さんです。基秀《キス》ぼっちゃんを傷つけたら、あのお宅がだまってはいないはずです。共産主義者でもなんでも、この方はあのお宅のぼっちゃんです」

美愛《ミエ》が奇英博《キヨンバク》のほうをふりかえった。

「京城《キョンソン》にいらっしゃるなら、黄寅甫さまの意に背《そむ》いてはなりません。ぼっちゃんを傷つければ、その代価をしっかりはらうことになりますよ」

「私に逆らおうっていうの？　あなたなんかが？」

恩恵《ウネ》がまた声を荒《あ》らげた。

「お嬢《じょう》さん、声をおさえてください。ここはまだ鉄原《チョロン》です。私たちは追われる身です」

「じゃあ、あなたがかわりに死になさい」

美愛が頭をさげてあやまった。

「お許しください。私はお嬢さんも基秀ぼっちゃんも、みんな無事におつれしないといけないんです。それが私の役目なんです」

美愛が、また奇英博のほうをふりかえった。

「さあ、いきましょう。追手がどんどん迫ってるでしょうから」

奇英博は、憤《いきどお》りをおさめようと荒《あら》く息をはいた。そして、しぶい笑みをうかべて基秀に近づき、また皮肉《ひにく》りはじめた。

「ふーん、千歳邸《チョンセてい》の末のぼっちゃん。共産主義者？　万民が平等にーですかい？　けど、よーく見ろ。これが世の中だ。きょうの事件で、保安隊にいたアカがふたり死にやがった。けど、黄基秀《ファンキス》、おまえは生きのびる。なぜだ？　黄寅甫《ファンインボ》の息子だからさ。黄基澤《ファンキテク》の弟だからさ。わかるか？　これが世間だよ。生きてるかぎり、自分の父親に感謝するこった。おまえがどこでなにをしても、おまえは千歳邸の末のぼっちゃんなのさ。そのおかげで生き残ることができて、そのおかげでえらそうにできるんだ。長生きして、そこんところをよくよく考えろ」

「おれを殺せ！」

基秀がさけんだ。銃《じゅう》でねらっていた陶重哲《トジュンチョル》が、銃身《じゅうしん》で基秀の後頭部をなぐりつけた。基秀はうめき声をあげてたおれた。

「見ておくんだな、黄基秀。千歳邸の末のぼっちゃんを生かしてやるかわりに、こいつの卑《いや》しい命は、おれがうばってやるからな」

奇英博《キヨンバク》が、斎英《チェヨン》に銃をむけた。

——バン！

どこからか銃弾《じゅうだん》が飛んできた。奇英博がぎくりと身をすくめて、あたりをさぐるように、銃口を四方にむけた。美愛《ミエ》が肩《かた》から血を流してよろめいた。そのすきに、斎英がそのまま奇英博に体当たりした。

——バン！

再び、銃声がひびいた。角のむこうから撃《う》っているようだった。奇英博の一行は、射程圏《けん》に入っていた。

「クソッ！」

奇英博《キヨンバク》が悪態をついて、斎英《チェヨン》をけりつけた。だが斎英は、銃《じゅう》をもった奇英博の手をにぎったまま、その場でころげまわった。陶重哲《トジュンチョル》が斎英を銃でねらった。

——バン！

再び銃弾《じゅうだん》がとんできて、陶重哲の脇《わき》をかすっていった。陶重哲がぎくりと身をすくめて一歩よけ、そのまま斎英のわき腹をけとばした。斎英が横へひっくりかえった。陶重哲が、奇英博のからだをおこして立たせた。

——バン！　バン！

美愛《ミエ》の横に立っていた男が胸から血を流してたおれた。

「なんてこった、このやろう……、いくぞ！」

奇英博がそうさけんで、先に走りだした。恩恵《ウネ》がそのあとにつづき、ついで陶重哲が、美愛をだきかかえるように走った。

彼らが路地のむこうに消えると、崔在員《チェジェウォン》と元錫《ウォンソク》が、角をまがってかけてきた。

「基秀《キス》！」

元錫が基秀をだきおこした。ついてくる崔在員は足をひどくひきずっていた。内股《また》から血が流れていた。

「だいじょうぶですか？」

基秀がたずねた。

「だいじょうぶじゃないよ。けど、死ぬほどじゃないさ」

崔在員がそういって、銃に撃《う》たれてたおれた奇英博の部下の首に手を当てた。

「死んでるな」

崔在員《チェジェウォン》は、苦しそうな顔で地面にしゃがみこんだ。元錫《ウォンソク》がその姿を見ながら、重い口をひらいた。

「どこのどいつなのか、とつぜんとびかかってきて、刃物《はもの》で切りつけて逃《に》げてったんだ。留置場から逃げたやつらのなかのひとりみたいだけど、逃《のが》しちまった」

元錫は自分を責めるようにうなだれた。

「トンムのせいじゃないさ。こんちくしょうめ、おれがもうちょっと射撃《しゃげき》に自信があったら、奇英博《キヨンバク》も郭恩恵《カクウネ》も、みんなやっつけてやったのに……。トンムたちに当たらないか心配で、まともに撃《う》てなかったよ」

崔在員は、こぶしで地面をなぐりつけて、歯ぎしりした。怒《いか》りで痛みも忘れているようだったが、出血がかなりひどかった。

「元錫、いったん崔在員トンムを病院につれていけよ。おれは奇英博を追うから」

基秀《キス》は、そういって、死んだ男の手から拳銃《けんじゅう》をひったくった。

「おい、おまえ、銃なんかつかえないくせに……」

元錫がいい終わらないうちに、基秀は、奇英博が逃げていった路地のほうへいってしまった。

「黄基秀《ファンキス》!」

斎英《チェヨン》の声が、こだまのようにひびいた。

敬愛《キョンエ》は、道立病院のまえで、ぐっと立ちどまった。真夜中を切り裂《さ》くようにひびくあの音は、銃声にちがいない。銃声《じゅうせい》はつづいて聞こえてきた。

漣川《ヨンチョン》おばさんは、けがをした保安隊員を病院につれていったらすぐに帰ってこい、と何度も念おしした。

――基秀《キス》がそういってたじゃないか、これ以上やられないって。

おばさんは、そういったけど、敬愛《キョンエ》はだからこそ不安だった。これまで、基秀がうそをいったことなんかなかった。銃であれなんであれ、基秀をとめられそうにない。だから恐《おそ》ろしかった。

敬愛は、道にそってゆっくりと歩いた。銃声が聞こえてきた方向に見当をつけて、少しずつ進んだ。保安隊の建物はまだ火が燃えている。ようやくかけつけた人たちが、火を消そうとあわてふためいていた。いったい、だれがこんなことをしたのか。ビラがなくても見当がついた。鉄原《チョロン》愛国青年団が、奇英博《キヨンバク》を救いだすために、ことをおこしたにちがいない。それなら、姉もいま、あの銃撃《じゅうげき》の現場にいるのかもしれなかった。

敬愛は、その場でぐるりとあたりを見まわした。すでに追撃《ついげき》が本格的にはじまったようだ。南のほうへいく大通りに一群の青年たちが走っていく。そのいちばんうしろに炳浩《ピョンホ》が見えた。敬愛は走りよって、炳浩をつかまえた。

「基秀を見なかった?」

「基秀? 見てないな……いっしょにいたんじゃないのか?」

炳浩が驚《おどろ》いてたずねた。炳浩は、母親が心配するからと百日紅屋敷《さるすべりやしき》から先に帰っていたが、爆発音《ばくはつおん》に驚いてかけつけてきたのだ。基秀がどこにいったのか、炳浩のほうが聞きたいくらいだった。

「さっき、斉英《チェヨン》と元錫《ウォンソク》といっしょにでていったの」

「そうなのか。じゃあ、どこかちがうほうにいったのかな。こっちへいく人たちのなかにはいなかったな。ちょっとまえに、人員の点呼をしたとこなんだよ。蝦塩辛峠《セウヂョッコゲ》へいく人たちのなかにもいなかったけど……。とにかく、おれもいかなくちゃ」

炳浩《ピョンホ》はそういって、仲間に追いつこうと走っていった。

敬愛《キョンエ》は、保安隊のまえで、四方にのびた道をかわるがわるながめた。基秀《キス》はどこへいったのか。上の姉はどこにいったのか。鉄原《チョロン》駅のほうにいくわけはない。栽松坪《チェソンピョン》のほうにいくこともなさそうだ。それなら、漣川《ヨンチョン》や抱川《ポチョン》のほうだ。炳浩がいうには、南の道を捜索《そうさく》している人員には、基秀はいなかったらしい。

敬愛は党舎の工事現場を通って、月下里《ウォラリ》のほうへつづく道に目をむけた。さっきの銃声《じゅうせい》も、あちらの方向のどこかからのものだった。敬愛は、狂《くる》ったようにドクドクとうるさい胸をなんとかおちつかせながら、歩きはじめた。星明かりひとつない夜、停電までしてしまった今夜、街なかは暗かった。藁《わら》ぶき家からポツリポツリと灯がもれてはいたが、この世のすべてのことから顔を背《そむ》けて、深いねむりについているようだった。

監理《カムニ》教会のまえに着いたときだった。むかい側から、男がひょっこりでてきて、教会のなかへとかけこんでいった。こんな深夜に教会だなんて。それに、あの身のこなしには緊張《きんちょう》感がただよっていた。敬愛は、男のうしろをつけて、注意ぶかく教会に入った。

敬愛は、塀《へい》に身をよせて進み、教会の中庭をすばやく横切って、教会の建物にたどりついた。壁《かべ》に背をつけて、すみまでいって、そのむこうをのぞいた。先ほどの男があわてたようすで、どこかを見ている。

監理教会のうしろには、低い裏山があり、その山を越《こ》えれば、盆地《ぼんち》のように山にかこまれた平野だった。

そこから教会まで裏山にそってのびるせまい道があった。

男は、まさにその道を見つめていた。しばらくすると、山すそから人びとがあらわれた。奇英博《キヨンバク》と郭《カク》恩恵《ウネ》、そして陶重哲《トジュンチョル》と姜美愛《カンミエ》だった。

「いきましょう!」

奇英博一行を待っていた男が、そういって先に動きだした。

その瞬間《しゅんかん》、敬愛《キョンエ》が彼らのまえに姿を現した。美愛がよろめいて、陶重哲にもたれた。

「敬愛……」

敬愛は流されるように、姉のほうに近づいた。奇英博がすぐに銃《じゅう》をかまえた。

「姜敬愛《カンキョンエ》、ここでおまえにあうとはな? 天が私に味方しているようだな」

「やめて。私の妹なんです」

美愛が哀願《あいがん》した。

「だから? またお慈悲《じひ》をっていうのか? 見ろ、姜美愛。おまえの妹がなにをしたのか忘れたのか? 黄基秀《ファンキス》といっしょに京城《キョンソン》にいって、このすべてのきっかけをつくった張本人だぞ。われわれ鉄原《チョロン》愛国青年団をこんなめにあわせた元凶《げんきょう》だぞ! それを、黄基秀も姜敬愛も裁かずに、このままずらかれっていうのか?」

「助けてください。私は、命をかけてあなたを助けたじゃありませんか。殺さないでください」

美愛は、奇英博のまえにひざをついてたのみこんだ。そして、両手をすりあわせて恩恵のほうをむいた。

「助けてください、お嬢《じょう》さん。お願いだから……私に免《めん》じて助けてください。お願いですから、助けてください」

「姉さん、その血は……」

敬愛《キョンエ》が驚《おどろ》いて、両手で口をふさいだ。暗闇《くらやみ》のなかでも血の色がありありと見てとれた。血のあとが肩《かた》から流れて、背中や腰《こし》までつづいていた。

「姉さん、怪我《けが》してるの！　病院にいかなくちゃ、早く！」

「だまれ！　姉貴を助けたかったら、すぐにその口をとじるんだな」

奇英博《キヨンバク》が低い声でおどしつけた。

「だめ！　そんなからだで三八度線は越《こ》えられないわ！」

敬愛が泣きさけぶと、奇英博があざけりをうかべていった。

「じゃあ、おまえの姉貴をおいていこうか？　アカどもが占拠《せんきょ》している道立病院につれていってみればいい。おまえの姉貴が北朝鮮で生き残れると思ってるのか？　洪正斗《ホンジョンドゥ》を殺したのに？　こうやっておれたちがみんな逃《に》げてしまえば、おまえの姉貴が洪正斗の命の代価をはらわねばならないだろうにな」

敬愛は、わっと泣きだしてへたりこんだ。姉が憎《にく》かった。こんなに姉を憎んだことはなかった。

「姉さん、なんでそんな……なんでこんなふうになってしまったの……。なんで……なんで……」

――私は、ただほんの小さなことを願っただけなのに、どうしてこんなことがおこるの……。金鶴山《クマッサン》のふもとの藁《わら》ぶきの小さな家。父さんが自分で建てた家に、姉さんたち、それだけあれば十分だったのに。

――家だよ、おまえの家。二坪里《イピョンニ》の万家台《マンガデ》にある家。

洪正斗のあの声が聞こえてきた日に帰りたかった。そしてもう一度はじめられたら、いまでなく、平《へい》穏《おん》なほかの日にたどりつけるのかしら？　ここでない、大野《テヤ》盞坪《チャンピョン》が見おろせるわが家の小さな縁側《えんがわ》に、姉さんたちといっしょにすわっていられるかしら？　だいたい、どうすればそんな日にたどりつけるの？　私は、ただ小さな夢を持っていただけなのに。

敬愛《キョンエ》はつっぷしたまま、むせび泣いた。

――委員長トンム、どうすればいいんですか？　委員長トンムを殺した者たちが逃《に》げているのに。私の姉さんが、血を流しながら逃げているのに。私はどうすればいいんですか？

「敬愛、さあ、お願いしなさい。どうぞ助けてくださいってお願いするの、さあ！」

美愛《ミエ》がすがりつくようにさけんだ。

「いやよ」

敬愛はつっぷしていたからだを一気におこした。

「いやよ！　いや！」

「おだまんなさい！　おまえ、正気？　お嬢《じょう》さん、助けてください。お願いだから、助けてください」

美愛は、また恩恵《ウネ》にすがりついた。恩恵は美愛をふりはらった。

「はなして！」

そして、みんなが気づくより早く、陶重哲《トジュンチョル》の手にあった銃《じゅう》をひったくって、敬愛にねらいをさだめた。

「やめるんだ！」

奇英博《キヨンバク》が声をあげた。陶重哲《トジュンチョル》が、あわてて恩恵の腕《うで》をつかんだ。

――バン！

銃声《じゅうせい》がひびいた。恩恵《ウネ》が手に持っていた拳銃《けんじゅう》が空《くう》をまった。

――ピンッ！

銃弾《じゅうだん》は、地面の土に埋《うず》まり、うめき声のような音をたてた。拳銃が地面にころがりおちた。

「なにをするんだ！　ここで銃声をたてたらどうなると思ってるんだ？」

奇英博《キヨンバク》が、恩恵をかみ殺さんばかりに責めたてた。

「死んでおしまい！　みんな死んでしまいなさい！　そして、いくの。こんなひどい街から早くでていくのよ！」

恩恵がわめきちらした。

「おまえがわめきたてなくても、おれがやるさ！　おまえの命を救いあげて、京城《キョンソン》につれていってやるのは、おれだってことを、しっかりとおぼえておくんだな！」

奇英博は、恩恵の鼻先に人さし指をつきだしていった。そして、陶重哲《トジュンチョル》にまた命令した。

「早く殺《や》ってしまえ」

陶重哲《トジュンチョル》がズボンの折りかえしをまくりあげると、刀の鞘《さや》がでてきた。陶重哲は小刀をぬくと敬愛《キョンエ》に近づいた。

「動かないで」

美愛《ミエ》が、奇英博に銃をむけた。両腕《うで》がワナワナとふるえていたが、まっ黒な口をあけた銃口は、みんなを威嚇《いかく》していた。

「姜美愛《カンミエ》、気はたしかか！　みんなで死のうっていうのか?!」

「敬愛《キョンエ》を傷つけるんなら……そう、いっそ、みんなで死にましょう」

奇英博《キヨンバク》が地面をけりつけた。そして、敬愛に近づきはじめた。

「う、動かないで！　ほんとうに撃《う》つわ」

「だまれ。命だけは助けてやるから、バカなまねはよせ」

美愛《ミエ》が銃口《じゅうこう》をひどくふるわせて、またいった。

「助けて。妹を助けて、どうかお願い……」

「だまれといっただろう！」

奇英博は美愛にそういって、銃で敬愛の後頭部をたたきつけた。

——バタッ。

敬愛はそのまま気を失った。


基秀《キス》は、監理教会《カムニ》のすぐ裏の丘のまがりくねった道にそって走っていた。はじめは平野にむかって走ったが、むだ足だった。

——それなら、監理教会のほうなのか。

そうやって走っていると、銃声がひびいた。かすかだが、人の声も聞こえるようだ。うしろのほうからは、足音もかすかに聞こえてきた。さっき別れた一行が、あとを追ってくるようだ。だからといって、彼らを待つ余裕《よゆう》はない。いちども銃を撃ったことはなかったが、撃ち方はきっとわかるはずだ。ねらいをつけて、ひき金をひく。

基秀《キス》は、拳銃《けんじゅう》をしっかりとにぎりしめると、角をまがって教会のすぐ裏にたどりついた。まさにそのとき、わずかにまえをかけていく人かげが見えた。奇英博《キヨンバク》一行にちがいない。彼らはいつのまにか、角をまがって見えなくなった。あとさきを考える余裕《よゆう》などなかった。ここでとり逃《にが》したら終わりだ。基秀は夢中で走った。一日じゅうふっていた雨で道がぬかるんでいる。運動ぐつがぬかるみにたたきつけられて、バチャバチャという足音をたてた。基秀はそれにさえ気づいていなかった。奇英博はすぐそこにいる。

──絶対に逃すものか。なにがあっても。

──ダーン！

銃声がひびいた。基秀は、下腹が熱く燃えるように感じた。

──いかなくちゃ。さ、走らなくちゃ……

足がゆっくり折れまがった。そのまま、ストンとひざを折って地面にへたりこんだ。

──銃を撃《う》たなくちゃ。早く撃たなくちゃいけないのに、手に力が入らない。

基秀はふるえる腕《うで》をぱたりとおとした。

「クソッ！」

奇英博が悪態をついて、岩のうしろから姿をあらわした。

「基秀ぼっちゃん？」

美愛《ミエ》がよろよろと岩によりかかった。

「おれが撃たなけりゃ、あいつがおれを撃っただろうさ、ちがうか？」

奇英博《キヨンバク》がその場にいた全員の顔に目をやった。

基秀《キス》は、しきりに気を失いそうになるのをなんとかしようと、目に力をこめた。雨水でひかる黄土《ファント》の道のむこう、不安げにあつまって立つ人びとのあいだに、恩恵《ウネ》がいた。目のまえがやたらとかすむが、おかしいことに、恩恵のことは見わけることができる。

——郭恩恵《カクウネ》。幼稚《ようち》園のころ、あまりにかわいらしくて声もかけられなかった子だった。恩恵がなぜ、こんなところに立っているんだろう。

恩恵にたずねたかった。

——どうしても、こんなふうにするしかなかったのか？

父親にたずねたいことばでもあった。世間にたずねたいことばでもあった。

——弓裔《クンイェ》の城跡《しろあと》へ遠足にいった幼稚園のころ、その日、恩恵は黄色いスカートをはいて、黄色い髪《かみ》どめをつけていて……。

その日、おれのおやじは東京からヨーヨーを買ってきてくれたのに……、おやじはヨーヨーがほんとに上手で、それで……その日は、どこにいったんだったっけ……。ヨーヨーを持っていって、敬愛《キョンエ》に自慢《じまん》したんだけど、敬愛があっというまに上手にできるようになったのを見て、腹が立って、ヨーヨーを井戸になげすてたんだ……。

ぼっちゃんってよぶなよ……。敬愛にそういった瞬間《しゅんかん》、あの瞬間がまさに、おれには解放だったんだ……その日はどこにいったんだったっけ……。どこで道に迷ったんだろう……。気をたしかにもたなくちゃ……けど……ねむいよ……。

基秀《キス》は、そのまままえにばったりとたおれた。

奇英博《キヨンバク》が早足でかけよった。つま先で、基秀をトントンとつつくと、みんなのほうにふりかえった。

「よく聞け。黄基秀《ファンキス》を撃《う》ったのはおれじゃない。さっき銃《じゅう》に当たってたおれた千富吉《チョンブギル》、あいつが、黄基秀を撃ったんだ。だから、おれが千富吉をやったんだ、わかったか？　これが、われわれが、黄寅甫《ファンインボ》の旦那《だんな》に報告する内容だ。さ、姜美愛《カンミエ》。おまえから黄基秀を撃つんだ」

「どういうことですか？」

陶重哲《トジュンチョル》が不安げにあたりを見まわしながらいった。

「団長、早くいかなければなりません。銃声をあげれば、あいつらがいつやってくるか……」

「だまれ！　ここでアカにやられて死んでも、京城《キョンソン》にいって黄家の手にかかって死んでも同じことさ。おれがおまえたちのことばを信じて、素手で死地にはっていくとでも思うのか？　みんな一発ずつ撃つんだ！　手が血によごれれば、裏切れんさ。さあ！　おそくなってみんなで死ぬのがいやなら、早くしろ！」

恩恵《ウネ》が奇英博の手から銃をひったくった。ためらうことなく近づいて、基秀の背中をねらって銃を撃った。

——ダーン！

拳銃《けんじゅう》の反動で恩恵がよろめいた。陶重哲《トジュンチョル》が恩恵を支えてやって、銃を受けとると、撃った。そして、またほかの男も。最後に、美愛があらく息をはいて、銃を撃った。

——ダーン！

基秀の背中から、小川の水のように血が流れた。

奇英博《キヨンバク》は、道ばたにつばをペッとはいて、歩きはじめた。みんながそのあとについて早足で歩いた。

その瞬間《しゅんかん》、斎英《チェヨン》が角のむこうから姿を見せた。斎英は、身をかくすことなど思いもしないで、奇英博のうしろ姿から目をはなさずに、基秀《キス》に近づいた。斎英の青い運動ぐつが、基秀の血だまりのうえに立った。斎英は、まさにその場にひざを立ててすわりこんだ。うすいズボンのなかに基秀の血が熱くしみこんできた。斎英は、基秀の指先にひっかかっている銃《じゅう》をつかんで、まえにねらいをつけた。

たった一度、的《まと》にきちんと命中したのは、たった一度だけだった。けれど、斎英はいま、この瞬間、自分は成功するだろうとわかっていた。完全な暗闇《くらやみ》につつまれた世界で、奇英博のうしろ姿だけが白い標的として目に入ってきた。斎英は、ひき金をひいた。

――ダーン！

奇英博の白い背中から血がふきだした。

1947

北朝鮮労働党鉄原《チョロン》郡の党舎が完成した。一年近い工事期間中、村ごとに米を集め、献金《けんきん》をし、各家庭から働き手をださなければならなかった。そのあいだに、朝鮮共産党は南と北に分かれ、そして北朝鮮共産党は、朝鮮新民党と合併《がっぺい》して北朝鮮労働党になった。

ゆうに数百人も入れる広場を見おろす、堂々とした三階建て石造りの建物だった。レンガをひとつひとつつみあげて、表面はコンクリートでしあげられ灰色だったが、青い瓦《かわら》とアーチ型の中央部のおかげで、おもしろみのない色が、むしろ品よく魅力《みりょく》的に感じられる。

月下里《ウォラリ》から鉄原駅まで、まっ直ぐのびた街の道にそって、大小の石造や木造の建物がたち並んでいる。昨年の秋の豊作で暮らしむきもよくなり、新しく建てた藁《わら》ぶきや瓦ぶきの家々が、静かな波のようにつづいていた。ほんの少しまえに国民学校〔小学校〕に入学したばかりの鼻たれ小僧《こぞう》たちの合唱のような、舌足らずだが元気のいい通りだった。

広場より、何段か高いところに建てられた鉄原郡の党舎は、このあたりでいちばん高かった。党舎の屋上にのぼれば、南北に広がる京元線《キョンウォン》と、東西に走る金剛山線《クムガンサン》、そして鉄原《チョロン》の広びろとした平野をひと目で見わたせた。

ワシが、冬のあいだじゅうその空を旋回《せんかい》していた。ワシたちは、はるか昔から一度も欠かすことなく、冬になれば鉄原にやってきた。冬でもあたたかい水がわきでる泉をさがしまわるツルやガンたちの姿も美しかったが、ワシの威厳《いげん》にはかなわない。ワシは、もっとも高い空で、両翼《りょうよく》をすっとのばして風に舞《ま》っている。あんなにはるかに広がる空では、地上のことなどなんでもないことだろうに。ワシは、どうしても探したいものでもあるかのように、冬のあいだずっと空を旋回していた。

「お姉ちゃーん！」

鳳児《ポンア》が、ひとつにぎゅっと結んだ長い髪《かみ》をゆらして、広場にかけてきた。

敬愛《キョンエ》はようやく視線をおとした。しばらくワシを見あげていたからか、少しめまいがした。目を何度かパチパチしているあいだに、鳳児はすぐ目のまえにきていた。

「なあに？　姉さんがせっかく結んであげたのに、ほどいちゃったの？」

敬愛は、軽く横目でにらんだ。朝、たしかにふたつにしっかり結んでやったのに、いつのまにかまた、ほどいてしまったようだ。

「かっこわるいんだもん、あの髪型」

鳳児は、むしろ敬愛に不平をぶつける。

「もう、足が速いんだから」

承愛《スンエ》もやってきた。大きなリュックを背おっている。

鳳児《ポンア》は「それ、なあに？」

「うん、郭《カク》委員長トンムが平壌《ピョンヤン》にいる息子さんにわたしてほしいっておっしゃるから。あーあ、カバンを預かるときに、ぼっちゃんが金日成《キムイルソン》大学に通ってるって自慢《じまん》が、またすごくって……」

「きのうきょうにはじまったことじゃないわ。村の人たちもみんなあきれるほどよ。ところで、いつ出発するの？」

「いま！　すぐよ！」

鳳児が右腕《うで》をふりあげた。敬愛《キョンエ》は急にさびしさを感じた。

「あんた、そんなにうれしいの？　姉さんと別れるのがさびしくないの？」

「もう！　いまはそんな個人的な感情なんか問題じゃないわ。この身は、万景台《マンギョンデ》遺児学院でりっぱな革命戦士になるっていうのに。そして、反動たちをひっつかまえて、南朝鮮を解放するのよ」

鳳児は、わざと冗談《じょうだん》っぽくいっているが、敬愛はその目に憎《にく》しみを読みとった。母に対する恋《こい》しさも、いまはその母を監禁《かんきん》している土地に対する憎しみにかわっていた。

敬愛が心配そうな顔をすると、鳳児は「へヘッ」と笑って敬愛の腕にぶらさがり、あまえてきた。

「もちろんさびしいよ。でも、泣きながら別れたら、お姉ちゃん、気にするかと思って。私の演技力、どう？」

子どもは日一日かわっていくというが、鳳児は、日々利発になっていく。一一才になったいま、口がたって、敬愛はやられっぱなしだ。鳳児は、またすねたふりをしていった。

「だから、お姉ちゃんもいっしょに平壌にいけばいいのに。姜《カン》氏一族のがんこさといったら、もう、ひどいものね」
鳳児《ポンア》と承愛《スンエ》は、平壌《ピョンヤン》に発《た》つことになった。承愛は平壌にあらたにできる平壌学院に入ることになっている。軍官学校だ。保安隊が襲撃《しゅうげき》された翌朝、敬愛《キョンエ》が道立病院で目をさましたとき、承愛はすでにそう心を決めていた。鳳児は、万景台《マンギョンデ》の革命遺児学院に入ることになった。鳳児の父親は、中国の革命軍とともに日帝《にってい》と戦い、戦死した。鳳児の母親はまだ生きているが、南朝鮮で二〇年の刑《けい》を宣告され、いつ釈放《しゃくほう》されるかわからない。鳳児には、十分に入学資格があった。

　承愛は敬愛に、いっしょにいこうと何度も誘った。けれどもそのたびに、敬愛はかたくなに首を横にふりつづけた。

　あの夜から数日後、美愛《ミエ》は抱川《ポチョン》のある田んぼで死体で発見された。死因は失血死だった。推測だが、けがをしたままさ迷って、そのままひとりで死んだらしい。そして監理《カムニ》教会のすぐ近くで、奇英博《キヨンバク》の死体も発見された。恩恵《ウネ》は、足どりがつかめないことから、無事に三八度線を越《こ》えたようだ。

　ひと月まえ、斎英《チェヨン》も京城《キョンソン》へいった。まだ奴婢《ぬひ》暮らしをしている母親をむかえにいったのだ。発つまえにすごい告白でもするような顔でいうには、斎英のほんとうの名前は「五福《オボク》」というのだそうだ。五つの福をみんないただけますようにと祖父がつけてくれた名前なのに、家をでるときに捨ててしまったのだという。今度、母親を鉄原《チョロン》につれてきたら、もうほんとうの名前で暮らすんだと斎英はいった。けれども、三、四日で帰ってくるといっていたのに、なにかあったのか、まだ連絡《れんらく》がなかった。

　そしていま、承愛と鳳児もいってしまう。

　もしかすると、敬愛にしても、どうしても鉄原に残る理由などないのかもしれなかった。今回ひとり残されたら、百日紅屋敷《さるすべりやしき》からでたあの幼いときよりも、もっとさびしくなるかもしれなかった。あまい夢ほど、目ざめたときのむなしさは大きいものだ。

でも敬愛《キョンエ》は、ここをはなれることができなかった。みんなが去ってしまうここには、けれども、みんながかわらず、とどまっているようにも思われた。

党舎のまえにつくられた舞台《ぶたい》のほうから、オルガンの伴奏《ばんそう》の音が聞こえてきた。すぐにはじまる公演のために、唱歌隊の子どもたちが最後の練習をはじめていた。

「もう、私がぬけたら、ちっともしまらないんだから」

鳳児《ボンア》が口をとがらせた。敬愛は冗談《じょうだん》めかして鳳児の頭をつつくと、承愛《スンエ》にいった。

「党舎竣工《しゅんこう》記念大会を見てから出発したらいいのに。鳳児も、最後に唱歌隊の公演をしてから」

「だけど、汽車でいったら、すごくかかるから」

承愛もずいぶん残念そうな顔だった。

平壌《ピョンヤン》まで汽車にのっていけば、まる二日はかかった。しかしちょうど平壌にいく便があって、のせてもらうことになっていた。車でなら数時間で十分到着《とうちゃく》できる。

「保安隊のまえから出発するっていってたでしょ？　いこう」

敬愛が鳳児の手をとって、先に歩きはじめた。承愛は党舎をしばらく見つめていたが、ふたりを追って広場からでた。

にぎわいの鉄原《チョロン》色とよばれたその名声は、昔の話だ。三八度線で京元線《キョンウォンせん》が半分に断たれてしまうと、にぎわいの波はひき潮のようにひいていった。結局、道庁も元山《ウォンサン》に移ってしまった。二百をこえる料理店は半数以上が店をたたみ、取り引き量が全国で五本の指に入っていた官田里市場《クァンジョンニ》も、いまでは小都市の市場ていどにすぎなくなった。昨年の秋には、鉄原劇場《チョロン》で崔承喜《チェスンヒ》の舞踊《ぶよう》公演があったけれど、そんな大きな公演はあれが最後だろうと、みんな嘆《なげ》いた。全国パンソリ大会が開かれたりもしていた鉄原劇場は、流行おくれのソ連映画がかかったり、政治講演に利用されたりするのがせいぜいだった。

冬の風がふきすさぶ街角で、敬愛《キョンエ》は承愛と鳳児《ポンア》を見送った。承愛は窓の外に腕《うで》をつきだして、敬愛の手をぎゅっとにぎってからはなした。それまであんなにはしゃいでいた鳳児は、車が動きだすと、わっと泣きだした。ジープは鳳児の泣き声を、影《かげ》のようにあとに残して遠ざかった。

敬愛は人民書店をあけた。いつもそうだったが、一月の寒さのなかでも、ガラス戸をあけっぱなしてそうじをした。床《ゆか》をていねいに掃《は》いたあとに大きなぞうきんでふき、机もひとつひとつほこりをはたいてからぞうきんがけをした。そうすると、店はキラキラと輝《かがや》きだした。火災のあとに建て直してもう半年になるが、きのう建てたかと見まちがうほどきれいだった。きれいにするために指はかじかんだが、一日も欠かしたことはなかった。

ほかのことはわからなかった。けれど、どう生きればいいのかは、よくわかっていた。自分にあたえられた一日を懸命《けんめい》に生きることだけは、だれよりも自信があった。

「寒くってたまらんのに、よくまあ、こんなにあけっぱなして」

漣川《ヨンチョン》おばさんが店に入ってきて、ガラス戸を閉めた。

敬愛が店のまんなかにある暖炉《だんろ》に火をつけた。排気筒《はいきとう》がまっさらだからか、煙《けむり》ひとつ立てず、すぐに部屋が温まった。やかんに水をくんで暖炉《だんろ》にかけておいたが、すぐに湯気の音をシューシューと立てだした。

おばさんが暖炉に手をかざして、それとなく声をかけた。

「敬愛《キョンエ》、あんたはこれからどうするつもりだね?」

「なんのことですか?」

敬愛はそう聞きかえして、いきなりにっこりと笑った。おばさんは目をパチクリさせている。敬愛は声をあげてしばらく笑った。

「思いだしませんか? あの日もおばさんはそんなふうに聞いて、私はなんのこと? って、こたえましたよね」

「あの日?」

「ええ、華瑛《ファヨン》若奥さまがでていったあくる日、おばさんが漣川《ヨンチョン》に発《た》ったときです」

おばさんも思いだして、手をたたいてよろこんだ。

「そう、そうじゃった! なぁ敬愛や。考えてみたら、あれはたった二年まえのことだね? いやまだ一年半しかたってないじゃないか。それなのに、えらく年つきがたったような気がするね。はあぁ、あの朝わしゃあ、うちのトリにあうつもりで、天にものぼる心地で漣川にかけつけたさ」

おばさんがなつかしそうな目で通りを見た。いまでは息子の話をしても、笑うことができた。

「おまえはどうだったんかね?」

「私ですか? うーん、おばさんがでていったら、私はまたひとりぼっちになるなぁって」

「そうかい。それじゃぁ、いまは？」

おばさんは、なにかいいたそうだった。

「どうしたんですか？　なにかいいたいことがあれば、遠慮《えんりょ》なくいってくださいって、いつもいってるでしょ」

「いや、なに、その……承愛《スンエ》もいったし、鳳児《ポンア》もいってしまったから、おまえがさびしいだろうと思ってさ……」

もちろん、敬愛《キョンエ》はさびしかったが、承愛と鳳児のせいではなかった。空っぽの家で、ときにはさびしいだろうけれど、ふたりは平壌《ピョンヤン》で元気にしているはずだ。それは、なつかしさとよべるものだった。

敬愛がさびしいのは、ほかの理由からだった。胸のなかに、ほかのだれかでは埋《う》めることのできない、場所やすきまがあった。父、母、上の姉、洪正斗《ホンジョンドゥ》、そして基秀《キス》。

道立病院で意識がもどったとき、徳九《トック》が基秀の死を知らせてくれた。その瞬間《しゅんかん》、敬愛は自分の胸のなかに、もうひとつすきまができるのを感じた。それは、ほかの何者にも埋めあわせることのできない、基秀だけの場所だった。父の場所がそうで、母の場所がそうであるように。自分の胸のなかに基秀の場所があるということを、どうしてあのときはじめて知ったのだろうか？　敬愛はそれが悲しくて、いつまでも泣きつづけた。泣きやみかけたころ、実は基秀の場所があったのを、まえから知っていたことに気づいた。ただし、それではいけないと思っていただけのことだった。「ぼっちゃまとよぶな」と、基秀はいったのに。敬愛はそれがすまなくて、いつまでも泣いた。

敬愛はひとりでいるとき、基秀のことを思った。残念なのは、恋《こい》しさはつのるのに、思いだせることが多くないことだった。

――もう少しよく見ておけばよかったのに。そしたら、すきまに書きこめる話があったはずなのに。父を考えても、母を考えても、上の姉を考えても、いつもそんな残念さで、それぞれの場所を見つめなければならなかった。ばかみたい。敬愛《キョンエ》は自分をしかり、さびしそうに笑った。

「この子ったら！」

おばさんが敬愛の肩《かた》をこづいた。敬愛は去年の秋、急に背がのびて、おばさんの手は頭まで届かなくなった。一年まえにつくった綿入れのチョゴリが小さくなって、そで口からひょろ長い手首がはみでていた。

「なんでたたくのぉ？」

敬愛があまえたように語尾をのばした。

「子どもがなんでため息なんかつくんかい？　福が逃《に》げるよ」

「私がなんで子どもなの？　こんなに大きくなったのに」

敬愛はおばさんの頭の上に手をあてて、そのまま自分のほうに手を動かした。おばさんの背は、ちょうど敬愛の胸の上あたりだった。敬愛がククッと笑った。

「娘《むすめ》っ子が、なにかうまいもんをこっそり食ったようだのう。こんなに背がのびて……」

「えっ？　そんなものがあれば、おばさんの背がのびるようにまっ先にさしあげてますよ」

「まあ、おおっぴらにからかってくれるもんだねえ。年つきはなんでこう、泥棒《どろぼう》みたくすばしっこいかね。わしの白髪《しらが》を見てみな。青春は音もなくやってきたかと思うと、音もなくすぎてしまった……。お

まえはいいねえ」

——そうかしら？

敬愛《キョンエ》はそでの先にのびた自分の手首をながめた。まだからだが大きくなっているなんて、信じられなかった。一生分の時間を、もうつかってしまったような気がしてたのに。

「そうじゃ。すっかり大きくなったとしよう。今年で一七だから、もう大人だ。おまえはもう子どもではないいうことじゃ。ところで、こんなふうにひとりで暮らしてるんは、はた目にもよくない。みんなわしのことを、母親ではなくても、叔母《おば》くらいには当たるだろうと思っててね。わしのことを悪くいうんだよ」

「それで？」

敬愛がにこにこと笑った。おばさんがなにをいおうとしているのか、わかりきっている。

「あのな、いい嫁《とつ》ぎ先があるだよ」

おばさんは、なにかをたくらんでいるみたいに目を細めた。

「とりあえず、写真を見せてください」

敬愛がのり気になると、おばさんはかえってあわてだした。

「なんだって？　娘《むすめ》っ子がはずかしげもなく」

「なにがはずかしいんですか？　娘が嫁《よめ》にいくというのが。とにかく写真を見せてください」

「写真を見てどうするんだね？」

「私、見ばえのよい人じゃなきゃ、ダメなんです」

「あれまあ、見ばえなんぞで食えるんかね」

「もちろんです。おかずのかわりに見ばえを食べたらいいんです。人はごはんだけ食べて生きてるわけじゃないでしょ」

「この子が！」

おばさんがすばやくこぶしをふりあげた。敬愛《キョンエ》はペロリと舌をだして、外にとびだした。おばさんもゲラゲラと笑いながら、ついてでた。

いつのまにか、人が増えていた。村ごとに旗を先頭に立てて、農楽隊がリズムをとりながら、党舎のほうへと人が集まってきた。党舎のために献金《けんきん》や仕事をさせられたときは、不満も多かった。今度また漣川《ヨンチョン》につながる道路をつくるというので、いまから不平をいう声が聞こえている。しかし威容《いよう》をあらわした新時代の姿に、だれもがお祭り気分になった。党舎は、なんでも自分たちの手でつくっていくという、新時代の象徴《しょうちょう》だった。敬愛も、おばさんといっしょに行列に加わって、党舎にむかった。毎日見ている建物だったが、きょうはあらためて胸がはずんだ。

旗の掲揚塔《けいようとう》には太極旗《テグッキ》がはためき、建物は、たくさん掲《かか》げられたたれ幕におおわれてしまうほどだった。金日成《キムイルソン》委員長とスターリン大元帥《げんすい》の巨大な肖像《しょうぞう》画がかけられ、その横にスローガンを書いた赤いたれ幕がずらっと並んでいた。

無償没収《むしょうぼっしゅう》無償分配！　土地は農民に！

国家は人民の母！　社会保障法実施《じっし》！

平等な朝鮮の　男女平等法実施！
産業施設《しせつ》国有化で　工場を労働者に！

北朝鮮でこれまでなしとげた改革を書いたスローガンだった。

「ただいまから、北朝鮮労働党、鉄原《チョロン》郡党舎の建立記念国民大会をおこないます！」

このごろは司会専門になった元錫《ウォンソク》が、マイクにむかってさけんだ。人びとが大歓声《かんせい》をあげるなかで、白いシャツに赤いリボンを首に巻いた子どもたちが舞台《ぶたい》にあがり、オルガン伴奏《ばんそう》とともに歌いはじめた。

ともに敵と戦って死んだ　われらの死を　悲しむな
旗をかけてくれ　われらの旗を　そのもとで死を誓《ちか》った旗を
熱い血を流し　語るトンムの声　胸のなかにひびく
戦友《とも》よ安らかに　恨《うら》みの道に　復讐《ふくしゅう》の血はたぎる

「姜敬愛《カンキョンエ》トンム、ここだったたか？　書店に客のようだが」

第一玉つき場の支配人が教えてくれた。敬愛はおばさんを残して、急いで人民書店にもどった。客というのは、子どもだった。なじみ客なのでよく知っている。去年おくれて学校にあがった子どもだが、このごろ本を読む楽しさに熱中しているのだ。鳳児《ポンア》と同い年の一一歳だというが、鳳児より背が頭ひとつ高かった。

「トンム、この本をほかのととり替《か》えてください」

敬愛《キョンエ》があきれて笑った。それも一度や二度ではない。本は読みたいがおこづかいがたりないので、こうして毎回奥の手をつかう。読んでないふりをして、とり替えてくれといいたてるのだ。今回も一冊の値段で、一〇冊近く読んだはずだった。敬愛も気づかないふりをして、とり替えてやったりした。ところが、今回はちょっといたずらをしてみたくなった。敬愛はわざと厳しい顔つきをして、たずねた。

「トンム、人民書店の店員をだますのは、人民委員会をだますのと同じよ。知らないの？」

子どもの顔がまっ赤になった。

「すみません」

敬愛はクックと笑った。子どもは目をまるくした。

「さあ、いこう。いっしょにいくところがあるわ」

敬愛は子どもの手をひいて、百日紅屋敷《さるすべりやしき》へいった。みんな党舎におしかけているので、屋敷はがらんとしている。子どもは、その静けさにいっそう気おくれするのか、首をすくめた。敬愛は子どもの頭をやさしくなでてやって、縁側《えんがわ》にあがり、離《はな》れの扉《とびら》をあけた。

古い本のにおいがふわっと広がった。徐華瑛《ソファヨン》の書斎《しょさい》だったここは、いまは民青の図書館になっていた。あれから本が増えて、本棚《ほんだな》はどれもびっしりつまっている。

「ね、ここは本がたくさんあるでしょ」

子どもの顔が、ぱっと明るくなった。この部屋には普通の子どもの読みそうな本はとくになかったが、本の好きなこの子は、いくらでも読むものを見つけることだろう。

「ここの本はいくら読んでもいいの？」

「うん、ここにはおばさんがひとりいるけど、私が紹介《しょうかい》してあげるからね。そうしたら、あんたの好きなだけ本を読ませてくださるわよ。運がよければ、おやつだってくださるかも」

子どもは、思いもよらない幸運が信じられないというように、うっとりとした表情で本を見わたした。敬愛《キョンエ》は金色の絹の座布団《ざぶとん》がしかれたいすにすわって、子どもに手まねきした。子どもが近よってきた。

「名前はなんていうの？」

「金美子《キムミジャ》」

「そう。美子、私は敬愛よ、敬愛姉さん」

美子がこっくりとうなずいた。そして、すぐにまた、本に目をうばわれながらいった。

「こんなに本がたくさんあるところは、はじめてです。ありがとうございます、トンム。私は……」

美子はまた両ほほを赤らめた。ちょっとためらってから、

「私、作家になるつもりです。トルストイのような」

「あんた、トルストイを知ってるの？」

「もちろんです」

美子が得意げな顔で笑った。

敬愛はいすから腕《うで》をのばして、本棚《ほんだな》にあったトルストイの本を一冊ひきぬいた。『戦争と平和』。日本語で書かれた本だったが、いちばん最初のページに徐華瑛《ソファヨン》の名前が書かれていた。本棚のどこかに朝鮮語版があることも思いだした。金美子というこのほがらかな子が、奥さまの書斎《しょさい》でトルストイを読んで

いると知ったら、奥さまはなんとおっしゃるかしら？　きっとゲラゲラとひとしきり笑われるにちがいない。敬愛《キョンエ》は急に、徐華瑛《ソファヨン》のことが思いだされた。

――日本が敗《ま》けたそうよ。

いま敬愛は、徐華瑛のあの声がひびいた、まさにそのいすにすわっていた。

いすのひじあてをそっとさすってみた。部屋の外には、板間と庭がひと目で見わたせた。

――わしは洪正斗《ホンジョンドゥ》というんだ。

あのうそのような朝のきつい陽ざしを思いだすと、いまも目がまぶしかった。「土地は耕す農民に！」庭にしいたゴザのうえで、声をかぎりにさけんだあの日が思いだされた。基秀《キス》にロシア語の教材をわたしたくて、なんとさけんでいるのかわけもわからず、うわの空で大声ばかりだしたっけ。敬愛はひとりでにっこりと笑いながら、ふと美子《ミジャ》をながめた。

「美子、私ね、小説よりもおもしろい話を知ってるんだけど、あんたがそれを書いてみる？」

美子が興味ありげに近づいてきた。

「私が？」

「そうよ、私は頭がよくないからよく忘れてしまうの。ほかの人もそう。おもしろい話なのに、どんどん忘れてしまうのは惜《お》しいじゃない。だから、あんた書いてよ」

「いいわ。私がトルストイみたいに有名な作家になって書いてあげる」

「じゃあ、明日から学校が終わったら書店にきて。私ががちょっとずつ話してあげるから」

美子はこっくりとうなずいて、すぐにまた本棚《ほんだな》に近づいた。

敬愛《キョンエ》は立ちあがって、蓄音器《ちくおんき》のまえにおいてあるレコードを探った。「希望歌《ヒマンガ》」と書かれたレコードは、一番はしにあった。蓄音器をかけると、なつかしい雑音とともに、あの夜聞こえていた歌が流れてきた。

この風塵《ふうじん》の世に　おまえの希望はなんなのか
富貴《ふうき》と栄華《えいが》さえあれば　希望は満たされるのか
蒼《あお》い空明るい月下に　よくよく考えてみると
世上万事《せじょうばんじ》が　春の夜の夢のまた夢なり

敬愛は美子《ミジャ》といっしょに、また通りにでた。路地をぬけると、党舎のほうから大きな歓声《かんせい》が聞こえてきた。つづいて力強い伴奏《ばんそう》がひびきわたった。美子は本をひとかかえ持っているのに、党舎のほうへいきたいのか、そっちに耳をかたむけている。敬愛はそのようすに気づいて笑いかけた。

「本を持っててあげるから、いって見ておいで」

美子は敬愛に本を預けて、党舎のほうへとかけだした。けれど、しばらくして、あわててもどってきた。

「店員トンム、書店にこのあともいますか?」

「きょう?」

「はい、それから……、これからも」

美子が顔を赤らめるのがかわいくて、敬愛は声をあげて笑った。

「心配しなくていいわよ。私はいつまでも人民書店にいるから。それにね、普通にお姉さんってよんでもいいのよ」

すると、意外にも美子《ミジャ》が真顔になった。

「いやです。私たちはみんな同じ人民じゃありませんか？　平等な朝鮮の……」

「それはそうだけど、お姉さんのほうがいい感じじゃない？」

「それでもいやです。店員トンム」

美子はそういってにっこり笑うと、またかけだしていった。

敬愛《キョンエ》は、美子のうしろ姿をじっと見つめた。短く刈《か》ったおかっぱ頭の下に見える、細い首がいじらしかった。私もあんなふうにかけまわっていたのかしら。敬愛はおつかいにでて、街なかの通りを小走りにかけていた日々を思いだした。ふと、コーヒーをのんでみたいと思った。おつかいのコーヒーの香りがあれほど好きだったのに、いままでのんでみたことはなかった。きょうは書店をしめてから、おばさんとコーヒー店にいってみようと思った。敬愛は人民書店にもどった。

ちょうど、その瞬間《しゅんかん》だった。

ダーン！

どこからか、銃声《じゅうせい》が聞こえた。あるいは、それほど遠くないところで聞こえたのかもしれなかった。

敬愛はビクッとしたが、すぐになんでもない顔になって歩きだした。銃声は、わたり鳥の鳴き声のように、ときがくればもどってくるなにかだった。

あの空のはての高いところで、ワシの群れが不安そうに輪をえがく、一九四七年一月のある日のことだった。

訳注《やくちゅう》

＊1　**京元《キョンウォン》線**＝京城（現在のソウル）と朝鮮半島東岸の港町元山《ウォンサン》の間、約二二三キロメートルを結ぶ鉄道。（京城は一九四五年八月の解放（＊9）後に「ソウル」とよばれるようになるが、しばらくのあいだは呼称《こしょう》は混在していた。本作品では「京城」の読み方について、基本的に、解放以前は「けいじょう」、解放以後は「京城」の朝鮮語の漢字読みである「キョンソン」と読ませている。）

＊2　**電気鉄道線**＝鉄原《チョロン》駅と内金剛《ネクムガン》駅約一一六キロメートルを結ぶ朝鮮半島で初めての電気鉄道で、金剛山《クムガンサン》電気鉄道とよばれた。

＊3　**鐘淵紡績《チョンヨンぼうせき》**＝日本企業の鐘淵《かねがふち》紡績のこと。のちの「カネボウ」。鉄原工場は一九三三年操業。「チョンヨン」は「鐘淵」の朝鮮語の漢字読み。

＊4　**三越《みつこし》百貨店**＝日本の植民地期、朝鮮半島に進出していた日本企業《きぎょう》は多数あった。前出の鐘淵紡績《ぼうせき》（＊3）や、後出の神戸製菓《せいか》店などもそのひとつ。「鐘淵《チョンヨン》」のように漢字の朝鮮語読みでよばれていたものもあれば、「三越《ミツコシ》」「神戸《コーベ》」のように日本語読みが定着していたものもあった。

＊5　**ツカダさん**＝日韓併合《へいごう》（一九一〇年）後、日本が朝鮮半島を植民地支配していた時期、多くの日本人が朝鮮に植民（移住）した。現地の朝鮮人にとって、日本人は異邦人である。

＊6　**総督《そうとく》府**＝朝鮮総督府のこと。一九一〇年の日韓併合にともない、朝鮮を統治するために日本政府が設けた最高機関。長官の朝鮮総督は立法・司法・行政の三権に加え、軍事権までにぎっていた。庁舎は京城の

＊7　**車氏《チャ》**＝朝鮮では結婚《けっこん》後も女性の姓《せい》（名字）はかわらない。車姓は黄寅甫《ファンインボ》の妻の姓。（子は父の姓をつぐ。）景福宮《キョンボックン》（朝鮮王朝の王宮）敷地内に置かれた。

＊8　「希望歌《ヒマンガ》」という唱歌《チャンガ》の一節。日本統治時代、民衆に愛唱された。朴燦鎬《パクチャンホ》著『韓国歌謡史《かようし》』（晶文社）参照。

＊9　**解放**＝日本の敗戦によって朝鮮が日本の植民地支配から解放されること。

＊10　**挺身隊《ていしんたい》**＝戦時下の労働力不足から、日本当局は若い女性を「女子挺身隊」「女子勤労挺身隊」などとして植民地支配下の朝鮮からも集め、日本の軍需工場へ送るなどして働かせた。なかには「挺身隊」の名目でだまされて連れていかれ、いわゆる日本軍「慰安婦《いあんふ》」にされた例もあった。

＊11　**親日派**＝日本は一九一〇年の韓国併合《へいごう》によって、一九四五年八月の敗戦まで三六年にわたり朝鮮を植民地支配したが、この間に朝鮮人でありながら日本の朝鮮統治に積極的に協力し、時に同じ朝鮮人を裏切るなどして日本人に取り入り、利益を得るなどした人たちのこと。

＊12　**望夫石《マンブソク》**＝遠くへいった夫を待ちあぐねた貞淑《ていしゅく》な妻が石になった、という言い伝えの石。

＊13　**皇国臣民の誓《ちか》い**＝「皇国臣民ノ誓詞《せいし》」のこと。「私共は、大日本帝国《ていこく》の臣民であります」「私共は、心を合わせて天皇陛下に忠義を尽《つ》くします」「私共は、忍苦鍛錬《にんくたんれん》して立派な強い国民となります」といった内容。植民地統治を強固にし朝鮮人を戦時体制に組みこむため、日本は朝鮮に「皇民化政策」を敷《し》いて朝鮮人の民族性を奪《うば》い、大日本帝国の臣民として日本人化（皇民化）しようとした（同化政策）。

＊14　**若者たちが軍隊や徴用《ちょうよう》や監獄《かんごく》にいった**＝当時朝鮮からも志願兵として、または戦争末期には徴兵《ちょうへい》により、日本軍に入隊した者もいた。徴用とは、戦争などの非常時に国が国民を強制的に動員して一定の仕事につかせること。当時は朝鮮人も日本臣民だったので、徴兵、徴用の対象になった。「監獄にいった」というのは、ここでは朝鮮の独立運動に参加するなどして逮捕《たいほ》・投獄《とうごく》されたことを指す。

＊15　**「神風《かみかぜ》の御召《おめし》」**＝日本の植民地支配期は、朝鮮人も日本国臣民とされていたので、皇国史観にもとづいた戦意高揚《こうよう》映画が朝鮮でも上映されていた。

＊16　**メグミ**＝恩恵《ウネ》の日本式の名前。**＊17**（創氏改名）を参照のこと。

＊17　**創氏改名**＝日本の植民地統治下の朝鮮で、朝鮮姓《せい》を廃して日本式の氏名に改めさせ、朝鮮人を天皇制のもとに皇民化しようとした政策。

＊18　**太極旗**《テグッキ》＝朝鮮王朝時代の一八八三年に定められた国旗で、一八八九年に大韓帝国《ていこく》国旗として引きつがれた。日本の植民地支配下の一九一九年におこった三・一独立運動のときには、朝鮮の人びとは太極旗を掲《かか》げて独立をさけんだ。一九四八年の「大韓民国」建国後は、国旗として継承《けいしょう》されている。

＊19　**トンム**＝もともとは同年配や年下に用いる「友だち」「仲間」の意味だが、この物語では「同志」（こころざしを同じくする仲間）や「〜さん」の意味で使われている。

＊20　**李承晩**《イスンマン》＝一八七五年生まれ。おもにアメリカを拠点《きょてん》に朝鮮独立運動をおこない、祖国解放後の一九四五年一〇月に帰国。右翼《うよく》保守勢力を支持基盤《きばん》に親米反共主義の政治家として活動し、一九四八年、多くの反対派を弾圧《だんあつ》しながら、南北分断を決定的にする南朝鮮単独選挙（＊28）を実施《じっし》。大韓民国建国とともに初代大統領に就任した。

＊21　**ベントー**＝日本の植民地期、朝鮮半島では日本語が強要されたが、その間に日本語がそのまま定着したものもある。「弁当」もそのまま「ベントー」とよばれるようになった。

＊22　「ナグネ　ソルム」という流行歌の一節。百年雪《ペクニョンソル》の歌で一九四〇年発売、曺景煥《チョキョンファン》作詞・李在鎬《イジェホ》作曲。（＊8の『韓国歌謡史』参照。）

＊23　**ソ米共同委員会**＝モスクワ三相会議（＊24）で設置が決められた、朝鮮に駐留《ちゅうりゅう》するソ連と米国の両軍政による委員会。朝鮮の国家再建を支援する方策の立案をゆだねられた。二度の会談をへて、決裂《けつれつ》。

＊24　**モスクワ三相会議**＝一九四五年一二月にモスクワで開かれた、米国・英国・ソ連の三カ国の外相による会議。朝鮮半島の独立がなされるまでは、米国・ソ連・英国・中国の四カ国が最長五年間の信託《しんたく》統治（＊25）をすること、ソ米共同委員会（＊23）を開催《かいさい》すること、などが決められた。

＊25 **信託《しんたく》統治**＝国連の監督《かんとく》の下に、信託を受けた国（施政《しせい》権者）が、一定の非自治地域でおこなう統治のこと。

＊26 **精版社偽造《ぎぞう》紙幣《しへい》事件**＝一九四六年五月、ソウルで朝鮮共産党が多額の偽造紙幣をつくり、市中に流通させたとされる事件。

＊27 **閔妃《ミンビ》（明成《ミョンソン》 皇后《こうごう》）**＝朝鮮王朝第二六代国王高宗《コジョン》の妃《きさき》。一八九五年、日本公使三浦梧楼《みうらごろう》の指揮下、日本軍人・大陸浪人《ろうにん》らの手で虐殺《ぎゃくさつ》された。

＊28 **南朝鮮の単独選挙**＝一九四六年三月〜五月に開かれた第一回目のソ米共同委員会（＊23）が不調に終わり、三八度線以南を統治するアメリカを後ろ盾《だて》とする李承晩《イスンマン》（＊20）は、南側だけの単独選挙、単独政府樹立を主張。一九四八年五月に単独選挙を実施した。

＊29 **創氏した名前**＝創氏改名（＊17）によってつくった日本式の名前。

＊30 **光復軍**＝日本統治時代に、中国大陸で朝鮮独立を目指して抗日闘争《とうそう》をくり広げた大韓民国臨時政府の軍隊（一九四〇年創設）。

（注）地名の確認は『朝鮮一覧』（朝鮮地理研究会編、京城《けいじょう》東洋大学堂、一九三一年一〇月、青丘文庫所蔵）によった。

作者あとがき

あの冬の日曜日の午後、私は時間の境界を超《こ》えた。二月になって春の気配がかすかに感じられるころだった。しかし車で二、三時間走って到着《とうちゃく》した鉄原《チョロン》は、いまだ荒涼《こうりょう》とした冬だった。灰色の空をかたくなに切りさく山脈のふもと、霜《しも》のおりた広野には、ワシたちにささげられた牛たちがころがっていて、陰惨《いんさん》なカラスの鳴き声が呪術《じゅじゅつ》のようにとび交っていた。

その広野のはてに、巨大な墓碑《ぼひ》があった。銃弾《じゅうだん》のあとが刻みつけられた大きな建物の名は、朝鮮労働党鉄原郡党舎。私の知る現実と時間の境界のなかに、そんな名前が実在するわけがなかった。

そこは、江原道《カンウォンド》鉄原郡鉄原邑官田里《ウプクワンジョルリ》。民間人統制線（民統線。民間人は許可なく出入りできず、有刺《ゆうし》鉄線などで完全に遮断されている）の内側の、まさに忘れられた地だった。

広場を見おろす大きな三階建て石造りの建物は、外形はおおかた残っていたが、爆撃《ばくげき》の形跡《けいせき》がありありと刻まれていた。まるで爆撃の最中に時間がとまってしまったように、建物の右側には、民統線入口の軍の歩哨《ほしょう》所があり、建物のまえを通る二車線の道路には信号ひとつなく、埃《ほこり》ばかりがたっていた。建物のうしろの裏山とむかい側の山並みは、平凡《へいぼん》そのものだった。

どうしてこんなところにこれほど大きな建物を建てたのだろうか。いきなりそんな疑問がうかんだ。党舎のまえの説明版には、おおむねこんな説明があった。

鉄原《チョロン》郡北朝鮮労働党で完成させたロシア式建物で、一八五〇平方メートルの面積に地上三階建ての無鉄筋コンクリートの建物である。建設当時、献金《けんきん》として村あたり二〇〇俵の米を集め、住民を強制労働に動員して、秘密保持のために内部は共産党員だけで工事した。韓国戦争〔日本でいう朝鮮戦争〕がおこるまえの共産党統治下で反共活動をしていた数多くの人びとが、ここにとらえられ、拷問《ごうもん》をうけ虐殺《ぎゃくさつ》された。党舎の裏の防空壕《ごう》からは、人間の遺骨と針金などが発見された。

ちょっとはなれたところに、案内板がもうひとつあった。水彩《すいさい》画風に描《えが》かれた鉄原郡の復元図だった。朝鮮労働党鉄原郡党舎にはじまり鉄原駅まで、靄《もや》のかかった街のようにかすんだ絵だったが、明らかに繁華《はんか》な通りだった。その街の風景を見てやっと、あんなに大きな建物の存在を納得することができた。いわゆる「安保観光コース」にそって民統線のなかまで入ってみると、その華《はな》やかだった過去の痕跡《こんせき》が残っていた。歯を食いしばるようにしてその形をとどめた氷倉や金融《きんゆう》組合、かろうじて礎石《そせき》だけを見せている南国民学校や製糸工場、そして灰色の石くれの山が、春の田仕事を準備するために赤土をすきかえした田畑を横切っている。爆撃《ばくげき》でつぶれた建物の残骸《ざんがい》が、いまは田のあぜ、畑のうねになっているのだ。最後にはひとにぎりの土に帰る私たちの生と同じように。

そのときから私は、時間の境界のむこう側の鉄原を求めてさまよった。本を読み、論文をあさり、映像も見た。ときには地図をたどって、鉄原《チョロン》の復元図の写真をルーペでのぞきこんだ。ときには、また鉄原に車で飛んでいって、古老をつかまえて、がむしゃらにたずねてみたりもした。

——鉄原生まれ、鉄原育ちという人はいませんか?

こうたずねると、だれもがちがうと手をふった。

——いないよ。だあれもいない。爆撃《ばくげき》で死んだか、北にいったかだよ。

そんなある日のこと、ひとりの老人にあった。私を時間の境界のむこうにつれていってくれた、鉄原郡復元図を描《えが》いた、まさにその人だった。老人は、生まれたその土地、つまり民統線のむこうで農業をしながら暮らしていた。日帝《にってい》の植民地期に生まれ、朝鮮人民共和国をへて、戦争のさなかには米軍政統治下で暮らし、いまは大韓民国という垣根《かきね》のなかで暮らしている。一生で四つの国の民として生きたのだ。私は軍の歩哨《ほしょう》所に身分証をあずけ、民統線のなかに入って老人にあった。時間の流れさえとまってしまったような薄《うす》暗い家でむかいあって、分断の壁《かべ》の底にうずもれている話を聞いた。そして、通行禁止時間に追われて村からでて、また朝鮮労働党党舎にいった。鉄原郡の復元図のまえに立ったとき、あたりはもう暗かった。

しかし、私は見た。時間の境界を超《こ》えて、あの繁華だった街の通りを行き交う人びとを見た。コーヒー豆の袋《ふくろ》をかかえて小走りに走る敬愛《キョンエ》を、禁書をふところに入れて重い足どりで歩く基秀《キス》を、自尊心にみちた顔をまっすぐにあげて人力車にのる恩恵《ウネ》を。その一日一日を重たく、しかし熱く生きていった人びとを。

泥棒《どろぼう》のようにやってきた解放のその日、この街の通りを歩いていた人たちは、なにを夢見ただろうか。

新祖国建設の槌音《つち》が高らかだったあの日、希望の礎石《そせき》をすえるために汗《あせ》を流した人びとは、なにを夢見ていたのだろうか。そして彼らは、彼らのあの日の夢は、どこにいったのだろうか。

私はその夢を復元したかった。その街を。その街に生きた人びとを復元したかった。この地の現代史がはじまったあの日の夢を、復元してみたかった。南でも北でも、力をもった人びとの恣意《しい》によって忘れ去られた彼らの声をよみがえらせ、現代の私や私たちに聞かせたかった。これからの世の中をつくっていく者たちに聞かせたかった。

私は、統一を当然のこととして受け入れる人間であるだけだ。率直にいうなら、熱心に統一を夢見たこともなく、いくことのできない北の地を恋《こい》しがる人間でもない。

しかし、鉄原《チョロン》で時間の境界を超《こ》えたあとでは、私はその日を夢見ている。漢拏山《ハルラサン》から白頭山《ペクトゥサン》まで一気に走っていけるその日を、そんなふうに大陸のあちらの国々のはてまで思うままに走っていけるその日を、夢見ている。その日がくれば、忘れられたあの地で鎮魂《ちんこん》の歌を歌いたい。消え失せた夢のために、たしかに存在した魂《たましい》のために。

この一編の物語は、その鎮魂曲の第一楽章である。どうか安らかであれと祈りたい。昨日の人びとも、きょうの人びとも。

DMZ〔非武装地帯〕のまばゆい新緑が恋しい六月、イ ヒョン

日本の読者のみなさんへ

私は幼いころから日本の少女マンガの大のファンです。美内すずえの『ガラスの仮面』、池田理代子の『オルフェウスの窓』、『ベルサイユのばら』、水木杏子の『キャンディ キャンディ』……。ちょうど昨日、日渡早紀の『ぼくの地球を守って』をとうとう手に入れて、とても喜んでいるところです。

こんな想像をしてみます。少女マンガによく出てくる出生の秘密。

時は一九二七年、東京のひっそりとした住宅街に生まれたひとりの赤んぼうが、あやしい男に拉致《らち》され、おくるみに包まれて玄界灘《げんかいなだ》をわたります。赤んぼうは自分の身分をまったくしらないまま、朝鮮の言葉を使い、朝鮮の子どもとして成長します。そのように時間は流れ、一九四五年、子どもははたして、どの国の人間でしょうか？　反対のばあいも同様でしょう。朝鮮の両班《ヤンバン》家に生まれた子が、日本の子どもとして育ったとしたら、はたしてどの国の人だといえるでしょうか？

韓国と日本、日本と韓国。

よく考えてみると、祖国とは私たちの選択《せんたく》ではありません。私たちの意志は少しも反映されていません。生まれてからあたえられた、したがって大きくいうならば運命でしょう。

一九四五年、鉄原《チョロン》。

彼らの運命は、ことのほか苛酷《かこく》でした。植民地支配と解放と分断。そして戦争。しかしこの小説は運命についての話ではありません。そのような運命を生きていく人たちの話、自らの選択に関する話です。『1945，鉄原』を書くため、私は昔の資料を調査しながら、ほんとうにひどい日本人たちをたくさん見ました。そして、それと同時に、まったくちがう日本の顔に会いました。

過去に強制徴用《ちょうよう》で日本に引っ張られていき、日本の土に埋《う》められた人たちの遺骸《いがい》を、発掘《はっくつ》する人たちがいます。日本人、在日朝鮮人、韓国人が力を合わせ、一八年の間に七七体の遺骸を収拾しました。二〇一五年、ついに七七体の遺骸が、七〇年ぶりに故郷に帰って来ました。韓国と日本の多くの宗教人が、ソウル広場でともに追悼《ついとう》祭をおこないました。

私も北海道浅茅野《あさちの》〔北海道宗谷郡猿払村浅茅野《そうやぐんさるふつむらあさちの》・オホーツク海に面した地域〕の発掘に参加しました。韓国人、日本人、ポーランド人、ドイツ人……。たがいにちがう国名をもつ人たちが、同じ気持ちで同じ場に立ちました。国籍《こくせき》と人種は私たちの選択ではないけれど、その場に立つことは私たちの意志でした。

韓国の慰安婦《いあんふ》のハルモニ〔おばあさん〕たちと、ともにする日本人たちがいます。ベトナム戦で、韓国軍が犯した蛮行《ばんこう》を謝罪する韓国人たちがいます。両国の子どもたちが、平和の手紙をやり取りするよう努力する韓国や日本の教師たちもいます。

私たちは、日本と韓国を選択することはできません。けれども、平和と暴力は、私たちが選択することができます。暴力を楯《たて》にするものたちの側に立つことも、圧政に反対する側に立つこともできます。

ユートピア書店。

敬愛(キョンエ)が頻繁に立ち寄ったその書店の主人は、日本人のツカダさんです。ツカダさんは戦争で息子を亡くした父親であり、敬愛は戦争を起こしたものたちによって両親を失くした娘《むすめ》です。国籍《こくせき》も年齢《ねんれい》も境遇《きょうぐう》もちがうけれど、同じ痛みをもつ人たちです。同じ夢を見る人たちです。

戦争が一年早く終わっていたら、戦争がおきていなかったら、奪《うば》い奪われることがなかったなら、平和であったなら。それが『1945，鉄原《チョロン》』の夢です。またそれは二〇一八年の韓国と日本の夢です。私たちがともに夢見る未来です。

その夢をともにしてくださった方たちに、頭《こうべ》をたれてあいさつをおくります。梁玉順《ヤンオクスン》さん、仲村修先生、オリニほんやく会の北村幸子さん、そして画家の金明和《キムミョンファ》さん、ありがとうございました。そして影書房《かげしょぼう》と日本の読者のみなさんに、友情のあいさつをおくります。

二〇一八年一月一九日

ソウルで
イ ヒョン

◎作品解説

荒野に都市と人びとと夢をよみがえらせた作家――イヒョンの作品世界

韓国児童文学・オリニほんやく会　仲村　修

もう五年ほど前のこと、韓国の友人に勧《すす》められてこの作品を読んで打ちのめされました。

一九四五年八月一五日、日本の植民地支配から朝鮮民族が解放されたその当日と、その後の二年間を、鮮烈《せんれつ》に濃厚《のうこう》に描《えが》き切っていることに対する衝撃《しょうげき》でした。

作品の舞台《ぶたい》である鉄原《チョロン》は、一九五〇年からの朝鮮戦争での激戦地で、朝鮮半島のちょうど真ん中、現在の軍事境界線上（休戦ライン）にもっとも近い町です。

物語はちょうど、日本の統治からの解放の日からはじまります。当時、元山《ウォンサン》（現・北朝鮮領内）から京城《けいじょう》（現・韓国の首都ソウル）までをつないでいた京元《キョンウォン》線も、ほどなくしてはじまった南北分断の動きとともに止まります。敬愛《キョンエ》たちが京城へ向かったときにはすでに、農地が広がるなかに「38度線」の立て札が立てられ、自由に行き来ができなくなっていました。

それから六九年後、京元線の開通一〇〇年にあたる二〇一四年八月一日からは、平和の願いをこめて、観光列車が運行され、韓国側から訪れることができるようになっています。

作品の熱にあてられたように、わたしも作品の舞台《ぶたい》に立ってみたくなって、「ＤＭＺトレイン」に乗ってみました。いささかけばけばしい列車は、ソウル駅を出発して二時間後にはもう終着の白馬高地駅に着きました。安保観光コースを希望した乗客は三台のバスに乗りこんでガイドの案内を受けます。しばらくすると軍の歩哨所《ほしょう》があって、兵士がひとりバスに添乗《てんじょう》します。ここからがいよいよ民間人統制線（民統線）内です。

いわゆる三八度線から南に約二キロメートルまでが非武装地帯（ＤＭＺ）で、地雷《じらい》が埋設《まいせつ》されています。その南七キロメートル先に民統線があります。中では韓国軍が作戦活動を展開しているので、農作業をする農民たちは軍の許可を得て出入りしています。またいくつか村もあります。村の住民に会いに外から車で行く人は、軍の許可を得て住民登録証（身分証）をあずけ、軍の車両の先導を受けなければなりません。

安保ツアーでの圧巻は、やはりまぢかで見る労働党鉄原《チョロン》郡党舎です。これは作品中、洪正斗《ホンジョンドゥ》たちが建てていた党舎そのものです。ソ連の最新技術で建てられた強固な建造物で、トイレは水洗トイレだったそうです。朝鮮戦争中、米軍の砲撃《ほうげき》で屋根はなくなり、床《ゆか》は抜《ぬ》けました。そしていまは、外壁《がいへき》だけの暗《あん》惨《さん》たる姿をさらしています。しかし、わたしはこれを広島の原爆《げんばく》ドームにも匹敵《ひってき》する、東アジアの代表的な戦争歴史遺産だと思いました。

話は変わりますが、作品の後半に登場する「鉄原愛国青年団」は、史実を土台にした創作でしょう。鉄原文化院の機関誌『泰封《テボン》文化』二一号（二〇〇七年発行。泰封は鉄原の古名）で、金栄培《キムヨンベ》氏は次のように証言しています。金栄培氏が、反共秘密結社「鉄原《チョロン》郡韓国民主党」に最年少で入党していた当時、イギルリ村で、民主青年同盟委員長だった金倫坤《キムユンゴン》が、反共プラクチ（対立組織内潜入《せんにゅう》員）であることが露見《ろけん》して、竹槍《たけやり》で刺《さ》し殺されたと。

著者は、村で起きた事件を借用し、郡で起きた大事件につくりかえることによって、読者に強烈《きょうれつ》な印象を与《あた》えることに成功しました。

さて、著者のイヒョンさんは、三〇歳代半ばに短編小説の文学賞受賞によってデビューしました。作家としては遅《おそ》い出発です。しかし、まずポケットが多いというか素材が豊富で、広い視野をもっています。ＳＦ、学園もの、友情もの、アフリカの野生動物もの、野良犬の一代記、それもほとんどが長編です。作家が作品に込《こ》めたメッセージには、一貫《いっかん》して普遍性《ふへんせい》があります。一〇年前、韓国児童文学・ヤングアダルト文学界は権正《クォンジョン》生《セン》という巨星《きょせい》を失いましたが、イヒョンさんはそのあとを埋《う》める次世代の大型作家です。

「オリニほんやく会」は、いまから二〇年前の一九九七年、大阪で発足しました。これまでの翻訳《ほんやく》作品は梁玉順《ヤンオクスン》さんのプロ

朝鮮労働党鉄原郡党舎（2014 年 11 月 1 日、撮影《さつえい》筆者）

フィールの共訳書にあるとおりです。会の歩みは牛歩の歩みというほかありません。なにしろ、同じテキストを全員が試訳し、その訳文を相互《そうご》に批評するという方法で、例会は月に一回ですから、長編の場合などは一年半から二年はかかってしまいます。

会員は六〇代が中心です。この戦後第一次ベビーブーム前後の世代は、学校の歴史教育ではアジアの近現代史について、また当然ながら、日本の植民地支配の真実なども教えてもらえませんでした。平和教育といえば、日本の戦争被害相《ひがい》の強調（消極的平和教育）ばかりで、アジアなどへの加害相にはほとんど触《ふ》れられませんでした。朝鮮戦争の勃発《ぼっぱつ》によって軍事・民生品需要《じゅよう》が激増して、日本は戦災から立ち直る大きな足がかりをつかんだというのに、その後は高度経済成長にひた走り、教育は受験競争一辺倒《いっぺんとう》でした。他者の苦悩《くのう》への想像力を育む機会のない中で育ちました。そういう学校教育への苦い追憶《ついおく》と自省、時代の流れに対する懸念《けねん》は、いまなお会のなかにあります。

日本統治下の朝鮮半島では、日本の言葉や生活様式が強いられていました。「解放」前、恩恵《ウネ》は「メグミ」と、日本式の名前を名乗らされていましたし、「ベントー」など、そのまま朝鮮半島に残った日本語もあります。朝鮮半島の人びとが、日本の植民地支配のもとで、どのように暮らし、その支配から解放されたとき、「日本」に対してどのような感情を抱《いだ》き、また、「解放」されたとはいえ困難な時代を、朝鮮の人びとがどのように歩みだしたのか。本作品からその一端《いったん》を知り、想像できると思います。

二〇一七年一二月現在、日本と朝鮮半島（朝鮮民主主義人民共和国、大韓民国）との関係は、悲しいことに大変悪くなっています。

この物語が、読者のみなさんの、同じ東アジアに生きる隣人《りんじん》との新たな出会いのきっかけとなることができればと、心から願っています。

●著者　イ ヒョン（以玄）

1970年、韓国・釜山《プサン》市生まれ。ソウル在住。

2004年第10回全泰壱《チョンテイル》文学賞小説部門受賞を機に作家活動を始める。2006年童話「ジャージャー麺《めん》がのびちゃうよ！」で第13回チャンビ（創批）「すぐれた子どもの本」原稿公募大賞、2012年童話『ロボットの星』（SF）で第2回昌原児童文学賞を受賞。

童話に『チャンス　バンザイ！』、『ロボットの星』、『今日の天気は』、『わたしはシルクロードをゆく』、『のら犬アクタンの重み』、『草原のライオンワニニ』、『壬辰年の春』、『プレイボール』、『氷河期でもかまわない』、『七本の矢』。ＹＡ小説に『わたしたちのスキャンダル』、『ヨンドゥの偶然《ぐうぜん》の現実』、『オォ、わたしの男たち！』、『1945, 鉄原』、『あの夏のソウル』（『1945, 鉄原』の続編）など。そのほか、子どもの人権に関して『子どもは子ども』、韓国の鬼神やトッケビの話を集めた『鬼神百科事典』、『トッケビ百科事典』など。

●訳者　梁 玉順（ヤン オクスン）

1945年、大阪市生まれ。在日コリアン２世。オリニほんやく会会員。

1968年法政大学社会学部卒業。日本企業への就職をへて、フリーの編集者、翻訳《ほんやく》者。96年ソウルの延世《ヨンセ》大学語学堂で学ぶ。

編・共著：『在日朝鮮人に投影《とうえい》する日本』（法律文化社）、『帰化』上・下、『方法論としてのヘーゲル哲学《てつがく》』（以上、晩聲社）、『男たちの生む生まない』（新水社）ほか。共訳：『子どもたちの朝鮮戦争』〔「ブックインとっとり1999」地方出版文化功労賞特別賞〕、『日本がでてくる韓国童話集』、『愛の韓国童話集』、『鬼神のすむ家』（以上、素人社）、『韓国古典文学の愉《たの》しみ』（白水社）。

●解説者　仲村 修（なかむら おさむ）

1949年、岡山県生まれ。韓国児童文学研究・翻訳。オリニほんやく会主宰《しゅさい》。ブログ「オリニの森」。岡山大学・大阪外国語大学朝鮮語科専攻科卒業。神戸市立中学校教員をへて韓国仁荷《インハ》大学大学院修了。
著書：絵本『ユガンスン』（金石出絵、ソウル書林）。訳書：『ヘラン江のながれる街』（新幹社）、『わら屋根のある村』（てらいんく）、絵本『黄牛のおくりもの』（いのちのことば社）、『韓国昔ばなし』上・下（白水社）、『朝鮮東学農民戦争を知っていますか？』（梨の木舎）他多数。編訳：『韓国・朝鮮児童文学評論集』（明石書店）。

●装画・挿絵　金明和（キム ミョンファ）

1972年、兵庫県神戸市に生まれ、大阪府高槻市に育つ。現在は大阪市に在住。大阪と京都の朝鮮学校美術講師。学校で教えるかたわら、イラストや土偶《どぐう》を制作、展覧会を開いている。

1945《いちきゅうよんご》，鉄原《チョロン》　YA! STAND UP

2018年3月10日　初版第1刷

著　者　イヒョン（以玄）
訳　者　梁 玉順
装画・挿絵　金 明和
装　丁　桂川 潤
発行所　株式会社 影書房
〒170-0003　東京都豊島区駒込1-3-15
電　話　03-6902-2645
ＦＡＸ　03-6902-2646
Eメール　kageshobo@ac.auone-net.jp
ＵＲＬ　http://www.kageshobo.com
郵便振替　00170-4-85078
印刷／製本　モリモト印刷

定価 2,200円＋税

ISBN978-4-87714-476-0